Dreamsongs
Copyright © 2013 by George R. R. Martin
This edition arranged with The Lotts Agency Ltd.
through Andrew Nurnberg Associates International Limited
Simplified Chinese Translation Copyright © 2015 by Chongqing Publishing House Co., Ltd.
All rights reserved.

版贸核渝字（2013）第 263 号

图书在版编目(CIP)数据

梦歌 / 乔治·R.R. 马丁作品回顾集：全 3 册 /（美）马丁著；重庆史诗图书翻译团队译.
—重庆：重庆出版社，2015.7
书名原文：Dreamsongs
ISBN 978-7-229-08889-7

Ⅰ.①梦… Ⅱ.①马… ②重… Ⅲ.小说集–美国–现代 Ⅳ.①I712.45

中国版本图书馆 CIP 数据核字（2014）第 263712 号

梦歌——乔治·R. R. 马丁作品回顾集

MENG GE—— George R. R. Martin ZUOPIN HUIGU JI

【美】乔治·R.R. 马丁　著　　重庆史诗图书翻译团队　译
出版策划：重庆天健卡通动画文化有限责任公司
联合统筹：重庆史诗图书信息咨询有限公司
出版人：罗小卫
责任编辑：邹　禾　肖　飒　唐弋淄
装帧设计：谢颖设计工作室
责任校对：刘　艳

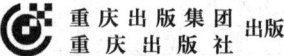
重庆出版集团
重庆出版社　出版

重庆市南岸区南滨路 162 号 1 幢　邮政编码：400061　http://www.cqph.com
重庆出版集团艺术设计有限公司　制版
重庆豪森印务有限责任公司　印刷
重庆出版集团图书发行有限责任公司　发行
E-mail:fxchu@cqph.com　　邮购电话：023 – 61520646

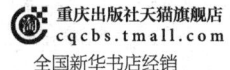
重庆出版社天猫旗舰店
cqcbs.tmall.com

全国新华书店经销

开本：890mm×1230mm　1/32　印张：41.625　字数：1060 千
2015 年 7 月第 1 版　2015 年 7 月第 1 次印刷
ISBN 978-7-229-08889-7
定价：138.00 元

如有印装问题，请向本集团图书发行有限责任公司调换：023-61520678

版权所有　侵权必究

前言:乔治·R.R.马丁其人

加德纳·多佐伊斯

在过去三十多年里,乔治·R.R.马丁已是多个不同领域的重要作家,多次荣获雨果奖、星云奖和世界奇幻奖,但直到新世纪以后,他才终于脱胎换骨,被世人公认为出类拔萃的幻想文学大师。

标志是什么呢?很简单,去看看现在市面上有多少书的封皮广告上打出了"与乔治·R.R.马丁相比……"、"乔治·R.R.马丁推荐……"之类的字眼吧。只有当某位作家的书大受欢迎、热卖到极点时,出版商们才会这样做。迄今为止,在幻想领域,位于这个行列的作家只有J.R.R.托尔金、罗伯特·E.霍华德、H.P.拉夫克洛夫特、斯蒂芬·金和J.K.罗琳等寥寥数人。毫无疑问,加入到这个行列,代表了市场和读者的认可。随着《冰与火之歌》的轰动效应,美国人找到了"美国的托尔金",他们把乔治高高举起……当初那位初出茅庐、急切地想表现自己的青年马丁,如果我对他说,小子,加油,总有一天你能成为托尔金那样的伟大人物,他一定不会相信……他甚至会认定这是彻头彻尾的白日梦。

还有一件青年马丁没料到的事,就是他成年以后竟能在多个领域同时获得成功。他以科幻新秀出道,后来成为重要的恐怖小说家、著名的奇幻小说家、著名的电视剧制作人,也是迄今为止美国历时最长的小说/漫画系列《百变王牌》的作者与总编。说实话,他在上述任何一个领域所取得的成就,对大多数人而言,都值得一生骄傲——并可以以此谋生。

但咱们贪婪的乔治没有满足——他要的是大师的宝座!

1971年,23岁的新泽西人乔治·马丁卖出了生平第一部短篇小说,随即在很短时间内,凭借着生动、鲜活与极富感情色彩的故事,成为著名杂志《类比》上的明星。这期间他发表的主要作品包括《晨临雾逝》《杀

Dreamsongs

人之前请想七次》《第二种孤独》《风港的暴风雨》(与丽莎·图托合著,后被两人扩展为长篇小说《风港》)、《超载》等,其中最著名的当推1974年的《莱安娜之歌》,它为马丁赢得了第一尊雨果奖。同时,《阿西莫夫》《幻想》《银河》与《轨迹》这几本杂志也刊登了他创作的小说。

上世纪70年代后期,马丁在科幻事业上的成就达到了顶峰,写出了不少该领域最棒的作品——例如1980年雨果奖与星云奖双双折桂的中篇小说《沙王》、1980年雨果奖最佳短篇小说奖《十字架与龙》(乔治·马丁成为世上头一位在一年中获得两尊雨果奖奖杯的作家),以及进入多项决选的《孽海花》《石头城》和《星辰夫人》等等。达到这个顶点之后,他便离开了以《类比》杂志为代表的科幻阵地(不过,他在上世纪80年代仍然为《类比》杂志写了一系列以星际漫游者哈瓦德·图夫为主角的故事,后来结集为《图夫航行记》,该书曾在日本获奖)。简单地说,70年代末以后,他最著名的科幻作品一是发表在《综艺》杂志上的中篇小说《夜行者》,该小说卖出了天价;二是独立完成的科幻长篇《光逝》,受到太空歌剧爱好者们的追捧。

马丁的职业生涯在80年代中期发生了重大转变,时值恐怖小说作为单独门类开始兴起(世界恐怖小说大奖布兰姆·史铎克奖便创立于1987年),刚刚投身长篇写作的马丁便顺应事态写下了两部著名的长篇小说:一是1982年的《热夜之梦》,设定在美国南北战争前后的密西西比河流域,该书成为吸血鬼小说中的不世经典;二是1983年的《末日狂歌》,该作野心更大,获得的评价也更高,乃是"混合了摇滚与恐怖的启示录小说"。但与前者相反,《末日狂歌》过于追求文学性,导致在商业上惨淡收场,也标志着乔治·马丁作为主流恐怖小说家生涯的终结。不过在此之后,他还是写出了几部有影响的中篇恐怖小说,例如获得第一届布兰姆·史铎克奖的《梨形男》,获得世界奇幻奖的《狼皮交易》。在《夜行者》和《沙王》等科幻小说中,也混入了相当多的恐怖成分。

恐怖小说热了几年便即降温,乔治·马丁也离开了这一领域。不仅如此,他干脆完全离开出版业,去好莱坞操刀电视剧。80年代中期以后,他成为电视剧《阴阳魔界》的剧作者,后来更导演了流行奇幻系列剧《侠胆雄狮》等多部银幕作品。

在影视界吃得很开的乔治·马丁可谓"乐不思蜀",几乎整整十年没碰小说(除了1985年的星云奖作品《子女的肖像》),只是和一群志同道合的作家闲暇时聚会,于1987年开始了小说/漫画系列《百变王牌》的创作。该系列共出版十五册,到90年代末停止更新(不过在我写下这些文字时,断更七年的《百变王牌》在新世纪中复活了)。后来,马丁倾注心血、寄予厚望的电影剧本《门》,最终没有被哥伦比亚电影公司改编为大片,一气之下,他又重返出版业。1996年,他一生的杰作《冰与火之歌》第一卷《权力的游戏》在美国上市……

剩下的已是历史,大家亲眼见证的历史,史诗奇幻辉煌的历史。这个我不用再多说,因为时代早已打上了乔治·马丁的烙印。有人会问,为什么乔治·马丁能获得众多不同类型读者的认同?或者,为何他无论写什么,都能受到欢迎?

我认为,首先,乔治·马丁是一位极富浪漫情怀的作家。翻开他的作品,你看到的不是干巴巴的现实或冷冰冰的讽刺,而是以强烈的感情碰撞为推动力的故事。身为天生的说书人,他的作品往往能从第一页起就抓住你的情绪。从他的书中,你不仅能体验冒险、刺激、冲突与爱情,还有绝对鲜活生动的人性:生活的困扰、厄运注定的爱恋、不可动摇的憎恨、无穷无尽的贪欲、视死如归的付出、别出心裁的幽默……这些曾在幻想创作领域被忽视的东西,正是它们撑起了"马丁式"小说中形形色色的奇妙景致、异星物种、远方土地、迥异的习俗和陌生的民族。读马丁的小说,读者们随时都愿意翻过下一道山脊,走向另一个世界。

乔治·马丁的笔触深受杰克·万斯和李·布雷克特的影响,其中也有保尔·安德森与罗杰·泽拉兹尼的影子。虽然他在很长时间里是《类比》杂志的干将,但科技与技术在他的小说中所占的比重却比较

低,这些"硬"东西统统让位于对光怪陆离的种族、社会和大宇宙的叙述。在他的作品中,高潮往往是不同文化之间由于彼此的哲学与价值观无法沟通而产生的冲突。"光怪陆离"与"丰富多彩"是对马丁笔下的世界最贴切的评价,因为他带领读者游历了幻想世界中最难忘的风光:"鬼域"的云中之城、无垠的大草原多斯拉克海、冷酷的上古迷宫石头城、风暴频仍的纳莫海、卡巴拉加星上的长湖落日……

其次,关于为什么乔治·马丁深受爱戴,还有一个更重要的原因——他笔下的人物。马丁塑造了一大批栩栩如生的人物,有的感人,有的可怕,有的既动人又恐怖——这让我想起了狄更斯。请大家回想一下吧:内心深受折磨的达米恩·哈·瓦里斯,耶稣基督圣殿骑士团的审判骑士,还有他的上司,四条腿的巨型两栖生物托加斯·奈-卡斯·吞(《十字架与龙》);无情的西蒙·克雷斯(《沙王》);在永冬的土地上逃避吸血鬼和风狼追杀却丝毫没察觉到迫近的诱惑与危险的夏恩(《孽海花》);渴望被他人铭记的梅乐迪(《记住梅乐迪》);怪诞恶心的梨形男(《梨形男》);命中注定要遭遇厄运的心灵感应师情侣罗柏与莱安娜(《莱安娜之歌》);拥有失落的生物战舰,力量堪比神灵的神经质大个子图夫(《图夫航行记》)。当然,马基雅维利似的提利昂·兰尼斯特和龙的母亲"风暴降生"丹妮莉丝·坦格利安更是其中的佼佼者(《冰与火之歌》)……

乔治·马丁关心他笔下的每个人物,就算是跑龙套的,就算是恶棍,他也呵护备至。正因为这样,你们,他的读者,才会真正关心和了解他的人物。

这是一种魔法,对作家而言,也是最高等级的魔法。正是这种魔法为乔治·马丁赢得了市面上"与乔治·R.R.马丁相比……"的地位,正是这种魔法让他无论写什么,大家都爱读——而且渴望能读到更多。

屈畅　赵琳　译

梦歌

四色粉丝小子

一开始,我的故事只讲给自己听。

大部分故事只存在于我脑海里,但我学会读写后,偶尔也会写下几篇。我现在能找到的最早的作品,大概是幼儿园或一年级时,用黑白皮的学校作业本写的太空百科全书,每页画了一颗行星或卫星,附以几行关于它气候和人种的介绍。那些真实存在的星球——比如火星和金星——我靠从《闪电侠》和《太空游侠洛克·琼斯》中了解的只言片语来书写,其他的则自己编。

我的百科全书帅呆了,可惜我没写完。我从一开始就长于挖坑,不善填坑,因此我都是写来自娱自乐。

自娱自乐是我很小就学会的技能。我于1948年9月20日出生在新西泽州的贝约恩市,是我父亲雷蒙·柯林斯·马丁和我母亲玛格丽特·布雷迪·马丁的第一个孩子。在我记忆里,直到四岁时全家搬进廉租房,我都没什么玩伴。此前,我和父母住在曾祖母家,同住的除了曾祖母,还有曾姨母、奶奶和舅公。我出生两年后,妹妹达琳才出生,之前全家只有我一个孩子,左邻右舍也没什么小孩。琼斯奶奶是个固执的女人,哪怕整条大街都成了商业区,依然拒绝卖掉房子,因此,我们是二十个街区内唯一的住户。

在我四岁、达琳两岁,而珍妮特还有三年才出生时,我父母终于搬进一套属于自己的公寓。这公寓位于第一大道新建的联邦廉租房项目内。"廉租房"这个词让人联想起昏暗的混凝土荒原中矗立的腐朽高

Dreamsongs

楼,好在赖德烈花园并非卡布里尼花园①。我住的楼只有三层高,每层六户人家,有操场和篮球场,街对面还有一座公园,傍着油腻的范库尔水道。那里的成长环境不错……而且跟琼斯奶奶的房子不同,那里有很多孩子。

我们一起荡秋千,滑滑梯,夏天戏水,冬天打雪仗,我们还爬树、溜冰,在街上打棍球。其他孩子不在时,有漫画、电视和玩具陪我打发时间。绿塑料兵人,戴帽子穿背心、手里的枪可以转的牛仔,还有骑士、恐龙和太空人。像每个美国熊孩子一样,我知道所有不同种类恐龙的正确名字(雷龙……该死,别纠正我)。我还给那些骑士和太空人都起了名字。

在第五大道上的玛丽·珍·多诺霍小学,我和迪克、简、萨利以及他们的狗"斑点"一起学会了认字。斑点总是跑来跑去,每次我见到它,它总在跑,你知道斑点为什么总在跑吗?因为它想逃离迪克、简和萨利,他们是世界上最迟钝的一家人②。我也想逃离他们,回到我的漫画书中……那时又称作"小人书"。我最早接触西方文学便是通过经典著作改编漫画,我还读阿奇漫画、唐老鸭和《快乐的火星人科兹摩》,但我的最爱是超人和蝙蝠侠……尤其是两人每月都联手出现的《世界最佳漫画》。

我能忆起自己写下的第一个完整故事,是从作业本撕下几页纸写的一个怪物猎人的恐怖故事。我把它以每页一美分的价格卖给同楼的孩子。第一个故事只有一页,我赚到了一美分。第二个故事有两页,我赚到了两美分。当然,交易还包括我本人免费声情并茂地朗读故事——我是廉租房里最好的朗读者,以大嗓门闻名。怪物猎人系列的最后一个故事写了五页,换得一个五美分硬币,正好够买一条我最爱吃

---

① 卡布里尼花园是芝加哥市有名的福利公寓,以肮脏著称,是犯罪分子的温床。
② 《迪克和简》是美国儿童的基础读本。

的迷你士力架。我还记得当时有多满足。写故事，买士力架，太美妙了……

……但这一切因我最大的顾客开始做噩梦，然后把我的怪物故事告诉他妈妈而告终。他妈找了我妈，我妈又告诉我爸，美妙人生就此结束。我的故事从怪兽变成了太空人（火星人贾姆一伙，我后面会提到的），并且不再给任何人欣赏。

但我保留了看漫画的习惯。我把漫画书存在用装橙子的板条箱做的书架里，一段时间后，我的收藏塞满了整整两层书架。我十岁时第一次接触科幻小说，从此开始购买平装读物，这让我的荷包骤然缩水。由于深陷财政危机，十一岁时我做出一个重大决定，那就是我已经过了看漫画的年纪。它们是小孩的玩意儿，而我差不多是个少年了。于是我清空了橙子板条箱，我妈将我的漫画书全部捐赠给贝约恩医院，供住院的孩子阅读。

（脏又臭的病孩子哟/想要我的漫画书吗?）

但所谓"过了看漫画的年纪"也就持续了一年。每次我去凯利公园大道的糖果店买 ACE 双面书时，都会看见新的漫画摆在那儿。我忍不住去看那些封面，其中有些看起来实在有趣……那里有新故事，新英雄，新团体……

《正义联盟》的第一期打破了我的"成年誓约"。我一直很喜欢超人和蝙蝠侠同台亮相的《世界最佳漫画》，而《正义联盟》囊括了 DC 漫画所有的主要英雄。让我破戒的那一期封面是闪电侠与一只三眼外星人下棋，棋子被塑造成正义联盟的成员，一旦棋子被吃，英雄的本体也会消失。我没法不买它。

在我意识到发生了什么之前，橙子板条箱又满了。这是件好事。若非如此，我便不会在 1962 年驻足于漫画书架前，被某个胆大包天地写着"世界上最伟大的漫画杂志"的古怪杂志的第四期吸引。那本杂志并非 DC 漫画出品，它来自一个籍籍无名的三流公司，那家公司最为

Dreamsongs

人所知的是一些不怎么吓人的怪兽漫画……但那本杂志看起来是关于一群超级英雄的,这可是我的最爱。于是尽管它定价十二美分,我还是买了下来(漫画杂志一般只要十美分!)。我的生活自此改变。

它真的是世界上最伟大的漫画杂志。斯坦·李和杰克·科比重新定义了小人书。"神奇四侠"颠覆了所有传统,他们不但不隐藏身份,其中一个还是怪物(石头人,他也立刻成为我的最爱),要知道那时候,其他超级英雄还都要长得帅才行。

他们不是联盟,不是社团,不是队伍,而是一家人。像所有真正的家人一样,他们没完没了地吵架。DC正义联盟的英雄只能通过服装和发色区分(好吧,原子侠很矮,火星猎人是绿色的,神奇女侠有胸,可除此之外,他们基本一个样),而神奇四侠各有特色。漫画人物有了个性,这在1961年是革命性的创新。

我第一次出现在印刷品上的文字便是"亲爱的斯坦和杰克"。

这篇文字刊登在1963年8月《神奇四侠》第20期的信件专栏里。我的来信评论见地深刻,头头是道——中心思想是斯坦·李的成就可与莎士比亚比肩。斯坦和杰克把我的名字和地址印在了那些溢美之词后面。

很快,一封连锁信发到了我的邮箱中。

给我的信。我挺惊讶的,当时我在玛利亚高中读书,正处于高一升高二的暑假,认识的人不出贝约恩和泽西城两地。没人给我写信。现在我拿到一份人名索引,上面说,如果我给名单上第一个名字邮去二十五美分,移除第一个名字,把我的名字加在最下面,然后寄出四份复印件,几星期内就能得到以二十五美分凑成的六十四美元。这笔钱足够我买几年的小人书和士力架了。因此我将二十五美分硬币用透明胶带绑在索引卡上,装进信封,邮给名单上最开头的名字,坐等发财。

我一个二十五美分硬币也没收到过,妈的。

但我收到了更有趣的东西。巧合的是,名单上第一个人出版了一

梦歌

本漫画同人志,定价二十五美分。显然,他把我的二十五美分当作了买书钱。他邮来的杂志印在褪色的紫色纸张上——后来我才知道那叫复写纸——印刷糟糕,绘图粗糙,但我不在意。杂志里有文章、评论、来信、海报,甚至有业余同人漫画及其他同人志的预览,有的光听名字就很酷。于是我粘上更多二十五美分硬币邮出去,不久,我就埋身于60年代新兴的漫画同人志潮流中了。

今天,漫画成了大产业,举世瞩目的圣迭戈动漫展到场人数是一年一度的世界幻想大会的十倍。但如今虽然独立小漫画还在不断涌现,动漫界也有自己的专业杂志和同人志,却完全无法和以前那些"真正的"同人志相提并论。很久以前,这个梦想的殿堂就被商人接管了。出于最恶劣的动机,黄金时代的漫画被塑封起来发售,确保购书者无法真正接触内容,随时要冒收藏贬值的危险(要我说,最先想出把书塑封的人应该把自己封起来)。没人再管它们叫"小人书"了。

四十年前一切大为不同。动漫文化正值草创,漫展刚刚兴起(我参加了1964年第一届漫展,是由后来接管DC漫画和漫威漫画,并创造出金刚狼的漫迷莱恩·韦恩组织的。漫展在曼哈顿一间屋子内举办),却已有了数百种同人志。其中少部分,类似《另一个我》是由有工作有生活有老婆的成年人出版,但绝大部分是跟我差不多大的孩子手写、手绘并编纂的。它们中最好的一批采用照相胶版印刷或凸版印刷,但为数甚少,第二档像今天大多数科幻同人志一样使用油印,剩下的(也是大多数)采用醇溶碳纸复印、胶版誊写或静电复印(现今发行量最大的同人志之一的《火箭喷射》最开始是印在复写纸上的,你大致能猜出它当时的销量)。

几乎每本同人志都有一两页广告,供读者出售旧漫画或求购想看的漫画。有一回,我在这些广告中看到一个得克萨斯州阿灵顿的家伙出售《英勇无畏》第28期,正是引入正义联盟的那期。我给那家伙邮去二十五美分,他把小人书给我邮了来,还在包装的硬纸壳上画了个相当不错的野蛮人战士。我和霍华德·沃尔德罗普一生的友谊就此开始。那大概是什么时候呢？嗯，好像没多久约翰·F.肯尼迪就飞去了达拉斯。

我在奇妙的漫画世界的探险不止于阅读同人志。能上《神奇四侠》，我当然也能上同人志，不久，我的名字就随处可见了。斯坦和杰克刊登了我的更多来信。而我越写越溜，从来信演变成文章，还在一本叫《世界漫画新闻》的同人志上开了专栏，分析如何"拯救"那些我不喜欢的漫画。不会画画的我给TCWN供过稿，甚至有一幅作品被用作封面：用火焰人拼出同人志的名字。火焰人只是个火焰包裹的模糊人形，因此比那些有鼻子有眼、手指肌肉十分明显的角色好画得多。

我刚进玛利亚高中时，梦想还是当宇航员……不是你们想的那种普通的老式宇航员，而是第一个登上月球的人。我记得导员挨个询问大家的理想，我的答案令全班哄堂大笑。到三年级，另一位导员要我们深入研究自己未来的职业，我选择研究小说写作（然后了解到小说作家的平均年收入是一千二百美元，这几乎和两年前的嘲笑一样打击人）。这两次打击之间有个意味深远的东西完全改变了我的梦想，那就是漫画同人文。

我在高二到高三这段时间第一次真正地给同人志写故事。我有一台从葛莱蒂丝姨妈的阁楼里找到的古旧打字机，摆弄摆弄之后，好歹能"一指禅"。黑红带上黑色的一半太旧，打出的东西几乎看不清，于是我猛击键盘，把字母刻在纸上，可"e"和"o"的内部构造出了问题，经常从槽位跳出。带子红色的一半相对新一些，我便用红色来加强语气，因为当时完全不知道运用斜体字。我不懂边框，不懂行距，也不懂复写纸。

我第一个故事的主角是个像超人一样从外太空来地球的超级英雄。和超人不同的是，我的角色没有"超"标准的体形。实际上，他压根儿没体形，因为他没有身体。他是个装在金鱼缸里的大脑。缸中之

梦歌

脑并不算新鲜概念,无论在科幻小说还是漫画中都很常见,但它们通常是作为反派出现。让我的缸中之脑当好人是个很棒的点子。当然,我的英雄有副机械身体,好用来对抗罪犯。实际上他有一大堆机械身体。有的装了喷气装置,可以飞行;有的装了履带,可以滚动;有的装了机械腿,可以走路。他有的胳膊末端是指头,有的是触手,有的是硕大可怖的金属钳子,有的是激光枪。每个故事中,这个外星大脑都会穿上不同的身体,而一旦被坏人打坏,太空船里总是准备了备件。

我管他叫机械战士加兹。

我写了三篇加兹的小说,都很短,但很完整。我甚至画了画:一个在金鱼缸里的大脑不比火苗组成的家伙难多少。

为加兹的故事投稿时,我特地选了一本非常小众的同人志,觉得这样被接受的几率大一些。我想得没错,编辑欢呼雀跃地接受了三篇小说。不过这成就其实没有看上去那么大,那些早期同人志处在长期缺稿状态中,任何人供给他们的任何稿子都会被采纳,哪怕是关于一个装在金鱼缸中的大脑。但我迫不及待地想看到我的小说被印出来。

唉。结果那本杂志和那个编辑转眼就消失了,连一篇加兹的故事都没发表,稿子也没退给我。我当时还没学会用复写纸,手里没有复件。

你们大概以为我受了打击,但其实编辑肯接受我的故事这件事已让我欣喜若狂,自信狂涨,以至于根本没在意稿子消失不见的事。我回到打字机旁,开始创造新的英雄。这次的英雄我命名为马塔·雷。马塔·雷是蝙蝠侠的效仿者,他在夜晚戴面具出行,用牛鞭惩处罪犯。我为主角安排的第一个反派叫"刽子手",他使用一把特殊的枪,射出的不是子弹而是细小锋利的刀片。《决战刽子手》比加兹的三篇故事好得多,因此我抬高眼界,投稿给更高质量的同人志,最终选择了约翰尼·钱伯斯主编的《伊米尔》,这是旧金山港湾区的同人志之一,那里是早期漫迷文化的温床。

Dreamsongs

钱伯斯接受了我的故事……更棒的是,他印出了它!这篇小说发表在1965年2月《伊米尔》第二期上,是一个九页的超级英雄故事,印在上好的紫色复写纸上。当时同人画家中的名手唐·福勒(其实是巴迪·桑德斯的笔名)画了一幅很有感染力的插画,表现刽子手的小刀片射向马塔·雷的场景,在我的想象之外他还加了一些自己的小发挥。福勒的插画跟我的一比简直天壤之别,因此此后我便放弃了无力的尝试,满足于用文字表达故事。在动漫文化发展早期,这类文章被称作"文本故事",以和全是图画的连环画区别(后者在我们漫迷中要更流行一些)。

马塔·雷的第二篇故事很快出炉,这篇太长(大概有二十多页),钱伯斯决定连载它。《死亡岛》的前半部分刊在《伊米尔》第五期,以"未完待续"结尾,结果谁也没见着后半部分,因为《伊米尔》就此歇菜,马塔·雷第二次冒险的后半部分和三篇走失的加兹故事遭遇了同样的命运。

同时,我的眼界变得更高。早期漫画圈中,最有名望的同人志是《另一个我》,但那上面刊登的大部分是短文、评论和访谈,文本故事和同人漫画更多集中在《群星漫画》,这本同人志由得克萨斯州的漫迷拉里·赫恩登、巴迪·桑德斯和霍华德·凯尔特纳合办,三人自称"得州三剑客"。

《群星漫画》创刊于1963年,以亮丽的全彩封面区别于当时大部分同人志。前几期杂志内文用的是普通的褪色复写纸,但从第四期起,得州三剑客在内文也采用了照相胶印,这让《群星漫画》看起来格外时髦。像漫威漫画和DC漫画一样,三剑客有自己标志性的超级英雄:发电人、防御者、变幻者、怪异博士、独眼、人猫、星男等等。唐·福勒、加里斯·格林、比尔乔·怀特、罗恩·福斯等众多有名的同人画家为他们画漫画,霍华德·沃尔德罗普来撰写文本故事(霍华德算是三剑客的第四位,类似披头士的第五个成员)。总之,在漫迷圈还很小的1964年,

梦歌

《群星漫画》一片辉煌。

我有个很棒的原创点子,想凭此掺和进去。缸中之脑加兹和戴面具的罪犯惩处者马塔·雷都是旧瓶装新酒,但没有哪个超级英雄是踩滑雪板的(我当时没滑过雪,现在也没有)。我的英雄手里的一支滑雪杖可以做火焰喷射器,另一支可以做机关枪。为突出"真实",他对抗的不是愚蠢的超级魔头,而是无政府主义者。最精彩的是故事里雪地骑士以令人震惊的大悲剧收场。我确信,三剑客定会通宵阅读,对之青睐有加。

我给这个故事起名为《雪地骑士传奇》,并把稿子邮给拉里·赫恩登。作为《群星漫画》三位正式编辑之一,拉里是我进入漫画圈最早建立联系的人之一。我相信他会喜欢这个故事。

他的确喜欢……却不愿放在《群星漫画》上。他解释说这本三剑客的旗舰同人志已经有太多角色了。相比于增加新角色,他和霍华德及巴迪更想深入挖掘现有英雄。不过他们都喜欢我的写作,希望我能为《群星漫画》供稿……当然是写他们已存在的角色。

于是,《雪地骑士传奇》被刊登在拉里·赫恩登自办的同人志《蝠翼》上,而我在《群星漫画》上发表了以霍华德·凯尔特纳创造的两名英雄为主角的文本故事。我写的第一个故事以发电人为主角,这篇名为《发电人 VS 蓝栅栏!》的故事刊登在 1965 年 8 月《群星漫画》第七期上,反响很不错……但真正让我在漫迷圈出名的是刊登在《群星漫画》第十期的怪异博士故事《孩子才怕黑》。

怪异博士是对抗幽灵、狼人及其他超自然威胁的神秘战士,除了名字类似,他和漫威漫画的奇怪博士没什么共同点。凯尔特纳是根据漫画黄金时代的正义先生创造这个角色的。怪异博士的命运比我的雪地骑士好一些,他没有在结局时死去,而是在第一个故事中间就死了——他是个来自未来的时间旅行者,刚走出时间机器就落在一场抢劫案中,立刻被枪打死。他死在了出生之前,这扰乱了宇宙平衡,因此他必须负责把整个世界拖回正轨，直到他顺利出生。

我很快迷上了怪异博士。凯尔特纳喜欢我为这个角色创作的故事，并鼓励我创作更多，当他把这个角色转移到他自己的同人志后，我写了名为《剑与蜘蛛》的漫画脚本，一名不知名的新画手将它完美地演绎了出来。后来吉姆·斯塔林也将《孩子才怕黑》改编成连环画……但毕竟是文本故事在先。

当时的漫画界已设立了自己的奖项。阿利奖是以"所有漫画里最老的角色"阿利·奥普命名的（黄孩子可能不同意）。像雨果奖一样，阿利奖既有专业奖项，也有同人奖项；金阿利奖为职业作家准备，银阿利奖为同人作品准备。《孩子才怕黑》不仅进入了银阿利奖最佳文本故事提名……让我又惊又喜的是，我竟然获奖了（我实在当不起，霍华德·沃尔德罗普和保罗·莫斯兰德更为出色）。闪闪发光的银奖杯在我脑海中闪耀，但我什么都没收到。赞助机构很快倒闭，阿利奖随之消失……但这项荣誉还是增强了我的信心，鼓励我继续写下去。

我的怪异博士系列故事刊登时，我的生活也发生了一些重大改变。我于1966年6月从玛利亚高中毕业，同年9月，我第一次离开家，乘快艇前往伊利诺斯州，进入西北大学的梅迪尔新闻学院继续学习。

大学是一个全然陌生的新世界，让人害怕又令人兴奋。我住在叫作鲍勃大厅的新生公寓（我妈一直没搞清楚，以为鲍勃是我的室友）。在这个中西部的州，新闻总是来得太快，却没人知道怎么烤新鲜比萨。我要完成很有难度的作业，结交新朋友，对付新的讨厌鬼，染上新的恶习（一年级是红心大战，三年级是啤酒）……还有班里的女孩儿。我看到漫画还会买，但没多久就错过了好多期，很快兴趣索然。在这么多新事物的冲击下，我几乎没时间写作，整个大一只写出一篇故事——一篇名为《教练与计算机》的科幻小说，剧情简单直白，刊登在毫无名气的同人志《深度》的第一期。顺带一提，那也是它唯一的一期。

我的专业是新闻，选修历史。大二时我报了斯堪的纳维亚史，觉得

梦歌

研究维京人一定很酷。富兰克林·D.斯科特教授非常热情,他邀请同学们到他家去品尝斯堪的纳维亚的食物和饮品(一种浮着葡萄干和坚果的温热葡萄酒)。我们阅读挪威史诗,冰岛的《埃达》,还有芬兰爱国诗人约翰·路德维格·鲁内贝格的诗。

我喜欢史诗和《埃达》,它们让我想起托尔金和霍华德。我也喜欢鲁内贝格的诗《瑞典堡》,一首哀悼伟大的赫尔辛基要塞的悲愤挽歌,这座"北方直布罗陀"在 1808 年的俄瑞战争中难以理解地投降了。着手写期末论文时,我选择瑞典堡为主题。后来我有了个疯狂的点子,我问斯科特教授可不可以让我用一篇瑞典堡的故事代替传统的论文。让我欣喜的是,他同意了。《要塞》让我拿到了 A……不止如此,斯科特教授非常喜欢这个故事,还把它寄给《美瑞关系评论》,希望得以刊登。

我的第一封退稿信不是来自戴蒙·耐特,不是来自弗雷德里克·波尔,不是来自约翰·伍德·小坎贝尔,而是来自《美瑞关系评论》的编辑埃里克·J.弗里斯。他在信中对把《要塞》退给我表示"非常遗憾",他在这封落款日期为 1968 年 6 月 14 日的信中写道:"这是篇非常优秀的小说,可惜太长了,不适合我们刊载。"很少有作家会因为退稿而如此兴奋。一个真正的编辑看了我的故事,并且很喜欢,给我回了封亲笔信而非简单的退稿函。我感觉一扇门打开了。当年秋天,我迎来在西北大学的第三个学年,我选修了创意写作……结果马上被那些自认为是现代诗人的家伙写的自由诗或散文诗包围了。我喜欢诗歌,但不是这种。我对同学们的诗说不出个所以然,他们也觉得我的故事不知所云。我梦想把故事卖给《类比》《银河》,或许还有《花花公子》,而我的同学想把诗发表在西北地区很有名的文学杂志《三季刊》上。

我的同学偶尔也提交短篇故事,但基本是些剥离情节的角色片段,多用现在时写作,也有的用第二人称,几乎都没有商业价值(公平地说,还是有例外。我记得有个以旧百货商店为背景的恐怖小故事,非常精彩,让人毛骨悚然,行文颇有洛夫克拉夫特之风。那一年我读过的所有

Dreamsongs

作品中最欣赏那篇,当然了,其他同学都讨厌那篇)。

尽管如此,我还是在创意写作课上完成了四个短篇故事(没写一首诗歌)。《增加安全系数》和《英雄》是科幻小说。《他的遗产》和《保护者》是带政治倾向的主流小说(时值1968年,革命气氛弥漫)。我在玛利亚高中时一度迷恋詹姆斯·邦德(乌苏拉·安德丝与此无关,先生,007里那些香艳场景也与此无关,真的,我保证),当时便构想出一个角色。马克西米利安·德·劳里埃渴望成为"优雅的杀手",他环游世界,在异国他乡刺杀邪恶独裁者。他的武器是烟斗,可当吹箭筒使用。

但等我写《他的遗产》时,我只记得他的名字了。我的政治立场也已改变,而且在1968年暗杀早没那么时髦了。这篇故事未曾卖出,过了整整三十五个年头,我把它编入这本书中。

同学们喜欢主流小说多过科幻小说,但总的来说,小说都不受待见。我们的教授是个很潮的年轻人,开保时捷经典款,穿手肘缝皮补丁的灯芯绒夹克。他也对我的小说不冷不热……不过他觉得其他学生都是狗屎,因此我得以高分结课,并完成了这四篇故事。

尽管同学们不喜欢我的故事,但我还是觉得编辑会喜欢。我要把故事寄出去试试。我知道该怎么做:在写作市场找到地址清单,给我的老旧打字机换条新带子,打出一份干净的两倍行距原稿,和一封简短的信一起放进信封,贴上邮票,再附上回函信封,然后静静等待。我完全能做到。

在西北大学的第三年,日子变得悠闲,我开始推销创意写作课上写的那四个故事。哪个故事被某本杂志退回来,我都会当天把它邮给另一本杂志。我按稿酬从高到低依次投稿——这是所有写作杂志的建议——我向天发誓,决不放弃。

好决心。光《增加安全系数》这一篇在我用完投稿地址前就收到了三十七封退稿函。写出这个故事的九年后,我已搬到爱荷华州,从学生成为了老师。我的同事乔治·古斯里奇读到这个故事,说他知道怎

梦歌

么处理。我告诉他尽可以去试,他便把《增加安全系数》改写为《战舰》,作为合作作品寄出。《战舰》又收到五封退稿函后,终于登上《奇幻与科幻杂志》。这四十二封退稿函是我并不急于超越的个人纪录。

其他故事也都经历过退稿,不过没那么多。我很快发现,大部分杂志不像《美瑞关系评论》那样对1808年俄瑞战争感兴趣,因此《要塞》被扔进抽屉。我修改了《保护者》,重命名为《保护者们》,但毫无用处。《英雄》被《花花公子》和《类比》退稿,然后我寄给了《银河》……

结果石沉大海。我会在第二段自传中说说它的命运。现在,不怕被雷的话,欣赏一下我学生时期的作品吧。

屈畅 赵琳 译

Dreamsongs

孩子才怕黑

> 幽冥暗府,鬼影幢幢;
> 逡巡游曳,羽翼垂天。
> 雾海迷蒙,栖身魍魉;
> 魂飞魄灭,听命于王。

——刻于中欧一洞穴岩壁,该洞曾为某邪教祭祀庙宇,作者不详。

黑暗,目之所及唯有黑暗,阴冷、不祥、无所不在,犹如巨大的帷帐,覆盖了平原,遮蔽了月光,挡住了星辰。雾气迷蒙而窒息,飘忽游荡,搅动着罪恶交织的漫漫长夜。远处传来一声凄厉的惨叫,但不知是何物的声音。一切似乎都淹没在雾霭和阴影之中。

不,有样东西还是能看清的。平原正中,一座高塔刺破死亡的迷雾,傲然耸立,比肩远处陡峭的黑山。塔身纤细如针,光滑而乌黑,离地数英里高,塔顶与黑山上常年闪烁的红光齐平。塔顶下方则开有一扇小窗,映出凄凄的绯红,宛若夜海中一座孤立无援的小岛。

萦绕塔身的雾气开始躁动,一阵阵沙沙声打破夜的沉寂。克洛斯的居民,地下之王邪恶的追随者们,深知塔灯亮起便意味着主人在家。即便恶魔也懂得什么叫畏惧。

黑塔之巅,主人透过唯一的窗子,凝视昏沉的大地,口中咒骂不休。过了半晌,他愤然转身,离开永夜纷飞的雾气,返回灯火通明的壁垒。

梦歌

一声呜咽打破了宁静。大理石墙上，一具被锁住手脚的丑恶躯体不停扭动，徒劳地挣扎着。主人显然十分不悦。他举起一只手，对准目标，掌心射出一道黑光。

痛苦的尖叫刺破夜空，铁链无力地垂下，被捆绑的恶魔已烟消魂散，再没有什么能打搅高塔的安宁和主人的心情。他大步跨上黑岩雕刻的蝙蝠王座，目光穿过房间，望向窗口。外面依旧黑云翻滚，影影绰绰。

突然，主人高声咆哮，回音激荡，传遍整座高塔。塔底深处的地牢里，被关押的小怪个个浑身发抖。他们知道，更大的痛苦即将来临，因为主人的声音里充满怒气。

主人手掌抬起，又一道黑光射入夜空，接着一声惨叫，有什么东西应声坠地。主人的怒骂声再次响起。

"一群弱者！想我当年叱咤人间，何等威风？如今却惨遭流放，受困于此。封印何时才能解除？贡品何时才能奉上？我要等到何时，才能再重返人间，捕食他们的灵魂？"

夜幕之下，响起滚滚惊雷。远山之间，舞动殷红的闪电。克洛斯的居民纷纷畏怯地缩起脖颈。萨戈，恶魔领主，克洛斯之王，阴间的统治者，无比愤怒而又蠢蠢欲动。每逢此时，他的子民便会在雾海中四散穿行，心中充满恐慌。

长久以来，神殿遗迹一直隐藏在密林深处，被覆厚厚尘埃，无人问津，历经千百年风沙洗礼，隐匿蛰伏，邪恶的力量在黑暗中酝酿。周围住民早就有所察觉，视为忌讳，几代人时间里，陆续撤到更远的地方。

然而，废弃多年之后，刻有丑恶图腾的黑色巨门再次开启，积灰三千年的石板回荡起足音，黑暗的寂静被来访者打破。大门外，两个男人紧张地四下张望，蹑手蹑脚溜了进来。

他们衣衫破烂,形容猥琐,颜面肮脏,胡子拉碴,满脸的贪婪与残暴。每人腰间别着一把尖刀,还挂着空膛的左轮手枪。他们是逃犯,手上沾着鲜血,心中怀揣恐惧,逃亡至此。

贾斯珀,个子高高、身材精瘦的那个,冷酷而怀疑地扫视了黑洞洞的庙宇大厅一周。这地方真不怎么样,哪怕以他的标准来看也够差劲的。纵使外面烈日高悬,也射不进一丝光线,连为数不多的窗子也染上了深紫色污漆。大厅用某种黑色石料建成,看来有些年头。墙上的壁画光怪陆离,令人费解。空气潮湿污浊,充满死亡的味道。各种摆设几乎腐朽殆尽,化为尘土,只剩房间深处一座巨大的黑色石坛。种种迹象表明,以前还有台阶可通往更高层,如今烂光了。

贾斯珀从背上解下行囊,转身对矮小而肥胖的同伴说:"看来就是这儿了,威利。"他的嗓音低沉而含混,"今晚就在这儿过夜。"

威利不安地扫了一眼扔在地上的袋子,伸出舌头舔舔干裂的嘴唇。"我不喜欢这儿。"他说,"我觉得不舒服,黑乎乎怪吓人的。瞧瞧墙上这些画!"他指指最诡异的一幅壁画。

贾斯珀大笑起来,笑声浑厚、嘶哑而残忍。"今晚只能住这儿。要是被外面那些原住民逮到,你我必死无疑。他们知道咱们拿了那些神圣的红宝石。得了,威利,这地方没啥不好。至少那些家伙都吓得不敢靠近。好吧,是有点黑……但没啥大不了,只有孩子才怕黑!"

"好……好吧,你说的有道理。"威利有些迟疑,但还是从肩上卸下背包,在贾斯珀身边蹲下,收拾一下,准备生火做饭。贾斯珀则溜出大门,回到丛林里,不一会儿,怀捧着树枝回来了。他俩架起小火堆,简单弄点吃的,蹲在地上,很快闷声吃完。随后,他们坐在火旁,小声谈论刚刚到手的财富,商量回到文明社会后,怎样花掉它们。

时间一点点流逝,缓慢而无情。庙宇外,夕阳西下,夜幕悄然笼罩丛林。

晚间的神殿更是弥漫着不祥气息。黑暗爬上每一面墙壁,空气愈发阴冷，吐出的字句也愈发沉重。贾斯珀打个哈欠，在布满灰尘的地上铺开睡袋，伸个懒腰。"我要睡了，"他抬头看看威利，"你呢？"

威利点点头："啊，我也困了。"他犹豫了一下，"可我不想睡地上。都是土……没准还有虫子……比如蜘蛛啥的。这我可睡不踏实。"

贾斯珀皱起眉头："你还想睡哪儿？这地方又没有床。"

威利瞪着黑眼珠，四下张望。"看那儿！"他惊喜地叫道，"那玩意儿不错。挺宽，够我睡的。虫子也够不着我。"

贾斯珀耸耸肩。"随便你。"说完，他翻了个身，很快睡着了。

威利摇摇晃晃走向石坛，摊开睡袋，笨拙地爬上去。他伸伸懒腰，刚准备合眼，却被穹顶上雕绘的图案吓得一激灵。没过几分钟，他肥胖的身子平稳起伏，打起了呼噜。

屋内另一头，贾斯珀动了一下。他在黑暗中坐起身，眯起眼睛，凝视着沉睡的同伴。思绪在他脑海中不停飞转。原住民追得很紧，一个人逃跑总比两个人容易得多，何况威利像头又蠢又笨的肥母牛……还有那些红宝石——闪闪发光的宝贝！他做梦都没见过这么多！宝贝是他的——他一个人的！

贾斯珀无声无息地起身，如一匹静悄悄的狼。他朝威利走去，将手伸向腰际，拔出明晃晃的尖刀。摸到石坛边，贾斯珀站了一会儿，居高临下望着伙伴。威利还在熟睡，胸膛起起伏伏。贾斯珀脑中又一次浮现出对方背包里亮晶晶的红宝石。寒光一闪，手起，刀落。

胖子威利痛苦地哼了一声，但马上就安静下来。古老的祭坛上鲜血四溅。

神殿之外，明朗的夜空忽然劈开一道闪电，山谷间回荡起险恶的雷鸣。神殿内又阴沉了几分，低沉的隆隆巨响震动整个房间。大概是风声吧，贾斯珀猜测。他没有理会，继续摸索威利背包里的宝石。呼啸的

　　风声吹到耳边,竟有如人语低声呢喃:"萨戈……"仿佛在呼唤一个名字,轻柔而撩拨,"萨……戈……"

　　声音越来越响,耳语变成嘶叫,嘶叫化为轰鸣,回荡于整座神殿。贾斯珀烦躁地环顾四周,弄不清是怎么回事。祭坛突然裂开一个大口子,雾气盘旋,涌出一道阴影。这影子比他见过的任何事物都更黑、更浓、更阴冷。阴影不断旋转变幻,化成绝对黑暗的实体,在大厅角落凝聚成一团,然后继续膨胀成形。

　　现在,隐隐约约能看出一具人形,身材魁梧高大,系着腰带,披着柔软的深灰色斗篷,材质仿佛是某种邪恶妖兽的毛皮,而非人间皮草。兜帽之下,漆黑的头颅不见五官,只有两个凹陷孔洞,比周围的一切更加深不可测。别住披风的搭扣呈蝙蝠形状,乌黑闪亮。

　　"你……你是谁?"贾斯珀开口问道,声音小得可怜。

　　对方放肆地大笑,笑声轰隆而空洞,在神殿内外同时荡起回响。"我?我是战争,是瘟疫,是鲜血!我是死亡,是黑暗,是恐惧!"说完,他又大笑,"我是萨戈,恶魔领主,黑暗之君,克洛斯之王,不容置疑的阴间统治者!我是萨戈,你们的祖先亦称我为'灭魂者'。如今,你召唤了我!"

　　贾斯珀目瞪口呆,宝石也忘在一边,洒落一地。对方伸出一只手,暗与夜慢慢凝聚于掌心,邪恶力量震动空气。对贾斯珀而言,世界只剩下无尽而永恒的黑暗。

　　地球另一端,一个正在飞行的金绿色身影突然浑身一僵,幽灵之躯觉察到前所未有的不安。他无垠的头脑变得警醒,感知到自身的存在,惨白的面容陷入深深的忧虑。怪异博士知道这些反应是怎么回事:地球某处刚出现了一股超自然邪恶力量。而现在,如同被磁极吸引,他必须速前去追查这罪恶的源头。

梦歌

目标锁定。幽灵之躯以思考的速度朝东方飞去,迅猛而坚决。眨眼间,他的身影掠过高山、河流、森林、溪谷。海岸线在他眼前逐渐展开,城市与高楼拔地而起。转瞬间,城市又被他抛在身后,身下仅余滚滚波涛,汹涌翻腾。嗖——他飞越大陆;唰——他跨过大海。他是幽灵,是思想,是精神,不受引力的束缚,以自我的速度穿梭。飞着飞着,天一下子黑了下来。

金色幽灵飞过一片丛林。枝叶茂密,树影婆娑,在月光之下更显凶恶。再往前飞,是一片不大的沙漠,接着是条翻滚奔腾的大河。又是一片沙漠。又是一片丛林。零零散散,还能看到人类的聚居地。

终于,怪异博士在一座神殿前停下。高墙背后隐藏着古老而可怕的秘密。他小心翼翼地接近,嗅到了浓烈的邪恶气息,丛林中黑暗最盛之地正是这里。

星际复仇者[①]来到漆黑的墙壁前,缓慢而警惕地穿了过去。身体似乎受到些牵扯,但他还是轻松进到殿内。

待他看清屋内装饰,立刻惊诧得说不出话来,一阵熟悉的恐惧将他淹没。阴郁的壁画,一排排黑檀长凳,俯视祭坛的高大雕塑……这里是某个邪教遗弃已久的祭祀庙宇。在这里,追随者们对某个黑暗之灵顶礼膜拜。直到最后一个邪神被消灭,大地才得以清净。

而现在……怪异博士定神、沉思。每一个角落,每一件物品,竟如此崭新——更可怕的是……祭坛之上还沾着鲜血!难道邪教又出来活动了?难道追随者恢复了对远古恶魔的崇拜?

祭坛附近传来轻微响动。怪异博士警觉地寻找声音源头。黑暗里,有什么晃了一下。一眨眼,他便落到那东西上方。

是个人——或者说,曾经是个人。身材颀长,肌肉结实,但四肢僵硬,眼神空洞得吓人。他的心脏还在跳动,胸口还有起伏,但除此之外

---

① 怪异博士的别称。

再无动静。没有思维,没有意识,就那么安安静静躺着,双眼茫然地盯着穹顶。

一具被丢掉的躯壳,没有了思想,没有了灵魂。

愤怒与恐惧点燃了星际复仇者的胸膛。他转身在黑暗中努力搜寻邪恶气息的源头。如此原始而强大的力量,他还是第一次遇到。

"好了!"博士高喊,"我知道你在这儿。我能感受到你的邪恶。如果你还有种……就现身吧!"

话音刚落,狂妄的笑声从四面八方传来,空洞而骇人。"你又是谁?"那声音反问。

怪异博士没作声,幽灵的双眼依然专注地四下寻觅。

黑暗中,那声音又笑了,低沉浑厚,充满嘲弄意味。"不过没关系,不是吗,凡人?你还真是大胆,竟敢向我发出挑战!你根本不知道自己在面对谁。让我姑且满足你的要求——在你面前现身吧!"声音越来越响,"愚蠢的人类……你会后悔的!"

大厅最高处,连接高塔的地方,一个丑恶的黑影沿精致的黑檀台阶飘忽而下,仿佛一团诞自疯人梦魇的乌云。行至一半,它慢慢凝聚为人形,但也因此显得更狰狞。最后,它高声笑道:"怎么样,凡人,我的尊容是否令你满意?为何不作声!想必你是——怕了吧?"

几乎同时,博士给出坚定而蔑视的回应。"怎么可能?黑暗的魔鬼!你叫我凡人,想让我因畏惧而膝软,可你错了!我和你一样,与天地一般长久。狼人、吸血鬼、黑魔法师……都曾是我手下败将。至于你这种恶魔,我连眼睛都不会眨一下!"说完,怪异博士朝台阶上立着的黑影猛扑过去。

对方的兜帽下,一双深孔立时射出红光。"那好吧,幽灵!你想跟恶魔对抗?很好!我让你见识一下恶魔的厉害。看谁是谁的手下败将!"说完,它不耐烦地招了招手。

祭坛上方裂开一道缝隙,一个巨硕而邪恶的黑色身躯滚落出来,挡在怪异博士面前。它足有他两倍多高,大嘴里长满獠牙,双眼也是红色的洞,周身散发着浓烈的腐尸味道。

金色幽灵迟疑了一下,本能地朝对方挥出一拳。拳头陷进冰冷黏滑的肉里,令他不禁颤抖。这怪物就像一团面,柔软但劲道十足,而且污秽至极,着实让人作呕。

怪物很快摆脱掉重拳,利爪一挥,在博士肩头留下痛苦的伤疤。博士惊呆了。他意识到这怪物并非来自人间,自己在它面前并非刀枪不入。它是地底世界的产物,和人间的怪物不同,完全具备伤害他的能力。

一记重拳挥出,博士胸口中招,跌跌撞撞后退几步。怪物淌着口水,嘴里咿呀乱叫,伸出利爪。博士被它狠狠钳住,投掷在地,重重地摔在冰冷的石板地上。怪物一跃跳到他身上,黄色的獠牙朝喉咙啃去。

绝望之际,怪异博士抡圆左臂,一拳打在怪物脸上。幽灵的右手也不甘示弱,肌腱紧绷,像打桩机一般重重捶打对方的面门。怪物发出痛苦的惨叫,从博士身上翻滚到一旁。博士迅速起身。

怪物眼中射出饥饿的红光。它张开双臂,又一次朝幽灵扑来。博士避开锋芒,弯腰灵巧地躲过进攻。怪物速度太快,从博士上方蹿了过去。它急忙刹住身形,转身,双脚却被幽灵狠狠地砸了一下。这家伙发出愤怒的吼叫,仰面摔倒。博士蓄起全身力量,抬起靴跟,朝怪物的颈项一记狠踹。

仿佛西瓜被攻城锤砸中,怪物的脑袋迅速膨胀,轰的一声爆开,摊成一片黏稠的黑血。怪物不动了。怪异博士踉跄躲开,大口喘着粗气。

祭坛之上,阴森的笑声再次响起:"不错,幽灵!我很欣赏你的表演!你刚刚击败了一个恶魔!"黑影高高伫立,兜帽下的深孔映出红光,"但你要知道,我可不是普通恶魔。我是萨戈,恶魔领主,暗夜君王!你刚刚使尽浑身解数,不过才打败我手下一个小喽啰!"

萨戈伸出一只手,指着地面道:"我已经见识了你的本领,现在让你

瞧瞧我的。看到了吗,地上那具躯壳?它是我的杰作!我是他们口中的'灭魂者'!那个凡人既上不了天堂,也下不了地狱,既无永生,亦无来世。他已经没了,就像从未出生、从未活过一样,已经彻彻底底地不存在了。我碾碎了他的灵魂。这可怕的命运远甚于死亡!"

金色幽灵感到一阵寒战,他难以置信地望着魔王,喃喃道:"你的意思是……"

恶魔领主发出胜利的大笑。"没错!看来你明白了我的意思。所以,好好想想并为之颤抖不已吧!我的力量无法摧毁凡人的肉身,而你,幽灵,不过是个不牢靠的精神体!我轻而易举就能把你消灭干净。但我会留着你,让你亲眼看着你的世界被我征服,自己站在一旁无能为力。战栗吧!天地开辟之初,这世界曾被我奴役。如今,它终于再次落入我手!"

讲完最后一个字,萨戈激动地张开双臂。神殿内所有光亮都消失了,只剩沉甸甸的黑暗。

怪异博士感到一阵眩晕,可怕的影像在他眼前不断闪现。他看到人类彼此仇恨,兄弟反目,手足相残。他看到战争、屠杀、鲜血、死亡。它们裂开大口,将所有人一并侵吞。整个世界沉沦在混乱与毁灭的泥沼中。还有洪水、大火、瘟疫、饥荒。它们所经之处,大地一片荒凉。恐惧和迷信重新俘获人心。教堂被推倒,十字架被焚烧。取而代之的雕像面目可憎,模样神似恶魔领主。世界各地,人们在黑暗祭坛前叩拜,父亲毫不犹豫地向萨戈的祭司献上女儿。哦,暗夜里的生物再次降临,新生的力量暗中涌动,嗜血的恶魔重新行走人间。紧锁的屋门不能提供藏身处所,萨戈的仆人统治了地球,黑暗君王肆意捕食人类的灵魂。通往克洛斯的大门悄然敞开。暗影遮罩大地,席卷一切,人类再无重见天日的可能。

残忍而得意的笑声再次响起,打断了博士的思绪。幻象消失了。回荡着恐怖笑声的神殿里,一切又归于黑暗。"退下吧,幽灵!趁我还没改变主意。我还有很多事要做。识相的话,别让我再见到你!对了,你还不知道吧——现在已是清晨,而外面还一片漆黑!没错,从今天起,永恒的黑夜将统治大地!"

声音逐渐退去,浓密的暗影慢慢消散,怪异博士终于又能看清周围。萨戈,连同他召唤出来的怪物,已经消失不见。空荡荡的大厅里,只剩下博士自己,还有曾经叫作贾斯珀的男人,久久驻留在飞扬的尘土与寂静的黑暗之中。

他们从世界各个角落冒了出来:茂密的丛林、炎热的沙漠、欧洲各大都市,甚至北部寒冷的西伯利亚。他们凶恶、野蛮、残暴,一直在期盼恶魔领主这等人物出现,如今终于如愿以偿。萨戈受到他们夹道欢迎。他们热衷于阴暗的艺术,熟稔远古的卷轴,对人们不敢高声讲出的可怕秘密如数家珍,嗜好理智头脑敬而远之的一切玄幻之物。他们同样钟爱遗落的史前文明,对他们来说,萨戈的存在与统治并不意外。

他们从四面八方赶来,齐聚在萨戈的塑像前,俯首称臣。黑暗的神灵也要有自己的祭司,对此他们跃跃欲试,想以虔诚的侍奉换取禁忌的知识。长夜降临大地,恶魔领主肆虐逍遥,期盼已久的时机已经到来。有罪之人、阴暗之人、邪恶之人,全都涌进古老的神殿,重新建立起对萨戈往昔的膜拜。他们歌唱、吟咏,期盼黑暗之主早日降临。

然而,萨戈被禁锢千年,饥饿难耐,依然流连于人间猎食,并不急于现身。

渐渐地,信徒们失去了耐心,一致决定直接召唤他出来。黑暗的大厅里点燃数十根火把,上百人盘坐在地,同时吟诵罪恶的经文。已有很多年没人敢念这些东西了。一遍又一遍,他们齐声呼唤萨戈的名字。"萨戈……"震耳欲聋的喊声响彻神殿,"萨戈……"周围一遍遍传来回响,"萨……戈……!"夜幕之下,大地似乎都被排山倒海的召唤声

淹没。

祭坛之上,一个年轻女孩被绑住手脚,双目圆睁,惊恐地看着这一切。离她不远,一名体格壮硕、形容丑恶的男子正慢慢逼近;手握一把长长的尖刀。他是这群祭司的头目,长着猥琐的小眼睛,嘴巴像一道裂开的红色疤痕。火把照耀下,刀刃反射出森森白光。

他在萨戈巨大的塑像前驻足,抬头仰望,低声吟诵:"萨戈……"音色低沉而怪异,令人不禁颤抖,"恶魔领主,黑暗之王,地下之君,永远的灭魂者!我们召唤你。献上处子之魂,望您笑纳,望您现身!"

说完,他低下头,慢慢举起手中尖刀。人群中传来一阵兴奋与期待的呼喊。刀光一闪,女孩吓得高声尖叫。

就在这时,祭司的长袍突然被什么东西扯住。眨眼间,他的手腕被反扭,手中尖刀也被打掉。一个闪着金绿色光芒的幽灵赫然出现在祭坛上。在众人的惊呼声里,他捡起地上尖刀,惨白的五指紧握刀柄,一下子捅进祭司的胸膛。鲜血喷涌,祭司身子一软,瘫倒在地。

幽灵转过身,不紧不慢地来到昏厥的少女面前,扯断她身上绳索。人群里,愤怒和恐惧的喊声此起彼伏。"这是亵渎!"人们高喊,"萨戈,快来保护我们!"

嘈杂声中,一团黑影出现在众人头顶。暗影随即笼罩大厅。一个接一个,火把次第熄灭。人群中传来胜利与宽慰的惊叫。

黑影很快化为人形,兜帽下,一双深孔射出红光。"你太过分了,幽灵,"恶魔领主低声嘶吼,"竟敢对皈依于我的凡人下手!我要让你付出灵魂的代价!"说完,在他周围开始形成一股强大的黑暗气焰,几乎扑灭幽灵身上散发的光芒。

"哦,真的吗?"怪异博士从容应答,"我可不这么想。上次你见识过我的本领——但那不过是冰山一角!我比你想象的要强大得多。萨戈,你在黑暗、死亡与鲜血中诞生,代表了邪恶与罪孽的灵与肉。而我恰恰相反,由意志之神亲手缔造,高出你不知几筹!我只需动一个念头就能摧毁你。在我看来,无论是你,还是依附于你的这群寄生虫,都该悉数铲除!"

金色幽灵发出更强的光芒,宛如一颗小型太阳,几乎照亮整座大厅。萨戈突然感到一阵前所未有的压力,有些动摇。但他很快摆脱掉这种感觉,也不再多说什么。他缓缓举起一只戴手套的手,掌心开始汇聚黑夜与死亡的可怕力量。霎时间,一道黑光穿透空气,径直射出,威力无边。

金色幽灵一动不动,直直地站着,双手叉腰。黑光迎面击中了他。一阵强光闪过,一个身影无声地跌倒在地,周围的光芒也黯淡下去。

大厅里响起可怕的笑声,带着浓浓的嘲讽。萨戈转身面向他的信徒,高声道:"看到了吗?谁敢抵抗黑暗的力量,就是这般下场!谁敢违背黑暗的意愿,就……"突然他停住了,众多信徒的脸上充满异样的神色。他疑惑地转身,不明白发生了什么。

四射的光芒中,倒在地上的金色身躯重新站起。一瞬间,萨戈竟然尝到恐惧的滋味。但他很快振作,再次向对方发出一道可怕的黑光。金色幽灵又一次被打翻在地。然而没多久,在萨戈惊恐的注视下,金色身影又从地上爬起,一语不发地朝萨戈阔步走来。

萨戈惊慌失措,连忙射出第三道黑光。对方跌倒后,又很快站了起来。祭坛下的人群炸开了锅。最后,金色幽灵在恶魔领主面前慢慢停住,开口道:"如此而已吗,萨戈?真是太糟糕了!我已见识了你的全部本领,可依然活得好好的。邪恶的君主啊,那么现在,轮到你尝尝我的厉害了!"

"不……!"萨戈惨叫一声,身体猛烈颤抖,迅速变成一团漆黑的乌云。祭坛上方裂开一条缝隙,雾气盘旋,暗影四溢,乌云瞬间钻进裂缝,消失不见。裂缝也随之合拢。

怪异博士转过身,面向惊恐而充满挫败感的萨戈信徒们,看着他们纷纷尖叫,逃出神殿。随后,他走到祭坛前,浑身一抖,倒在地上。有什么东西从他身上钻出来,飘过房间,消失在阴影中。

没过一会,大厅另一头又走来一个金色幽灵。他在祭坛前俯下身,用手抹掉第一个幽灵脸上白色的易容妆。寂静的大厅里,只听他喃喃说道:"他说你是躯壳——一副空荡荡的皮囊——确实没错。但我可以潜入你的身体,像穿衣服一样驾驭你的躯干,把自己的肉身隐藏在暗处。他能摧毁我的灵魂,却伤害不了你的身体。于是,在他每次击中你之前,我先暂时离开,之后再返回来。看样子这招奏效了。想不到堂堂魔王,也有上当受骗、感到恐惧的时候。"

神殿外,天亮了,一轮新日从东方升起。神殿内,檀木长凳开始倾塌,如土委地,化作尘埃。现在,还剩最后一件事。

怪异博士来到漆黑的祭坛前,双手握紧萨戈雕像的两腿,猛一发力,将它整个掀倒。轰的一声,巨大的雕像重重砸在地上。

博士后退一步,看着眼前的一切,苍白的脸上露出讽刺的笑容。"虽然他摧毁了你的神智和灵魂,"他低下头,对地上身着金绿色服装的贾斯珀说,"但最终,却还是败在你——一介凡人脚下。"

他抬起头看了一眼祭坛上的女孩。她正慢慢苏醒。博士来到女孩面前,轻声说:"别害怕,我马上带你回家。"

神殿外,阳光灿烂。暗影散去,长夜结束了。

解冰 译

梦歌

要塞

> 你可曾见过她,宏伟的灰色身躯,
> 高高伫立在海上,
> 一双冷峻的眼,无声地恫吓。
> 有本事来试试?
> 那样的目光,真是恐怖又残忍,
> 胆敢造次的军队,怕是都要有去无回。
>
> 丛林也好,平原也罢,
> 战争的号角啊,
> 莫来打扰大海的安宁;
> 若将女王从沉睡中吵醒,
> 你可就得尝尝,
> 她怒火的味道!
>
> ——《军旗手斯托尔的故事》,约翰·路德维格·鲁内贝格[①]

静悄悄的夜色中,瑞典堡[②]傲然矗立。

她由六座小岛组成,六座岛上都有堡垒,在月光下投下大片阴影,四周冰川环绕。锯齿状花岗岩城墙上,一排又一排加农炮静默陈列。毅然决然的士兵们手持枪支,日夜驻守在高墙背后。

[①] 约翰·路德维格·鲁内贝格,芬兰民族诗人,著有长篇诗歌《军旗手斯托尔的故事》,全诗借由一名军旗手的回忆,再现了芬兰战争(1808—1809年)时期的诸多人物和事件。芬兰战争是瑞典与俄罗斯的战争,而当时的芬兰还是瑞典的一部分。

[②] 瑞典堡,又作斯韦堡、芬兰堡,位于芬兰首都赫尔辛基港东南,以坚固著称,享有"北方直布罗陀"的美誉。

这里的一切都严阵以待。

寒风从西北吹来,带来远方城市弥漫的硝烟。在六座岛中最大的一座、狼岛的城墙上,本特·安塔宁上校独自站在护墙前,若有所思地凝视远方。他身材精瘦,体格硬朗,制服显得有些宽大,一双灰眸此时写满忧虑。寒冷的空气让他打了个激灵。

"上校?"一个声音从背后响起,安塔宁半转过身,看清来人是卡尔·班纳森上尉,便朝对方咧嘴笑笑。班纳森快速地行了个礼,来到上校身旁。

"希望我没打扰到您。"他说。

"当然没有,卡尔,我只是在想事情。"安塔宁说着,吸了吸鼻子。

之后好一阵,两人都没作声。最后,班纳森开口:"今天俄军炮火很猛,我军在冰川上伤亡众多,还扑灭了两场大火。"

安塔宁陷入沉思。他双眼望向远方,似乎对身边这位个子高高、年纪轻轻的瑞典上尉并不关心。"我们本就不该派士兵去破冰。"他心不在焉地说。

班纳森犹豫了一下,用湛蓝的眼睛打量起上校,疑惑地问:"您为何这么说?"

安塔宁没有作答,依旧安静地眺望夜幕下的远方。

过了不知多久,安塔宁终于转过身,面容颇为焦虑。"一定出了什么事,卡尔,"他开口,"一定出了什么大事。"

班纳森一头雾水。"您……到底想说什么?"

"克朗施泰特将军。"上校回答,"他最近的表现很不对劲,我极为担忧。"

"那……是哪里不对劲呢?"

"他下达的那些命令,还有他讲话的方式。"高瘦的芬兰人说着摇摇头,指向远方的城市,"还记得三月初,俄军刚开始包围那会儿么?他们用雪橇拉来大炮,架在赫尔辛基港的一块大石头上朝我们开火,当我们还击时,几乎每一发炮弹都落到了城里。"

"确实如此。那又如何呢?"

"俄军竖起停战旗帜,和我们谈判,克朗施泰特将军同意赫尔辛基城应为中立区,双方都不得在城周筑建防御工事。"说着,安塔宁从口袋里取出一张纸,在班纳森面前晃了晃,"萨特兰将军允许住在赫尔辛基的军官妻子们前来瑞典堡探望,我从她们那里得到这份情报。看来俄国人确实转移了大炮,但他们在赫尔辛基驻扎下来,建造了军营、医院和弹药库,我们却无能为力!"

班纳森皱起眉头。"我明白您的意思了,"他说,"长官知道这件事么?"

"他当然知道,"安塔宁不耐烦地答道,"可他不肯采取行动。他身边那帮家伙,以贾格赫为首,一直在劝说他这份情报不可靠。所以现在俄国人躲在城里,在我们眼皮底下安身,却没人能动他们。"说完,他愤怒地把纸揉成一团,满脸嫌恶地塞回口袋。

班纳森没有答话。安塔宁又兀自转身眺望远方,口中依然嘟囔着什么。

很长一段时间,两人都不再作声,气氛尴尬起来。最后,班纳森不自在地挪了挪脚,咳嗽一声,开口道:"长官,您觉得我们并未受到真正的威胁,对吗?"

安塔宁面无表情地看了他一眼。"威胁?没错,我不觉得我们面临什么威胁。我们的要塞固若金汤,而俄军十分虚弱,想攻破要塞,俄军需要比现在多得多的大炮和士兵。我们的食物供给也很充足,应该挺得过这次围城,况且过不了多久,等冰川融化,瑞典那边就能从海上为我们提供增援了。"

说完,他停顿了一下,接着缓缓道:"然而,我还是十分担忧。每过一天,克朗施泰特将军都能找到新的防御漏洞,与此同时,大批士兵在破冰任务中阵亡。我听说克朗施泰特的家人也和难民们一起困在瑞典堡,恐怕他对他们的关心有些过分了。现在他眼中只看到破绽,我们的士兵全都勇猛忠诚,愿意为捍卫堡垒献出生命,军官们却——"

安塔宁长叹一声,摇了摇头。半晌后,他突然挺直腰,走下炮台。"还是回去吧,"他扭头对班纳森说,"这地方太他妈冷了。"

班纳森微笑:"是啊,也许明天萨特兰将军就打过来了,我们就没什么好担心的了。"

安塔宁听后也笑了,轻拍了下班纳森的后背。两人并肩离开城墙。夜已深。三月的最后一天结束了,四月悄然来临。

瑞典堡依旧在等待。

"恕我直言,长官,我不认为现在是谈判的时候。瑞典堡很牢固,应付目前战况不成问题。我们的供给也很充足。这时去见萨特兰将军,对我们没有好处。"

安塔宁上校慷慨陈词,面色凝重,他握住剑鞘的手指节微微发白。

"荒唐!"贾格赫上校高贵的五官扭作一团,做出不屑的表情,"我们的处境极为危险。长官,正如您了解到的,我们的防御存在诸多破绽,四周冰川更给了俄军接近的机会。我们的弹药愈发紧缺,俄国人却排满了大炮,他们的兵力也在日益增长。"

卡尔·奥洛夫·克朗施泰特中将坐在办公桌后,严肃地点点头。"贾格赫上校说得没错,本特,"他说,"我们有太多理由和萨特兰将军谈一谈了。瑞典堡的境况远谈不上牢固。"

"可是,长官!"安塔宁挥舞着紧攥手中的一叠纸,"我搜集到的情报可不是这样。俄国人手上大约只有四十门炮,兵力也比不上我们。他们不可能贸然进攻。"

贾格赫哈哈大笑:"如果你的情报真是这么说,安塔宁上校,我只能告诉你它是错的。克里克中尉就在赫尔辛基城里,他向我汇报,敌军兵力远超我军,他们的大炮也远不止四十门!"

　　安塔宁愤然转身,怒斥同僚:"克里克!你竟听那家伙的!他就是个蠢货!一个该死的安亚拉叛徒!如果他现在真的身在赫尔辛基,那也是为俄国人卖命!"

　　说完,两位上校怒目而视。安塔宁面色通红,情绪激动,贾格赫则显得冷酷而傲慢。"我的亲人就在安亚拉同盟①,"年轻贵族一字一句地道,"他们不是叛徒,克里克也不是。他们都是忠诚的芬兰子民。"

　　安塔宁大声咆哮作为回应,没人听清他在吼什么。他又转身面向克朗施泰特:"长官,我向您保证,我的情报绝对准确。只要我们撑到融冰,就再没什么可害怕的。我们轻松就能撑到。海道一通,瑞典人会立刻派出增援。"

　　克朗施泰特司令却拉长了脸,面带倦色。他从椅子上缓缓起身:"不,本特,我们不能放弃这次谈判的机会。"他微笑着摇头,"你太渴望战争了,本特,然而我们不能那么莽撞。"

　　"长官,"安塔宁坚持,"如果非如此不可,那就谈判吧,只是您万万不可妥协。瑞典和芬兰的希望都寄托在我们身上。春天一到,克林斯珀将军就会率瑞典舰队发起反攻,把俄国人从芬兰的土地上赶走。瑞典堡对这个计划至关重要,如果这里沦陷,全军士气定会一落千丈。再撑几个月,长官,再撑几个月,瑞典军就能打赢这场仗。"

　　克朗施泰特的表情一下子阴郁起来:"上校,你最近一定没读过报纸吧。瑞典已经溃不成军,每一处战场传来的都是败报。我们就不要指望胜利了。"

　　"可是,长官,"安塔宁睁大双眼,惊慌失措地说,"那全是萨特兰将军送给您的报纸,都是俄国的报纸。您看不出来吗,长官,这些新闻靠

---

① 安亚拉同盟,1788年第七次俄瑞战争期间,一些因不满时局而在芬兰小镇安亚拉向俄国女皇叶卡捷琳娜二世写信求和的芬兰军官。后来女皇拒绝了议和,这些军官也被当局逮捕或处决。

不住，我们不能信。"他讲话的样子绝望极了。

贾格赫又笑了，笑声里充满冷酷的嘲讽。"消息是真是假，重要吗？安塔宁，你不会真以为瑞典能打赢这场仗吧！区区一个北欧小国，如何能抵挡沙皇的铁蹄？俄罗斯帝国横跨欧亚大陆，从波罗的海到太平洋，从黑海到北冰洋全是它的疆域！俄罗斯还是拿破仑——那个不知砍下多少欧洲国王头颅的无敌将军的盟友！"他笑着说，"完蛋了，本特，我们完蛋了！现在，看看我们能拿到什么样的条约吧。"

安塔宁死盯着贾格赫，半天没作声。最后，他咬牙切齿地说："贾格赫，你是一个失败主义者，一个懦夫和叛徒。你根本不配穿着这身军装。"

一瞬间，年轻贵族眼中射出愤怒的火焰。他手抚剑柄，凶狠地向前跨出一大步。

"先生们，先生们，"克朗施泰特不知何时已站到二人中间，把安塔宁挡在身后，"我们正被敌人包围，我们的家园成了战场，军队节节败退，这绝不是自己人之间过意不去的时候。"他表情坚毅，面色铁青，"贾格赫上校，请你立即返回自己的营房。"

"遵命，长官。"贾格赫敬了个礼，转身离开房间。克朗施泰特中将慢慢转身，面对安塔宁。

"本特啊本特，"他悲伤地摇头，"你怎么就不明白呢？贾格赫是对的，其他人都认同他。我们现在和俄军谈判，舰队便无须白白送死，芬兰士兵也能少流一点血。"

安塔宁上校一动不动地站着，目光冰冷至极。他抬头望向长官，如同对着空气一般说道："长官，您当年在鲁津萨尔米①也是这个样子么？如果是，您又怎能取胜？失败主义不可能替我们打赢战争。"

---

① 鲁津萨尔米（Ruotsinsalmi），斯文斯克松德的芬兰语说法。在 1790 年发生的第二次斯文斯克松德海战中，瑞典舰队曾经摧毁掉大部分沙俄舰队，取得了史无前例的重大胜利。

克朗施泰特中将的脸色刷地变了,声音也尖锐起来。"够了,上校,我不会容忍这种犯上行为。我受时局所迫,接受俄方建议,将于四月六日接见萨特兰将军,商讨瑞典堡投降事宜;这一决定,从今你不可再有质疑。这是命令!"

安塔宁什么也没说。

克朗施泰特将军又盯着他看了一会,眼中怒气未消。他随后转身,轻蔑地哼了一声,不耐烦地朝门口挥挥手。"解散吧,上校,回你的营房去。"

班纳森上尉听到消息后一脸错愕。"这不可能,长官。投降?将军怎会下达这种命令?士兵们可都摩拳擦掌,等着好好干一仗呢。"

安塔宁笑起来,声音空洞而苦涩,不带半点笑意。他圆睁的双眼写满绝望,双手将长剑攥得死死的。他靠着一座雕琢华丽的墓冢,立在两棵大树垂下的阴影中。几步之外,班纳森站在低处的台阶上,上面是纪念碑,他的身影也被夜色笼罩。

他们身处狼岛堡垒的中心庭院。

"士兵们摩拳擦掌,"安塔宁开口,"军官们却往后撤。"说完,他又笑了一声,"克朗施泰特将军——当年率领我们夺取鲁津萨尔米胜利的大英雄,如今变成了一个被恐惧折磨、整天疑神疑鬼的老头儿。萨特兰将军安排得真是妙啊,那些法国人、俄国人的报纸,军官们的女人从赫尔辛基带回的流言,全是为了播下失败的种子。还有贾格赫上校……他为它们浇水灌溉。"

班纳森还是难以置信。"可是……将军他到底在怕什么呢?"

"他什么都怕。他能看到防御上别人看不到的破绽,他担心家人的安危,他还惦记着当年打胜仗带过的舰队。他宣称瑞典堡在冬天是孤立无援的。他现在虚弱、敏感又多疑。而他害怕什么,贾格赫那帮家伙就会告诉他,他担心得没错。"

安塔宁的脸因愤怒而扭曲,他吼叫起来:"那帮懦夫!叛徒!克朗施泰特将军左右摇摆,犹豫不决,然而……如果他们能替他拿定主意,说不定将军还能找回勇气和理智。"

"小声点,长官,您讲得太大声了。"班纳森谨慎地说,"如果事情真如您所说,我们又能做什么?"

安塔宁抬起双眼,直直地望向台阶下方的瑞典上尉。他冷静地思考了一阵,最后道:"明天就要举行谈判。克朗施泰特或许能坚持立场,但如果他做不到,我们得做好准备。叫上所有忠诚的士兵,让他们准备好。或者也可以称这为兵变,反正只要还有一个坚守荣誉的士兵,瑞典堡就不能坐以待毙,向敌人低头。"

班纳森脸色煞白,缓缓点了点头,转身准备离开。这时,安塔宁一个箭步冲来,在台阶上定住。"卡尔,"他呼唤,对方也扭过头,"我把自己的性命,或许还有芬兰的未来,都交到了你手上。你明白吗?"

"我明白,长官。"班纳森答道,"您可以信任我们。"说完,他再次转身,不一会儿便消失不见。

安塔宁独守在黑暗中,呆呆地盯着自己的双手,那双手因握剑太过用力而流出血来。半晌,他抬眼望向墓冢,哈哈大笑。"艾伦怀特,"他的声音在夜色中变得轻柔,"你这堡垒设计得不错。就让我们看看这群守卫她的人,配不配得上她的坚强吧。"

看清门口所站何人,贾格赫上校的眉毛拧成了团。"怎么是你?安塔宁,你下午还没有闹够?我真佩服你的勇气,说吧,你到底想怎样?"

安塔宁步入屋内,合上了门。"我想和你谈谈。我想改变你的主意。我知道克朗施泰特听你的话,如果你建议不投降,他会慎重考虑的。瑞典堡绝不能沦陷。"

梦歌

贾格赫靠回椅背,扬起嘴角。"或许吧,谁让我是他的亲戚呢,长官尊重我的意见。不过安塔宁,投降真的只是早晚问题。瑞典人不可能赢得这场战争。我们拖得越久,就会有越多芬兰人牺牲。"年轻贵族平静地望着对面的同僚。"瑞典输了,但芬兰无须站在失败者一边。我们已得到沙皇亚历山大的允诺,芬兰将成为他保护下的一个自治国,届时我们将享有瑞典从未给过我们的自由。"

"可我们是瑞典的子民,"安塔宁愤怒而鄙夷地说,"我们有义务保卫祖国,捍卫国王的尊严!"

贾格赫轻笑:"瑞典?别逗了,我们是芬兰人!当瑞典人有什么好?我们要向他们交税,还要送我们的孩子去赴死,死在波兰、德意志和丹麦的土地上……瑞典人打仗,却把我们的家园变成战场!你说,我们凭什么向瑞典效忠?"

"融冰之后,瑞典会来支援我们的。"安塔宁答道,"只要我们撑到春天,就能等来她的舰队。"

贾格赫也站了起来,话里充满嘲讽和辛酸。"我绝不会指望瑞典人,上校,我们不妨来好好回顾一下历史吧。大入侵时期,查理十二在哪儿?他策马扬鞭,足迹遍布欧洲大陆,唯独不肯为饱受折磨的芬兰调来一兵一卒!如今,克林斯珀将军又在哪儿?俄国人焚烧我们的城镇,蹂躏践踏我们的土地,他可曾为芬兰挺身而出?没有!克林斯珀选择撤退,回去保卫瑞典,他的祖国!"

"所以因为有些瑞典人帮助我们不够及时,你就去和俄国人做交易?去和那些大举入侵的屠夫,现在正荼毒芬兰的祸首做交易?这真是笔糟糕的买卖。"

"不,安塔宁,我们现在还是俄国的敌人,但等站到他们那头,事情就不一样了。我们再也不用为了取悦瑞典国王,每二十年就被迫参与一场战争,也不用再为了查理十二或古斯塔夫第三的春秋大梦,牺牲掉数千芬兰弟兄的性命。等沙皇统治了芬兰,我们会迎来自由与和平!"

贾格赫的声音笃信而兴奋,安塔宁的神情却愈发凝重。他悲哀地,甚至怀着一丝心痛地望着贾格赫,叹道:"我曾以为你是个叛徒,贾格赫,我错了。你是一个理想主义者,一个空想家,你连叛徒都不如。"

"空想家?我?"贾格赫惊讶地挑了挑眉,"不,本特,你才是空想家。你幻想瑞典能带给我们一场不可能的胜利,我不过是实事求是,按照这个世界本来的运转规律,客观地做出决断。"

安塔宁摇头。"我们和俄国人打得太久了,上校,我们和他们是世仇。你以为能和平相处,但这行不通。芬兰太了解俄国,有些事绝不会忘。无论如何,这不可能是我们和俄国之间的最后一场战争。"

说完他缓缓转身,拉开屋门准备离开。但突然间,他仿佛又想起了什么,回头望向贾格赫。"你是个误入歧途的空想家,"他无力地笑笑,"克朗施泰特也只是个孱弱的老人。我谁也怨不了,贾格赫,我谁也怨不了。"

门轻轻合拢。寂静的走廊里,本特·安塔宁上校孤身一人,精疲力竭地倚住冰冷的石墙。他双手掩面,低声抽泣。

"老天,我的老天,"他的声音嘶哑而哽咽,身体不住颤抖,"一个做梦的傻子和一个得了疑心病的老头,他们就这样合伙葬送了北方的直布罗陀。"

他呜咽着笑起来,然后站直身子,大步走进夜色。

"——允许我们派遣两名信使到国王处,一名从北走,一名从南走,均携带通行证,并由专人护送,各方都应提供一切可能的便利以助其完成旅途。一八零八年四月六日,罗南岛。"

冗长的条款宣读完毕后,会议室内安静得吓人。不一会儿,后方传来窃窃私语,有几名瑞典军官不安地挪了挪身体,但没有谁举手发言。

克朗施泰特海军中将面对一屋子的高级军官,从指挥官办公桌后缓缓站了起来。他看起来比实际年龄更为苍老,一双疲倦的眼中布满血丝。离他不远的几名军官发现,他紧抠掌心的拳头在轻微颤抖。

"以上是协议内容,"将军开口,"考虑到我们目前的窘境,这是能争取到的最好条件。我们已消耗三分之一的弹药,由于结冰的关系,我们已无险可守。我军兵力处于劣势,还要供养一大批流亡者,他们很快就会把我们的补给消耗殆尽。考虑到这种种因素,萨特兰将军本可以要求无条件投降。"

他停顿了一下,疲惫地捋了捋头发,打量着面前芬兰、瑞典军官们的反应。

"但他没这么做。"他续道,"根据协议,我们仍保有瑞典堡六岛中的三个,如果五艘瑞典战列舰能在五月三日之前及时增援,我们还可再收回两个岛;如果他们到不了,我们便投降。但无论怎样,瑞典舰队都不会蒙受损失。我想,立刻停战能避免不必要的伤亡。"

克朗施泰特说完,眼神瞟向一旁,坐在他身边的贾格赫上校立刻起身:"是我协助长官谈判争取到这份条约,它对我们已经非常、非常有利了。萨特兰将军给出的条件十分慷慨。不过,如果瑞典舰队没能按时赶到,我们则安排驻守部队有秩序地投降,这也正是召开这次会议的目的。我们——"

"不!"偌大的会议室里传来一声怒吼,打断了贾格赫的发言。全场鸦雀无声,所有人都惊讶地望着同一方向。愤怒的本特·安塔宁上校站在那里,脸色气得煞白。

"慷慨?哈!慷慨?"他尖刻地问,声音里带着浓浓的嘲讽,"直接交出西黑岛、小黑岛和浅滩岛,过一阵子再把剩下的也拱手相让。你管这样的条约叫慷慨?开什么玩笑!绝不可能!这和直接投降有什么区别?不过是往后拖延了一个月。听着,我们根本没必要投降。我们的兵力不比他们少,我们一点也不虚弱。瑞典堡现在不需要什么安排——她只需要一点点勇气和信仰。"

Dreamsongs

安塔宁的话音渐落,会议室的气氛也降至冰点。克朗施泰特海军中将厌恶地看着眼前这个反对者,当他说话时,声音里流露出旧日的威严。"我想我那天给你下过命令了,上校。我厌倦了你质疑我每一项决策。是的,我做出了一些让步,但我为瑞典、为我们所有人争取到全身而退的机会。这是我们唯一的机会!现在,上校,我命令你坐下!"

在座军官纷纷出声赞同。安塔宁不屑地瞥了他们一眼,回头依旧直直地盯着将军。"是的,长官,"他说,"但您为我们争取到的这个机会,它根本不算什么机会,真的算不上。在这么短的时间里,瑞典舰队不可能赶到,冰川也不会融化。"

克朗施泰特没理他。"我下过命令了,"他说,声音犹如钢铁般坚硬,"给我坐下!"

安塔宁冷冷地望着他,眼中如有火焰燃烧。他垂在身体两侧的手不自觉地攥紧了拳头。两人紧张地、无声地对视良久。最后,安塔宁还是坐了下来。

贾格赫上校咳了一声,拿稳手中文件。"总之对我们而言,时间就是生命。当务之急是向斯德哥尔摩派出信使。通行证俄方会替我们备好,至于送信人选——"

他的目光扫过屋内每个人,"如果长官没有异议,我推荐埃里克森中尉,还有——"

他停顿了几秒,脸上缓缓绽开得意的笑容。

"班纳森上尉。"

克朗施泰特点头同意。

清晨的空气寒冷清冽,太阳在东方缓缓升起。然而无人欣赏这美好晨光,瑞典堡上下,从军官到士兵,从瑞典人到芬兰人,从水手到炮兵,全都屏息向西,盼望朦胧而漆黑的海面上能冒出什么。他们清楚瑞

梦歌

典舰队不可能到达,但每个人都翘首期盼,一连站了几小时。所有人都在空旷的海面上搜寻,所有人心中都在默默祈祷。

本特·安塔宁上校也是其中一员。他站在狼岛城墙上,同许多人一样透过微型望远镜观察远方。然而同其他人一样,他什么也没发现。

安塔宁收起望远镜,走下炮台,半转身眉头紧锁地对身边的少尉说:"没用,我是在浪费宝贵的时间。"

少尉看起来紧张又害怕。"希望总是有的,长官,"他说,"萨特兰将军给我们的期限还没到,距离正午还有几小时。我们还有希望,是不是,长官?"

安塔宁的神情一如既往的严峻。"我倒希望如此,"他答道,"但那不过是自欺欺人。况且按照条约,舰队必须在正午之前抵达瑞典堡,而不仅是出现在视野里。"

"那有什么区别?"少尉不明白他的意思。

"你看那边,"安塔宁说着指向远处一个隐约可见的小岛,"还有那边,"他移动手指,指向另一个岛,"那些都是俄军的堡垒。他们利用停火控制了瑞典堡的入口,任何船只想要通过,都要面临他们的阻击。"说完他长叹一声。"更何况,大海被冰川封死,几周之内没有船能开得过来。严冬和俄国人联手扼杀了我们的希望。"

两人的心情更为低落。他们一同离开护墙,朝堡垒内部走去。走廊里昏暗的灯光令人窒息,四下唯有可怕的宁静。

过了不知多久,安塔宁开口:"我们浪费的时间够多了,少尉,不能再这么白白等下去。我们必须采取行动。"他边走边望向对方的双眼,"把你所有的人都叫上,就现在。两小时后,大家到我的营房会合。"

少尉却有些犹豫不决。"长官,您确定吗?我们的人很少,对手却是整座要塞。"

昏黄的灯光下,安塔宁的脸上写满疲惫和忧虑。"我也不知道,"他道,"我真的不知道。班纳森上尉认识很多人,如果他还在,我们应该能召集到更多士兵。但我没有卡尔的人脉,也不知还有谁可以信任。"

他停住脚步,将两只手搭在少尉的肩上。"然而无论如何,我们都要试一试。整个冬天,芬兰的士兵们在饥饿与严寒中度过,目睹自己的家园被人蹂躏,唯一支撑他们的是对胜利的渴望。如果瑞典堡沦陷,连这个梦想也将破灭,芬兰就真的失去了希望。"他悲伤地摇头,"我们决不允许这种事发生。"

少尉点点头。"我要两个小时,长官,您可以信任我们。我们会让克朗施泰特长官坚强起来。"他咧嘴笑笑,匆忙向安塔宁告退。

静悄悄的走廊里,此时只剩本特·安塔宁上校一人。他拔出佩剑,在昏黄的灯光下仔细端详,目光带着一丝悲哀。他很想知道,为了拯救芬兰,有多少芬兰士兵要死在他剑下。

没人回答他。

两名守卫显然拿不定主意。"我不知道,上校,"其中一人说,"我们接到的指令是,没有授权,任何人都不得进入军械库。"

"难道我的军衔还不够授权吗?"安塔宁呵斥,"我现在就命令你,让我进去。"

守卫面面相觑,不知如何是好。"那好吧,"一名守卫最后说,"这样的话,或许可以——"

"不行,"另一名守卫发话,"贾格赫上校特意叮嘱过我们,除非克朗施泰特将军亲自授权,否则任何人不得入内。恐怕您也不行,长官。"

安塔宁冷冷地看着他:"这么说,你是要违抗一位长官的命令了。我们倒来看看,克朗施泰特将军会怎么处理这件事。"

第一名守卫脸上的表情很不自在,另一名守卫也变得局促不安。两人的注意力都集中在面前愤怒的芬兰上校身上,"动手,"上校一声怒吼,命令道,"就是现在!"

梦歌

话音未落,几发子弹从走廊另一侧射了出来。两名守卫猝不及防,其中一人惨叫一声,痛苦地捂住流血的胳膊,步枪掉在地上;另一人下意识地寻找枪声来源,却被猛扑而来的安塔宁死死抓住了肩上火枪,还没弄清到底发生了什么,枪便被安塔宁夺去。走廊尽头,一伙武装的士兵冲了出来,大多端着步枪,还有几人举着枪口还在冒烟的手枪。

"怎么处理这两个家伙?"领头的是一个身材魁梧的下士,他用细剑指了指还站着的守卫的胸口。另一名守卫跪倒在地,小心捂着受伤的胳膊。

安塔宁把缴获的步枪交给旁边队友,来到两名守卫面前。他从其中一人的腰带上扯下钥匙环,冷冷地说:"把他们绑起来,派人看着。不到万不得已,不要轻易杀人。"

下士点点头,举起手中细剑向旁边的人示意。安塔宁拿起钥匙,在门锁上试。不一会儿,厚重的木板门开了一道细缝,通往要塞军械库的大门打开了。

所有人都在等待这一刻。他们迅速地冲进去,有条不紊地开始工作,眨眼间,厚实的木箱被撬开,里面堆放的一把把步枪被竞相发放,四处是叮叮当当的金属碰撞声。

安塔宁守在门口,紧张地望着屋里人的动作。"快一点,"他催促,"子弹和火药都拿够了,我们还得留下一部分人守着这里,万一他们打过来——"

走廊里突然传来跑步声和火枪射击声。安塔宁凝神屏息,一手握住剑柄,转身跨出门外。

他待在原地。

留下来看守的几名弟兄已被押到走廊尽头,武器堆在脚边。安塔宁此时面对的,是比他率领的叛军多出一倍的对手。他们的枪口全都齐刷刷对着他,也对着他背后的军械库大门。站在队伍最前面的正是自信满满、模样高傲、身材精瘦的 F. A. 贾格赫上校,他右手攥着一把

Dreamsongs

手枪。

"都结束了,本特,"他开口道,"我们早料到你不会死心,协议签订后,你的一举一动都在我们监视之下。你的兵变到此为止。"

"我不这么认为。"安塔宁道,震惊之余依然保持镇定,"我们的人这会儿早已夺下克朗施泰特将军的办公室。有他做人质,我们很快就能控制主炮台。"

贾格赫仰头大笑。"别傻了,本特,你是说那个少尉和他的小分队么?我们早就截了下来,他们根本没机会接近长官。你和你的人,从来就没机会。"

安塔宁的脸色变得惨白,眼中闪过恐惧和绝望,随即又变成冰冷而炽烈的怒火。"不!"他咬牙切齿地喊道,"不!"他猛地拔出剑,一个箭步朝贾格赫刺去。剑光闪闪。

他才迈出三步,就被一颗子弹击中了肩膀,剑也随之脱手。接着是第二颗、第三颗……子弹连续击中安塔宁的腹部,迫得他弯下腰去。安塔宁摇摇晃晃地迈出最后一步,随即身子一斜,栽倒在地。

贾格赫冷漠地扫了他一眼,转头朝军械库中喊道:"里面的人,放下武器,"他洪亮的声音在走廊里回荡,"慢慢走出来。你们人少又被包围了。叛变结束。别逼我们开枪。"

没人回应他。走廊另一侧,被制服的下士冲屋内大声叫道:"照他说的做,他们人太多了!"他扭头望向地上的安塔宁,"长官,您跟大家说说,叫他们放弃吧,已经没可能了。您跟大家说吧,长官。"

然而回答他的只有无声的嘲讽。本特·安塔宁上校依旧一动不动地倒在地上。

死了。

兵变几分钟便告结束。之后不久,俄国国旗高高地挂上了狼岛护墙。

瑞典堡沦陷。没多久,芬兰全境飘起沙皇的旗帜。

梦歌

尾声

老人痛苦地从床上撑起来,好奇地望着站在门口的来客。这人个子很高,体格健壮,有一头脏兮兮的金发和一双冰冷的湛蓝色眼睛。他穿着瑞典陆军少校的制服,周身散发出一股坚毅而自信的战士气息。

来客向前走了几步,在老人的卧榻前俯下身。"这么说,您不认得我了?"他问,"我大概知道为什么。你试图忘掉所有和瑞典堡有关的记忆,克朗施泰特将军。"

老人剧烈咳嗽起来。"瑞典堡?"他虚弱地答道,努力回忆在何处曾见过这个陌生人,"你……也在瑞典堡?"

来客笑了。"是的,长官,而且待了好一阵呢。我是班纳森,卡尔·班纳森,当时还是上尉。"

克朗施泰特眨眨眼。"哦,哦,没错,我想起你了,你变了很多。"

"的确,我被你派去斯德哥尔摩送信,之后几年,我和卡尔·约翰一起对抗拿破仑。我经历了无数次战役,长官,也见过太多的围城,但我从来没有忘记瑞典堡,从来没有。"

老将军又难以克制地咳嗽起来,不由得弯下了腰。"你……你想怎样?"他勉强说出口。"请原谅我的失礼……"将军又咳起来,"我是个病人,说话对我来说是个力气活,希望你能谅解。"

班纳森打量着周遭这间狭小肮脏的卧房。他站直身子,从胸前的制服口袋里取出一个密封的厚信封。

"司令,"他一边说,一边刻意举起信封轻拍手心,"您知道今天是什么日子吗?"

克朗施泰特皱眉答道:"四月六日。"

"没错,今天是一八二零年四月六日。十二年前的今天,你在罗南岛会见萨特兰将军,把瑞典堡送给了俄国人。"

床上的老人缓缓摇头。"别这样,少校,你是在唤醒一些我早就锁起来的记忆,我不想再谈瑞典堡了。"

"哦,是吗?那可真是太糟了,"班纳森眼中喷出怒火,嘴角的弧度也变得尖锐,"我猜你更愿意谈鲁津萨尔米。可是老家伙,不管你愿不愿意,我们今天就谈瑞典堡。"

克朗施泰特惊诧于对方声音里的恶意,浑身一抖。"好吧,少校。"他答道,"我当时别无选择,瑞典堡一旦被冰川包围,就会变得非常脆弱。我们的舰队处境危险,我们的弹药也快用光了。"

年轻的瑞典军官静静等他说完,然后不无讽刺地接口:"我这里有一些文件,它们能证明你的想法有多荒谬。"说着,他举起手中信封,"让我们一起来看看事实吧,长官。"

他用力扯开信封,把里面的文件全倒在克朗施泰特的床上。"十二年前,你说敌军兵力超过我们。"他缓缓开口,不带一丝感情起伏地复述冰冷的事实,"你错了,俄军人数仅能勉强在我们投降后占领要塞。我们有7386名在册士兵和208名军官,比他们多出太多。

"十二年前,你说冬天的瑞典堡因为冰川而无法抵御进攻,这也是一派胡言。我这里有瑞典、芬兰和俄罗斯军事专家的鉴定,他们全都证实,无论在炎夏还是寒冬,瑞典堡都一样坚固。

"十二年前,你危言耸听地说俄军炮队将我们团团包围,可根本不存在这样一支队伍。萨特兰当时只有46门加农炮,其中还只有16门臼炮。我们的大炮是他们的十倍。

"十二年前,你说我们很快将弹尽粮绝,但事实并非如此。我们还有9525枚加农炮弹,10000包子弹,两艘护卫舰,超过130艘小船,极为完备的海军储备。我们的食物能撑好几个月,我们还有3000桶火药。等待瑞典人解围完全来得及。"

克朗施泰特痛苦地呻吟了一声。"别说了,别说了!"他双手捂耳,"我不想再听下去。你为什么非要这样折磨我?你就不能让一个老人

梦歌

安度晚年吗?"

  班纳森鄙夷地望着克朗施泰特。"那我就只说这么多,"他说,"剩下的文件我留给你,你自己看吧。"

  "当时是个机会,"克朗施泰特大口喘着气,呼吸有些困难,"我是利用那个机会为瑞典谋取利益。"

  班纳森毫不客气地笑了,残酷、苦涩的冷笑。"机会?我可是你的信使,长官,我清楚俄国人给你的是什么样的机会。我们被他们扣押了好几星期才出发。你知道等我到了斯德哥尔摩,传达完你的消息,已是什么时候了吗?"

  床上的老人缓缓抬头,望向班纳森。他的病容此时更为沉重,一双手不停地颤抖。

  "是一八零八年五月三日。"班纳森告诉他。克朗施泰特仿佛被闪电击中一般痛苦地叫出了声。

  高高的瑞典上校转身向门口走去。他刚握住把手,突然回过头来:"你知道吗,历史不会记得本特,不会记得他做过些什么、没做成什么。贾格赫上校将作为最早一批芬兰爱国将领被人们铭记。然而你,长官,我就不清楚了。你拿着你的三十枚银币,苟活在俄国统治下的芬兰,本特的意思是,你不过是个虚弱的老头。"班纳森说着摇摇头,"是不是呢,长官?历史,又会如何评价你呢?"

  没人答话。卡尔·奥洛夫·克朗施泰特伯爵,海军中将,鲁津萨尔米的英雄,瑞典堡总指挥,正埋在自己的枕头里轻声啜泣。

  第二天,他死了。

      称他为我们倚靠的臂膀,
      他却是危难时的懦夫。
      称他为折磨、卑鄙、原罪、
      死亡和苦难,

但请别唤出他从前的名字,
别让同名者蒙羞。

将坟墓里所有的羞耻,
将生命中所有的劣迹,
汇成那个罪恶而阴暗的名字。
是那个人的变节,
带来了芬兰的不幸,
是他在瑞典堡的行为。

——《军旗手斯托尔的故事》,约翰·路德维格·鲁内贝格

解冰 译

梦歌

他的遗产

先知最早现身于南部,左手执斧,右手挥舞大旗,口中高呼"美国精神万岁"。他向贫苦、愤懑、迷惘、忧愁的民众布道,如烈火燎原,在他们心中唤醒决心,每行经一处,都被人群簇拥。

先知全名诺维尔·阿灵顿·博雷加德,在成为先知之前,曾是一名官员。他身材魁梧,双目迥然,拥有一张轮廓分明的方脸,激动起来血脉贲张,总是紧锁的浓眉充满质疑和思考,饱满的嘴唇似笑非笑。

但人们并不在意他的长相,因为诺维尔·阿灵顿·博雷加德是先知,而先知是不容置疑的。人们追随他,尽管他从未施展过神迹。他的追随者有的来自南方,有的来自北方;有的贫穷,有的富有;有工人,也有工厂主。很快,他们发展成一支壮大的队伍。

一支日益散发出火药味儿的军队。

"马克西米利安·德·劳里埃死了。"马克西米利安·德·劳里埃独坐在漆黑的书房中,对自己大声说。

他轻声笑了。黑暗中,一根火柴划亮,颤抖的火焰点燃烟丝,然后熄灭。劳里埃身体后靠,坐在舒适的豪华真皮扶手椅上,慢慢吐出一口烟。

还是不行,他想,这么说一点儿也不管用,总不太对劲。我就是马克西米利安·德·劳里埃,可我还活着。

是还活着,他听到脑海中另一个声音说,可活不了多久。别再自欺欺人了。他们不都告诉你了吗?癌症晚期,最多一年,也许还活不了那

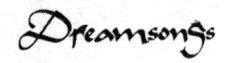

么长呢。

这么说,他喃喃道,我是个死人了。有意思。可我并不觉得自己快死了,也想象不出死是什么感觉。我怎么会死?我,马克西米利安·德·劳里埃,怎么会死?

"马克西米利安·德·劳里埃死了。"面对满屋寂静,他又说了一遍,语气十分坚决。

不,他还是摇摇头,这不管用。我为什么会死?金钱、地位、权势……人们渴望的一切,我全都拥有,甚至更多。我拥有一切。

没用了,那冰冷的声音发话道,现在它们都不重要。除了癌细胞,其他什么都不重要。你死了。现在的你,只是个活死人罢了。

四周一片黑暗,寂寥无声。劳里埃手腕一抖,没能抓住烟斗,名贵的地毯上洒了一地烟灰。他紧紧攥起拳头,指节发白。

马克西米利安·德·劳里埃从扶椅上缓缓起身,走过房间,轻按电灯开关。他在门前驻足,端详着等身镜中那位高个、灰发、同样正在凝视他的男人。他注意到,那张面孔苍白得不同寻常,两只手还在轻微地抽搐。

"我又渴望什么呢?"他问镜中人,"我这一生都做了什么?读过几本书,开过几辆跑车,赚了几笔钱,就像一场疯狂的……长长的……梦。一个周旋于上流社会的花花公子。"

说完,他轻笑起来,但镜中人依然严肃,看来不为所动。"我到底……做了些什么?一年之后,还有什么能证明——我,马克西米利安·德·劳里埃,曾经活过?"

他啐骂两句,从镜前转身。一双将死之人的眼睛,黯淡如燃尽的火堆。他扫视屋内陈设,将奋斗一生的战利品收入眼底:奢华的家具、抛光的实木书柜、真皮装订的精装书籍以及久经烟熏如今冰冷的壁炉,还有壁炉之上悬挂的几把进口猎枪。

突然,马克西米利安·德·劳里埃眼中仿佛重新燃起火星。他大步走过房间,从墙上取下一把步枪,用颤抖的手轻抚枪管。他的声音里流露出冷酷和决绝。

"该死的。"他骂道,"老子还没死。"

他疯狂地大笑起来,一屁股坐下,开始给枪上油。

先知搭乘私人飞机穿越远西部①,一路传播箴言谶语,所到之处,人群雀跃欢呼。黝黑结实的炼钢工人把孩子扛上肩膀,只为一睹先知的风采。那些梳着长长发辫,胆敢对先知出言不逊的捣乱分子则被呵斥远离,挡在场外,或被直接打倒在地。

"我代表弱者,"先知在圣迭戈如是说,"还代表如今被人遗忘的美国热血男儿。这是自由的国度,我不怕你们反对我,我只怕我们的国家落入无政府主义者手里。我们要让他们知道,只要还有一个真正的美国人在,他们就休想把旗帜插上我们的土地。嘿,如果为此,我们非得爆掉两个叛乱分子的脑袋,我想说,那也无所谓。"

于是,爱国者、更激进的爱国者、大兵、老兵、愤世嫉俗之人、胆小怯懦之人,全都跟在先知身后呐喊。他们白天挥舞旗帜,夜里拜读他的大作,并把印有"博雷加德"的标志贴在自家轿车的保险杠上。

"人人都有反对的权利,"先知在洛杉矶某个广场上振臂高呼,"但那些披头散发的无政府主义者正在妨害战争进程。这不是反对,而是叛国。"

"这些叛徒还想拦截我们的战备物资,让我们的士兵在国外白白流血。嘿,我想说,是时候给他们点颜色看了。我们的警察早就手痒了,让他们去给那些乱党放放血,也让那群无法无天的亡命徒见识见识什

---

① 指美国西部落基山区的爱达荷、犹他、亚利桑那、新墨西哥等8个州以及太平洋沿岸的华盛顿、俄勒冈、加利福尼亚3个州。

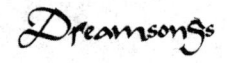

么叫法律的尊严!"

人群中传来一阵又一阵兴奋的欢呼,远处乒乒踢踏的靴声被鼎沸的人潮淹没。

一个瘦高的灰发男人在折椅上挪挪身体,扫了一眼摊在膝盖的《纽约时报》。他穿着一件稀松平常的旧运动夹克,戴一副廉价的塑料太阳眼镜,看起来没什么特别。人们一般不会注意到他,他们更不会知道,眼前这个死气沉沉的男子,就是曾经大名鼎鼎的马克西米利安·德·劳里埃。

男人的眼睛扫过头版一则新闻标题,唇边掠过一丝笑意。上面赫然用灰黑色呆板字体印着"德·劳里埃资金清算"的字样,副标题则是小一号的"英国百万富翁失踪,亲友疑其财产存入瑞士银行"。

可不是吗?他寻思,真是合情合理。人没了,钱上了报纸。一年后他们又会怎么写?"德·劳里埃继承人遗产大争夺"?或许吧。

德·劳里埃目光上移,在其他几则头版新闻中徘徊。突然,他停顿一下,也皱起眉头。他慢慢地、仔细地阅读其中一篇文章。

读完后,他从折椅上起身,将报纸小心对折,拿到船尾,投入汹涌翻滚的碧波。他把双手插进夹克口袋,缓步走回自己的经济舱。船身下方,报纸逐渐被海水浸没,在翻涌的波涛中慢慢下沉,落入岩石遍布、永远黑暗而寂静的海床。

成群虾蟹踩过失色的报纸扉页,上面有一张模糊的男人照片。高大魁梧,浓眉方脸,嘴角还挂着讥讽的微笑。

先知浩浩荡荡降临东部,来势凶猛,誓要到败坏他子民的假先知的老巢与其一较高下。但他无须担忧,他的队伍人多势众。过去一个多

梦歌

世纪以来定居当地的移民后裔悉归他门下。他在反对者的地盘上朝他们发起进攻。

"我代表弱者,"先知在纽约市高喊,"我支持每一位美国公民都享有自由贩卖房屋与财产的权利。让那些夹着公文包的官僚和整天躲在象牙塔里指挥我们的老家伙们滚远点儿吧。"

人群中传来阵阵兴奋的欢呼,大家高高挥舞旗帜,喊出效忠誓词。先知的名字被一遍遍高唱,"博雷——加德——!博雷——加德——!"广场很快让沸腾的人声淹没。台上,先知泰然挥手,向拥戴他的人民微笑示意。台下,参与报道的当地记者难以置信地摇头,口中念叨着"个人魅力"和"闹剧"等字眼。

"我代表劳动人民,"先知在费城对集会的工人说,"我想说,那群无政府主义者和整天示威游行的家伙该适可而止了。他们也该同大家一样,找份正经工作!凭什么我们要用血汗钱养活这些家伙?凭什么我们吃苦受罪,他们却吃香喝辣?凭什么我们纳税人的钱要花在这帮不思进取的酒囊饭袋身上!"

排山倒海的赞同呼声不绝于耳。先知高举拳头,摆出胜利的姿势。他的话已深深触动在场所有人的心,尤其那些终日劳苦奔波,却依然节衣缩食的社会底层人民。他们全然抛弃了先前错误的信仰,投入到他的阵营里。

于是,所有人起立,引吭高唱《星条旗之歌》。

马克西米利安·德·劳里埃搭乘纽约第一班车前往曼哈顿中心区。他只随身携带一个小手提箱,里面装着必备的衣物,沿途没在旅馆驻足,径直朝纽约金融区内最大的一家银行奔去。

"我要兑现支票。"劳里埃对出纳员说,"从瑞士银行。"他在支票簿上草草签字,撕下来塞到柜台对面。

出纳员看到数字,眉毛不自觉地上挑。"嗯,这个……"他支支吾吾地答道,"我们得核查一下,先生,请稍候几分钟。您不介意吧?对了,您带身份证明了吧,这位……"他又低头看了一眼支票,"劳伦斯先生?"

劳里埃友好地笑笑。"当然。没有证明,你们也不会给我这么多钱。"

二十分钟后,劳里埃带着现金离开了银行,这下心里更有底了。他先后光顾了几家商铺。夜幕降临后,他在一家廉价旅店住下来。

他买了几套衣服、几份报纸、许多地图、一辆电瓶车、好几把步枪及手枪。他还买了大量子弹,检查了每架步枪的远视镜,确保完好无损。

这一夜,马克西米利安・德・劳里埃没有入睡。他先读了买来的报纸,一遍又一遍,仔细而缓慢。期间,他还拨打了报纸上的联系电话,认真记下从电话那头得到的信息。

随后,他摊开地图,专注地研究起来。东方渐白,他从一堆地图中选出几幅,用黑笔在上面做了标记,并不断与先前的报纸进行核对。

最后,太阳缓缓从天边升起,他用一支红色铅笔,在俄亥俄州一座中型城市的名字上画了个圈。

再之后,他坐下来,给枪上油。

先知抵达中西部前胸有成竹,因为除了家乡,他在这里受到最多民众的欢迎。先遣使者返回的消息都得出了相似的结论。伊利诺伊人民爱你,他们告诉他,印第安纳人民更爱你。至于俄亥俄——哦,俄亥俄人民爱死你了。对,俄亥俄,真是太棒了。

于是先知以十字形路线游历中西部,为渴求已久的人们播撒甘露,把美国主义的信条浇灌在美国的腹地。

"我欣赏芝加哥这座城市,"他来到伊利诺伊,对芝加哥人民如是说,"你们清楚该怎么对付那些无政府主义者。你们爱国、理智,真是好样的。你们不会任由恐怖分子逍遥法外,霸占我们芝加哥好公民的地盘。"

人群中爆发出欢呼,并在博雷加德指挥下向芝加哥警察集体致敬。有个长发男子高喊了一声"纳粹!"但单薄的呼喊很快被众人的掌声淹没。后台,两个彪形大汉互使眼色,悄无声息地挤过人群,朝那男子走去。

"我不是种族主义者,"先知随后抵达印第安纳北部,"我为每一个遵纪守法的美国公民讲话,无论种族、信仰、肤色。我也支持你们自由买卖财物的权利。我还觉得,每个人都该像你我一样努力工作,不该终日游手好闲,等着向政府乞食。我认为搞打砸抢和无政府主义的人都该统统枪毙。"

欢呼声此起彼伏,散场后,他们在亲朋友邻间奔走相告先知的话。"我们不是种族主义者,"他们告诉彼此,"博雷加德也不是。你不想你妹妹以后嫁给一个种族主义者吧?"就这样,每隔几天,先知的队伍都会壮大一倍。

最后,所有地方都讲完,先知向东出发,目标俄亥俄。与此同时,一个将死之人也向西行进,做好与他碰面的准备。

"这间房您看可以吗,劳里埃先生?"房东是个身材瘦削、上了岁数的女士。她握着门把手,立在一旁问。

马克西米利安·德·劳里埃贴着她的身子进到屋内,把手提箱放在靠墙一张塌陷的双人床上,笑着打量脏兮兮的地面。他走到窗前,收起百叶窗,眯眼看向窗外。

"哦,亲爱的,"房东边说,边笨拙地摸索钥匙,"希望你别介意。这间房正好面对体育场。下周六,他们好像要举办一场什么比赛。你也知道,现在的年轻人就是爱折腾,到时候可能有一点吵。"说着,她猛一跺脚,踩死了一只刚从地毯下钻出来的蟑螂。

劳里埃挥手示意她安心。"这间房正好。"他说,"我也是个橄榄球爱好者。从这里看过去,应该能欣赏到一场精彩的比赛。"

"那真是太好了,"房东挤出笑容,把钥匙递给劳里埃,"如果你不介意,能不能先把这周的房租交了?"

房东走后,劳里埃锁好门,抽出一把椅子,在窗前坐下。

没错,他心想,真是个好角度,堪称完美。看台在体育场另一侧,所以演讲台将安排在它的对面,背对着我。不过没关系,他是个大块头,应该很好辨认。即使从背后,目标也很明显。还有那些聚光灯,它们会帮上大忙的。

劳里埃满意地点点头,起身把椅子放回原处。他坐到地上,继续给枪上油。

室外气温很低,但体育场人头攒动,热闹非凡。看台上挤满观众。还有些坐不下的人得到允许,可以蹲坐在演讲台下方橄榄球场的草坪上。

演讲台的位置正好位于球场的 50 码线,台上覆着红白蓝三色相间的绸布,两侧立柱旁星条旗迎风飘扬。讲台中央设有讲话席和话筒,聚光灯射出两道强光,汇聚于此,使本就灯光环绕的演讲台看来更为夺目。全场的扬声设备上还精心安放了若干微型麦克风。

先知登台时,人群震耳欲聋的呼喊险些超过设备能承受的极限。所幸,先知开口讲话,人群便慢慢安静下来。漆黑的夜色中,先知的名号被大家齐声传诵。

梦歌

时间一点点流逝,先知炽热的灵魂却丝毫不受影响。他的愤怒、他的承诺,都化作滚烫的词句喷薄而出。他饱含激情的声音从演讲台上倾泻泼下,在看台座席间不断回响,穿透清冽的夜空,传到更远的地方,也传到马克西米利安·德·劳里埃阴冷而潮湿的房间里。

黑暗中,他独坐窗前,深深地凝视窗外。在他旁边,一把大口径步枪安静地靠在椅背上,备好了远视镜,也上好了油。

演讲台上,先知还在向爱国志士和担惊受怕的民众布道,口中满是对美国精神的褒扬以及对无政府主义和阴影般笼罩人心已久的恐怖主义的抨击。

哦,是的,劳里埃心想,不是同一个人,但我仿佛听到了回声。曾经也有一个人,拿无政府主义者和亡命徒当靶子,声称自己能拯救美国于水深火热之中。"……伟大的俄亥俄人民,听我说!等我掌管了这个国家,我必将安定与和平带回这片土地!我必放手让我们的警察大胆去做,给那些罪犯和恐怖主义分子好好上一课!"

上课,劳里埃在心中说,哦,没错,没错,多么恰当的比喻。用警力和军队来上课,多么勤恳称职的老师,警棍和枪支就是教鞭。哦,博雷加德先生,您说得真是太恰当了。

"……如今我们的战士,我们密西西比、俄亥俄及其他地区的好男儿们,正在世界各地为我们的星条旗前赴后继!我想说,家乡的父老乡亲们应该无条件支持他们!谁敢污蔑我们的旗帜,为敌军呐喊助威,或阻挠战争的进程,那就打爆他的脑袋!让他们见识见识,一个热爱祖国,身上流着红色热血的美国人,是怎么对付卖国贼的!"

卖国,劳里埃回忆道,哦,没错,没错,很久以前,那人也用过这个词。他说要清除政府内的叛徒,他们背叛了祖国,令她蒙上战败的耻辱。

劳里埃慢慢放倒椅子,单膝跪地,把步枪抵在肩上。

"……我不是种族主义者,但我想说,面对这些家伙……"

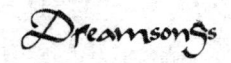

劳里埃的脸如油漆般煞白,举枪的手也不住颤抖。"恶心!"他忍不住骂道,"真他妈恶心!但我是否有这权力呢?如果他们真的需要这种人,我是否有权否决他们、行使理性呢?"

他的手抖得厉害。一丝凉风吹入窗口,劳里埃浑身发冷,不停地冒虚汗。

先知还在继续发表演说,但劳里埃已什么都听不进去了,他的思绪回到之前那位先知身上。他记得,他当初也向人民许诺了一片欣欣向荣的土地,队伍也曾如军队般浩荡前行。他还记得,夜半时分,街道上亮起闪光弹,响起轰鸣的警笛。还有挨家挨户恐怖的敲门声,以及战场上的焦味。

他更记得,那一间间为"劣等民族"准备的毒气室。

于是,他不再犹豫,手也不再颤抖。

"可是,如果早点干掉他,"马克西米利安·德·劳里埃在黑暗中喃喃自语,"他们又怎能知道自己造就了怎样的恶魔?"

十字准星瞄准先知的后脑。劳里埃握紧五指,扣下扳机。

枪声宣判了死亡。

前一秒,拳头还在空中挥舞;后一秒,诺维尔·阿灵顿·博雷加德浑身痉挛,从演讲台上一个跟头栽倒,迎面扑向下方的观众。顿时,人群中尖叫四起。特勤队员们咒骂着,朝先知坠落的地点奔去。

至于马克西米利安·德·劳里埃,在众人赶到之前,他早已发动汽车引擎,驶上了高速公路。

先知的死讯震动全国。举国上下一片哀恸。

"一定是他们干的,"人们议论,"一定是该死的无政府主义者干的,他们怕他,所以杀了他。"

"一定是黑人干的,"他们有时也说,"他们知道,博雷加德不会给

梦歌

他们翻身机会,所以杀了他。"

"一定是游行示威者干的,"他们有时还说,"该死的叛徒、卖国贼。博雷加德揭穿了他们的真面目:一群游手好闲的无政府主义者和恐怖分子。所以他们杀了他,这群狗娘养的。"

全国各地,人们焚烧十字架纪念先知的离去,在夜里为他点亮祈福的烛光。所有民意调查都显示,先知的支持率骤然飙升,一跃成为人民心中殉道的圣徒。

三个星期后,先知的前副手通过电视频道向全国宣布,他将继承博雷加德的使命。"事业未竟,"他如是说,"我誓要追随先贤的脚步,完成历史的嘱托。为了胜利,我誓要斗争到底!"

电视机前,人们再次发出兴奋的欢呼。

几百英里外,马克西米利安·德·劳里埃坐在旅店房间里,盯着电视机上的画面,面容死一般惨白。"不!"他喃喃道,声音几乎哽咽,"不对,不该是这样。错了,全错了。"他把脸深埋在手掌中,无法克制地抽泣起来,"天啊,我的老天啊……我到底做了什么?"之后,他一动不动,不再作声。

不知过了多久,马克西米利安·德·劳里埃抬起头,面孔更加苍白、扭曲。然而,他黯如死灰的眼眸里却隐约闪烁着微弱的火星。"也许,"他对自己说,"也许我还可以……"

他坐下来,重新给枪上油。

解冰 译

Dreamsongs

新手作家

你永远也不会忘记你卖出去的第一个故事。

我在1970年成为新手作家,那是我在西北大学念书的大四到大五的夏天。那篇改变我的小说叫《英雄》,其实我在三年级的创意写作课上就已写好,两年来一直想卖出去。我首先投给《花花公子》,收到一份公式化的退稿函;接着我投给《类比》,约翰·W.坎贝尔回我一封精简的退稿信——顺带一提,这是我这辈子与这位传奇编辑的唯一一次私人接触。第三次,我投给弗雷德里克·波尔的《银河》……

石沉大海。

差不多一年后,我才得知波尔离开了《银河》,这家杂志不仅换了老板,连家都搬了。我急忙用色带打字机——哈哈,鸟枪换炮是不是?——把整个故事重打一遍,寄去《银河》杂志的新地址,给它的新主编埃吉勒·雅科布松……

……仍旧石沉大海!

此时我已在西北大学参加过毕业典礼,但还有一年实习期。梅迪尔学院的新闻专业共有五个学年,在第四学年结束时,你会收到学士学位证,但学校鼓励你修习第五学年,其中包括在华盛顿当一个季度的政治报道实习生。第五学年结束时,你会得到硕士学位。

毕业典礼后,我回到贝约恩市,在公园与娱乐部门继续报道体育比赛及负责公关。夏天的贝约恩会举办许多棒球联赛,我的工作就是为地方报纸——《贝约恩时代》和《新泽西日报》——撰写报道。联赛共有六七个,为不同年龄层次举办,市内每天都在许多不同的地方进行许多不同的比赛。我分身乏术,只是终日坐在办公室,等裁判交回技术统计,以此为基础编故事。你信吗？我写了四年棒球,却一场球也没看过。

到那年八月,《英雄》寄给《银河》已整整一年,再不过问实在不像话。我索性不写信了,直接打电话到纽约的杂志社办公室去质问。接线的女人起初很粗暴,我轻声细气地告诉她我有篇稿子寄到杂志社已很长时间,她却告诉我《银河》没工夫记录每篇被退稿的小说。我本想就此放弃,但不知为何说出了小说的名字。

她沉默片刻。"等一下,"她又找了找,"这个故事我们买了。"(几年后,我发现那个接电话的坏脾气女人是茱迪-林恩·本杰明,后来的茱迪-林恩·德尔·雷。正是她为巴兰亭书社创办了德尔·雷这个品牌)原来,《英雄》好几个月前就被买下,但手稿和支付单不知何故掉在了档案柜背后,最近刚被翻出来(也许在某个平行宇宙,因没人费心清理柜子背后,世上从此多出一个记者)。

我挂上电话带着一脸恍惚神情回去工作。我肯定是飘去的,脚都没沾地。等了几天,合同跟支票仍未收到,我开始怀疑电话里那女人搞错了,是不是另有他人投了篇名曰《英雄》的稿子。我甚至成了妄想狂,害怕《银河》在发表我的《英雄》之前倒闭。我一直等到夏天完结,返回芝加哥时还未收到支票,简直要崩溃了。

结果《银河》是把支票与合同邮去了北岸旅馆——我六月从西北大学毕业时搬出的公寓。等我回校,它们终于被转寄到我夏天的地址,这时我已住进了新的公寓⋯⋯

那是一张货真价实的支票,而它最终还是到了我手中。94美元,在1970年不算一笔小钱。《英雄》刊登在1971年2月的《银河》上,正值我最后一学年的冬季。我当时没车,便请一位朋友驾车带我跑遍北岸六七个报摊,买下了能找到的所有登载我小说的《银河》。

我的学生生涯行将结束。毕业季的头半年我在埃文斯顿悠闲度过,然后打包去华盛顿国会山开始实习。我意识到,短短几月后,人生

Dreamsongs

就要真正开始。于是我一边做采访,一边投简历,试图从琳琅满目的工作单位里找一个满意的归宿。毕竟,我是从这个国家最王牌的新闻专业学校毕业的优等生,即将获得硕士学位,还在华盛顿实习。那年我体重减了不少,买了一堆新衣服,来到华盛顿时简直就是嬉皮士记者的代表:披肩长发,喇叭裤,飞行眼镜,双排扣深黄条纹运动夹克。很酷。

我的实习任务刺激又繁重。1971年春是沸腾年代,而我就处在旋涡中心。我在权力的走廊里游走,采访众议员和参议员,和真正的记者一起列席参议院记者席。梅迪尔新闻服务在全国各地都有报纸,所以我得以刊登了好些报道。我的上司是尼尔·麦克尼尔,一位非常严厉的政治记者,是那种戴透明绿眼帽的老资格新闻干将。他会坐在小隔间读你的故事,稍有不满,立马咆哮你的名字——我被呵斥得最多。"自作聪明!"麦克尼尔大笔挥下,我便只能乖乖拿回去重写,在事实之外添油加醋一番以确保过关。我恨这个过程,但这让我学会了很多。

也是在华盛顿,我生平第一次参加了真正的科幻会议,这离我第一次参加漫展已有七年之久。我穿着紫红色喇叭裤和双排扣深黄条纹运动夹克走进喜来登公园酒店,登记桌后那位先生是一位瘦得皮包骨头的嬉皮士风格的作家,留着长长的黄发,满脸胡子拉碴。他立刻表示认识我(我名字中间的R.R.太有特色了),并自我介绍说是《银河》的小编,还说从一大堆废稿里把《英雄》找出来呈给埃吉勒·雅科布松的功劳非他莫属——我想,也许正是加德纳·多佐伊斯①让我成了科幻作家和读者吧!(但我一直怀疑他当时不是办理注册的,不过是见桌子没人用,便守在那里要钱而已。毕竟,为《银河》选故事没什么收入嘛。)

那时我已卖出第二个故事。几周前,《惊奇》和《幻想》的新主编特德·怀特通知我他买下了《圣布雷塔高速出口》,我大四春假时写的未来奇想小说(没错,我所有的朋友都去南方的佛罗里达开怀痛饮,在罗

---

① 马丁挚友,也是《战士》一书的作者之一。

梦歌

德岱堡的沙滩上大看特看比基尼美女,我却悲催地跑回贝约恩写作)。我卖出第二篇故事的经历和第一篇出奇的像。凭借写作市场的清单,我把稿件邮给哈里·哈里森,之后就杳无音信了。后来我才得知,杂志的主编和地址都变了,我不得不把稿子整个重打一遍,唉……我快觉得丢一份稿子是它卖出前的必由之路了。

《银河》买下《英雄》当即支付了 94 美元,但《幻想》是按出刊周期付酬,因此我直到 10 月才拿到《圣布雷塔高速出口》的稿费。我收到支票,发现才 50 美元。噢,但它毕竟是卖出去了,和性事一样,你的第二次几乎跟第一次一样刺激。如果说第一次是误打误撞,那两个故事分别卖给两个不同的编辑或许意味着我真有天赋。

《圣布雷塔高速出口》发生在西南部,也就是我现下安家的地方,但写那篇故事时我去过最西的地方只是芝加哥而已。这是个关于开车的故事,整个发生在高速路上,但我落笔时还从没握过方向盘(我家一直没车)。除了设定在未来,《圣布雷塔高速出口》基本算是奇幻,因此被刊登在《幻想》而非《惊奇》上,基于同样的理由,我甚至没给《类比》和《银河》投稿。弗里茨·莱伯的《烟雾幽灵》启发了我,而我想让幽灵走出维多利亚时代古旧腐朽的宅邸,把它们安置在合适的 20 世纪设施——小汽车——中。

尽管最恐怖的场景只是一场车祸,但《圣布雷塔高速出口》仍可被视为恐怖小说。或许,我最初卖出的两篇小说便预示了我整个职业生涯,它们包括了我后来主要涉足的三个子文类。

在那次 Disclave 科幻会议[①]上,我不只见到了加德纳·多佐伊斯,还认识了乔·霍尔德曼及其兄弟杰克、乔治·亚历克·埃芬格(那时人们还叫他"小猪")、特德·怀特和鲍勃·图米。他们都在谈论自己正在写的故事、写过的故事以及打算写的故事。特里·卡尔以嘉宾身份

---

① 这是华盛顿地区的科幻会议。

出席,他不仅是位优秀作家,还是 ACE 特选系列和原创选集《宇宙》的主编。他为人和善,对所有拥到他身边的新手作者——包括我在内——都关爱有加。我再未在哪次大会上见过这么温暖亲切的嘉宾。

会后,我不禁热血沸腾,决意参加更多科幻大会,以及……卖出更多故事。自然,前提是我能写出更多故事。与加德纳、小猪和霍尔德曼的谈话让我明白,与他们中任何一位相比,我的作品都少得可怜。如果我真想成为作家,必须完成更多故事。

但在那个夏天,真正的生活即将开始。我很快要搬到某地,开始第一份真正的工作,住在属于自己的公寓中。有几个月,我一直幻想薪酬、轿车和女友,想象命运会带我到何处。届时我还有时间写小说吗?很难说。

讽刺的是,命运却把我赶回了贝约恩的老房子。我的求职信、面试和工作申请,我的硕士学位、实习和优等生身份……统统不管用。我失业了。

有两家报社起初似乎想要我,一家在佛罗里达的波卡拉顿,另一家是《女装日报》。但不知是不是我穿双排扣深黄条纹运动夹克去面试的缘故,他们最终都把我拒之门外,连漫威漫画也拒绝我,他们看不上我的硕士学位,就跟看不上我的阿利奖一样。故乡的报纸《贝约恩时代》倒是提出了口头邀约,但我问起薪水和待遇时,却被主编一顿训斥:"新手是来积累经验的!"工作机会随之泡汤(这家报社也许是被我诅咒了,当年夏天便告倒闭,那个主编和他雇来替我的新人一起下课,如果我当时接受这份工作,我的"经验"也不过能积累两周)。

于是,我没能在某个全新城市的豪华公寓里拿着大把钞票开始新生活,反而回到家乡的公园与娱乐部门继续报道夏季棒球比赛。似乎这还不够,部门又来伤口上撒盐,他们通知我为节省开支,只能让我兼职。由于比赛场次并未减少,所以我得在一半时间里拿着半份薪金写从前全部的东西。

梦歌

在那个夏天最黑暗的日子，我一度认为自己白上了五年大学，且将被永远困在贝约恩，最终很可能像高中毕业那个夏天一样，在第一大道的米乐迪叔叔游乐园照管儿童转转车。越南也笼罩在前，我即将进入征兵抽签，过去一年我着力减肥，却也因此失去了 4 - F 豁免。我反对越战，并据此向当地征兵局提交了拒服兵役的申请，但所有人都觉得通过率约等于零。我很可能被征召，也许我的平民生活只剩一两个月了。

真是祸不单行，不过……由于我是兼职，意味着一天中至少有半天可以自由安排，我决定用来写小说，完成在 Disclave 立下的决心。我决定天天写，看看在山姆大叔发配我之前，我究竟能码出多少字。公园与娱乐部门的工作下午才开始，所以我利用上午，每天吃了早饭就把我的史密斯—科罗纳便携式电动打字机放到我妈做饭的桌子上，插上电，打开开关，让它"嗡嗡"开动。我不允许自己挖坑，我不要什么灵感碎片和未完成的故事，我要写下来能卖出去的玩意儿。

那年夏天，我平均两周一篇小说，一共写了七个故事，包括《夜班》《黑暗、黑暗的隧道》《最后的超级碗》（我给它取的名字是《最后的得分》）、《边境事务》《无人离开新匹兹堡》《晨临雾逝》和《第二种孤独》，其中《边境事务》《无人离开新匹兹堡》本意都是作为某个系列的开端。这或许是受了越南的刺激，或许因为愤恨这个让我找不到工作、找不到女人、找不到生活的世界。（《无人离开新匹兹堡》或许是那个夏天我写得最不好的一篇，却最能反映我当时的心境。你可以从"新匹兹堡"看出贝约恩、从那些尸体中看出我的影子。）

不管怎么说，我前所未有的文思泉涌，而最终，那个夏天写的七篇故事都卖掉了，尽管有的经历了二十次退稿，花费了四五年时间。这七篇中的两篇在我的职业生涯中有着非同寻常的意义，因此我把它们收录于此。

它们是七篇中最好的两篇，我写的时候就知道，也在那年夏天给霍华德·沃尔德罗普的信中吐露过。《晨临雾逝》是我当时能写出的最

Dreamsongs

好的小说,最好的……直到我几星期后写出《第二种孤独》。《晨临雾逝》于我看来在两者中润色得好一些,它没有传统意义上的"动作戏",却引人遐想,流淌着一丝淡淡的哀伤,我希望它能成功地唤起读者的共鸣;《第二种孤独》是一道赤裸裸的伤口,写着很痛苦,读着也痛苦。这在我的写作上是一次重大突破。以往的故事我都是用脑子构思的,而这次不只从脑子里,还加上自己的心和灵。这是我第一次把脆弱的情感通过文字表述出来,第一次通过文字审视自我——"我真的希望让别人读到这些吗?"

我确信,《第二种孤独》和《晨临雾逝》是那种既可能成就我的写作,也可能毁掉它的故事。接下来半年里似乎更接近后者。这两个故事第一次投稿均被拒了。第二次也被拒。第三次也被拒。我的其他几篇"夏天故事"也被不断退稿,但都没有这两篇给我的打击大。我坚信它们是优秀的故事,是我的最佳作品,如果连这样都不入编辑法眼,那也许我根本写不出好故事……也许我最好的故事也不过尔尔。这两篇小说每被送回家一次,我的天空就更黑暗一分,我会怀疑自己一整夜,无法入眠。

但最终,事实证明我的信心是有道理的,这两篇小说都被《类比》——当时全世界发行量最大、档次最高的科幻杂志——买下。约翰·W.小坎贝尔于1971年春夏间去世后,经过数月空窗期,本·波瓦成了这本科幻界最负盛名的杂志的主编。我知道,若是仍是坎贝尔,他决不会碰这两篇小说,但波瓦有心改变《类比》。他把两篇小说都买下,仅稍作改动便刊登出来。

《第二种孤独》首先出笼,它是《类比》1972年12月号的封面故事,封面由弗兰克·凯利·弗里亚斯绘制,用华丽的笔触描绘我的主人公漂浮在零空间涡流中(那是我的小说第一次上封面,我想买下这幅画,但弗里亚斯要价200美元……我的稿费才250美元,因此我放弃了,只买下内页的跨页插图和封面草图。这两幅也很漂亮,但我真心希望当

梦歌

时能坚持把封面买下来。上次我询问这幅画时,它的所有者要价高达20000美元)。

《晨临雾逝》刊登在《类比》1973年3月号。我的两个故事接连出现在科幻领域最高端的杂志上,这引起了关注,而《晨临雾逝》进入了雨果奖和星云奖的决选,这对我也是头一次。虽然它在星云奖上输给詹姆斯·提普崔的《爱是计划,死的计划》,在雨果奖上输给厄休拉·K.勒古恩的《从奥米勒斯城出走的人》,但我得到了能裱在框里的漂亮证书,还经加德纳·多佐伊斯介绍加入了雨果—星云奖失败者俱乐部。他不断跟大家唱道:"他是我们的一员,他是我们的一员,他是我们的一员。"因此,我没什么好抱怨的。

1971年夏天终于还是成了我人生的转折点。倘若我找到一份新手记者的工作,很可能过上和大多数人一样的日子,拿一份薪水,交一份医疗保险。或许偶尔写几个短篇,但全日制工作很快会让我无暇顾及其他。今天的我可能是《纽约时报》的驻外记者,可能是《综艺》的娱乐记者,也可能成为这个国家东西海岸间三百家报纸里一个每日专栏作家……更可能是在《新泽西日报》当个闷闷不乐、忍气吞声的小编。

环境最终将我逼到了我最喜欢的路上。

那个夏天,另一件事最终也皆大欢喜。出乎众人意料,当地征兵局批准了我拒服兵役的申请(或许《英雄》出了点力,我把这篇小说夹在了申请里)。本以我一贯手背的霉运,很可能在夏末被征往越南……现在我不用飞去越南,我回到芝加哥,随后在志愿服务军团干了两年。

那以后的十年,我在大学教过书,还指导国际象棋比赛……但那些只是为赚取房租而不得不干的事。1971年夏天之后,凡有人问起我的职业,我都会回答:"我是作家。"

屈畅　赵琳　译

Dreamsongs

英雄

这是一座死城,熊熊烈焰染红了灰绿色天空。

大火已经烧了一段日子。在这之前,抵抗大约持续了一周,战况一度十分焦灼。然而最终,入侵者还是顺利地突破防线,延续了他们以往的战绩。头顶上,外星天空的两个太阳丝毫没能阻挡他们前进的脚步。他们过去领教过蔚蓝、墨黑和布满金色斑点的天空,都同样取得了胜利。

主力军距城市东部尚有几百英里时,气象控制部队率先发起进攻。一轮又一轮风暴袭击了城市街道,牵制住防御部署,也打击了守城士兵的信心。

接着,跟进队伍在城周立起嗥鸣器,尖锐而持续的噪音日夜回荡不停。没多久,大多数平民变得惊恐不安,从城中仓皇逃跑。这时,主力进攻部队已就位,趁着东风吹起,发射了瘟疫弹。

在极为不利的情况下,守城军仍没有放弃抵抗。幸存的士兵从城周的炮台里射出一连串原子炮,致使对方护盾能量负荷超载,借此成功摧毁了一个连的敌人。但这最多只能算是垂死挣扎。燃烧弹如雨点般铺天盖地砸下,充满酸性气体的巨大云团自平原上空飞来。

在酸云掩护下,地球远征军的猛烈攻势一步一步逼近城市最后的防线。

卡根瞥了一眼脚边已经凹陷的热塑橡胶头盔,咒骂起自己的运气。本来跟平常一样的收尾工作,他心想,再普通不过了——可不知从哪儿冒出来一颗该死的小型原子炮弹,差点击中他。

炮弹在卡根不远处炸开,冲击波震坏了飞行器,卡根随即被甩了出去。他在城东一处荒芜的峡谷里着陆。战甲使他的身体免于冲击的伤害,但落地时头盔还是摔得够惨。

卡根蹲下,捡起瘪掉的头盔,仔细检查。远程通讯仪已失灵,各传感设备也都没法正常工作。至于飞行器,更是早不见了踪影。卡根知道,现在他就是个又聋又哑、跛足难行的半瞎子。

不远的高坡上突然闪过几道人影。卡根抬起头,眼前赫然出现了五个原住民,每人肩上都挎着一把上膛的冲锋枪。他们一字排开,封死卡根的去路,枪口齐刷刷对准他。其中一人开始讲话。

但他没能讲完。前一秒,卡根的枪还扔在脚边的石头上;一眨眼,他已将它攥在手中。

五个人会犹豫,一个人却不会。就在原住民迟疑的刹那,卡根毫不犹豫、毫不停顿、毫不思考地——

大开杀戒。

射线枪射出一道足以刺破耳膜的高频声波,领队的原住民被击中,浑身剧烈颤抖,在声波的撕扯下四分五裂,化成一摊模糊的血肉。卡根举起枪又干掉两个。

剩下的两人这时才反应过来,朝卡根一阵扫射。卡根向右一个侧翻,躲避子弹,但穿着战甲的身体还是不断被击中。他发出一声闷哼,举起手中的枪——不假思索地疯狂射击,令枪柄也跟着旋转起来。

卡根勉强握紧枪柄,利落地跃上山坡,朝其中一个原住民扑去。

那人忙不迭地躲闪,也端起自己的枪。但一秒钟的空当对卡根来说已经足够。他高高举起持枪的右手,右臂猛一发力,将枪柄狠狠戳向对方面门。与此同时,左手也挥出一击1500磅的重拳,正中对方胸骨。

另一名原住民看到同伴挡在自己和卡根中间,没敢开枪。卡根举着同伴的尸体朝他冲来,他连忙后退一步,准备开火。

然而卡根已冲到他面前。子弹擦过卡根的太阳穴,带来一丝烧灼的剧痛。卡根没有理会,一记手刀正中对手咽喉。对方身子一软,倒在地上。

卡根一个前滚,跳转起身,准备迎击下一个敌人。

周围只剩他一个了。

卡根弯下腰,从原住民的制服上扯下一块布,擦净手上的血。他懊恼地皱起眉头。从这儿回营地得走好一阵呢,他一边想,一边随手扔掉染血的布条。

今天真不是他的幸运日。

卡根小声嘟囔两句,翻身跳下高坡,找到射线枪和头盔,准备步行返回。

地平线上,城市一片火海。

卡根伸出拳头,里面的近程通讯仪响起嘀嘀声,接着他就听到了瑞治里兴奋的大嗓门。

"你可回来啦,卡根。"他大笑道,"信号确认完毕。嘿,你刚才要是再多走几步,伙计们估计就对你不客气了。"

"我的头盔坏了,"卡根回答,"传感器也不灵,远程通讯仪都他妈完蛋了。该死,根本没办法判断距离。"

"头儿那边正纳闷呢。"瑞治里打断他,"他们以为你出了事儿,好一阵担心。不过我知道,你肯定会回来。"

"当然。我被一枚泥巴弹打中,飞行器也毁了。一路走回来费死劲了。算了,反正回来了。"

说完,他俯身钻入洞口,动作缓慢而娴熟。现在,卡根和警卫员瑞治里能看见彼此了。

哨岗厅内,瑞治里穿着笨重的银灰战甲,举起手臂朝卡根挥舞。他

梦歌

浑身上下覆着耐久合金战甲,与之相比,卡根的热塑橡胶甲单薄得就像衬衣。瑞治里身下是一台旋转型射线炮,罩型护盾将炮台严密包裹在中心,瑞治里高大的身影因此显得模糊不清。

卡根也向瑞治里挥手示意,然后迈开大步走进来,在瑞治里高耸的炮台脚下立住,等着激光路障放行。

"你看起来可真他妈惨。"瑞治里借助传感装置,透过热塑面罩打量卡根,"这身轻甲真是一点保护作用也没起到。随便找个毛头小子,拿把玩具枪,估计都能干爆你。"

"至少我还能动。"卡根笑道,"不像你,穿得跟大猩猩似的,只是能挨枪子儿。不过我倒想看看,你真打起仗来是什么样。光靠防守可没法取胜。"

"你这家伙!"瑞治里气道,"唉,站岗无聊死了。"说完,他按下控制台开关,激光路障中间有一块消失了。卡根从中通过,没过几秒,激光又恢复原状。

卡根迈着大步,迅速奔回营房。房门在他靠近时自动滑开。卡根一脚踏进房内,心中充满感激。回家的感觉可真好,他感慨道,回归正常重力的感觉可真好。这些泥巴洞里的重力太小,时间一长,胃就开始恶心,但营房都是斥巨资专门为战士打造的,特意模仿了威灵顿星的重力,比地球要大上一倍。是的,确实有点儿贵,但头儿说了,为了让我们的战士在战场上有更好的发挥,这点儿钱不算什么。

卡根在备战室里三两下卸掉战甲,把它扔进回收桶,径直冲向自己的隔间,摊成大字倒在床上。

卡根伸出一只手,拉开金属床头柜的抽屉,取出一粒饱满的绿色胶囊,迫不及待地吞下去,躺回床上放松身体,等着它起作用。他知道,规定不允许在两餐之间服用增强剂,但事实上,没有人真去遵守规定。大多数前线士兵跟他一样,为了让速度和耐力维持在最佳状态,会不定时服用药物。

卡根闭上眼，准备舒舒服服小憩一会儿。挂在墙上的通讯箱突然响了起来。

"卡根。"

卡根猛然惊醒，一下子坐了起来。

"到。"他答道。

"立刻向格雷迪少校汇报。"

卡根开心地笑了。他知道，这说明自己的申请被批准了，而且对方还是位高级军官。

他迅速穿上一件棕色制服，朝基地走去。

高级军官的办公场所位于哨岗中心，是栋三层高的小楼，楼内灯火通明，楼身周围则是一圈又一圈护盾，身着轻甲的警卫员在四周巡逻。有名警卫认出卡根，确认过命令之后，将他放行。

卡根进入大门，很快被带到安检处。是的，伞兵被高级军官接见时不允许携带武器。如果卡根偷带了一把射线枪，那么整栋大楼的警报就会立刻响起，藏在墙里和天花板上的牵引光束会让他彻底动弹不得。

但卡根顺利通过了排查，朝格雷迪少校位于长廊尽头的办公室走去。刚走了三分之一，一些牵引光束就将他的手腕牢牢吸住。初觉皮肤异样时，卡根本能地想挣脱它们——但这些玩意儿吸得太紧。他只得继续前进，它们在他身边越吸越多。

卡根暗骂几句，努力克制住想要打上一架的冲动。他痛恨这种被挟持的感觉。但没办法，谁叫这是参见高级军官时必须遵守的规定。

少校办公室的大门在卡根面前敞开，他迈了进去。瞬时，两侧所有的牵引光束全都吸到他身上，将他牢牢固定。其中几条稍微移动些位置，令他的姿势很不舒服，肌肉绷得紧紧的。

几英尺外，卡尔·格雷迪少校坐在一张杂乱的书桌前，往一张纸上写着什么。他肘边摆着一大摞待阅文件,最上面还压着一把老式激光手枪。

卡根认出了那把枪。传说它是格雷迪家族的传家宝,最早被老格雷迪在地球上用过,还参与过21世纪的"怒火之战"。到了今天,虽然十分古老,但它仍可以使用。

格雷迪少校几分钟后才放下手中的笔,抬头望向卡根。对高级军官而言,少校出乎意料的年轻,只是一头欠打理的灰发让他看起来比实际年龄稍长。和所有高级军官一样,格雷迪少校也出身地球,那里的重力比作战星球威灵顿星和隆美尔星都要小,居民的身体因此更为纤弱而迟缓。

"报上你的名字。"格雷迪少校说,瘦削而苍白的面孔一如既往地写满厌倦。

"地球远征军伞兵冲锋队,战地军官约翰·卡根。"

格雷迪应付地点点头,拉开抽屉,拿出一沓表格。

"卡根,"他翻翻表格,开口道,"我想你知道为什么被叫来。"他用指尖弹弹纸面,"你这上面写的是什么意思?"

"报告长官,就是字面意思。"卡根答道。他想变换一下重心,但光束的束缚让他动弹不得。

格雷迪瞥了他一眼,不耐烦地挥挥手。"稍息。"他命令。大部分牵引光束应声断开,放松卡根的手脚,但还是剩下一些牵制住他。总算能动了。卡根活动一下手脚,欣慰地笑了。

"我和军队的合同还有两个礼拜就到期了,长官。我不打算继续服役,所以申请退伍,打算调到地球。上面写的就是这个意思。"

格雷迪微微扬起眉毛,但深色眼眸里依然露出厌倦的神态。

"是吗?"他问,"卡根,你是个军龄二十多年的老兵,为什么突然要退伍?恐怕我不太理解你的决定。"

卡根耸耸肩:"我也不知道,大概是年龄问题吧。也许军队不再适合我了。一切都变得无聊起来。干掉一个泥巴洞，接着又是一个。我想体验些不同的东西。一些……能让我热血沸腾的东西。"

格雷迪点点头。"我明白了，卡根，但我并不赞同。"他的语调突然柔和起来，充满劝说味道，"我觉得你低估了远征军的价值。再过不久，我们就要面临真正令人热血沸腾的战斗，只要你再忍耐一段时间。"他靠回椅背，把玩手中铅笔，"有些事我要讲给你听，卡根。你知道，几十年来，我们和哈兰甘帝国一直水火不容，但直到今天，我们也没跟他们起过多少正面冲突。你明白其中原因吗？"

"当然。"卡根答道。

格雷迪没理他，继续说着："让我来告诉你为什么。到目前为止，为巩固各自在宇宙中的地位，我们和哈兰甘人一直忙于收编边境附近的小行星。你口中的泥巴洞正是重要据点，它们可以为我们供给原材料，生产工业品，还能提供廉价劳动力。所以一直以来，我们都会尽力减少无谓的杀戮。我们在开战之前使用嗥鸣器，运用心理战术恐吓、摧垮敌人，为的就是尽可能多留活口，好在日后为我所用。"

"这些我都懂。"带着威灵顿星人的爽直，卡根冒失地打断格雷迪，"可这些跟我有什么关系呢？我不是来听您讲课的。"

格雷迪的目光从铅笔上移开。"不，卡根，"他道，"你不懂。热身时间结束了，真正的好戏刚刚开始。类似你我身处的这颗星球——有待征服的地方——已经不多了。再过不久，我们就要跟哈兰甘军队正面交锋。顶多一年，我们就会去攻打他们的老巢。"

少校说完，满怀期待地看着卡根，等着他的回应。但卡根毫无反应。格雷迪脸上闪过一丝疑惑，他把身子向前靠了靠。

"你还不懂吗，卡根？"他急切地问，"还有什么比大决战更令人热血沸腾？你不用再跟那些还在使用原子炮和原始推进步枪的平民玩过家家了，哈兰甘人才是我们真正的对手。他们同我们一样，世代拥有精锐部队，他们是战士，优秀的战士，从生到死都是如此。他们也有射线枪和精良的现代武器。同他们交手,将是对我们作战部队的重大考验。"

"也许吧,"卡根答得有些犹豫,"可……这并不是我想要的那种热血沸腾。我上了年纪,最近我明显感觉到速度比以前慢了很多。就算服药……效果也大不如前。"

格雷迪摇摇头。"你一直是远征军中最佳纪录的保持者,卡根,你被授予过两次星辉奖章,三次星球会议勋章,地球上每位公民都知道你拯救托雷格登陆的光辉事迹。你为什么要怀疑自己的实力呢?对付哈兰人,我们正需要你这样的人才。继续服役吧。"

"不。"卡根略带遗憾地答道,"规定里明明说了,服役满20年就能退休。我的奖章还能为我赢得一笔不菲的退休金。我只想享受自己挣来的一切。而且正如你所说,地球上的人都认识我,我是个大英雄,说不定他们会欢迎我呢!"说完,他扬起嘴角,笑得十分开心。

格雷迪却很不耐烦,眉头紧锁,用指节狠敲桌面。"我知道规定是怎么写的,卡根,但从来没有人真的退役过——这点你必须清楚。大部分伞兵们到最后都选择留在前线,那是他们的使命。大凡来自作战星球的人,生是战士,死亦是战士。"

"我真的不在乎你说的这些。"卡根打断他,"我只知道,规定里说了,我有权拿着全额津贴退役。您就不要拦着我了。"

格雷迪慢慢冷静下来,琢磨着卡根的诉求,深色的眼睛陷入沉思。

"好吧。"一阵沉默后,他说,"让我们理智地看待这个问题。你可以退役,也可以领走全额津贴和奖金,但我们会在威灵顿星或隆美尔星给你安排一处地方,让你带一批年轻的战地指挥官。任何年龄段都行,这个听你的。或者,你愿意训练营地指挥官也行。依你的资质,我们可以给你挑选最优秀的人才。"

"您就别费心了。"卡根坚定地说,"我不去威灵顿星,也不去隆美尔星。我要去地球。"

"可为什么呢？如果我没记错，卡根，你是在威灵顿星出生长大的——在一座高山营地里。你从没见过地球。"

"是的，可我在营地的无限广播电视里看到过，还挺喜欢。我最近开始阅读有关地球的书籍，很想亲眼看看它到底什么样。"卡根停顿一下，又笑了，"这么说吧，我很想看看我一直为之卖命的到底是个什么地方。"

格雷迪再次皱紧眉头，露出不快的神色。"我就是地球人，卡根。让我告诉你，你不会喜欢那儿，那儿也不适合你。地球重力很小，而且没有能维持高重力的军营。服药在地球上是违法的，并且严格禁止，但我知道你们作战行星人离不开它，所以你又要花费一笔不小的开支。地球人也没接受过反应训练。总之他们是跟你完全不同的族类。回威灵顿星去吧，回到你自己的族人中间。"

"也许这正是我想去地球的原因。"卡根固执地说，"在威灵顿星，我不过是个普普通通的退伍老兵。该死的，每个退役军人最后都回到了他们一开始所在的军营。但换作地球，情况就不一样了。在地球，我是个名人，还将拥有整个星球最快的速度、最强壮的身体。那感觉应该不错。"

格雷迪看起来烦躁至极。"重力的问题怎么解决？"他咄咄逼人地问，"药呢？"

"低重力的话，过一段时间我也能适应，这不成问题。至于药，反正我也不需要那么快的速度和耐力了，我想大概能戒掉吧。"

格雷迪将手指插入乱发，难以置信地摇摇头。很长一段时间只有尴尬的沉默。最后，格雷迪把身体向桌子靠了靠。

他的手猛地伸向激光枪。

卡根迅速做出反应。他一个鱼跃，手臂伸直，五指紧紧扣住格雷迪伸向激光枪的手腕。他动作极快，只因牵引光束的制约而稍有延迟。

牵引光束突然提高能量，将卡根的身体紧紧捆住，提到空中，又狠狠地摔下来。

格雷迪将手从激光枪上收回,向后靠回椅背。他苍白的面容有些激动。他举高一只手,牵引光束也随之向上提升了一截。卡根从地上慢慢爬起。

"你看,卡根。"格雷迪再度开口,"这小小的测试证明,你的反应还是一如既往的出色。如果我不是留了几条牵引光束在你身上,恐怕早已被你放倒了。听我说,我们正需要你这种训练有素又经验丰富的人才。我们需要你帮我们对抗哈兰甘人。继续服役吧。"

卡根的冰蓝色双眼燃烧着愤怒的火焰。"去他妈的哈兰甘人。"他怒吼道,"去他妈的测试。老子说不签就是不签。你们谁也别想改变我的主意。我要去地球,你们谁也别想拦着我。"

格雷迪把脸埋进手掌,长叹一声。

"好吧,卡根。"最后,他缓缓道,"你赢了。我会让他们照你的意思去做。"

他抬头看了卡根最后一眼,深色的眼眸里露出一种奇怪的神情。

"你是个优秀的战士,卡根,我们会想念你的。听我说,你一定会后悔这个决定。你真的不再重新考虑一下?"

"绝不。"卡根斩钉截铁地答道。

那丝奇怪的神情从格雷迪眼中消失,他的表情回归了厌倦和冷漠。

"很好。"他简短地说,"你可以回去了。"

卡根身上还留有几条牵引光束。它们引领着他——不太客气地——离开了办公大楼。

"收拾好了吗,卡根?"瑞治里随意地靠在隔间的门上问。

卡根拎起小型旅行包,最后打量一眼房间,确认没落下什么东西。屋子几乎空了。

"差不多了。"他答道,走出屋门。

瑞治里赶紧把夹在腋下的头盔戴在头上,跟在卡根身后追出去。

"这么说,你真要走了?"瑞治里跟上卡根的步子。

"没错。"卡根答道,"一周后,我就在地球享受退休生活了,而你还得继续待在该死的合金盒子里,准备好再吃些枪子儿吧。"

瑞治里大笑。"也许吧。"他说,"但我还是觉得,那么多地方,你竟然选择地球,简直是疯了。你明明可以在威灵顿星拥有属于自己的训练营地。让我想想,你是打算金盆洗手了,不过这想法也够疯狂的……"

他们一起迈出营房大门,瑞治里还在不停地说。一个士兵突然过来,走到卡根另一侧。他也跟瑞治里一样穿着轻质战甲。

卡根本人则身着镶金边的雪白制服,黑色枪套里别了一把经过处理的纪念激光手枪。他脚上穿着黑色军靴,头戴银白头盔,两肩佩有象征战地指挥官军衔的蔚蓝色条纹,授勋奖章挂在胸口,每走一步都哗啦作响。

卡根率领的第三伞兵部队也被召集过来,站在军营后的空地上,一齐向退役的长官致敬。飞船一侧的坡道旁站着一群被护盾围住的高级军官,格雷迪少校在最前排,脸上的厌倦表情被护盾晃得看不分明。

卡根在两名警卫护送下慢慢走过广场。他戴着头盔,笑得无比开心。管风琴队在广场另一头奏起音乐,卡根听出是远征军的军歌和威灵顿的国歌。

卡根走到坡道前,转身回望人群。士兵们在高级军官命令下整齐划一地向卡根敬礼,并在卡根回礼之前保持不动。

另一名战地指挥官向前迈出一步,将卡根的退伍函正式递交到他手上。

卡根把它别在腰间,又朝瑞治里挥手,然后匆匆爬上登机梯。登机梯在他身后缓缓收起。

梦歌

进入船舱,一名船员向卡根点头示意。"我们为您特别准备了一间房。"他说,"请跟我来。本次航行时间预计十五分钟,之后我们会把你移交给前往地球的飞船。"

卡根点点头,随对方走进房间。这里看起来没什么特殊,屋内空空如也,四面是加固的耐久合金板,一面墙上挂着显示屏,对面摆着一个起落专用沙发。

船员离开后,卡根在沙发上躺下,伸展开四肢,把头盔挂在沙发旁的挂钩上。这时,一些牵引光束从空中轻柔飘过,将他稳稳地固定在沙发上。这是在为稍后的起飞做准备。

几分钟后,船舱内部传来一声轰隆巨响,卡根感觉到来自下方的巨大压力。显示屏亮起,上面是飞船远离星球的画面。

他们驶入轨道后,显示屏熄灭了。卡根想要坐起,却发现自己动弹不得。牵引光束把他牢牢按在沙发上。

卡根皱起眉头。飞船进入轨道后就没必要再用光束固定了。肯定是哪个笨蛋忘了关掉开关。

"嘿!"他大喊道,心想屋里什么地方应该有通讯仪,"这些该死的牵引光束还开着呢,快把它们关掉,不然我动不了。"

没人理他。

卡根用力拉扯身体,突然感到压力又增大了。这些该死的玩意儿让他有些难受。他心想,肯定是哪个白痴调错了大小。

他在心里暗骂两句,大口喘着粗气。"错了!"他冲驾驶舱大喊,"更重了,你们调错了。"

然而压力一路上升,越来越多的牵引光束附到卡根身上,像一条看不见的被单盖住他的身体。该死的,他感觉到了疼痛。

"混蛋!"卡根喊道,"一群废物,快把它们关掉!"卡根咒骂,愤怒地扭动手臂。然而,即使威灵顿星人的强壮肌肉也抵不过光束的力量。卡根被死死按在沙发上。

81

一束激光作用在卡根的胸口,强大的压力把星辉奖章嵌进了他的皮肤。锋利的金属边缘割破制服,雪白的衣衫慢慢渗出鲜血。

压力还在持续增大。卡根痛苦地扭动身体,和看不见的枷锁抗争。但不管用。压力越来越大,牵引光束也越来越多。

"关掉它们!"卡根的声音已变成尖叫,"你们这群混蛋,等我出去绝饶不了你们!快他妈关掉,你们要弄死我吗?"

咔嚓。卡根突然听到一声骨头断裂的脆响,右手腕同时传来一阵剧痛。咔嚓。没过多久又是一声。

"快他妈关掉!"卡根带着哭腔喊道,"你们快弄死我了,妈的,你们快弄死我了!"

他突然明白了:他们就是想弄死他。

格雷迪看着副官走进办公室,眉头皱成一团。

"什么情况?"他问。

副官是个正在军校接受训练的年轻军官,也来自地球。他快速行了一礼,答道:"刚刚收到飞船传来的汇报,长官。任务已经完成。他们想知道怎么处理尸体。"

"扔到太空去。"格雷迪说,"随便怎么都行。"说完他摇摇头,脸上挂着无奈的笑。"真是太遗憾了。卡根在战场上是个多么出色的战士,可他的心理却出了这么大纰漏。我们应该写信警告他所在的军营,以后培训新兵时要特别注意这种情况。不过挺有意思的,不是吗?这样的人……竟然到现在才出现。"

他自顾自摇摇头。"地球,竟想去地球。有那么一瞬间,我甚至产生了动摇,觉得或许也不是不行。但我用激光枪测试他时,我明白了:不行,绝对不行,"他浑身颤抖了一下,"我们绝不能把作战星球的人放到地球上去。"说完,格雷迪又埋头于卷宗。

梦歌

副官准备转身离开。格雷迪抬起头。

"哦,对了,"他交代,"还有一件事。别忘了派公关人员去地球,就说'哈兰甘人袭击我方飞船:战争英雄死于非命'。好好包装,媒体很喜欢这类题材,收视率应该不错。记得把他的勋章都运回威灵顿星,那儿的军事博物馆应该用得上。"

副官点点头,格雷迪又低头继续工作,脸上一如既往地写着厌倦。

解冰 译

圣布雷塔高速出口

如此在意一条高速公路，对我来说还是头一遭。这趟旅行原本再正常不过，当然，直到那天晚上为止。我正在度假，打算开车经由洛杉矶转道西南地区，去度过一段美好时光。这已经不新鲜了，我之前去过好几次。

旅行——更准确地说，驾车旅行——是我的爱好。现如今，已没多少人愿意开车消磨时间，人们大多觉得开车太慢。自从1993年起，廉价直升飞机大规模投产，汽车就显得过时了，随着新式交通工具的流行，车轮上的旧时光渐渐被淘汰出局。

但在我年轻时，情况大不一样。那时，汽车人手一台，要是你到了年龄却没拿驾照，某种程度上你丫就是个怪胎。我不到二十岁就迷上汽车，并把这爱好一直保持到现在。

总而言之，随着假期到来，我盘算着该找机会试一下最新的战利品。那是辆好车，捷豹XKL——70年代后期的英国运动款。说实话，不算最经典，但也相当不错，开起来超级带劲儿。

一般来说，我习惯夜间开车。开夜车有种独特的情调。荒芜老旧的高速公路掩映在星光下，气氛绝不一般，你甚至能想见它们昔日的盛景——车子密密麻麻、熙来攘往、充满生气，保险杠挨保险杠，排成长龙，一眼望不到边。

梦歌

而如今,一辆汽车都看不到,只剩下孤零零的公路,大多支离破碎、荒草蔓生。各州懒得再保养修缮公路——有太多市民反对浪费纳税人的钱,而把公路全部推平,也要一大笔开支。于是它们被荒废,年复一年,无人问津,自生自灭。好在大多数公路还能通车,过去修建的公路都挺结实耐用。

还是有些车的。当然,开车的都是极品车迷,跟我是同类。另外还有集装箱卡车,对它们来说,路面越平整,速度也就越快,所以经常霸占老旧的高速公路。

无论何时开夜车,被集装箱卡车超车的场面绝对叹为观止。一般距你两百米时,你才能在后视镜里见到它们,而一转眼,庞然大物已如泰山压顶。你几乎什么都看不到——只有一条长长的银色光带,伴之一声尖啸,卡车已然走远,路上又只剩你一人。

第一次留意到那条高速公路时,我在亚利桑那州中部,离圣布雷塔不远。当时我没想太多,是啊,那条路挺不寻常,但并非绝无仅有。

公路本身很普通,有八条行车道,路面平整,适合开快车,笔直的道路从天边延伸到天边。夜色中,它就像闪闪发光的黑色缎带,横卧在荒漠白沙之上。

不对,不同寻常的不是公路本身,而是它所处的环境。一开始,我根本没注意到,我只是在享受驾驶的乐趣。那是个晴明、寒冷的夜晚,头顶星辰闪烁,捷豹车状态极佳,行驶状态好得过分。

我过了好久才留意到,路上没有障碍物,没有裂纹,也没有坑坑洼洼。这路简直绝了,跟刚建成一样。哦,我以前也走过这么好的路,有些路刚建成就比其他路好。巴尔的摩城外有段路就超一流,洛杉矶高速系统有一部分也相当不错。

但我当真没走过这么好的路。很难相信这条路的路况会如此出色,毕竟,这里已有多年无人打理了。

而且,这儿居然还有路灯。所有灯都开着,光辉明亮、视野清晰。

没有一盏灯破损,没有一盏灯熄灭或闪烁,天哪,甚至连昏暗朦胧点儿的都没有。整条路灯火通明。

我又注意到其他一些东西,比如交通标志牌。很多地方的标志牌早没了,被人当成纪念品拿走了。有些古董收藏家好这口,说它们是美国旧时代的见证。从没人拿新的更换——因为没必要。有时你行车一段时间,便会发现一个生锈的铁墩,上面光秃秃的,什么都没有。

这条路却有交通标志牌。真正的标志牌,我是说,能让人读懂的:限速标志——这年头,没人在意车速限制;让行标志——没多少车子愿意给行人让行;还有转弯标志、出口标志、警告标志——各种标志应有尽有,全都完好如新。

最让我惊讶的还是行车线。油漆这玩意儿很容易褪色,我怀疑,当车子高速行驶时,全美国没有哪条高速公路能让你看清白色的行车线。但这条路能!行车线颜色鲜明、线条清晰,涂漆还很新鲜,八条车道一清二楚。

哇哦,这条路真是帅呆了!简直是旧时光重演。可没道理啊。这么些年了,什么路还能保持这么好的状态?这说明肯定有人在维护。会是谁呢?谁会浪费精力保养一条高速公路,仅供每年几辆车通行?修缮费用太高,还没有半点儿回报。

我还在疑惑,这时,又看到另一辆车。

看到它时,我正好掠过一个大大的红色标志牌,上面写着"76号出口"——"圣布雷塔高速出口"。它在地平线上只是一个白点,但我知道那肯定是辆车。但不是集装箱卡车,这点我很清楚。绝对是另一个车迷开的轿车。

还真难得,你一般很难在州际公路上见到第二辆车。当然,你可以参加些例行集会,比如弗雷斯诺汽车文化节、全美汽车协会年度大会等。但这种集会方式太刻意,不合我的品味。在公路上见到另一辆车,那可就大不相同了。

梦歌

我猛踩油门，车速加到120码。捷豹车还能跑得更快，但我不像其他司机，我不是只追求速度。即便如此，我的车依然飞快地掠过地面，与前车的距离渐渐缩短。对方的速度还不到70码。

追到近前，我猛按喇叭，想吸引对方的注意。但那人好像没听见，至少没有回应。我又按一下。

我认出了对方的车型。

是辆艾德塞尔！

我简直不敢相信。艾德塞尔是真正的经典，堪比斯坦利火箭和福特T形车。

如今这种车没剩下几辆，每辆都相当于一大笔财富。

而我眼前便有这么一辆珍品。看那奇葩的车头，是原装型，没错。全世界仅有的三四辆艾德塞尔，无价之宝，千金难求。这汽车史上的传奇就在我面前的公路上，造型也确实丑得掉渣，就像刚从福特公司的生产线落地一样①。

我开到艾德塞尔旁边，减速，与之并驾齐驱。必须承认，接下来怎么办，我全无头绪。那辆车白漆脱落，车身很脏，车门下半截生了锈。但那确实是艾德塞尔，而且很容易修复。我再一次按喇叭提醒司机，可对方还是无视我。从我的位置看，车里有五个人，显然是一大家子集体出游。后座有个大块头妇女，拼命按住两个小孩，他俩似乎正在打架。她老公坐在副驾驶位，好像睡得正香。一个年轻人，大概是他俩的儿子，正在开车。

我心如刀绞。开车那位太年轻，还不到二十岁，一个小屁孩竟有机会开这么一辆名车，把我深深地刺痛了。我真想跟他换个位置。

我读过不少艾德塞尔的逸事，车友书籍上全是。它是汽车史上绝

---

① 福特—艾德塞尔于1957年推出，结果口碑奇差，销量惨淡，成了汽车史上最经典的笑话。

无仅有的案例，堪称业内最大的失败，围绕这个名字诞生的传奇和神话不胜枚举。

全国各地无数修车行和加油站是车迷们会聚之地，他们敲敲打打，谈天说地，使得艾德塞尔的故事流传至今。他们说，那种车实在太大，许多车库都装不下。他们说，艾德塞尔马力过猛，刹车却不好使。他们说，那丑八怪压根不是人设计的。关于这号车，他们能讲出无数老笑话，其中有个知名的笑谈，说只要你开得够快，狂风刮过引擎盖，就能发出滑稽的鸣笛声。

所有关于旧汽车的传说、逸闻和惨剧都经过包装，加诸于艾德塞尔身上。尽管那代车都成了烂铁，堆进了废品收购站，但很久之后，这些故事依然流传，经久不衰。

我开在这辆车旁边，所有与艾德塞尔有关的传说都浮上脑海，令我迷失在对旧时光的怀念中。我又狠狠按了几下喇叭，可那小司机似乎故意不理我。过了一会儿，我放弃了。我仔细地听，听那引擎盖是否真能把风声变成鸣笛声。

我本该意识到整件事有多不可思议——这条路，这辆车，还有故意不理人的司机。可我太兴奋，根本没考虑那么多。我的眼睛甚至没法盯着路面。

我当然想跟车主谈谈，要是能借来开一段时间就更好了。但这帮混蛋太不友好，肯定不会停车，所以我决定多跟一会儿，跟到他们停车加油或吃饭。我减慢车速，想贴紧点儿，只要不追尾就行，于是我把车开到紧挨他们的左侧行车道上。

我一边盯梢，一边琢磨：这车主还真是个考虑周全的收藏家。瞧瞧，他甚至花时间弄到了珍贵的老式车号牌，这种车号牌好多年前就已绝迹。我不停地胡思乱想，这时，我们又经过一个交通标志，上面写着"77号出口"。

驾驶艾德塞尔的小伙子突然不安起来。他在座位上扭过头，越过

梦歌

肩膀向后观瞧,好像想再看一眼我们刚经过的标志牌。紧接着,没有任何征兆,艾德塞尔突然转弯,冲进了我所在的行车道。

我猛踩刹车,可已经晚了。一切仿佛瞬间发生。先是一声刺耳的锐响,我记得我瞥了一眼小伙子那张惊恐的脸,然后两辆车撞到一起。再然后,便是撞车后的天旋地转。

捷豹车撞上艾德塞尔的侧面,轰的一声,驾驶位凹陷进去。捷豹车飞速旋转,嵌进防护栏才算停下。而艾德塞尔被直接撞飞,四轮朝天,摔在公路中央。我不记得自己怎么解开安全带的,也不记得怎么爬出车子的,但我一定做过这些,因为等我意识过来,已在路面上匍匐爬行了好一段。我神志恍惚,好在没受伤。

艾德塞尔里传来求救的哭喊声,我本该马上做点儿什么。但我没有。我依然浑身发抖,没从震惊中回过神。我不知自己躺了多久,直到艾德塞尔爆炸,开始燃烧,哭喊声变成尖叫,随后,连尖叫声都停了。

直到这时,我才挣扎着站起身。火舌吞没了车子,现在做什么都来不及了。我的脑子还没完全清醒。我看到远处有灯光,便沿公路往前走,朝高速出口处的匝道走去。

我似乎走了很久很久,分不清东南西北,脚下磕磕绊绊。路上灯光昏暗,我几乎看不清在往哪儿走,途中还摔了一跤,手掌被重重地擦破。整起事故中,我只受了这一处伤。

灯光来自一家灰头土脸的小咖啡馆,说明这段高速公路连同停机坪都已荒废许久。我撞进门时,里面只有三名顾客,还好有一位是本地警员。

"出事了。"我站在门口说,"快来人,帮帮忙。"

警员一口喝光杯里的咖啡,从座位上站起身。"是直升飞机失事吗,先生?"他问,"在哪儿?"

我摇摇头:"不、不是。是汽车。出车祸了,在高速公路上。那条老州际高速公路。"我用手指点。我是从那个方向来的吧?

Dreamsongs

警员正穿过咖啡厅朝我走来,闻言却停下了,皱起眉头。另外几人也笑了。"鬼扯,那条路有二十年没人走了!你是不是喝高了?"一个胖子在角落里叫道,"那么多坑洞,我们都拿它当高尔夫球场。"他又加了一句,被自己的冷笑话逗得哈哈大笑。

警员怀疑地盯着我。"回家醒醒酒吧,先生。"他说,"我就不拘留你了。"他转身回自己的座位。

我往前迈了一步:"他妈的,我没撒谎!"我的怒火压过了恍惚的神志,"我也没喝酒。州际高速上撞车了,有几个人困在车子里……"我的声音越来越小。我终于意识到,不论我做出多少努力,都已于事无补了。

警员还是一脸怀疑。"也许你该去核查一下。"女招待在柜台后面建议,"他可能没撒谎。去年高速公路上也出了一起车祸,在俄亥俄的什么地方。我在3V店里听说的。"

"好吧,我想也是。"警员终于道,"走吧,伙计。你最好说的是实话。"

我俩一声不吭地穿过停机坪,钻进一架四座警用直升机。警员一边发动螺旋桨,一边看着我说:"你知道吗?如果你讲的是实话,那你和你朋友真该得块奖牌了。"

我茫然地看着他。

"我是说,十年了,可能只有你们那两辆车用过这条路,结果你们还撞上了。怎么着也得有所表示吧,对不?"他遗憾地摇摇头,"不是每个人都能玩这种特技的,正如我说的,真该给你们发块奖牌。"

从我一路走到咖啡馆的时间看,州际公路离得并不远。坐直升飞机用不上五分钟就能到。但有些不对劲儿,从空中俯瞰,高速公路好像不一样了。

我突然发现哪儿不对。公路变暗了,暗得多。

大多数路灯都已熄灭,至于还亮着的,要么迷蒙暗淡,要么忽明忽灭、闪闪烁烁。

我惊讶得说不出话。一盏昏暗的路灯投射出一汪病怏怏的黄光,直升机"砰"一声,降落在光晕正中。我迷迷糊糊地下了飞机,结果一脚踩进一个坑洞,摔倒了。这条路就像麻子脸,害我绊倒的坑洞里还长着一大丛荒草。更多荒草扎根于七扭八歪、纵横交错的裂缝里,蔓延过整条公路。

我的头开始突突狂跳。说不通啊,一切都说不通。该死,这到底是怎么回事?

警员从直升机另一边绕过来,肩挎一根皮带,皮带连着便携检测仪。"走吧,"他说,"你们在哪儿撞车的?"

"我想,沿路往前吧。"我嘟囔道。我不太确信了。看不到车子的踪迹,我甚至怀疑,我们是不是错上了另一条路。当然,这不太可能。

没错,是这条路。几分钟后,便发现了我的车。该路段一片漆黑,路灯都烧坏了,我的车就停在防护栏边上。一切正常。

不但正常,连一丝划痕都没有。但艾德塞尔不见了。

我还记得前去求救时,捷豹车的挡风玻璃全碎了,整个车头都毁了,右侧挡泥板蹭过防护栏,撞得稀烂。可现在,它停在那里,完好如新。

我呆站着,瞪着我的车。警员沉着脸,给我过了一遍酒驾检测仪。"哎哟,你还真没喝酒。"他边说边打量我,"我就不拘留你了,但我真该把你关进去,先生。接下来按我说的做——赶紧钻进你的破车,掉头离开这里,越快越好。如果再让我发现你在附近转悠,你就真的要出事了,懂吗?"

我想抗议,但不知该说什么。说了又有何意义?我只好无力地点点头。警员一脸嫌弃地转过身,嘴里嘟囔着"恶作剧"之类的闲话,大步走向直升机。

警员离开后,我走回捷豹车,难以置信地看着完好无损的车头,觉

Dreamsongs

得自己像个傻瓜。可这是真的。我钻进车里,拧动钥匙点火。引擎好似在安慰我,即刻发出轰鸣,前灯光柱探进黑暗。我坐了好长一段时间,才把车子摇摇晃晃开到路中央,转了个180度的弯。

开回圣布雷塔的旅程漫长又难熬,满地坑洼让我不时颠起落下。感谢惨淡的灯光,感谢危机四伏的路面,我只能把车速降到最低。

毫无疑问,这条路太恶心了。出游时我会特意避开这么糟糕的路,太容易爆胎。

我开得又慢又轻,终于熬到圣布雷塔,没再出事故。开进小镇已是凌晨两点,出口匝道跟之前那段路一样破破烂烂、黑灯瞎火,而且没有标志牌。

我记得上次经过圣布雷塔时,有个家伙吹嘘过自己的大型修车行兼加油站,于是我开到那儿,把车交给值夜班的年轻人,那家伙还挺不耐烦。然后我直奔最近的汽车旅馆,心想睡一宿,一切疑团就能自行解开吧。

可惜没有。我早上醒来,还跟昨晚一样困惑,甚至更迷糊了。我后脑勺似乎有个声音,说整件事不过是场噩梦。我用手掌猛拍脑袋,把这动人的念头赶走,并试着理清头绪。

我怀揣疑惑冲了个澡,吃过早饭,返回加油站。我还是一点儿都没想通。看来,不是我脑子坏了,自己跟自己过不去,就是昨晚真的发生了怪事。但我相信应该不是前者。

赶到加油站时,老板已经上班。那是个精力充沛的老头,八十多岁,穿一套老式机械师的工作服,很有复古情调。我上前检查捷豹车,他冲我亲切地点点头。

"真高兴又见面了。"他说,"这回要去哪儿?"

"洛杉矶。我走州际高速。"

他扬起眉头,露出一脸嘲笑。"州际高速?我以为你挺有经验呢。那条路就像战场,你真想把这么好的捷豹车颠零碎?"

我没有勇气再解释一遍,只好无奈地咧嘴一笑,让他拾掇车子。捷豹车被冲洗一番,检查完毕,加满了油,整个焕然一新。

我抽空再检查了一遍车身,但真没有一点凹痕。

"你这儿有多少常客?"付钱时,我问老人,"我是说本地的汽车收藏家,不算路过的。"

他耸耸肩:"全州肯定有一百来个。我们包揽了大部分生意。我们有最好的汽油、顶级的零件,还有最棒的服务设施。"

"有像样的收藏家吗?"

"有一些。"他说,"有个家伙每次都开一辆皮尔斯银箭来。另一个伙计专攻40年代的车型。他当真有辆名车,保养也很好。"

我点点头。"附近有人开艾德塞尔吗?"我问他。

"应该没有。"他回答,"我的主顾没这么有钱。干吗问这个?"

我豁出去了。我问道:"昨晚我在路上见到一辆,但没能跟车主搭上话,我猜他是本地人。"

老人一片茫然,我只好转身钻进车里。"附近没这号人,"我关上车门时,他说,"肯定也是个开车路过的。能在路上见到还真挺巧,这儿不常……"

我已经拧动钥匙点火,老人突然呆住。"等等!"他叫道,"你说你是从老州际高速过来的。你在州际高速上见到了艾德塞尔?"

我关闭引擎。"是啊。"我说。

"上帝啊。"他说,"我差点儿忘了,都这么长时间了。是不是一辆白色艾德塞尔?里面坐着五个人?"

我打开车门,下车。"对。"我说,"你也知道这事儿?"

老人用双手掐住我的肩膀,两眼迸射出惊异的目光。"你真看到了?"他边问,边用力摇晃我,"确信没看错?"

我犹豫了一下,感觉自己像个傻瓜。"不只如此,"我全招了,"我还撞上了它。应该说,我觉得我撞上了它。可是……"我朝捷豹车艰难地挥挥手。

老人放开双手,笑了起来。"过了这么些年,"他嘟囔道,"又发生了。"

"你都知道些什么?"我询问,"我昨晚到底见什么鬼了?"

他叹口气,"来吧。"他说,"我全告诉你好了。"

"那是四十年前的事。"在街对面的咖啡厅,喝完一杯咖啡后,他告诉我,"正值70年代,有户人家外出度假,家里的年轻人跟他老爸轮流开车。他们好像在圣布雷塔预订了旅店房间。当时已是深夜,是那孩子开车,不知为何,他没注意到错过了出口。

"结果他在77号出口出了事。看到交通标志牌,他肯定吓坏了。据认识他们的人说,他老爸正经不是个东西,要是知道儿子错过出口,准会狠狠修理他。他们不知道具体发生了什么,但猜测年轻人肯定吓坏了。他两周前才拿到驾照。总之,他想来个180度急转弯,开回圣布雷塔。

"不料另一辆车撞上他们的侧面。那辆车的司机没系安全带,撞碎挡风玻璃,摔到路面上,当场就死了。可艾德塞尔里的一家人还没那么幸运。

"艾德塞尔被撞翻、爆炸,他们被困在车里,五口人被活活烧死。"

我想起燃烧的车子,想起里面传出的尖叫,不由打了个冷战。"可你说那是四十年前的事,我昨晚的事又怎么解释?"

"我马上会讲到。"老人回答。他拿起一个油炸圈,泡在咖啡里,咬了一口,若有所思地嚼着。"接下来的事发生在两年后。"他终于开口,"有人报警说撞车了,撞上一辆艾德塞尔,在深夜的州际高速公路上。听他描述,简直是当年那起事故的翻版。只不过等他们赶到车祸现场,却发现他的车连个凹痕都没有,艾德塞尔更是踪迹全无。

"好吧,报案的是个本地男孩,你可以当他是借噱头忽悠人。可过了一年,又有人传出同样的故事,这次的当事人是从东部来的,不大可能听说过那起惨案。警察也搞不清是怎么回事。

"随后几年,类似的事一再发生。事故有几个共通点:每次都是深夜;每次的当事人都是独自开车,也没有其他车辆;跟真正那场车祸一样,事发现场没有目击证人;而且,每次撞车都发生在77号路口前面,就是艾德塞尔突然调头,做180度急转弯的地方。

"很多人试图做出解释。有人说是幻觉,有人声称是公路催眠,还有个人坚称全是恶作剧。真正靠谱的解释只有一个,那也是最简单的解释:艾德塞尔成了鬼魂。各家报纸最倾向于这一条,他们管这条州际高速叫'闹鬼公路'。"

老人停下来喝光咖啡,郁郁地盯着杯子。"好吧,只要条件吻合,同样的撞车事件每年都会发生,直到1993年。随着交通量锐减,使用州际高速的人越来越少,发生事故的几率也越来越小。"他抬头看我,"二十多年了,你是头一个。我都快忘光了。"他又低下头,陷入沉默。

听他说完,我琢磨了几分钟。"我说不清。"我摇摇头,终于开口,"虽然都能对上号,可是鬼魂?我不相信有鬼,这太不合逻辑了!"

"也不尽然啊。"老人抬起头,"想想你小时候听过的鬼故事,它们有什么共同特征?"

我皱起眉头,"不知道。"

"受害者都是横死的。鬼魂是凶杀和死刑的产物,是鲜血与暴力的遗留。一百年前,若有人悲惨地死在某间寓所,那里就成了鬼屋。可在20世纪的美国,虽已找不到有人横死的豪宅和城堡,但还有高速公路呢。血迹斑斑的高速公路,每年都有几千人丧生于此。如今的鬼魂不住城堡,也不挥舞斧头,他们开车出没于高速公路。是不是有点儿合乎逻辑?"

是有点儿靠谱。我点点头:"可为何是这条高速公路?为何是这辆车?那么多人死在公路上,这起事故有什么特别?"

老人耸耸肩:"我不知道。一起谋杀和其他谋杀有什么不同?为什么不是所有谋杀都能产生鬼魂?谁能说清?但我听过一些说法。有人说,这辆艾德塞尔被诅咒了,它将永远在高速公路上徘徊,因为从某种意义上讲,这是一起谋杀。是它造成了这起事故,导致所有人死亡。这是种惩罚。"

"也许吧。"我怀疑地说,"可那一家人是怎么回事?你可以说车祸是年轻人的错,或是他老爸的错,是他老爸让没经验的儿子开车。可其他成员呢?他们怎么也被惩罚了?"

"好吧,好吧,"老人说,"对这个我有我自己的解释。"他直视我的眼睛,"我想,他们迷路了。"他说。

"迷路?"我重复道。老人点点头。

"是的。"他说,"以前的时代,路上车来车往,川流不息,错过了出口也无法调头,只能一直往前开,有时要开出好几英里才能找到出口,离开大路再开回来。而有些人设计的立体交叉路口实在太复杂,你可能找不到回来的路。"

"我想,那辆艾德塞尔正是如此。他们错过了出口,现在也没能找到。他们只好继续往前开,直到永远。"他叹口气,转头又要了杯咖啡。

我们在沉默中喝完咖啡,走回加油站。离开那里之后,我开车直奔镇图书馆。存档的旧报纸都在那里,最初那起事故、两年后第一次翻版,以及随后的事件,发生时间没有规律,但细节一应俱全。同样的经过,同样的车祸,一而再,再而三。一切都吻合,连提到的尖叫声都一样。

当晚我继续上路。老旧的高速公路一片漆黑,没有灯光,没有交通标志牌,没有白色行车线,却有不少裂缝和坑洞。我开得很慢,同时陷入沉思。

开出圣布雷塔几英里后,我停车走出来,坐在路边,看着星光直至天明。我在看、在听,但星光渐渐隐没,我却什么都没发现。

不过,大概午夜时分,远处传来一阵独特的鸣笛声。声音突然出现,似乎越过我头顶后迅速消失,就像它猛然出现一样。

也许是辆集装箱卡车急速消失在天边,虽然我没听过卡车发出这种声音,但很可能就是辆卡车。

只是我不相信。

我相信,那是辆白色的幽灵鬼车,疾风掠过生锈的车头,发出了这种鸣笛声。它行驶在闹鬼的高速公路,而你在所有地图上都找不到这条路。这鸣笛声是迷路的艾德塞尔的哭号。它在寻找圣布雷塔高速出口,直到永远。

邹运旗 译

第二种孤独

6月18日

今天,我的继任者离开了地球。

当然,还得要至少三个月他才能到我这里。不过他好歹是出发了。

今天他从科德角起飞,四年前我就是从那里出发的——这四年可真是漫长啊。到科马罗夫空间站之后,他要换乘登月船,然后再去绕月轨道上的"深空"空间站换乘其他飞船。到那儿,他的航行才算真正开始,而此前他不过是在自家后院转悠而已。

要到"卡戎号"脱离了"深空"空间站、向着茫茫夜空进发的时候,他才会有感觉,真正的感觉,跟四年前的我一样。要到地球和月球在身后慢慢消失的时候,他才会有所触动。当然,一开始他就已经知道没有回头路可走,不过知道和亲身体会到还是不一样的。现在,他就要有亲身体会了。

"卡戎号"会在火星轨道上停留一次,给下方的巴勒斯城发送补给,到了行星带之后还会有多次停留。不过在这之后,飞船就要开始加速,到达木星时速度已然非常之快。而当飞船与木星擦身而过,这颗巨大行星的引力将会像弹弓一样赋予飞船极大的推动力,飞船的速度因此还要提高许多。

此后,"卡戎号"将不再停留,会一直飞到我这里来——距离冥王星六百万英里之遥的刻耳帕洛斯恒星环。

等待这位继任者的将是长久的冥思——我就一直在冥思。

今天,在我来到这里四年之后的今天,我仍在冥思。话说回来,这地方也没别的什么可干。星环飞船很少光顾,而且在过了一段时间之后,你对那些电影啦、录音带啦、书啦,压根儿就提不起兴致。所以,你只有去冥思,思考自己的过去,幻想自己的将来,同时还得努力让自己不要被这种孤独和厌倦感给逼疯掉。

这四年可真是漫长啊,好在它很快就要过去。回去的感觉肯定不错。我想再次在草地上漫步、看看云彩,再吃个圣代冰激凌。

说了这么多,但我倒也没有后悔上这儿来。就我看,在黑暗中独自度过的这四年对我是有益的。回头想想,好像我也没有抛下多少东西。地球上的那些日子现在对我来说似乎已经非常遥远,不过只要我努点力,还是能回想起来,只是那些回忆不见得有多么美妙。那时候,我的生活几乎一团糟。

当时我需要有时间来进行思考,而这里正好给了我这样的机会。即将乘坐"卡戎号"返回地球的我会跟四年前从地球出发的我有很大不同,而回到地球之后,我将开始全新的生活。我知道自己做得到。

6 月 20 日

今天来了一艘飞船。

我当然不知道飞船要来,我是不可能知道的——星环飞船的出现是不定期的,而且这里被我操控的那种能量也已经把无线电信号变成了断断续续的噪音。等到飞船最终突破静电干扰之后,空间站的扫描仪也已经发现了它,给我发出了信号。

这显然是一艘星环飞船,这种飞船比"卡戎号"一流的破飞船大得多,而且配有厚厚的装甲,以抵抗零空间涡流产生的巨大压力。飞船迎面而来,丝毫没有减速的意思。

我来到下方的控制室里,给自己系上安全带,一个念头突然涌上心头:这也许是最后一次了吧。当然,也有可能不是。我还要在这里待三个月,这段时间里来上一打飞船也不是不可能。不过这事儿可说不准,

Dreamsongs

正如我前面所说,星环飞船的出现是不定期的。

话虽如此,这个念头还是让我心烦。在过去四年里,飞船已成为我生活的一部分,很重要的一部分。可今天,这也许就是最后一艘。假使真是如此,我会全身心地迎接它的到来。我有充分的理由去记住它,我想,这些飞船的到来使得其他的一切都有了价值。

控制室位于我驻地的正中间,是整个空间站的中心,空间站所有的神经和肌腱都汇聚于此。不过,它的样子可不大起眼,一间小小的屋子,关上房门就是满眼的白:墙壁、地面、天花板,全都是一成不变的白色。

屋子里只有一个马蹄形的控制台,中间围着把孤零零的椅子。

今天我就坐在这把椅子上,等候着也许是最后一艘飞船的到来。我系好安全带,戴上耳机,拉下头盔,然后伸出手去触碰那些控制键,把它们一一打开。

转眼之间,控制室消失了。

这当然都是全息影像的作用,这一点我心里很清楚。不过,当我坐在那把椅子上时,是否清楚这一点便无关紧要了。随后,我感觉自己离开了屋子,进入了那一片虚无当中。控制台还在,椅子也还在,可其他东西都已消失不见。在我的上方、下方和四周,满世界都是一片锥心的黑暗。遥远的太阳不过是众星球当中的普通一员,而所有的星球都是那么遥不可及。

每次都是这样,今天也不例外。当我扳下那个开关,我就会孤独地身陷茫茫宇宙之中,身边只有冰冷的恒星和那个恒星环——刻耳帕洛斯恒星环。

我能够看到星环,似乎并未身处其中。它有着十分庞大的构造,这一点毋庸置疑。但从我这里看去:它消融在一片无边的浩瀚之中,仿佛只是一道划过黑暗的细细银线。

不过我很清楚,它其实真的很大。整个圆环的直径有一百多英里,

梦歌

我的驻地不过占了它三百六十度中的一度而已。剩下的就是电路、扫描仪和电力装置,还有那些发动机,那些等着启动的零空间发动机。

星环在我的下方安静地旋转着,另一头延伸至那片渺杳的虚无之中。我碰了碰控制台上的一个开关,下方的零空间发动机开始启动。

在星环的中心,一颗新星诞生了。

最初,出现在眼前的是黑暗当中一颗极其微小的点。今天这个点是绿色的,明亮的绿色。不过,这些点并不总是一种颜色,而且也不会持续太久——零空间的颜色是多变的。

这时,如果我想的话,就可以看到星环另一头的景象,它正在闪闪发光。零空间发动机已经启动,正把大得难以想象的能量倾入星环之中,要将太空中那个空洞撕裂开来。

在有刻耳帕洛斯星环之前、在人类存在之前,这个空洞就已经存在了许久许久。直到人类到达冥王星之后,在相当偶然的情况下发现了它,便在其外围建造了星环。后来,人类又发现两个这样的空洞,并建起另外两个星环。

这些空洞都小得过了头,不过可以将其扩大。目前,人们能凭借极其庞大的能量把这些空洞撕开,并可以不断将原始能量注入宇宙中这些微小的、不可见的空洞之中,最终使得零空间原本平静的表面开始翻腾,开始剧烈涌动,而零空间涡流也就此形成。

眼前就是这样的一幕。

星环中心的那颗星在逐渐变大,形状也越来越扁平,看起来就像一个不停颤动的圆盘,而不是球体。不过它仍然是天空中最闪亮的。随后,它的体积逐渐膨胀起来。从这个旋转的绿色圆盘中,几缕火焰般的橙色光束迸射出来,然后又掉落回去,还有些影影绰绰的蓝色卷须正缓慢地舒展开来。在那片绿色当中,一些红色的光束开始舞动、闪耀,并且不断地壮大,逐渐同绿色融合在一起。所有的颜色都在闪闪发光。

这个不停旋转、色彩纷呈的扁平状星球膨胀到了原来的两倍大小,并继续成倍,再成倍膨胀。仅仅几分钟之前,它还不存在;而现在它却充满了整个星环,触到了银色的边框,用它那可怕的能量炙烤着星环。它开始加速旋转,在太空中形成一个光芒四射的大旋涡。

这就是涡流,零空间涡流,像一场咆哮的风暴。不过它并不是风暴,也没有咆哮,因为太空中根本就没有声音。

冲着这个涡流而去的就是星环飞船。飞船最初像一颗移动的星星,随后开始变形,可变形的速度太快,我根本无法看清。它变成了黑暗中一颗暗淡的银色子弹,向着涡流射去。

"子弹"的准头很好,击中的点离星环的中心非常之近。随后,那个色彩纷呈的涡流将它吞没了。

我敲了一下控制台,涡流倏忽而去,比它的出现还要迅速。飞船当然也随之离去。我又是孤身一人了,在我的身边只有星环和那些星球。

然后,我碰了碰另一个开关,回到那间纯白一色的控制室,解开安全带。也许这是我最后一次解开安全带了吧。

不知为何,我不希望这是最后一次。我一直以为自己绝不会怀念这个地方的任何一样东西,但其实不然。我会想念这些星环飞船,想念今天这样的时刻。

甚至我希望在彻底离开这一切之前,还能再有几次这样的体验。我想要再次体验零空间发动机在我手下发动起来的感觉,想再次孤独地漂浮在星球之间,观看涡流的汹涌翻腾。在我离开之前,再有一次也好啊。

6 月 23 日

那艘星环飞船引发了我的思考,现在我比平时想得更多。

有趣的是,我看过那么多穿过涡流的飞船,却从未有过想要搭乘的念头。在零空间的另一头是完全不同的一个世界:那地方叫作"重生机会",是一颗富饶的绿色行星。它的恒星是如此遥远,宇航员们至今无法判断它是否跟我们同属一个星系。这就是空洞的有趣之处——除非你亲身穿越，否则根本无从知晓它们会带你去往何方。

小时候，我读过很多关于星际旅行的书。当时大多数人都认为那是天方夜谭，少数一些相信的人则都认为半人马星座α星会是我们探索并移居的第一个星系，理由是它跟我们距离最近。这可真是个可笑的错误。实际上，现在我们的殖民星球所环绕的恒星离我们非常遥远，连看都看不见。而且要我说，我们是不可能去什么半人马星座α星的。

不知为何，我从未想过自己会跟那些殖民星球有什么关系，现在还是想象不出来。以前我在地球上失败了，现在去那些殖民星球也许可以获得成功。殖民星球也许真会是条出路呢。

就像刻耳帕洛斯吗？

6月26日

今天又来了一艘飞船。这么说之前那一艘就不是最后一艘了。那么，这会是最后一艘吗？

6月29日

为什么有人要自愿来从事这样一份工作？为什么有人要跑到距离冥王星六百万英里的一个银色星环上来，只为了看守太空中的一个空洞？为什么要孤身一人，在黑暗中虚度一生中的四年时间呢？

为什么？

以前，我经常问自己这样的问题。当时我无法回答，现在我觉得自己已经明白了。当时我非常地后悔，怎会一冲动就来了这里。现在，我觉得自己能理解当时的冲动了。

那其实不是一股冲动。我是逃到刻耳帕洛斯来的。逃。逃到这里来躲避孤独。

道理上讲不通？

讲得通的。我了解孤独,那是我人生的主题,从记事开始,我就一直很孤独。

其实,这世上存在着两种孤独。

很多人都意识不到两者之间的区别,但我能,因为两种我都体验过。

针对管理星环的这些人的孤独,人们发表了各式各样的言论和著述。他们把星环形容为宇宙中的灯塔,还有其他种种说法。他们说得没错。

很多时候,在此地,在刻耳帕洛斯,我会觉得自己是整个宇宙中唯一的人。地球不过是我头脑发热时的一个幻觉,而记忆中的那些人也不过是我自己臆想出来的而已。

很多时候,我极度渴求跟人说话,甚至急得大喊大叫,拿头撞墙。很多时候,厌倦感蔓延至我全身,就差没把我逼疯掉。

但也有其他的时候——当星环飞船来的时候,当我出去修理什么的时候,或者当我坐在控制台前的椅子上,通过全息技术进入虚无的黑暗中观看群星的时候。

孤独吗?是的,不过那是一种庄严的、沉思的、悲剧式的孤独,是一种带有高贵意味的孤独。你会带着狂热的激情去痛恨这种孤独——同时又爱之甚切,渴盼能得到更多。

世上还存在着第二种孤独。

不必到刻耳帕洛斯,你就可以感受到这种孤独。在地球的任何一个角落,你都可以发现这种孤独。我知道,我也发现了。在我去过的每一个地方,做过的每一件事情中,我都能找到这种孤独。

自我压抑之人有这样的孤独。说了太多次错话、不再有勇气继续说下去的人有这样的孤独。这种孤独,不是来自距离,而是来自恐惧。

有些人独自坐在拥挤的都市中那些陈设完备的房间里,无处可去,无人可以交谈,他们有这样的孤独。有些人去酒吧,想要一次邂逅,却

梦歌

发现自己不知怎样才能跟人搭上话,即便知道也没有开口的勇气,他们也有这样的孤独。

这一种孤独谈不上高贵,它漫无目的,毫无诗意,是一种毫无意义的孤独。这种孤独凄凄惨惨戚戚,散发着自怨自艾的气息。

确实,在群星之间孤独地待着会很痛苦。

但是,在聚会之中孤独地待着会更痛苦。痛苦得多。

6月30日

看昨天的日记,其中提到了自怨自艾。

7月1日

看昨天的日记,觉得自己似乎戴着个轻佻随便的面具。都过去四年了,每次想要诚实地直面自己时,却还是要抗拒。这样不好。如果我希望这次一切会有所改观的话,那就必须理解我自己。

既然是这样,为何每当承认自己很孤独很脆弱的时候,我都要嘲笑自己呢?为什么我要费那么大劲儿才肯承认自己对人生怀有惧意呢?不会有人看这些东西的。我是在跟自己交谈,谈的也只是我自己。

可是,为什么有些事情我还是没法说出来呢?

7月4日

今天没有飞船。太糟糕了。地球是永远不可能有比得上零空间涡流的焰火的,想到这一点,我感觉欢欣鼓舞。

可是,为什么我在这里还要用地球的日历来算时间呢?在这里一年漫长得如同一个世纪,关于季节的回忆也早已模糊不清。在这里,七月跟十二月没有分别。那我这么做有什么意义呢?

7月10日

昨晚我梦见了凯伦。现在我无法把她驱出脑海。

我原以为自己早已把她忘了,而当初的那些事情也不过是一场春梦而已。哦,她是相当地喜欢我,也许还爱我。不过,她也同样喜欢除我之外的那足足半打家伙。对她来说,我真是没有什么特别;她也从未意识到对我来说,她有多么的特别。

她也不知道,我有多希望自己在她眼中是特别的——我是多么地需要,某个地方有某个人觉得我是特别的。

于是我选择了她。不过,那些全都是我自己的幻想。在比较理性的时候,我很清楚这一点。我无权如此痛心,也无权管她。

但在我的白日梦里,我却认为自己有这个权利。我备受伤害,但这是我自己的错,跟她无关。凯伦从来不会有意去伤害别人,她只是没有意识到我有多么的脆弱。

即便到了这里,头两年我还继续做着白日梦。我梦想着她如何如何改了主意,如何如何为我守候。诸如此类。

但这不过是些虚幻的满足,是我清醒之前的幻想。现在我知道她是不会等我的,也不需要我,以前也从来没有需要过。我不过是个朋友而已。

于是我不再像往常那样喜欢梦到她。那样的感觉很糟糕。回去之后,不管我做什么,都不应该去看凯伦。我必须有一个全新的开始,必须找到一个真正需要我的人。假使我重新陷入以往的生活,那就不可能找得到这样的人。

7月18日

我的继任者离开地球已经一个月了。现在"卡戎号"应该已经在行星带了。还有两个月的时间。

梦歌

7月23日

现在开始做噩梦了。上帝啊,救救我吧。

我又梦到了地球,还有凯伦。我没法停下来。每晚都是同样的情形。

居然说凯伦是噩梦,真有趣。此前她一直是我的梦想,一个美丽的梦想:她那长长的柔软头发,她的笑声,还有她咧嘴笑的时候那种好玩的样子。不过,那些梦都是一些虚幻的满足。在梦里,凯伦需要我,想要我,爱我。

噩梦像现实一般刺痛着我。梦中都是我和凯伦在一起最后一晚的情景重现。那是个美好的夜晚,夜晚对我来说总是很美好的。我们在我最爱的一家餐厅吃饭,然后去看了演出。我们聊得很投机,聊了很多事情。我们还一起哈哈大笑。

等回到她的住处之后,我才恢复了常态。我还记得,当我想要表白她对我是多么重要时,我是如何的局促不安、不知所措,说话是如何的费劲儿、如何的磕磕绊绊。事情被我弄得一塌糊涂。

我还清楚地记得,当时她是如何地看着我——漠然地,如何地努力试图说服我打消这种念头——温柔地。她总是那么温柔。我注视着她的眼睛,听着她的话语,可我发现其中没有爱意,也没有对我的需要,只有——只有怜悯,我想。

对一个笨嘴拙舌的蠢货的怜悯。这个愚蠢的家伙听任生命慢慢地流逝,却没有去品尝它的滋味。不是因为他不想,而是因为他害怕,而且不知道该怎样去做。她发现了这个蠢家伙,并用自己的方式来爱他——爱每一个人。她试过要给他帮助,跟他分享自己应对人生的自信、勇气和活力。在一定程度上,她确实这么做了。

但这是不够的。这个喜欢做白日梦,幻想自己有朝一日不再孤独的蠢家伙,把凯伦给予的帮助当作了成真的白日梦。或者说,他自欺欺人地这么想了。当然,这个蠢家伙自始至终都不敢相信这是事实,但却

Dreamsongs

不停地对自己撒谎。

等到他终于无法再欺骗自己的时候,他仍旧那么的脆弱,那么的容易受伤。这道伤口难以愈合,他也没有勇气尝试爱上其他人。于是,他逃避了。

我希望这些噩梦能够结束。夜复一夜,我再也无法忍受。我没力气再去体验在凯伦寓所度过的那一刻了。

我在这里已经度过了四年,对自己进行了严苛的审视。我努力让自己的伤口结痂,让自己有信心去挨过将来可能遭遇的拒绝并等到终于被别人接纳的那一天。不过,我已经对自己非常了解,也清楚这不过是局部的胜利。总有一些东西会让人受到伤害,而我也永远不可能以我自己期望的方式去面对它们。

关于跟凯伦一起的最后那一刻的回忆就是这样的东西。上帝啊,我希望这些噩梦赶快结束。

7月26日

更多的噩梦。求求你了,凯伦。我爱你。离开我。求求你了。

7月29日

谢天谢地,昨天来了一艘飞船。我需要飞船。它帮我忘了地球,忘了凯伦。昨晚没有噩梦,这是这个星期里的第一次。相反,我梦到了零空间涡流,梦到了那无声的狂怒风暴。

8月1日

噩梦又回来了。现在不全是凯伦了,还有一些更早时候的回忆。那些东西已经完全没有意义,却仍然令人痛苦:我说过的那些蠢话、错过的那些女孩儿,还有我从未完成的那些事情。

不好,不好。我不得不一直提醒我自己,我已不再是以前那个我。

梦歌

现在的我是崭新的,是我在距离冥王星六百万英里的此地重塑出来的一个自己。这个我以钢铁、星球和零空间为材质,坚强而又自信,对生活也不再抱有恐惧。

过去已经被我抛诸身后,却依然在伤害着我。

8月2日

今天来了飞船。噩梦还在继续。他妈的。

8月3日

昨晚没有噩梦。白天我为飞船开启空洞,晚上就能安然入睡,这样的情形已经是第二次。(白天?黑夜?在这里都是毫无意义——不过我还是要这样写,就当它们是有意义的吧。四年的时光也没能让我内心深处的那个地球有丝毫动摇。)也许是涡流把凯伦吓跑了吧。可我以前从没想过要吓跑凯伦的。再说了,我也不应该借助外力的作用。

8月13日

几天之前又来了一艘飞船,之后便没有做噩梦。这已经成了一种定式!

我在跟记忆抗争,努力去想有关地球的其他事情,想那些美好的时光。其实,以前也是有很多美好时光的,等我回去之后这样的好时光还会更多。我肯定会做到的。

这些噩梦都很无聊,我不会允许这样的噩梦再继续了。我跟凯伦之间还有许多其他事,许多我愿意回想的事,为什么我不能去想想那些呢?

8月18日

"卡戎号"大约再有一个月就到了。我在想我的继任者会是何方神圣，驱使他到这里来的又是什么。我继续做着地球之梦。不，应该叫凯伦之梦。难道我现在连她的名字都不敢写了吗？

8月20日

今天来了飞船。在飞船离去之后，我继续待在那儿看着群星。似乎是看了好几个小时，不过，当时我并不觉得有那么久。

这里很美。没错，也很孤独。但这是怎样的一种孤独啊！独自一人，身处茫茫宇宙，在你的脚下和头顶上方都是星罗棋布的群星。

每一颗都是一个太阳，但在我看来，它们都是冷冰冰的。我发现自己在颤抖，迷失在了这片广袤的星空之中，想着这一切从何而来，又意味着什么。

不管我的继任者是什么人，我都希望他能欣赏这一切，而这一切也值得欣赏。有很多人不懂得欣赏，或是不愿去欣赏。他们行走在夜色中，却从不抬头仰望天空。我希望我的继任者不是一个这样的人。

8月24日

回到地球之后，我要去看凯伦。我应该去。如果连这点勇气都没有，我怎能宣称自己的情况已经有所改变呢？它们会改变的。所以，我必须去面对凯伦，以证明我已经改变，的的确确的改变。

8月25日

昨天那些都是废话。我怎么能够面对凯伦呢？

我能跟她说什么呢？我只会再一次地自欺欺人，再一次让自己遍体鳞伤。不，我不应该去见凯伦。该死，光是这些梦就已经让我受不了了。

梦歌

8月30日

最近我定期去控制室,让自己身处浩瀚的宇宙中。其实并没有飞船,不过我发现,这能让关于地球的记忆变得模糊。

我越来越强烈地意识到,我会想念刻耳帕洛斯的。一年之后,我已经返回地球,那时我会仰望夜空,回想着银色的星环在星光下闪耀的情景。我知道我会的。

还有涡流。我会回想起涡流的,回想起各种各样的色彩旋转、融合的情景。每一次都有不同的变化。

真是糟糕,我不是全息影像迷。如果能把涡流旋转时的场景拍成一盘带子,拿回地球就可以大赚一笔了,那可是虚无空间上演的一出芭蕾啊。我很奇怪,为什么以前没有人想到过这个点子。

也许,我可以向我的继任者提出这个建议。如果他有兴趣的话,做做这个可以让时间过得充实一些。我希望他会有兴趣。如果有人带一盘带子回去,地球的生活将变得更加多姿多彩。

我本来可以自己弄的,但是设备不对,而我也没时间去调校了。

9月4日

我意识到,上周我每天都出去了。没有做噩梦。梦里只有一片黑暗,缀着零空间的彩色花边。

9月9日

我还在不停地出去,完全陶醉于那番景象之中。快了,现在已经快了,所有这些都将离我而去,永远地离去。我觉得自己应该把每一秒都利用起来,把刻耳帕洛斯的一切都铭记在心。这样,回到地球之后,这份敬畏、这份赞叹和这种美才会历久弥新地留存在我的心中。

9月10日

好久没有飞船了。那么说,事情就算是过去了吗?之前看到的就是最后一艘了吗?

9月12日

今天没有飞船,不过我还是出去了。我激活了发动机,让涡流咆哮起来。

为什么在我笔下,涡流总是在咆哮在呼号呢?

太空里是没有声音的,我什么也没听到。不过我看到了。涡流确实是在咆哮,千真万确。

沉默之声。不过,这和诗人们说的可不一样。

9月13日

尽管没有飞船,今天我还是又去看涡流了。

以前我从来没这么干过。现在我已经干了两次。这是不允许的。这些能量要花费巨大的成本,刻耳帕洛斯就是靠这些能量支撑着。为什么我还要这么做呢?

也许是我不想离开涡流吧。可是我不得不离开,快了。

9月14日

白痴,白痴,白痴。我到底在做什么?不到一个星期之后,"卡戎号"就要到了,而我却一直在呆呆地注视着群星,就跟我从没见过它们似的。我甚至还没有开始收拾行李,我得把我做的记录整理出来交给我的继任者,还得把空间站收拾利索。

白痴!我干吗要浪费时间来写这本狗屁日记啊!

梦歌

9 月 15 日

行李差不多已经收拾好了。我还发现了一些奇怪的东西。

我发现了一些我以前想要藏起来的东西,比如说我的小说。这是我在刚来的头六个月里写的,自认为是一部伟大作品。当时我迫不及待地想回到地球,把它卖掉,摇身变成一名作家。是的,我当时是那么想的。一年之后,我重读了这东西,发现它臭不可闻。

我还找到了一张凯伦的照片。

9 月 16 日

今天,我带着一瓶苏格兰威士忌和一个玻璃杯去了控制室,把东西放在控制台上,系好安全带。为黑暗、为群星、为涡流干杯。我会想念它们的。

9 月 17 日

按照我的计算,只剩一天的时间了。就一天。然后我将踏上归程,等待我的是一个全新的开端和全新的生活。如果我还有勇气活下去的话。

9 月 18 日

快到午夜了,连"卡戎号"的影子都没有。怎么回事?

也许没什么事儿。这些时间表从来就没有准确过,有时候会有长达一个星期的误差。那我有什么可担心的呢?妈的,我自己来的时候不就迟到了吗?我来顶替的那个可怜家伙当时又是怎么想的呢?

9 月 20 日

"卡戎号"昨天还是没到。等得不耐烦之后,我拿着威士忌又来到控制室,然后去到那片黑暗之中。再次干杯,为群星,还有涡流。我激活涡流,让它放射着光芒,然后为它干杯。

我干了好多次杯,终于喝完了那瓶酒。今天我的宿醉非常厉害,我想我再也没法回到地球了。

这件事儿做得太不明智。"卡戎号"上的人也许已经看到了涡流那鲜艳的色彩。如果他们举报我,等我回去之后,本可以拿到的那一大笔钱也许会被扣掉一小部分。

9月21日

"卡戎号"在哪里啊?出什么事儿了吗?它到底还来不来?

9月22日

我又出去了。

上帝啊,眼前这一切是如此的美丽,如此的孤独,如此的辽阔,令人难忘——这就是我想说的。控制室外的美景令人难忘。有时候我觉得自己真是个傻瓜,居然要回去。我居然要放弃这样的不朽,就为了交换一个比萨、一个床伴和一句暖人的话。

不!他妈的我在写什么呀!不!我要回去,我当然要回去。我需要地球,我想念地球,我想要地球。这次跟以往是不一样的。

我会找到另一个凯伦,而这一次,我不会把事儿搞砸。

9月23日

我很烦。上帝啊,我真的很烦。我一直在想的这些事儿简直让我烦透了。我以为自己已经改变,现在却又迷糊了。我发现自己真的在考虑留下来,考虑再签上一期的合同。我不想这样。不。可是我觉得自己还是对生活、对地球、对一切充满了惧意。

快点来,"卡戎号"。快点,在我改变主意之前。

梦歌

9月24日

涡流中的凯伦？不朽的地球？

见鬼,我怎能这么想？凯伦！地球！我必须鼓起勇气,必须去冒承担痛苦的风险,必须去体验人生。

我不是一块岩石,也不是一座岛屿,更不是一颗星球。

9月25日

"卡戎号"还是不见踪影。已经过了整整一星期了。这样的事时有发生,不过并不常见。它很快就要到了。我知道的。

9月30日

什么也没有。每天我都在翘首以待。我听着扫描仪的动静,到外面去观望,在星环上来回游走,可什么也没有。从来没有晚这么久。怎么回事？

10月3日

今天来了一艘飞船。不是"卡戎号"。一开始,当扫描仪捕捉到它的时候,我以为是。我大声地尖叫,声音大得足以唤醒涡流。可等我再看时,一颗心直接深入谷底。飞船太大,而且它没有减速,径直地飞了过来。

我出去让它通过,之后又在外面待了很长时间。

10月4日

我想回家。他们在哪里呢？我不明白,不明白。

他们不能就这么把我扔在这里。不能。他们不会这么做的。

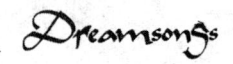

10月5日

今天来了一艘飞船。又是星环飞船。我曾经对它们很是期待,现在却痛恨它们,因为它们不是"卡戎号"。不过,我还是让它通过了。

10月7日

我把行李中的东西取了出来,守着些手提箱度日未免也太傻了。我现在根本不知道"卡戎号"是否已经出发,何时出发。

不过我还是继续搜寻着它,等着它。它已经出发了,我知道。肯定是在哪里耽搁了,也许是在行星带上遇到了紧急情况。

这样的情况可以有很多种解释。

同时,我绕着星环做着一些零碎活儿。我还没替我的继任者把它修复好呢。我前一段时间太忙了,忙着看星星,没把自己分内的事儿做好。

1月8日(大概是这个日子吧)

黑暗,绝望。

我知道"卡戎号"为什么没来了,还没到时间呢。挂历钟已经坏了。现在是1月,不是10月。好几个月以来,我一直搞错了时间,甚至还在错误的时间庆祝了独立日。

我是昨天发现这一点的,当时我在星环上做着那些杂活儿。为迎接我的继任者,我想让一切都运转正常。

只是没有什么继任者了。

"卡戎号"三个月前就到了。我——我把它毁了。糟糕,真是糟糕。我很糟糕,快疯了。一干完那件事,我就蒙了。我都做什么了啊。哦,上帝啊。我大声尖叫了好几个小时。

然后我把挂历钟的指针拨了回去,再然后就把这事儿忘了。也许我是故意的。也许我无法忍受这样的记忆。我不知道。我所知道的就

梦歌

是我把这事儿忘了。

可现在我想起来了,全想起来了。

扫描仪警告我"卡戎号"正在靠近的时候,我正在外面等着。我在看眼前的一切,想要把群星和黑暗看个够,让它们永远留在我的记忆当中。

"卡戎号"穿破黑暗,朝着我驶来。跟星环飞船相比,它的速度显得是那么慢,而且是那么渺小。它是我的救星,我的继任者,可它看起来是那么的脆弱,那么的微不足道,甚至还有些丑陋。肮脏不堪。它让我想起了地球。

它往前移动,进入泊位,从上方落入星环之中,慢慢地向着刻耳帕洛斯居住区的那些止动器靠拢,非常缓慢地靠拢。看着它朝我过来,我突然想到,该跟飞船上的人、跟我的继任者说点什么呢?他会怎么看我呢?我身体里似乎有一个拳头,把我的五脏六腑都给拧了起来。

突然,我再也无法忍受。它让我害怕起来,让我痛恨起来。

于是,我启动了涡流。

一团喷射着黄色火舌的红色火焰迅速地膨胀起来,迸射出蓝绿色的火球。一个火球从"卡戎号"旁边擦过,飞船战栗起来。

现在,我对自己说,当时我并没有意识到自己在做什么。

但其实我知道"卡戎号"是没有装甲的,也知道它无法抵挡涡流强大的能量。我是知道的。

"卡戎号"的速度那么慢,而涡流则快如疾风。两下心跳过后,大涡流就扫过了飞船并将其吞没。

飞船消失得太快,我不知道它是融化了、爆炸了,还是被挤压变形了。不过我知道,它不可能幸存下来。还好,我的星环上并没有血迹。飞船的残骸散落到零空间的另一头去了——如果还有残骸存在的话。

星环和黑暗跟以往没有任何的不同。

所以我很容易就忘却了。再说,当时我肯定是很想要忘掉这一切的。

  那现在呢？现在我该怎么办？地球会发现吗？

  还会有继任者吗？我想回家。凯伦,我——

6月18日

  我的继任者今天从地球出发了。

  至少我是这样认为。墙上的挂历钟不知怎的坏掉了,所以我也不是很清楚确切的日期。不过,我已经把它修好了。

  不管怎样,它的时差不会超过几个小时,否则我早该注意到了。这么说,我的继任者已经上路了。当然,他在路上要花三个月的时间。

  不过他好歹是出发了。

陶雪蕾 译

梦歌

晨临雾逝

来到"鬼域"的第一天,我起得很早。当我走到厅外的露台时,发现萨德斯已经在那儿了。他独自一人出神地望着高山与迷雾。

我走到他身后,轻声问好,他没有立刻回应。"很美,是吧?"他说,但仍然没有转过身来。

的确很美。

雾在阳台下几英寸的地方翻滚,撞击着萨德斯的"城堡"。厚实的白色巨毯从天际伸展开来。我们可以看到遥远北方的红魂山顶峰,锯齿状的红色山崖刺入苍天,除此之外,所有山脉都被迷雾笼罩。

萨德斯将他的旅店建在最高的山峰上,我们身处朦胧之外,"城堡"似乎在这片旋动的白色海洋里飘荡。

不愧为克劳德城堡——"云中之城",萨德斯给此处取了这样一个名字。答案显而易见。

"这里一直是这样吗?"我从醉人的景象中回过神来,开口询问。

"雾落时都是这般。"他转过头来,面带微笑。萨德斯很胖,有一张总是透着和悦颜色的红润脸颊。

他指指东方:太阳正冉冉升起于雾霭之上,曾经灰暗的天空中呈现出一片绯红与金黄,壮丽无比。

"太阳,"他说,"当它升起时,热量会驱散迷雾,于是迷雾只得放弃夜晚占领的山脉,退居谷地。待迷雾消逝,山峰便向我们展露出轮廓;到了正午时分,绵延数里更是一览无余。这种景象绝无仅有,地球上没有,别的地方也看不到。"

他再次露出笑容,领我走到露台上一张随意摆放的餐桌旁。"而当太阳落山,一切就会颠倒过来。你一定不能错过今晚的雾起。"他说。

我们刚坐下,一个圆头圆脑的机器侍者就收到了指令,出来招呼我们。萨德斯没有理睬它。"这是一场战争,"他接着说,"一场太阳和云雾之间永无休止的战争,但云雾占据着优势。它拥有着山谷、平原和海岸,而太阳只能在白天占据山顶。"

其他人都还没起床,萨德斯吩咐机器待者给我们一人点了一杯咖啡。新鲜的咖啡。萨德斯无法忍受地球上的方便食品或者人工合成的餐点。

"你喜欢这里。"等待咖啡时,我说。

萨德斯笑了:"怎么会不喜欢?克劳德城堡拥有一切:美味、娱乐、赌博——以及故土所能提供的一切舒适享受。加上这个星球,我等于拥有两个世界,两个最美好的世界,不是吗?"

"希望如此。但大多数人并不这样想。没有人会为赌博或食物而来。"

萨德斯点点头:"有些人来这里是为了捕捉岩猫和平原兽。每隔一段时间,还有人前来参观废墟遗迹……"

"或许吧,"我说,"但这些都是特例。你很清楚,你的大多数客人来这儿只有一个目的。"

"当然,"他咧嘴笑着,承认道,"是为了鬼魂。"

"鬼魂。"我重复道,"你发掘了这里,让人们能欣赏这儿的美景、捕猎、垂钓、参观遗迹和攀岩,但这些都不能吸引游客。他们是来寻找鬼魂的。"

这时,两大杯热腾腾的咖啡被端了上来,还有一罐浓浓的奶油。咖啡很浓,很烫,很可口。接连吞咽了几个星期的人造食物后,这咖啡唤醒了我的味蕾。

萨德斯小心翼翼地抿了一口,透过热气打量着我,最后若有所思地放下杯子。"你来这里,也是因为鬼魂?"他问。

梦歌

我耸耸肩:"是的,无论鬼域的景致多么引人入胜,我的读者都不感兴趣。迪比斯基那帮人来这里搜寻鬼魂,而我来这里是要报道搜寻行动。"

萨德斯正要回应,一个刺耳的声音插了进来:"前提是存在鬼魂。"那个声音说。

我们循声望向露台的入口处。鬼域搜寻队的领头人物——查理斯·迪比斯基博士正站在门口,眯眼望着逐渐放亮的天空。

迪比斯基原地站了一会儿,随即走到我们的餐桌旁,拉过一把椅子坐下。与此同时,机器侍者再次走了过来。

萨德斯毫不掩饰注视这位瘦弱科学家时的厌恶目光。"博士,你凭什么认为这里没有鬼魂?"他问。

迪比斯基耸耸肩,满不在乎地笑了。"我只是觉得没有足够的证据来证明。"他说,"但你不用担心,我从不感情用事,我和所有人一样渴望真相。正因如此,我将展开一次探险。如果你所说的鬼魂真的存在,我会找到它们的。"

"或者说,它们会找到你。"萨德斯表情严肃,"这可不是什么令人愉快的事情。"

迪比斯基笑出声来:"噢,得了,萨德斯。"

"别以为这是玩笑,博士,你应该知道,鬼魂已经杀过人了。"

"没有证据,"迪比斯基说,"根本没有证据,也没有证据表明鬼魂就真的存在。这正是我们来此的原因:找到真相。好了,我说完了。"他开始点餐。站在一旁的机器侍者已经很不耐烦,发出嗡嗡声。

迪比斯基和我点了几片岩猫肉和一篮刚出炉的烫嘴的饼干,而萨德斯则享用了昨晚我们从地球带来的食物,一份由一大块火腿肉和半打鸡蛋烹饪而成的鸡蛋火腿。

即使再过几百个世纪,地球上也不会有一种肉的滋味能与岩猫肉相提并论。迪比斯基只吃了一点,便推开餐盘,但我却非常喜欢。我想

Dreamsongs

他是一直忙着说话,根本没去仔细品尝其中的滋味。

"你不该轻易否定鬼魂。"机器侍者带着我们的指示迅速离开后,萨德斯说,"我们有证据,大量的证据。从这个星球被发现时算起,已有二十二人葬身于鬼魂之手。亲眼见到鬼魂的人更是数不胜数。"

"的确如此。"迪比斯基说,"可我认为那些并不能够称为证据。死亡?没错,可大多数人只是单纯的失踪。他们也许跌落山崖,也许被岩猫吃掉,等等,都极有可能。要在这样的大雾中找到遇难者的遗体,几乎是不可能的。你知道,地球上每天都有无数人消失,但人们不会去追究;可在这里,任何一次失踪事件,都有人迫不及待地声称是鬼魂作祟。不,很抱歉,这理由不充分。"

"人们找到了那些尸体,博士。"萨德斯的语气很平静,"是令人毛骨悚然的谋杀,而不是落崖身亡,更不是死于岩猫之口。"

我忍不住插了话:"据我所知,只找到过四具尸体。"我说,"我对鬼魂传说进行过非常彻底的调查。"

"好吧,"萨德斯皱了皱眉,"只有四个案例又能怎样?要我说的话,这已经完全能令人信服了。"

这时,机器侍者又把食物端到了跟前。我们一边吃饭,一边听萨德斯滔滔不绝,"例如第一次事故——乔治的探险,至今都没有一个合理的解释。"

我点头表示同意。早在七十五年前,大卫·乔治就率领船队发现了鬼域。他利用传感器在雾中行进,把太空船停靠在平原上,然后派遣队员开始探险。

队员统统都是两人一组,并且武装到了牙齿。后来,其中一组只有一名队员孤身归来,且已神志不清。他声称和同伴在大雾中走散,接着听到一声让人不寒而栗的尖叫。当他找到同伴时,对方已经断气。尸体旁还站着什么东西。

那位幸存者描述了凶手的模样:人形轮廓,八英尺高,飘忽不定,没有实体。他向它开枪,子弹却径直穿过了它的身体。那个怪物摇晃起来,最后消失在雾里。

乔治赶紧派其他小组前去搜寻,但他们只找到尸体,别的什么也没发现。毕竟没有专门的工具,在那样的大雾中,要想回到同一地点都很困难,更别提搜寻外星生物。

因此,死因至今没有定论。乔治返回地球后,另一艘太空船被派遣至此搜索真相,仍然一无所获,反而又一组队员消失无踪。

关于迷雾鬼魂的传说不胫而走。更多的太空船出现在鬼域。侨民来来往往,穿梭于星球之间,后来,保罗·萨德斯修建了克劳德城堡,使人们得以安全无虞地游览这颗拥有鬼魂的神秘星球。

死亡和失踪事件接连发生,更多人深信自己见到了那些在迷雾深处穿梭的幽灵……接着,有人发现了废墟。人们说,那是鬼魂的洞穴。

我想,这一切都是有根据的,毕竟某些事情难以否认。可迪比斯基固执地摇摇头。

"乔治事件什么问题也说明不了。"他宣布,"你我都明白,这个星球没有被彻底探查过,尤其是乔治的太空船着陆的那片平原。很可能是那里的某种人们不曾见过的动物杀死了那个队员。"

"那他同伴的证词怎么解释?"

"他疯了——事实简单明了。"

"其他目击者呢?难道成千上万的人都疯了?"

"这也无法证明什么。"迪比斯基摇摇头,"在地球上,至今还有很多人认为自己看到了鬼魂或者飞碟。站在该死的雾霭之间,当然更容易产生幻觉。"

迪比斯基用那把为饼干涂抹黄油的小刀指着萨德斯,一字一句地说:"是雾——雾蒙蔽了一切。没有雾,鬼神之说在很久以前就该销声匿迹。到目前为止,还没有人拥有足够的资金和设备去进行彻底的调查。但我们有。我们将会发掘出所有的真相。"

萨德斯扮了个鬼脸。"前提是你还留着小命。鬼魂可不是闹着玩的。"

"我真闹不懂你是怎么想的。"迪比斯基对萨德斯说,"如果你那么怕鬼,并且坚信这群幽灵就在周围游荡,为什么还要在这里定居?"

"克劳德城堡绝不会有任何危险,"萨德斯回答,"我在游客须知里特别提到了这点。要知道,大多数时间我们都沐浴在阳光之中,而鬼魂是从不迈出迷雾的。山谷里则另当别论,但这里没有任何问题。"

"全是些不知所云的迷信思想。要我说的话,我只能告诉你,所有一切只是地球上那些荒诞不经的故事的翻版,都是幻影。不过我不会妄加猜测,我会等到水落石出的那天。走着瞧吧,真相是不会被湮没的。"

萨德斯看着我,期待我的看法。"你呢,你也是这样想的?"

"我是一个记者,"我小心翼翼地回答,"为了报道事实而来到这里。鬼域的故事远近闻名,我的读者对此非常着迷。但我会保持中立,可以这样说,我只关心报道,但不会在乎对错。"

萨德斯看起来非常失望,一言不发,埋头猛啃那份鸡蛋火腿。迪比斯基没把他的话放在心上,开始滔滔不绝地讲述自己精心定制的搜寻计划。早餐余下的时间里,我们被这个热切的声音所淹没。他谈到了抓鬼陷阱、搜寻方式、电子探测仪以及传感器。

我将这些记在心里,寻思着如何着手写专栏报道。

萨德斯也安静地听着,但脸上写满不快。

这一天并没发生什么特别的事。迪比斯基把大部分时间花在城堡下的那片空地上。他搭建起一个临时的小营地,指挥队员们卸下太空船上的各种设备,而我正式开始了报道,记录下迪比斯基搜寻队的第一天活动,并把稿子发回地球。萨德斯没有现身,他可能正忙着招待其他客人,尽地主之谊。

傍晚时分,我又一次来到露台,欣赏薄雾的升起。

梦歌

正如萨德斯所说,这是一场战争。雾霭落下时,我目睹了太阳从第一场战役凯旋。然而风水轮流转,此刻迷雾开始逐渐夺回沦陷之地。随着温度的下降,千丝万缕苍白的细卷缠绕着山谷,静静地不断盘旋上升,如无数幽幻的纤指般轻柔地触碰着绵延的躯体。紧接着,那些手指变得越来越粗,越来越壮。它们将山下的浓雾拉伸,拉伸,再拉伸,最终没过山顶。

一座座山峰显得荒凉而悲伤,夜幕降临,不断靠近的迷雾接连吞噬了它们。连那北方的巨人——红魂山也没能逃过此命运,消失在一望无际的白色海洋中。渐渐地,这片白色涌向露台,将整个城堡团团围住。

我转身回屋,发现萨德斯站在门口,似乎已经注视我很久。

"你是对的,"我告诉他,"真的很美。"

他点点头:"但我不认为迪比斯基会有心思欣赏这番景色。"

"他很忙。"

"太他妈忙了! 走吧,我请你喝一杯。"萨德斯叹了口气。

旅店里的酒吧静谧、昏暗,这种气氛很容易让人敞开心扉聊天,或者敞开肚皮畅饮。随着对萨德斯城堡了解的加深,我越发喜欢上萨德斯其人。不得不承认,我们趣味相投。

我们在一个最安静隐蔽的位置坐下,点了一种由多个星球的不同酒精混合而成的酒,然后开始交谈。

"迪比斯基的到来似乎让你很不愉快。"酒来之后,我问他,"你应该高兴才对啊。正因为搜寻队的到来,你的旅馆才被塞得满满的。"

萨德斯把视线从酒上移开,朝我笑笑:"是啊,现在是淡季。不过我不喜欢他的所作所为。"

"然后呢? 你想把他吓走?"

"你看出我的心思了?"萨德斯脸上的笑容消失了。

我点点头。

他又叹了口气。"我不认为这样管用,"他啜了口酒,若有所思地说,"但我们必须做点什么。"

"为什么?"

"因为——因为如果我放任他,他将破坏这个世界。等他或者他的同类纷纷得逞的时候,宇宙中将不再有神秘。"

"别紧张,他只是在努力寻找答案:鬼魂真的存在吗?那些废墟到底是什么?是谁创造了它们?萨德斯,你就不想知道这些答案吗?"

他一口干掉杯中酒,环顾四周,示意酒保再来一杯。这里只有人,没有机器侍者。萨德斯很在意喝酒时的氛围。

"当然,"他拿起第二杯酒,"好奇之心人皆有之,所以人们才来到鬼域,住进克劳德城堡。每一个来此之人都暗自期许能看见鬼魂,并亲自解开谜底。

"但迪比斯基不一样,他带来一大堆东西渗入迷雾森林,待上几天,或者几个星期,就算最终一无所获,那又怎样?他还会回来,因为这里梦想仍在,浪漫仍在,神秘仍在。

"谁知道呢,也可能他会在途中发现穿梭于雾中的鬼魂,或者其他像鬼魂的东西,然后他便可以高高兴兴地回家了。"

他陷入沉默,凝视着酒杯,双眼流露出深深的忧伤。长时间的沉寂后,他继续道:"迪比斯基!呸!我恨他恨得牙痒痒。这只老奸巨猾的狐狸!他已经臭名远扬,却还带一大帮鹰犬和满满一船设备来到这里,就为揭穿鬼神之说!噢!他会找到它们的,这也正是让我害怕的。也许他会证明它们不存在,或者找到其他什么动物或是亚人种,然后告诉世人,那就是'鬼魂'!"

他大口喝光第二杯酒。"这将招致毁灭。毁灭!你听见了吗?他会揭开谜底,然后一切故事都将不复存在。"

我安静地品尝着杯中酒,什么也没说。萨德斯又点了一杯。一个不合时宜的问题在我脑海中盘旋,最终我大声说了出来。"如果迪比斯基找到了答案,"我说,"那不管什么时节,都不会有人光顾你的城堡了。这样很可能会导致你停业,恐怕这才是你激动的原因吧?"

萨德斯怒视着我,那一瞬间,我甚至以为他会揍我,但他没有。"我以为你和别人不同……你欣赏雾落,应该理解……无论如何,我是这样认为的。可我想错了。"他将头扭向门的方向,"出去。"他说。

"好吧。"我站起来,"萨德斯,很抱歉,我的工作就是问一些讨人厌的问题。"他没有理睬,于是我只得离开。走到门口,我回头望去。萨德斯又一次盯着酒杯,大声地自言自语。

"答案,"他厌恶地吐出这个词,"答案!他们总是在寻求一个答案。但既然问题比答案更美妙,为什么就不能随它去呢?"

我离开,剩下他一人——孤孤单单地喝着他的酒。

对于探险队和我来说,接下来的几个星期都非常忙碌。不管怎么说,迪比斯基的确考虑周全,他对鬼域的探测任务经过精心计划,没有半点马虎。

首先解决地图问题。迪比斯基派出一大队探测机器人,它们能够拨开云雾,利用灵敏的传感设备发现其中隐藏的各个角落。再把如潮水般涌来的信息汇集到一起,我们便见到鬼域最真实的地貌。

紧接着,迪比斯基和他的助手在地图上标出"鬼魂"曾出没过的地点。值得一提的是,离开地球以前,我们已经收集分析了大量资料,加上克劳德城堡的图书室里无可比拟的第一手资源,填补了大量空缺。不出所料,目击地点大多在旅馆——这个星球上唯一有人类定居的地方——周围的山谷中。

一切准备就绪,迪比斯基把大多数陷阱设置在传说中鬼魂经常出没的地区,少量放在偏远区域,乔治着陆的那片平原也不放过。

那些陷阱并非普通陷阱的模样。它们如同矮墩墩的树桩,内部放置着地球科技所能提供的最尖端的感知仪器和记录设备。对于它们而言,云雾不起任何作用,如果哪只鬼魂不幸闯入它的作用范围之内,那可怜的家伙只能暴露于光天化日之下了。

同时,迪比斯基对探测机器人进行了检修和重组,让它们执行下一项任务。由于对地形已经有全方位的了解,探测机器人得以深入云雾之中,而不必担心撞上未知的山头。它们携带的探测仪和陷阱放置得同样精密。它们日行千里,如履平地一般拉网式地扫描这里的每一寸土地。

最后,当陷阱和探测机器人都安排完毕,迪比斯基和他的队伍带着塞满传感设备的沉重背包,亲自进入了迷雾森林。他们每天马不停蹄地奔波于不同地区。

有时我会背着背包亲自参与他们的行动。虽然我们总是空手而归,但我还是写了几篇很有趣的报道。在搜寻过程中,我渐渐爱上了这片迷雾森林。

旅游杂志把它称为"闹鬼的白森林"。其实它并不可怕。对于那些懂得欣赏它的人来说,它有一种奇异的美。

这里的树木躯干修长,有着白色的树皮和淡灰色的树叶。然而,森林里依旧色彩斑斓。一种不知名的藓类植物随处可见,它们懒懒地依附在树木上。

这里当然见不到太阳。大雾遮掩了一切。它们缠绕着你,紧随着你,在你行走的时候用无形的双手触碰你,牵绊你的脚步。

雾,时而和你嬉戏。当你走在能见度只有几英尺范围的雾中,仿佛有张雾毯搭在你的双腿上;突然,它猛地聚拢,蒙住你的双眼,让你什么也看不到。好几次我都一头撞在了树上。

有时,雾又会无缘无故地突然散开,留下你独自一人。直到那时,你才会发现整座森林奇光异彩般美丽,犹如世外仙境的一瞥。可那样的时光总是短暂而少见。

梦歌

最初的几个星期，我没有太多空闲散步于林间，唯有跟随搜寻队时才走进它，体味它。大多数时候，我都忙于写作。我写了一系列关于这个星球的历史传记，特别是其中最著名的鬼魂事件；还有一篇记叙文，描述探险队员们各自鲜明的个性；我写了萨德斯修建城堡时克服的重重困难以及一篇科学论文，向人们讲述这个星球鲜为人知的生态系统；我写了关于这里的森林和高山的抒情散文和对那篇废墟的奇思；我还写了如何捕捉岩猫、攀登山峰及有关那些生活在海中小岛上、巨大而危险的沼泽蜥蜴。

当然，我耗费笔墨最多的还是迪比斯基和他的探险故事。

最终，搜寻队的工作变得重复而枯燥，而我也已文思枯竭。由于文章的产出量骤减，我终于拥有了属于自己的闲暇时间。

我开始真正享受鬼域的魅力。我每天都会在林间漫步，一天比一天走得远。我访问废墟，飞跃半个大陆区亲眼见识全息影片中的沼泽蜥蜴。我和一群猎人交上了朋友，并亲手捕猎了一只岩猫。还有一次，我差点在和另一些猎人结伴去西海岸的途中丧命于一只平原兽之口。

我又开始和萨德斯交谈。

而萨德斯自始至终都不怎么理睬我们——迪比斯基、我以及一切参与这次鬼魂搜索行动的人。他和我们说话总是显得很勉强，见面也只是草草打个招呼，转而接待其他客人。

刚开始，想起他那晚在酒吧的谈话，我心里总感觉惴惴不安，担心他会制造出什么事端来。我的脑海中浮现出这样一幅景象：在雾中，他动手杀人，然后布置成灵异事件的现场；或者干脆毁掉陷阱。总之，我相信他一定会做些什么：要么吓走迪比斯基，要么破坏这次探险。

我想我是看多了全息影片。萨德斯并没做这些。他只是在城堡的走廊上怒视我们，仅此而已。

不过，一段时间之后，他对我的态度开始缓和，而他对他们仍旧没有改变。

Dreamsongs

我猜想这是因为我会在森林中散步。迪比斯基没事决不踏出城堡半步,决不进入雾中,即便出去,也是速去速回。他的队员也和他一样。我是他们中的例外。事实上,我并不真是他们中的一分子。

不用说,萨德斯留意到这些。他留意着城堡里发生的每一件事。于是他开始彬彬有礼地和我说话,后来甚至再度邀请我去喝一杯。

转眼两个月过去。冬天悄然而至,空气变得寒冷刺骨。迪比斯基和我来到露台共进晚餐,在享用了一种极棒的肉之后,又点了两杯咖啡。萨德斯就在附近的餐桌同他的客人聊天。

我已记不清当时和迪比斯基讨论的话题,只记得他突然哆嗦着打断我的话:"这里越来越冷了,"他抱怨着,"到里面去吧。"迪比斯基向来不怎么喜欢露台。

"不至于吧。"我微微皱了皱眉,"你瞧,马上就可以看到日落了,这可是一天中最不容错过的时刻。"

迪比斯基又打了一个寒战。他站起来,准备离开。"你好好欣赏吧,"他说,"我得进去了。我可不想为了看一场雾落而患上感冒。"

他开始向屋里走去。可他刚刚迈出脚步,萨德斯便一跃而起,像只受伤的岩猫般冲他咆哮。

"雾落,"他吼道,"雾落!"萨德斯语无伦次地骂骂咧咧。即使在他把我赶出酒吧的那一天,我也没见他这样愤怒。他站在那里,气得浑身发抖,脸颊通红,身体两侧的大拳头捏得死死的。

我立刻起身,挡在他们中间。迪比斯基求助似的看着我,茫然而又恐惧:"发生什……"他不知所措地问。

"快进去吧。"我打断他,"去你的房间,去休闲室,或者去别的地方——什么地方都好。总而言之,在他杀掉你之前离开这里。"

"可——可是……到底怎么了?发生了什么事?我没有——"

"早上才是雾落,"我告诉他,"而晚上是雾起。现在快走吧。"

"就这个?他为什么——这么——"

梦歌

"快走!"

迪比斯基摇摇头,似乎仍不明白发生了什么。不管怎样,他总算走了。

我转向萨德斯。"冷静下来,"我说,"冷静。"

他的身体停止了颤抖,但目光仍狠狠地盯着迪比斯基的背影,似乎能刺穿对方。"雾落,"他嘀咕着,"这杂种已经在这里待了两个月,竟然还不知道何时雾起何时雾落。"

"他从不关心这些,"我说,"他对这些不感兴趣。那是他的损失,你没必要为这个动气。"

他看着我,皱起眉头,最终点点头。"是啊,"他承认,"也许你是对的。"他轻声叹息,"但竟然说是雾落!该死!"之后,我们俩谁都没有说话。"我想喝一杯,一起?"他打破沉默。

我点点头。

我们来到上次那个昏暗而静谧的角落。我想,那里一定是萨德斯的最爱。我还没喝完一轮,他已经豪饮了三杯。全是大杯子。在克劳德城堡,一切东西都是大大的。

这一次,我们没有争吵。我们谈论雾落、森林和废墟,我们谈论鬼魂,萨德斯向我讲述各种光怪陆离的故事,其实在此之前,我已经听过很多遍了。

从这之后,我成了城堡里和萨德斯最亲近的人。我原以为自己对鬼域已经相当了解,可事实证明,我的"了解"只能算是空洞的概念。萨德斯让我深入下去,他向我说明那些曾经弄得我晕头转向的地形;他带我去看沼泽岛,那里的树真是别具一格,即使没有一丝风,它们也会像幽灵般摇晃;我们飞到更远的地方,去看更威武的山脉,那些山顶终年被冰雪覆盖,它们的伟岸无可名状;我们去看了南方的平原,那里的雾如同一片白色的河流,覆盖了一切。

当然,我还在继续报道迪比斯基和他的搜寻行动,但可写的东西越来越少,因此大部分时间里,我都与萨德斯待在一起。我并不担心我的写作,毕竟,无论在地球还是其他星球,我的鬼域系列报道都是极其出色的。我想我已经完成了任务。

然而事与愿违。

在第三个月零几天时,我接到总部的调遣命令:几个星系之外的一个名叫新避难所的星球发生了一场内战。总部要我去报道战况。反正鬼域也没什么新进展,而且他们说迪比斯基的探险至少还要持续一年。

尽管我热爱鬼域,依依不舍,但还是去了。毕竟在这里,我已经江郎才尽,而新避难所事件听上去很有噱头。

于是我向萨德斯、迪比斯基,还有城堡一一道别,并在迷雾森林里最后一次散步,然后预订了太空船票。

新避难所的战争很是激烈,但我只在那里待了不到一个月——死气沉沉的一个月。狂热的宗教分子开拓了这个地方,可最初的组织分裂成两派,相互指控对方是异端。

我速战速决,不停往返于各个星球之间,穿梭于不同的报道之中。第七个月,我回到地球。大选即临,我摩拳擦掌,准备进行一次政治专访。这是一次现场竞选活动,对我来说,意味着成千上万的好故事等着被挖掘。

然而在这期间,我一直留意着关于鬼域的少得可怜的报道。如我所料,迪比斯基最终宣布要召开一次新闻发布会,身为驻鬼域的记者,我理所应当地奉命前去获取第一手资料。于是我扔下身边的所有事务,立刻登上所能找到的最快的太空船。

我是第一个前来参加发布会的记者,整整提前了一个星期。由于在出发时跟萨德斯通过信,因此他老早就在空间站等我了。见面之后,我们来到露台,点了些喝的。

"那么,"寒暄之后我问他,"你知道迪比斯基准备发布些什么吗?"

萨德斯的表情十分阴郁。"我能猜到。"他回答,"一个月前,他就

梦歌

召集了那帮该死的小喽啰，反复核对电脑上的动向。你走之后，又有许多人看到鬼魂。每次一有风吹草动，他就赶去奋战几个小时，巨细无遗地搜查。然而什么也没有，我想这就是他要宣布的——什么也没有。"

我点点头："即便如此，也不算太坏吧？乔治也是两手空空。"

"那不一样，"萨德斯说，"他们是两种人。不管迪比斯基说什么，人们都会相信。"

对此我并不太确定。然而一定有人告诉了迪比斯基我在这里，他大步流星地来到露台，微笑着直视我，然后在我身旁坐了下来。

萨德斯怒视着他，然后低头注视着自己的酒。迪比斯基只把注意力放在我身上，看上去非常开心。他询问我的近况，我一一作答，他则予以嘉许。

最终，我忍不住向他打听搜寻的结果。"无可奉告，"他打着官腔，"等到新闻发布会召开，你自然就知道了。"

"好了，"我说，"我跟着你报道几个月了，那时还没人拿这当回事儿呢。你可以给我些独家材料。究竟发现了什么？"

他有些犹豫。"好吧，"他依然比较踟蹰，"不过你先不要公开。你可以在会议召开前几个小时发表，仍旧是独家报道。"

我点头同意。"发现了什么？"

"关于鬼魂，"他兴奋地说，"我们找出了真相。鬼魂并不存在。这可不是猜测，我有足够的证据。"他露出笑容，"我有足够的证据来消除人们的疑虑。"

"仅仅因为你一无所获？"我提出质疑，"也许它们在躲避你。也许它们很聪明，知道你是科学家，不想让你找到。也可能仪器根本探测不到它们。"

"好了，"他对我说，"你怎能相信这些鬼话？陷阱里的传感器具备所有感知功能，只要鬼魂存在，肯定会有记录。可它们毫无反应。我们在萨德斯指出的目击现场安置了多重陷阱，但那里什么也没有。绝对什么也没有。这无可争议地证明是人们自己在疑神疑鬼。哈!没错,这就是所谓的目击事件。"

"死亡和失踪事件呢?"我继续追问,"乔治探险事件那样的经典案例呢?"

笑意在他脸上蔓延开来。"当然,我不能确切解释每一次死亡事件。不过,我们发现了四具骷髅。"他一边说,一边掰着手指头,"其中两个死于山体滑坡,另一个的骨头上留着岩猫的爪印。"

"第四个呢?"

"死于谋杀,"他说,"尸体被浅浅地掩埋——很明显是人类所为,后来又被洪水冲开。此事被列为失踪事件记录在案。我很肯定,只要给我足够的时间,其他尸体也将逐一被发现,不过他们都是正常死亡。"

萨德斯抬起头来,死死地盯着迪比斯基,目光凶狠。"乔治,"萨德斯还是不服气,"乔治探险事件的目击者见到的又是什么?"

此刻,迪比斯基脸上的微笑绽开了,得意之情溢于言表。"哦,当然,我们彻底搜查了那片区域,事实证明我的猜测是正确的。附近有一个人猿部族。它们是庞大的野兽,像巨型狒狒,一身肮脏的白色皮毛,并非高级物种。很明显,一小群快要灭绝的人猿,就是乔治的队员口中的幽灵。"

一片沉寂。当萨德斯再度开口时,他的声音已是疲惫不堪。"最后一个问题,"他虚弱地问,"为什么?"

这个问题让迪比斯基一愣,笑容从他脸上散去。"萨德斯,你永远都不明白,是么?"他说,"这是为了获得真相,为了让这个星球获得自由,将它从无知和迷信中解救出来。"

"获得自由?"萨德斯重复,"难道这个星球被奴役过?"

"是的。"迪比斯基肯定地指出,"它被那愚蠢的怪谈所束缚,被恐惧所奴役。从今往后,这个星球自由了,开放了。我们可以清醒地看待那片废墟后的真相,不用再被阴暗的传说影响,不用再谈鬼色变。我们

梦歌

可以向这个星球殖民,不用再害怕,可以正常地生活、耕种。我们战胜了恐惧。"

"殖民?在这儿?"萨德斯难以置信地说,"你准备叫你的忠实崇拜者吹散大雾还是怎样?这里早有殖民者来过,但土壤不适合耕种,况且群山连绵。至少,在这里从事农业没有任何商业价值。在鬼域种东西?太荒唐了!

"此外,外面有几百个星球人口匮乏,哪有人手来开发新的殖民地?况且还是在不适合人类居住的星球。一定要将鬼域变成第二个地球你才满愿意吗?"

萨德斯悲伤地摇摇头,一口干了杯中酒:"你是无法理解的,博士。不要自欺欺人了。你没有解放鬼域,你是在毁灭它。你偷走了它的鬼魂,留给它一个空壳。"

迪比斯基摇摇头:"我认为是你错了,人们终究会找到各种有益的办法来开辟这个星球。退一万步来说,即便你没有错,想法也是不积极的。知识是人类的全部。从古至今,有很多像你一样的人,他们不择手段,试图阻止世界的发展进步。但他们失败了,你也失败了。人们需要真相。"

"也许吧,"萨德斯回应,"可知识就是全部么?我不同意。我觉得人同样需要神秘、诗歌和浪漫,同样需要一些没有答案的问题,用来思考和沉溺。"

迪比斯基猛地站了起来,反对道:"这种谈话就跟你的哲学体系一样,毫无意义。在我的世界里,没有解不开的谜。"

"那么你生活在一个枯燥乏味的世界里,博士。"

"而你呢,萨德斯,生活在无知和愚昧中。如果你一定要依靠迷信过活,请重新找个地方。但是,请不要把你的神话传说强加于我,我没有那么多时间可以用来浪费。"然后,迪比斯基看看我说,"我们发布会上见。"说完,他立刻转身,大步离开了露台。

萨德斯一言不发,注视着迪比斯基的背影,直到他走出我们的视线,才将椅子转了个方向,转而望向远处的高山。"雾起了。"他说。

其实萨德斯对于殖民地的看法也是错误的。即使这是一片不够肥沃的土地,但依然会有殖民者前来开垦家园。这里有葡萄园,有工厂,还有不足一千的人口,所有的一切都属于几家大公司。

人人都知道大规模种植是没有利润的。但有一种东西除外:这里的天然葡萄,它们如柠檬般大小,灰头灰脑,却个个珠圆玉润。于是,鬼域有了唯一的出口商品——醇香的葡萄酒。

当然,人们称它为"雾酒"。我对它的沉迷与日俱增,那滋味回味悠长,就像雾落,就像梦想,令我长醉不醒。抑或酒不醉人,人自醉?不过大多数人都不会把这些放在心上。

多少出于经济方面的考虑,鬼域的空间站仍在营运,至少还能为货船提供停泊。

但鬼域的景点已很久无人问津,这一点被萨德斯言中。人们会去离家更近、更实惠的地方欣赏美景。鬼魂是游客来这里的唯一原因。

萨德斯也早已消失于人海之中。当初有机会经营雾酒时,他选择了放弃。他是那么固执的一个人,他的心永远高高地飘着。他陪伴着他的城堡,直到最后一刻。旅店破产后,我和他失去了联系。

城堡仍在。几年前,我去新避难所采访时,路过克劳德城堡,在那里停留了一天。由于没有足够的资金维护,城堡一片荒芜。长此以往,这里将成为另一座废墟。

除此之外,这个星球一切依旧:云雾依旧逝于晨,升于夜。那巨大的红魂山依旧在清晨显露出苍凉的美。森林,仍伫立在原地,岩猫依旧无声无息地游走。

唯有鬼魂消失了。

鬼魂消失了。

谢潞　译

梦歌

远星的光芒

怎么说呢,我是土生土长的美国佬,生长在新泽西州贝约恩市,从未离家……直到上大学。

贝约恩是个隶属于繁华的大纽约的半岛,在我小时候,这里是自成一体的。这是个被炼油厂和海军基地定义的工业小城,三英里长,仅一英里宽。贝约恩北接泽西城,其余三面都是海——西为纽瓦克湾,东为纽约湾,南面是连接两个海湾的狭长深水运河范库尔水道,水道中日夜航行驶向或驶离伊丽莎白港和纽瓦克港的远洋巨轮。

我家在我四岁时搬进了第一大道的廉租房,正对着黑黢黢、脏兮兮的范库尔水道。水道对面的斯塔恩岛夜里总会亮起遥远而梦幻的灯光。但除了每三四年会去那个岛上逛动物园外,我们一家从未越过水道。

其实上岛很容易,只需驱车通过贝约恩大桥,可惜我家没车,我爸妈也不会开车,于是只能坐船。码头离廉租房只有几个街区,挨着米乐迪叔叔游乐园。那儿有个隐秘的"小海湾",赶上退潮,孩子们可以踩着油腻的石头,钻过栅栏,来到藏在码头和街道间一片长满草的小空地里。我喜欢跑去那儿,坐在水上的草地,吃巧克力棒,读小人书,一边看着轮渡在斯塔恩岛和贝约恩市之间来回。

轮渡来回频繁,一艘刚走,另一艘就接踵而至,两艘船会在水道中相遇。这条轮渡线共有三艘船,名为鸟尾星号、牛郎星号和织女星号,对我来说,以后人生中见到的再雄伟的邮轮和帆船也没有这三艘小轮渡那么浪漫、那么富于魔力。我觉得,它们魔力的部分源于它们以星星的名字命名。尽管肉眼看不大出这三艘船的区别,但我最喜欢牛郎星号。或许是因为看了《禁忌星球》吧。

吃过晚饭,我家时常显得又挤又吵,甚至只有我、我爸妈和我两个妹妹时也是如此。一旦我爸妈请来客人,厨房便会被香烟的烟雾笼罩,谈话声吵得受不了。很多时候我会回到自己的房间,关紧房门,或和妹妹们一起在客厅看电视;也有的时候,我会去外面玩。

穿过大街,就是布雷迪码头和傍着范库尔水道的狭长公园。我会坐在长椅上,看着大船从眼前经过;或摊开四肢躺在草地上,数着夜空中那些比斯塔恩岛的灯火更遥远的星星。即便在最窒闷炎热的夏夜,它们也总让我惊叹。猎户座是我最先认识的星座,我总盯着它里面最明亮的两颗星——蓝色参宿七和红色参宿四,猜测着那上面是不是也有个孩子这样看着我。

无数人写了无数文章,试图定义什么是"奇观之感"。对我来说,"奇观之感"就是躺在范库尔水道边的草地上,遥望远星的光芒。它们让我觉得自己既伟大又渺小。这种感觉带着忧伤,又混杂着奇异与美妙。

科幻带给我的正是这种感觉。

我与科幻结缘最早是通过电视,我那代人是最早的"晶体管一代"。虽然我们没看上《芝麻街》,但平日有《叮咚学校》,周六早上有《豪迪杜迪》,而且每天都有卡通《安迪一伙》可看,小精灵青蛙会在里面丢他的魔法琴。我也看吉恩·奥特里、罗伊·罗杰斯以及豪帕隆·卡西迪,但更多是因为我爸喜欢看这帮西部牛仔。我更喜欢骑士:罗宾汉、艾凡赫与兰斯洛特爵士。但什么也比不上太空探险。

我肯定看过杜蒙特有线台的《电视游侠》,因为我对他的死对头托波尔(Tobor 就是"机器人"robot 倒过来拼)略有印象。但我想不起《太空宇航员》了,他的真名汤姆·科比特是我后来读了凯里·罗克韦尔的书才知道的。我当然看过闪电侠……的电视剧,不是系列电影。我记

梦歌

得有一集,闪电侠来到一个星球,那里的居民白天是好人,晚上变坏人,我觉得这点子太绝了,还用到自己许多早期写作中。

当然,等到50年代早期的经典科幻剧《太空游侠洛克·琼斯》出现,以上种种都变得黯然失色。洛克·琼斯有荧屏上最酷的宇宙飞船——银色流线型的轨道喷射号。有一集轨道喷射号被毁,我整个人都不好了,幸好它很快被外貌相似的银月号取代。洛克·琼斯的船员包括很会搞笑的副驾驶、天天傻笑的女朋友、自大的教授、烦人的熊孩子,当然还有平托·沃特安多(所有认为是吉恩·罗登贝瑞[1]给电视节目注入新血的人都该去看看《太空游侠洛克·琼斯》。除了斯波克,《太空游侠洛克·琼斯》里啥都有,而斯波克与其归功于罗登贝瑞不如感谢D.C.丰塔纳[2]。哈维·穆德不过是声音柔和些的平托·沃特安多罢了)。

电视上没有太空人和外星人的时候,我就在家里和他们玩。除了普通的牛仔、骑士和绿兵人,我还有所有的太空玩具,什么镭射枪、火箭飞船应有尽有,硬塑料太空人戴的可拆卸塑料空气面罩总是被弄丢。最棒的是一堆彩色塑料外星人,我用五美分硬币从伍尔沃斯和克雷斯基一元店的箱子里淘的。这帮外星人有的长着大得出奇的脑袋,有的生了四条手臂,有的像长了人脸的蜘蛛,有的像长了脑袋和胳膊的蛇。我最欣赏一个毛茸茸的大身躯上生了小胸膛和小脑袋的家伙。我给它们都取了名,设定它们为一伙太空强盗,由一位我命名为贾姆的大头火星人领导,贾姆是个和平托·沃特安多一样坏的大坏蛋。我不断幻想他们的冒险,甚至曾犹犹豫豫地写了一两篇下来。

电影里也不乏科幻题材。我看过《X放射线》《世界大战》《地球停转之日》《飞碟征空》及《登陆月球》。噢,还有《禁忌星球》,比起这个,

---

[1]《星际旅行》的缔造者。
[2]《星际旅行》的剧本作者,科幻小说家。

Dreamsongs

前面那些都弱爆了。我毫不怀疑我首度接触莎士比亚是在德威特剧院,这都要感谢摩比斯教授和机器人罗比①。

我喜欢的小人书也大都跟科幻有关。超人是外星人,对吧?他乘飞船来地球,你不觉得很科幻吗?火星猎人从火星飞来,绿灯侠神奇的戒指来自一个飞船失事的外星人,闪电侠和原子侠则在实验室中获得超能力。漫画里也不乏正统太空剧,比如太空游侠(我的最爱)、亚当·斯特兰奇(其他人的最爱)、汤米·图莫若(无人问津),还有一个在宇宙高速路开太空出租车的家伙……还有原子骑士,他穿着厚铅板做的防辐射装甲,骑着变异的巨型斑点狗,守卫着灾难后的放射性废土……而在更高层次的读物中,我读了《世界大战》和《时间机器》的经典绘本,首次接触到 H.G. 威尔斯。

不过这些仅仅是铺垫。在我十岁时,我妈的发小露西·安东松送了我一本书做圣诞礼物。她送的不是漫画,而是一本文字书——精装本《拥有太空服——想去旅行》,作者罗伯特·A. 海因莱因。

刚拿到书我有点吃不准,不过我喜欢电视上圣骑士的形象,而这本书的名字似乎暗示书里有某种"星际圣骑士",于是我鼓起勇气,囫囵着对付它。书中主角是个叫奇普的孩子,他和我一样住在小镇中,没去过任何地方。许多评论家认为《银河系公民》是海因莱因最好的青少年科幻,他们错了,毋庸置疑,《银河系公民》跟《太空隧道》《星球人琼斯》《星辰时代》等很多小说一样是好作品……但它们都比不上《拥有太空服——想去旅行》。奇普和小东西,王牌和麦芽店,老旧太空服(我能嗅到它的味道),母体,虫脸,横穿月球的跋涉,在小麦哲伦星云面对人类命运的审判。"人类最骄傲的事是誓死抗争",有什么能与之相比?

没有。没有。

---

① 都是《禁忌星球》中的人物。

梦歌

1958年，十岁的我翻烂了艾德·艾姆许维勒画的《拥有太空服——想去旅行》的封面，并渴望更多。

我当然买不起精装书。《拥有太空服——想去旅行》的硬壳封面里的标价是2.95美元……但凯利公园大道糖果店的旋转货架上的很多平装书只要35美分——等于三本半小人书。只要少买几本漫画，少吃几条士力架，我还是买得起一两本小说的。于是我节衣缩食，放弃了那些开头不怎么吸引人的漫画系列，减少了滑旱冰的次数，刻意回避甜蜜使者和软心先生的车子——我开始读平装书了。

这犹如打开了世界和宇宙的大门。首先，我买下能找到的所有海因莱因的书，并在青少年读物再无可买后，购入了他的《出卖月亮的人》《2100年起义》等成人读物。罗伯特·A.海因莱因的书的封底上称他为"科幻文学教长"，简直太对了，而且他是最好的教长。接下来几年，他都是我最喜爱的作家，而《拥有太空服——想去旅行》是我最喜爱的小说……直到我发现《傀儡主人》。

另一方面，我也渐渐开始接受其他作家，有些人在我心中的地位不亚于罗伯特·A.海因莱因。我很喜欢化名安德鲁·诺斯的安德蕾·诺顿，姓名的男女之别有什么关系呢？安德蕾的《天灾之船》和安德鲁的《星际守护者》都让我深感震撼；AE.范·沃格特的作品总是充满活力，尤其是《超能人》，虽然我始终没搞清楚那本书里谁对谁做了什么，以及为什么；我也喜欢杰瑞·索尔的《一人对抗赫拉库姆》，在那个腐败的世界，你犯罪前得先在警察那里进行罪行登记；而读了《太空小鸡》之后，埃里克·弗兰克·拉塞尔在我心目中的地位直线上升，那本书是我读过的最有趣的科幻作品。

尽管我光顾过图章出版社、金奖章出版社及其他各个出版社，但最中意的是ACE双面书。ACE双面书正反是不同的封面，一本书登载两部"完整的长篇小说"，却只要一本的钱。威尔逊·塔克、艾伦·诺斯、约翰·布拉诺、罗伯特·西尔弗伯格、波尔·安德森（《翼人战争》太精彩,几乎撼动《拥有太空服——想去旅行》的地位)、戴蒙·耐特、菲利普·迪克、埃德蒙·汉密尔顿以及大师杰克·万斯——我通过红蓝书脊的粗糙平装本与他们一一相识。汤米·图莫若和洛克·琼斯根本不能与之相提并论,这些才是精品,我沉浸其中,如痴如醉。

(最终,我的阅读蔓延到罗伯特·E.霍华德、H.P.洛夫克拉夫特及J.R.R.托尔金,这些我放在自传其他部分去说。)

通过不同作家,我接触到不同类型的科幻小说——"外星人在身边"类、"如果某事继续下去"类、时间旅行类、或然历史类、后毁灭时代类、乌托邦及反乌托邦类。后来身为作者的我尝试过各个子类型……但其中有一类科幻小说是我最中意的,无论作为作者还是读者。我生长在贝约恩,成长期没去过任何地方,而我最爱的书会带我翻山越岭、远走他乡、带我奔赴那些做梦都想不到的地方,让我沐浴在远星的光芒之下。

我放在这一节的六篇故事都属于这一类。20世纪七八十年代,我写了很多科幻小说,但这些是我最喜欢的。它们发生在同一个宇宙,松散地连接成一部"未来史"——这个设定也是我大部分科幻小说的背景。

(当然,并非我所有的科幻都以此为背景。《追逐星光》和《边境事务》属于另一个世界,"星环"的两篇故事又属于一个世界,"尸体操控者"系列是第三个世界,《密合体》和其他一些小说则完全自成一体。我并不打算倒过来勉强把这些零散的故事塞进我的未来史中,这从来不是什么好想法。)

我开始搭建这个后来成为我主流创作背景的设定是在写《英雄》的时候,并在我第一部长篇小说《光逝》中得以完善。我没给这个设定起过名,至少没有固定的名字。在《石头城》中我叫它"人类空间",并一度想以此作为设定的总称,类似拉瑞·尼文的"已知空间"。后来,我偶然间想到"一千个世界",它听起来更酷,并且可以给我很大的创

梦歌

作空间，让我按需添加新的星星……更不用说这样就比约翰·瓦列的"八个世界"多出九百九十二个世界了！可惜到那时我的创作走向了其他方向，因此这个名字几乎只是摆设而已。

《莱安娜之歌》是这六个故事中最早完成的，写于1973年在志愿军团任职时。当时我住在芝加哥住宅区的马尔盖特公园，和学院国际象棋社的一些好友合租无电梯公寓三楼的一间房，工作被分配到库克县法律援助基金会。我经历了人生第一次真正的恋爱，那当然不是我第一次坠入爱河，却是第一次对方接受我的爱意。这段爱情成了"莱安娜"的情感核心，如果没有它，我肯定巧妇难为无米之炊。《莱安娜之歌》也是我当时写出的最长的故事，算是我第一篇长中篇小说。落笔时我意识到，这是一篇比两年前的《晨临雾逝》和《第二种孤独》更优秀的作品，是我当时能写出的最好作品。

《类比》是我当年主要的买家，因此我直接把这篇作品寄给本·波瓦，他也直接买下了它。特里·卡尔和唐纳德·A.沃尔海姆都把这篇小说选入他们编撰的年度最佳选集中，它还得到星云和雨果双奖提名。那年罗伯特·A.西尔弗伯格写出一篇极优秀的长中篇小说《伴随死亡而生》，最终我们分享了荣誉。西尔弗伯格在星云奖中胜我一筹，但在1975年澳大利亚墨尔本的世界幻想大会上，本·波瓦代表《莱安娜之歌》领到了雨果奖。彼时我正在芝加哥酣睡，我的预算实在不够飞到澳大利亚，而西尔弗伯格已赢得了星云奖和轨迹奖，我打心眼里确信他会来个大满贯。

获奖好几个月后，我才摸到火箭奖杯的实体。波瓦回家时顺道去了明尼阿波利斯，把奖杯交给戈登·R.迪克森，迪克森又在见到乔·霍尔德曼时把它给了后者，乔把它带回爱荷华市放了段时间，最后才在一次芝加哥的会议上给我。后来我再见到加德纳·多佐伊斯，他说我被雨果奖失败者俱乐部除名了。同时罗伯特·A.西尔弗伯格也宣布不再创作科幻小说，这让我很内疚，因为那时他是我很崇拜的作家……

143

Dreamsongs

当然,我没内疚到把从乔·霍尔德曼手里抠出来的那尊该死的雨果奖杯送给他的地步。

我于1974年写下《灰烬之塔》,那时我的生活与一年半前写《莱安娜之歌》时相比有了翻天覆地的变化。我在志愿军团的服务结束了,我靠周末指导国际象棋比赛来支撑写作。我的长篇小说——后来命名为《光逝》——开了个头,又被我扔到一边,直到两年后我才准备好续写它。我伟大的恋爱宣告破产,女朋友抛弃了我,与我最好的朋友双宿双飞。血淋淋的伤口还未痊愈,我又投身新一轮恋爱。这次我结识了一位与我有诸多共同点的女士,就像我认识了她一辈子一样。但这段关系刚有眉目就结束了,几乎只在一夜间,她就完全被别人迷住了。

《灰烬之塔》应景而生。本·波瓦是为《类比》杂志买下它的,最后却把它印在《类比年刊》上,那是金字塔出版社的原创选集。《类比年刊》是一种尝试,试图吸引图书读者,让其最终对《类比》杂志产生兴趣。至于这目标有没有实现,我不知道……但我还是希望这篇文章登在《类比》正刊上。我在职业生涯早期就学到一件无论在过去还是现在都很确凿的事:短篇小说的舞台非杂志莫属。除开本·波瓦本人,你们谁还读到过《灰烬之塔》的话,可以为我作证。

《杀人之前请三思》写于1974年,发表于1975年。这篇小说让我当年第二次上了《类比》封面(几月前,杰克·高根为我和丽莎·图托合写的《风港的暴风雨》绘制了精彩的封面),画出自名家约翰·勋伯赫之手,非常漂亮,我真想买下来。文中的"钢铁天使"是我对戈登·R.迪克森的多萨伊的回应,"钢铁天使"其名本身来源于克里斯·克里斯多弗森的一首歌。他们的神——持剑的苍白圣童——则有更古老而暧昧的起源:它是我为怪异博士系列创造的神话中七个黑暗神祇之一,你们可以在《只有孩子才怕黑》中窥见一二。小说名字当然来自吉卜林的《丛林故事》,这名字为我带来的荣誉几乎和小说本身一样多,后来许多同是吉卜林粉丝的作者声称很恼火自己没先想到这名字。

梦歌

《杀人之前请三思》被提名1974年雨果奖最佳中篇小说,《风港的暴风雨》也被提名为当年最佳长中篇小说。1976年在堪萨斯城举行的"巨无霸"世界幻想大会上,这两篇故事都以几票之差落选(前者输给很快摔碎了奖杯的拉里·尼文,后者输给罗杰·泽拉兹尼)。当晚,我和加德纳·多佐伊斯共同策划,就着一壶从其他聚会上剩下的劣质白葡萄酒,在万豪酒店的房间内举办了雨果奖失败者聚会。那绝对是整场大会最棒的聚会,后来成了世界幻想大会的传统,不过近年来一些喜欢刷存在感的宅男非要管它叫"雨果奖提名者聚会"。

《石头城》最先发表在《科幻小说的新声音》上——这是一部由我主编、麦克米伦出版社1977年出版的精装小说选集,其起源可追溯到1973年多伦多世界幻想大会。1971年,《类比》和《惊奇科幻故事》的长期编辑约翰·W.小坎贝尔去世,《类比》的东家康泰纳什集团为纪念他,设立了以他为名的奖项,奖励过去两年间进入科幻写作领域的最佳新人。该奖第一次甄选时,我和丽莎·图托、乔治·亚历克·埃芬格、露丝·伯曼及杰瑞·波奈尔共列提名者名单。坎贝尔奖由粉丝投票产生,并在多伦多世界幻想大会上和雨果奖一同公布。它就算比不上雨果奖,也相差无几。

这次提名完全是喜从天降,尽管我知道最终得奖几率渺茫,仍让我受宠若惊。我确实没得奖。波奈尔斩获了第一届坎贝尔奖,而埃芬格与他得票十分接近,以至于大会破天荒地为第二名颁发了奖牌——这种情况就我所见是绝无仅有的一次。

大会后某个聚会上,我跟一对姓戴夫的夫妻编辑说应该给这个新奖项出本选集,好比雨果和星云奖都有选集。当然,我是想卖自己的小说,1973年那会儿,我还是个一有机会就卖文章的家伙。不过这次,我收获了意外之物,这对戴夫编辑认为给坎贝尔奖做选集是个好主意,但应该由我来做。我立刻反驳:"我从没编过选集。"他们回答:"那这将成为你的第一次。"

Dreamsongs

于是我做了。卖出《科幻小说的新声音》（名字是一个叫埃伦的编辑起的）用了一年，让所有的作者把故事写出来寄给我花了两年。最终这部以展示1973年坎贝尔奖提名作者为目的的选集到1977年才正式出版。

好歹没有哪个作者拒绝我，而且因为我也是提名者之一，我可以把故事卖给自己。

这真是一种解放，不必担心编辑因为任何理由拒绝你的稿子。

但同时我也感到某种压力。毕竟，你不希望读者觉得你是在滥竽充数。

《石头城》是这种解放和压力共同作用下的产物。在我的未来史体系的核心故事中，它颇具颠覆性，我希望从中融入一些洛夫克拉夫特和卡夫卡的味道，让读者觉得，当我们离家足够远之后，宇宙中所有的理性、因果和物理法则都会荡然无存。在我写过的所有故事中，《石头城》最能反映我幼年时代的渴望——夏日夜晚，一个男孩四肢摊开躺在范库尔水道旁的草地上，看着头顶的猎户座。我不知还有什么能比这篇小说更好地表达出宇宙的广袤和奇观之感。

1977年，一本由大卫·G.哈特维尔主编、名为《宇宙》的科幻杂志出现。大卫向我约稿，我欣然同意。要说为什么《孽海花》读起来寒气逼人，可能是因为这是我搬到爱荷华州迪比克市后写的第一篇小说。我曾以为芝加哥够冷了，没想到与迪比克相比简直是小巫见大巫。多年来，我很多小说都是受歌曲启发而成，《孽海花》也不例外（要能说出这篇小说的灵感歌曲你会赢得……当然啥都没有）。哈特维尔非常喜欢这篇小说，把它用作《宇宙》第四期的封面故事。不幸的是，第四期也成了《宇宙》的最后一期（这当然不是我的错）。我在1976年春搬到迪比克市，去当地一家很小的天主教女子大学教新闻。尽管我笔耕不辍，但所得依然不够支撑我做全职作家，而国际象棋比赛也日显颓势。1975年我结了婚，妻子在学校有关系，去克拉克大学任教似是当时最

梦歌

好的选择,毕竟我每天只用上两三小时课,最多四小时,可以空出半天时间用来写作。对吧?

教过书的人看到这里肯定笑掉大牙。现实是,当老师耗费的时间远比看起来多。的确,你每天只用在教室里待四小时……但你有无穷无尽的课要备,如山的课件要写,数不尽的论文要读,成堆的卷子要改,各种会要开,还有没完没了的课本要预习,接二连三的学生要谈话。而且因我教新闻,学校还希望我兼职指导校报《新闻速递》。这报纸本身倒挺有趣,但就因为我不肯当它的编辑,修女们接二连三地来找我麻烦。

我很快发现,我既无时间也无精力一边在克拉克大学教书一边写小说。我要想写出点什么,就必须充分利用悠长的暑假和稍短的圣诞节与复活节假期。

1978年到1979年冬的圣诞假期是我在克拉克大学任教期间最高产的一段时期。短短几周内,我完成了三篇不同风格的故事。《龙与十字架》是科幻小说,《冰龙》是童话故事,《沙王》则将恐怖小说的情节融于科幻背景。这三篇也收录在本书中,其中《沙王》和《冰龙》在下面的章节再详细介绍。

至于《龙与十字架》,它是我所有小说中最富天主教色彩的一篇。尽管我由罗马天主教会施洗,也上过天主教高中,可在西北大学的第二年就不再履行宗教仪式了。但在克拉克大学时,我周围都是修女和信奉天主教的女孩,这让我不禁遐想群星之间的教会是什么样。

当时本·波瓦刚离开《类比》,去十分光鲜的新刊《欧姆尼》当文学编辑,该杂志一半内容是科幻小说,另一半是科普文章。《龙与十字架》成为我在该刊发表的第一篇作品,进入了雨果奖和星云奖决选,虽在星云奖中败给爱德华·布赖恩特的《巨人们》,但赢得了1979年的雨果奖最佳短篇……当晚,我的《沙王》还赢得了雨果奖最佳中篇,这是在波士顿的Noreascon上发生的事。

Dreamsongs

  这是我第二次和第三次赢得雨果奖……而且波士顿比澳大利亚近多了,我能出席并亲领这两尊奖杯。当晚,我一手握一尊火箭,笑得合不拢嘴地跑去参加雨果奖失败者聚会,然后被加德纳·多佐伊斯喷了满头的生奶油。我和好友们狂欢到半夜,然后带着某位曼妙的女士上了楼(当时我真庆幸自己离婚了)。我们在窗外群星的见证下做爱,借着远星的光芒沐浴身体。我从未觉得夜晚如此美好。

屈畅 赵琳 译

梦歌

莱安娜之歌

好吧,我们不再一起漫游,
消磨这幽深的夜晚,
尽管这颗心仍旧迷恋,
尽管阳光还那么灿烂。

因为利剑可以磨破剑鞘,
灵魂也把胸膛磨得够受,
这颗心呵,它得停下来呼吸,
爱情也得有歇停时。

虽然夜晚为爱情而降临,
很快的,很快又是白昼,
但是在这月光的世界,我们已不再一起漫游。

——拜伦爵士

一

圣克人的城市非常古老,比人类的城市古老得多,而其中最为古老的无疑是那座建在圣山之上、锈红色的肃穆巨城。作为这个星球上所有城市的始祖,它却没有名字,也不需要名字,因为在圣克人成千上万的城市当中,绝没有一个可与之相提并论——它不仅人口最多,规模最大,而且是圣山上独一无二的城。这,就是他们的罗马、他们的麦加、他们的耶路撒冷、他们的圣地。是的，每个圣克人在临死之前、在"最终结合"之前，都会回到这里。

早在罗马沦陷颓废时，这座城市已经源远流长；当巴比伦还在纺织迷梦中的空中花园时，它便已经扩展延伸。然而，走在城市内部，你却感觉不到岁月沧桑，只能看到一望无垠的、低矮的红砖拱顶，这些用干涸红泥砌成的小小建筑好像满山丘的疹子，而房子里面既阴暗又窒闷，空间狭窄、陈设朴素。

如果你据此认定这是一座晦暗的城市，那便大错特错了。日复一日，当太阳如熟透的南瓜般高高升起，酷热的光线洒在这片矮小的丘陵上，整个城市便充满了生机；这里人丁兴旺，炊烟袅袅，欢声笑语，孩童嬉戏，挥汗如雨的工匠在修补拱顶，入会之人的铃声响彻街巷。圣克人是精力旺盛、无拘无束的种群，像人类的孩童般天真烂漫。漫长的岁月并没有让圣克人沉淀下什么，他们既没有光辉的历史，也没有智慧的发明。科学家们断言，这是个年轻的种群，这里的文明尚处于摇篮时期。

这个摇篮时期一直延续了一万四千年之久。

说真的，与之相比，人类在圣克亚星上的城市才真正处于摇篮时期，建筑时间还不超过十个地球标准年。它建在山丘边缘，位于圣克人的巨城和太空港所在的那片尘土飞扬的褐色平原之间。以人类的标准来看，这是个美丽的城市，它开阔宽敞，其中有无数优雅的拱门、闪耀的喷泉和美妙的林荫大道。这里的屋子用金属、彩色塑料及本地木材建筑而成，高度和圣克人的房子相差无几……不过，总管塔是个例外，它犹如一根磨亮的湛蓝色钢针，直刺水晶般的天空。

无论你从何处来，它都是最为醒目的标志。着陆之前，莱安娜便发现了它，于是我们结伴在空中观赏赞叹。其实，它没有古地球或巴尔杜星上那些破败的摩天大楼么高，也没有蛛神星上梦幻般的蛛网城市那么美——这座湛蓝色的细瘦高塔之所以引人注目，完全是因为整个圣城地区没有别的房子能与之相争。

梦歌

太空港不大,笼罩在总管塔的阴影下,两地相隔不远,但主人们坚持出来迎接。我们刚着陆,就有一辆低平的绯红色飞车在着陆坡下面等待我们。司机悠闲地靠着椅子,而迪诺·威卡其站在旁边,倚着门跟助手谈话。

威卡其乃是该星总管,一位传奇人物,在政府部门中颇有名气。我发现他果然很年轻,长得虽不高,但面容英俊,充满热情,他有浓密的黑色卷发和随和亲切的微笑。

当我们走下坡道时,他便一边展示这份微笑,一边过来握手致意。"你们好,"他说,"很高兴见到你们。"无须多余客套,他知道我们是谁,我们更是了解他,威卡其并非那种拘泥于礼节的官员。

先轮到莱安娜,她一边轻轻握手,一边露出那种吸血鬼般的表情:黑色的大眼睛睁得老大、直勾勾地凝视着对方,小嘴唇则微微上扬,折出一个若有似无的笑容。她还是个小女孩,有一头短短的棕发,身材也跟孩童没什么两样,只要乐意,满可以表现得脆弱无助、惹人怜爱,但她偏要摆出这副表情来吓唬大家——人们知道她会心灵感应,害怕被她挖掘他们内心深处的秘密,但事实上,她纯粹是在逗弄别人的感情。当莱安娜真正运起读心术时,整个身体会变得僵硬,甚至微微发抖,那双销魂的大眼睛则眯成一条缝,显得空洞而迟钝,失去平日里的光彩。

但绝大多数人可不知道真相,所以都会在那种吸血鬼般的笑容面前退缩,匆忙松开她的手,并移开视线。可这威卡其果真有些本事,他保持微笑,坦然对视,然后又向我伸手。

我在握手的同时运起读心术——我的标准操作程序,也是我的一大陋习,它让我失去了许多交朋友的机会。我的天赋不如莱安娜,但了解一个人其实并不需要太多能量,我会阅读人类的情感。此刻,威卡其的好客之意是如此的强烈而诚恳,其中全无保留——至少以我的天赋挖掘不出来。

我们也跟助手握了手,他叫尼尔森·古雷,是一位金发碧眼的中年

Dreamsongs

男子。客套完毕,威卡其邀请大家上车出发。"你们都累了吧,"飞车发动后,他对我们说,"今天我们直接回塔,就不游览城市了。尼尔森会替你们安排房间,等你们休息妥当,我们再来一边喝酒一边谈点儿正事。对了,我寄去的资料,你们都读过了吧?"

"当然。"我回答,莱娅[①]点点头,"背景很有趣,但我还是不明白为什么请我们过来。"

"你们很快就会知道了,"威卡其回答,"还是先欣赏一下这里的风景吧。"他微笑着朝车窗做个手势,随后陷入沉默。

于是,我和莱娅向窗外望去,在飞车短短的五分钟飞行时间内,我们头一遭亲眼目睹了圣克亚星的景色。车子从齐树梢的高度掠过街道,搅起一阵旋风,所过之处,树枝无不东倒西歪。车内凉爽昏暗,但车外圣克亚星的太阳高高悬挂,阵阵热浪在人行道上升腾。户外杳无人迹,我猜大家都躲在家里吹空调。

我们在总管塔的主入口处停下,又穿过一个清扫得闪闪发亮的雄伟大厅。威卡其就在这里和我们分手,自己办事去了。古雷领我们进电梯,来到第五十层。这里的工作人员进进出出,我们换乘一个专用电梯,又上了几层楼。

分配给我们的房间非常可爱,里面不仅有清爽的嫩绿色地毯和木雕装饰的柱梁,还有个堪比图书馆的大书房,其中大部分藏书是来自地球的精装本,还有几本我们故乡巴尔杜星的小说——看来,主人仔细调查过我们的背景。卧室有一整面墙是彩色的落地玻璃,透过它,地面美景尽收眼底,而睡觉时还可以把它调暗。

古雷有些机械地为我们一一安排,活像个刻板的旅馆招待。我快速读了他的情绪:没有不耐烦,只是有点紧张,还有一种敬爱的心情,对我们吗?对威卡其吗?

[①] 莱安娜的昵称。

梦歌

莱娅选了相对的两张床中的一张坐下来："有人替我们拿行李吗？"

古雷点点头。"我们会处理好的，"他说，"您想要什么，只管开口就是。"

"噢，请放心，有事我们会请教的。"我边接口边坐到另一张床上，并示意古雷随意，"你在这里干多久了？"

"六年了。"他感激地拖过椅子，舒舒服服地坐下来，"我算是这里的元老，迄今为止为四任星球总管工作过；迪诺，在他之前的斯图亚特，斯图亚特之前的古斯塔森，甚至在洛克伍德手下干过几个月。"

莱娅来了兴致，她盘起腿，身体微微前倾："洛克伍德在这里只干了几个月，不是吗？"

"对，"古雷回答，"他讨厌这个星球，宁愿降级去别的行星当助理总管。说实话，对此我不以为然，他是那种难伺候的人，总喜欢发号施令，以示威严。"

"威卡其怎么样？"我问。

古雷宽阔的笑容就像打呵欠："迪诺？他人不错，算得上四任总管中的佼佼者，先前的声誉也一直很棒。他才刚来两个月，但已经办妥了很多事情，也交了不少朋友。他亲切地对待每位职员，比方说，招呼每个人都省略掉姓氏——人人都喜欢那样。"

我读到他的真诚。看来古雷心里由衷敬爱的人正是威卡其，他对自己的话深信不疑。

我产生了更多的疑问，但还不及提出，古雷便起身告辞。"我不该打扰的，"他说，"你们肯定想休息了，对吧？两小时后请到顶楼，我们再把大致情况介绍一下。知道电梯在哪儿吗？"

我们点点头，古雷随即离开。他走后，我转向莱安娜："你怎么看？"

她倒在床上，望着天花板。"不知道，"她回答，"我又没有读心。我只是想不明白这里干吗来来回回地换总管，而这位总管大人又需要我们来做什么。"

"因为我们的天赋呗。"我微笑着说。当然是这个原因,莱安娜和我都是通过阿瓦隆人类知识研究学院正规考核并注册在案的一级心灵感应师。有执照为证。

"啊哈。"她翻过身来朝我扬起嘴角——这可不是那种似笑非笑的吸血鬼表情,而是性感小女生特有的挑逗微笑。

"威卡其叫我们好好休息,"我说,"也许那不是个坏主意。"

莱娅一下子从床上蹦起来。"好的,"她兴致勃勃地说,"不过先得解决这两张床的问题。"

"拼起来就是了嘛。"

她又笑了。我们动手把床推到一起。

我们确实睡了会儿……最终……

一觉醒来,行李已在门外。早听说威卡其不讲排场,于是我们换上了舒适随意的便装,进入电梯直上塔顶。

行星总管的办公室寒碜得不像话,竟然没有桌子,甚至没有基本的装饰,只有厚及踝部的深蓝色华美地毯、一个吧台与六七张零散的椅子。除此之外就是满屋阳光。房间内空旷明亮,透过彩色玻璃,圣克亚星就在我们脚下——这里的四面都由玻璃制成。

威卡其和古雷正等着我们,总管大人还亲自当起调酒师。我不知道这是什么饮料,总之既凉爽又辣口,喝下去之后满嘴的芬芳,舌头上却有真实的刺痛感。我急促地吸吮着酒杯,不知为何,只觉得需要来点儿刺激。

"圣克人的酒,"威卡其笑着回答了我将要提出的问题,"他们给它取了个名字,但我现下还不会拼,也许过一阵子就会说了,毕竟,我才来这里两个月嘛,况且这种语言实在太拗口了。"

"你在学习圣克语?"莱娅惊奇地问道。她的反应并不奇怪,圣克语的发音对人类的舌头来说委实太难,而本地人学起地球上的语言却异常轻松。绝大多数殖民者都会欣然保持自己的母语,并对粗鄙怪异的异星土语避而远之。

"学习他们的语言,才能更好地理解他们的思维方式。"威卡其回答,"至少理论上说是这样。"他又露出微笑。

我再度对他读心,但这次较为困难,因为没有物理接触来增强心灵感应。而再一次,我只体会到单纯、肤浅的情感——自豪,其中还夹杂着若干窃喜。我举起酒杯。没什么特别之处。

"管它叫什么呢,我喜欢它。"我评价。

"圣克人生产各种各样的饮料和食品,"古雷加入了谈话,"我们已整理了很多可供出口的产品,进一步的考察工作正在进行当中。市场前景应该不错。"

"今晚,你们会有机会接触到更多的特产。"威卡其道,"我安排大家去游览城市,然后再到圣克人的镇子里体验一下。就这样规模的城市而言,我们的夜生活算是很丰富了。我来当向导。"

"听起来不错。"我和莱娅相视而笑。是啊,主人亲自带队参观这可是罕见的待遇。一般而言,普通人和有天赋的人相处会觉得不安。他们总是匆忙地把我们找来,完事之后,又匆忙地把我们送走,没有闲工夫应酬我们。

"既然如此——回到正事上来,"威卡其坐直身子,放下酒杯,"你们对'结合会'有个大致的概念吧?"

"是一种圣克人的宗教。"莱娅回答。

"是圣克人唯一的宗教,"威卡其纠正,"这里的每个人都是信徒,这是一颗没有异端的星球。"

"这些我们都知道,"莱娅说,"您给的材料,外加所有能找到的其他信息,我们都拜读过。"

"那你们怎么看待这个问题?"

我耸耸肩:"野蛮,原始,但和我涉猎的其他异星传奇没什么本质区别。事情很明显,圣克社会并未进化完全,古地球也出现过包含活人献祭仪式的宗教。"

威卡其摇摇头,望向古雷。

"不,你们还不明白,"古雷将酒杯放在地毯上,开始解释,"我研究他们的宗教已有六年。不,先生,它和历史上所有的宗教都不同,尤其和古地球上的宗教大相径庭,事实上,我们所知的任何一个种族都没有类似的宗教。

"它的核心是'结合',噢,你不能简单地把它和人祭画等号,这是错误的。古地球上的宗教或者要求杀死一两个牺牲品用以安抚神灵,或者要求牺牲一小群人的生命为千百万人祈福——无论如何,对象本身都不是心甘情愿的。圣克人的模式则完全不同,他们每个人都将葬身于吉煞虫之腹,但每个人又都是甘心赴死,他们像旅鼠投海一样排好队进入山洞,盼望能活生生地被那恶虫吞噬。所有的圣克人在四十岁左右就会加入'结合会',并在五十岁那年完成'最终结合'。"

我有些糊涂。"就算是这样吧,"我说,"我大概了解其中区别了。问题在于,这有什么关系呢?难道这就是找我们来的原因吗?结合会的教义是很可怕,但那是圣克人自己的问题,它也不会比哈兰甘人同类互食的宗教仪式更恐怖残忍,对吧?"

威卡其喝干杯中酒,起身走向吧台。他一边倒酒一边平静地说:"但据我们所知,哈兰甘人的食人主义并没有人类皈依者。"

莱娅看上去很是吃惊,我也被吓了一跳。我站起身看着他,"什么?"

威卡其手握玻璃杯走回座位。"结合会已经有人类信徒了,多达好几十人。当然,迄今为止还没有谁完成最终结合,但那只是时间问题罢了。"他坐下来,看着古雷。我们也跟着把目光转过去。

瘦长的金发助手接过解释的任务:"第一个人类皈依者出现在七年前,比我来这里的时间早了近一年,当时圣克亚星上的殖民地也才刚建立两年半。此人名叫马吉,是名心灵感应医生,由于工作原因跟圣克人走得很近,不出两年便皈依了。一年之后,又有人被圣克人影响,此后,案例便持续发生,这里面还有个大人物呢——菲尔·古斯塔森。"

莱娅眨眨眼睛:"你是指前前任行星总管?"

"正是,"古雷说,"所以我们的总管才换了又换。洛克伍德受不了这里,他离开后古斯塔森走马上任。这位雄心勃勃、脾气暴躁的老人,在此前的一次任务中失去了妻子和孩子们,但你从他身上绝对看不出半点端倪。他总是精神饱满,风趣又充满活力,每个人都喜欢他。后来,他对圣克人的宗教产生了兴趣,开始与他们对话,也跟马吉和其他信徒进行过交流,甚至特地去调查吉煞虫——那次经历似乎让他深受震动。然而,过了一段时间,他又慢慢恢复,并重新展开研究。我协助过他的工作,但我实在没想到他竟怀着那样的念头,一年多以后,他便正式皈依,现在已经入了会——还没有谁这么快就能获得入会资格。更夸张的是,我在圣克人的镇子里听说他即将完成最终结合。唉,菲尔在这个行星总管的位置上干得最久,大家是如此地敬爱他,由于他的皈依,他的很多朋友故交也随即跟进。这样一来,结合会的人类皈依者比率更是节节攀升。"

"差不多占到本地人口的 1%,并且还在持续增长。"威卡其总结道,"乍看起来不太起眼,但你们别忽视其中的含义,这意味着我辖下的每一百个人当中就有一人信奉了一种以野蛮自杀为志向的宗教。"

莱娅看了看他,又看了看古雷:"你们为何不向上级反映?"

"本来应该报告,"威卡其道,"但接替古斯塔森的斯图亚特害怕在他任上有丑闻发生,反正法律不禁止人类信奉异族宗教,他便将此一笔带过,大事化小,小事化了,而上面的人根本没有心思来分析报告文本中的些许词句,所以根本不知道那些人究竟选择了怎样的信仰。"

我喝光了酒,放下杯子。"继续。"我告诉威卡其。

"我认为这是个问题,"他说,"不管皈依的信徒有多少,但把活生生的人拿去给吉煞虫吞噬是我所不能容忍的。我从来的第一天起,就雇用了一群心理学家做分析,但他们至今束手无策。我从中得出结论,解决问题需要有天赋的人。希望两位能找出这些人皈依的原因,我才好对症下药。"

这里的问题极其古怪,委托本身倒很正当——这是我从威卡其的情感中得出的结论。他的情感现在变得略微复杂,但还不难辨析;最上面的是信心,他坚信自己能解决这个问题;其次他对这个问题的关注是真诚的,没有恐惧,没有欺骗。再一次,我不能读到表面下的任何东西,如果威卡其真有狐狸尾巴的话,那也是隐藏得相当巧妙。

我瞥了眼莱安娜,她呆呆地坐在椅子里,十指紧扣酒杯——她在读心。片刻之后,她松开手,朝我点点头。

"好吧,"我承诺,"我们接受委托。"

威卡其笑了。"我对此从不怀疑,"他说,"你们两个的能力有口皆碑。好啦,今晚公事谈得差不多了,我答应带你们游览城市,而我一向言出必行。半小时后,咱们楼下大厅见。"

回房之后,莱安娜和我换上比较正式的着装。我挑了一件深蓝色束腰外衣,下面是白色的休闲裤,再配上一条同样休闲的宽针织围巾。这并非流行的款式,但我认为圣克亚星上的时尚应该比宇宙的潮流落后几个月才对。莱娅穿了件白丝紧身衣,勾勒出她曼妙的曲线,让人浮想联翩。衣服上细长的蓝色格子组成了美丽的图案,并会随着她的体温而变幻,蓝色的披肩更是画龙点睛。

"威卡其很有趣。"她边说边系披肩。

"噢?"我还在和上衣的拉链搏斗,它就是不肯乖乖就范,"你读出什么了吗?"

"没有。"她系好披肩,就着镜子欣赏了片刻,然后朝我旋身,姿态婆娑,"真的,什么都没有。他想什么就说什么,当然啦,遣词造句上有所讲究,但未加多余的保留。他的心思一直围绕着跟我们的谈话,除开这些,只有一堵墙。"她笑了笑,"他把内心深处见不得光的秘密全藏在这堵墙背后,一丁点儿也不漏出来。"

我终于征服了拉链。"啧啧,"我说,"你今晚还有机会发威。"

她扮个鬼脸:"才不干呢,我一向不在娱乐时间读别人的心,这不公平。再说了,读来读去令我神经紧张,哎,我阅读思维若有你阅读情感那么容易就好了。"

"这就是天赋的代价,"我说,"你的天赋更强,自然代价也更高。"我也从行李里翻出件披肩,但是找不到东西搭配,干脆又放了回去,反正披肩已经过时了。"我也不能深入威卡其的内心,所挖掘到的那些其实从他脸上就能看出来,总之,他一定有颗意志力超群的大脑。算了,管他的,至少他调的酒是一流的。"

莱娅点点头。"是的!我很喜欢,那个东西把我今天起床后的头痛一扫而光。"

"高档货。"我评价道,和她并肩出了门。

我俩在空无一人的大厅里等了一会儿,但不算太久。这回威卡其开来自己的飞车,这台饱经风霜的黑大个肯定跟了他有些日子了。古雷不善交际,但威卡其身旁多了个女人,一个光彩照人、满头赤褐秀发的女人,名叫劳瑞·伯莱克波。她比威卡其还要年轻——看起来不过二十几岁。

我们出发时太阳已经下山,远方的地平线被落日织成一面黄红相间的织锦,凉爽的微风从褐色平原上吹来。威卡其关掉空调,打开车窗,我们一路观望窗外的城市由黄昏走进黑夜。

晚餐被安排在一家舒适的巴尔杜风格餐厅——我猜是为了迁就我们吧。这里的食物颇有宇宙大同的意味:肉类和蔬菜取自当地,烹调方式却是巴尔杜式,外加巴尔杜特色辣味调料,搭配极富创意。威卡其帮我们四个都点了餐,十几道菜每种风味我们都尝了一点。我最喜欢那种小小的、用酸酱烹调的圣克鸟,分量虽不多,吃起来却非常美味。我们还点了三瓶酒：一瓶下午品尝过的圣克酒，一瓶巴尔杜的冰冷的维尔塔以及一瓶来自古地球的正宗勃艮第。

谈话很快热烈起来，威卡其是个天生的演说家，也是个顶好的聆听者。当然，话题最终又回到圣克亚星和圣克人上面。是劳瑞引向这里的，她来圣克亚星六个月了，专门从事宇宙高等物种学的研究，希望能发现"圣克人的文明为什么在几千年里始终固步不前？"

"知道吗？他们的历史比我们的更久远。"她告诉我们，"早在人类使用工具之前，他们就已经建造出了城市。照理说，应该是圣克人通过太空旅行发现原始人类，而不是像现在这样完全相反。"

"对此，科学界有什么解释呢？"我问。

"众说纷纭，没有一个公认的结论，"她说，"比如库伦认为这里缺乏重金属——这当然是值得考虑的因素，但仅此而已吗？范·沃安认为原因在于圣克人缺少天敌，这个星球上没有大型食肉动物，其他物种也不能对这个种群造成威胁。但他的理论遭到了不少攻击。毕竟，圣克亚星并非世外桃源，如果是的话，恐怕圣克人连现有水平都不可能达到。另外，吉煞虫不是食肉动物吗？它吃了他们，不是吗？"

"你怎么认为？"莱娅问。

"我认为与他们的宗教有关，但还没有找到确凿的证据。迪诺帮我跟圣克人交流，他们有问必答，但是研究起来一点儿也不轻松。"她戛然而止，紧紧地盯着莱娅，"对我来说是如此，对你而言不一定一样。"

这种话我们听得太多了。普通人都认为天赋者乃天之骄子，占据了不对等的优势，这完全可以理解，我们确实如此。但劳瑞的话里没有一丝嫉妒的意味。她的陈述热切，充满期待，不带刻薄与讽刺。

威卡其靠在椅子上，一只手搭上劳瑞的肩膀。"嘿，"他说，"说着说着又回到你的老本行了。我答应过，明天之前，罗柏和莱娅都不应该担心圣克人的事，得让他们休息休息。"

劳瑞看了看他，浅浅一笑。"好的，"她轻声说，"我又开始激动了，很抱歉。"

"没关系,"我告诉她,"这个话题很有趣。给我们一天时间,我们也会变得跟你一样充满激情的。"

莱娅点点头表示同意,然后告诉劳瑞,如果我们发现了什么能支持她观点的东西,一定会第一时间通知她。我几乎没在听。我明白跟普通人交际时阅读他的心思是件不礼貌的事,但有时候就是不能自制。威卡其的胳膊环住劳瑞的肩膀,轻轻地将她揽在怀里。这让我有些好奇。

于是,我怀着一丝愧疚,快速地读了读。他很兴奋——我猜他有点醉了,同时由于保护欲得到满足而感到愉快又自信。一切皆在他的掌控之中。劳瑞则是一团乱——心绪不宁,被抑制的气恼,隐约消退的恐惧。还有爱,充满疑惑,却异常强烈。不是给我的,也不是给莱娅的。她爱威卡其。

我把手伸到桌子底下,搜寻着,摸到莱娅放在膝盖上的手,轻轻捏了捏。她回头朝我微笑。她并没在读心,这很好。知道劳瑞爱着威卡其,竟让我有点不愉快,为什么呢?我不明白,只是很庆幸莱娅没有发现我的小小不满。

我们很快喝光了剩下的酒,威卡其付了账,然后站起来。"出发!"他命令道,"夜晚才刚刚开始,我们还得去几个地方呢。"

我们出发了,但没去看全息电影或是类似的单调节目,尽管这个城市有不少剧院;我们去了赌场。自然,赌博在圣克亚星是合法的,就算不合法,威卡其也会让它变得合法。他分给我们筹码,不过我很快就"还"给了他,劳瑞也是。莱娅一贯不参加这类游戏,因为她的天赋太强。最后,威卡其赢了一大笔;他技艺高超,很会记牌,对某些更传统的赌博也得心应手。

接下来我们又去了一个酒吧,喝了更多的酒,玩了一些当地的娱乐节目,比我想象中要精彩得多。

Dreamsongs

当我们离开时，外面已是一片漆黑，我以为今天的征途已然接近尾声，威卡其却给了大家一个意外。回到车上，他从控制面板下拿出一盒醒酒药，分发给我们。

"嘿，"我说，"有你开车，我们用得着这个吗？反正我都没力气了。"

"我打算带你们去见证一场纯属于圣克人的盛事，罗柏，"他说，"你们不会想到时候出言不逊或者直接吐到当地人身上吧？把药吃了。"

我吃了药，脑子里的嗡嗡声开始消失。威卡其已将飞车升空。我靠在椅背上，环住莱娅，她则将头轻轻靠在我肩上。"我们要去哪里？"我问。

"圣克城。"对方头也不回地回答，"到他们的公民大厅去。今天晚上有场'聚会'，我想你们会感兴趣的。"

"自然，他们都说圣克语，"劳瑞说，"好在迪诺可以帮你们翻译。我也懂一点，如果他漏掉什么我会给你们补充的。"

莱娅看起来很兴奋。我们读过不少关于"聚会"的资料，但万万没想到来圣克亚星的第一天就能参与其中。"聚会"是其野蛮宗教的特有仪式，那些即将入会的朝圣者都会在这个巨大的忏悔室内聚集——而尽管每天都有无数朝圣者涌入圣山上的圣城，但"聚会"每年只举行三次，除非人实在太多才会有第四次。

飞车无声地在这座火树银花的人类城市上空飞行，窗外巨大的喷泉掩映着五颜六色的灯光，灯光照在装饰繁复的拱顶之上，犹如流淌的火焰。商业街上稀稀拉拉几个行人，空中还有少量飞车掠过。绝大多数居民似乎都待在家里，沿途不少房子里流溢出灯光和音乐。

然后，整个城市的基调突然改变，地形开始起伏，一座座丘陵在我们眼前出现又被抛在脑后，灯光一齐消失。商业街不见了，取而代之的是尘土飞扬的碎石路；钢铁和玻璃制成的时尚拱顶则让位给它们砖石建成的前辈。圣克城比人类的城市安静多了,密密匝匝的房子里几乎都没有灯光,寂静无声。

这时,在我们面前出现了一个巨大的拱顶建筑——它几乎占满整个山头,正面有一个大大的方形拱门,窗户却像石头上裂开的缝。灯光和声音从这些缝隙里流淌而出,门外还站了许多圣克人。

我忽然意识到,尽管我到圣克亚星快一天了,这才是我第一次看到圣克人。夜色深沉,加上我们在飞车上,因此看不太真切,但我确实看见了他们。他们比人类要矮小得多——最高的也不过5英尺——眼睛很大,手很长。从上面就只能看到这些。

威卡其把车靠着公民大厅停好,然后我们结伴出行。厅内人山人海,还不停地有圣克人从各个方向的拱门朝里涌。我们跟随人流走了进去,没有谁多看我们一眼,除了个别圣克人给威卡其打了个招呼,用又尖又薄的声音叫他迪诺。看来,他交游甚广。

里面是个宽敞的厅堂,中间还有个巨大的、简陋的讲台,圣克人簇拥在周围,唯一的光源是嵌在墙上和讲台周围长杆上的火把。有人正在上面发言,每个圣克人都用自己突出的大眼睛注视着他。我们四个是这里唯一的人类。

火把的光线照亮了发言人的脸庞:他是个肥胖的中年圣克人,双手在空中缓慢地挥动,像被催眠了似的,跟他的演讲一样——那声音仿佛直接从喉咙里冒出来,低沉,嘟嘟囔囔,含糊不清。而他距离太远,我也没办法阅读他的情绪,最终只能放弃,转而打量起周围其他圣克人的穿着。举目所见,他们几乎都没有头发,柔嫩的橙黄色皮肤上满是细纹,身上披着的则是样式简单、做工粗糙的彩色衣服。我分辨不出他们的性别。

威卡其往后靠,凑近我的耳朵,压低声音跟我说:"发言者是个摇扇人,他说,他来自很远的地方,正给大家讲述他人生中所遭遇的种种挫折。"

我四下看了看。除了威卡其,周围没人出声,大家都安安静静地,眼睛死盯着平台,仿佛连呼吸都停止了。"他说他有四个兄弟,"威卡其说道,"其中两个完成了最终结合,一个已然入会,另外一个比他小,目前正照管他们的农场。"他皱皱眉,"他说他再也不用看见自己的农场,"他提高了声音,"对此感到非常开心。"

"嫌庄稼收成不好?"莱娅的微笑里充满不屑。她一定也听到了我们的低声谈话,我严肃地瞪了她一眼。

圣克人继续发言。威卡其断断续续地翻译着:"他开始讲述自己所犯下的罪行,所有他觉得羞愧的事情,他灵魂深处最黑暗的秘密。他时而说话刻薄,还爱慕虚荣,甚至有一次打过自己的小弟弟。现在他谈到自己的妻子以及和他有染的其他女人。他背着妻子跟其他女人偷情不止一两次了,当他还是个男孩时,还因为害怕女人,跟动物交媾过。最近几年来,他开始丧失这方面的能力,他的弟弟则帮他履行丈夫的义务。"

他毫无保留、巨细无遗地叙述着一桩又一桩丑事,其细节足以令听者汗毛倒立。他毫不隐瞒那些男盗女娼的罪恶勾当,把所有见不得光的秘密都暴露在众人面前。我站在那里听着威卡其的陈述,开始是震惊,久而久之便被这些无聊的丑事搞得厌倦、不耐烦起来。我脑海里快速地闪过一个念头:在我身边究竟有没有那么一个人,我对他的了解有对这圣克大胖子的一半多?我又想起了莱安娜,就算以她的天赋,能如此深入地剖析一个人吗?台上的这位发言人大爷似乎想要把他的一生都呈现在我们面前,好让我们都多活一辈子似的。

他的发言好似持续了几小时,最终在我的恹恹欲睡中画上句号。"他现在谈到了结合会。"威卡其低声提示,"他马上要入会了,对此感到无比高兴,因为他等待这天等了太久,而他的不幸终于走到了尽头,孤独将永远消散,很快他就可以在圣城的大道上漫步,用铃声传达他的喜悦,而最终结合也将在年复一年的愉快后到来。到时候,他将在身后永远地和兄弟们生活在一起。"

"错了,迪诺,"劳瑞低声加入我们的谈话,"这样的翻译太'人类化'了。他说他将在身后与他的兄弟们同在,这句话包含了不可分割的意思。"

威卡其笑笑:"好的,劳瑞。你说了算……"

突然,这个肥胖的农夫从平台上走下来。人群里一阵骚动,很快另一个人上了台。此人比刚才那位矮了不少,皮肤皱得有些过分,一边眼睛只剩下一个黑洞。他刚开始发言时还有些紧张,不过很快就变得流畅自如。

"此人是砖石工匠,就住在圣城里,建过不少拱顶屋。很多年前,他就失去了一只眼睛,当时他从拱顶上摔下来,一根尖针扎进了眼球,痛得要命,但一年之后他又勇敢地回来了。他很坚强,并不乞求提前进入结合会,并为自己的勇气感到自豪。他有个妻子,可惜夫妻间一直没有生育,对此他非常难过,而且他和妻子之间很难沟通,即使靠得再近都感觉不到亲密。她晚上经常哭泣,这点也让他很难过,但他从来没有伤害过她,此外……"

就这样,几个小时又过去了。我的不耐烦又重新泛起,但我尽量克制——毕竟,这是我的工作,我努力让自己沉浸在威卡其关于这个独眼圣克人的陈述里。过了一段时间,我也和周围的外星人一起投入进了这些故事。拱顶大厅太挤太热,又没什么新鲜空气,周围的圣克人紧贴着我,我的衣服被我自己和他们的汗水打湿,却毫无感觉。

第二位发言人的结尾跟第一位一样,长篇累牍地赞美入会所带来的喜悦以及对最终结合的向往。将近结尾时,我几乎都不用威卡其翻译——我可以直接从圣克人的语气里听出他们的喜悦,从他们颤抖的身体中看出他们的兴奋。或者我在不自觉地读他们?但这么远的距离我不可能读得到,除非目标身上的情绪太过强烈。

第三位发言人登台,她的声音比前两位都大。威卡其努力跟上她的语速:"这次是个女的,"他说,"她为她的男人生了八个小孩,她还有四个姐妹和三个兄弟,她这辈子都在做农活,她……"

忽然间她的谈话情绪似乎达到了顶点,她讲完一个长长的段落后,吹了几声口哨,又尖又利,刺耳极了。然后,她恢复了安静,接着,所有人都同时发出口哨声,作为对她的回应。一时间,令人不安的声音在大厅里回响,周围的圣克人开始摇摇摆摆,不停吹着口哨。那女人弯腰鞠躬、静静地看着大家。

威卡其开始了翻译,但这次他很多地方拿不准,于是劳瑞便时时接过话头,以防他尴尬。"她现在告诉大家她悲剧般的生活。"她低声说,"口哨是他们表达伤感的方式,他们对她的痛苦感同身受。"

"是的,这是同情,"威卡其重新接管谈话,"她年轻时,弟弟生了病,眼看时日不多,她的父母便让她把弟弟带到圣山上去,因为他们自己得在家照看更小的孩子。但是,她赶车时不小心弄坏了一个车轮,让弟弟就这样在平原上死去。他没有参加结合会就英年早逝,她不能原谅自己。"

圣克人继续叙述。这回,劳瑞把头靠近我们,用轻柔的声音翻译道:"她弟弟死了,她又重复了一遍,她对他有罪,是她让他无法完成最终结合。如今他漂流在外,孤单无助,没有了……没有了……"

"身后生活,"威卡其说,"没有了身后的生活。"

"我觉得不太确切,"劳瑞说,"那个词的意思是……"

威卡其朝她摆摆手,要她保持安静。"听着。"他继续给我们翻译。

我们在威卡其渐渐嘶哑的低语中听完了她的故事。她是说得最久的一位,她的故事也是三人中最为悲惨的。当她说完时,又有另一个人走了上去。威卡其搭住我的肩膀,指指出口,示意离开。

凉爽的夜风像冰水一样向我们打来,我这才发觉自己全身湿透了。威卡其快速地向飞车走去,我们背后,发言仍在继续,圣克人没有显示出一丝疲倦的迹象。

梦歌

"聚会一般都要搞几天,有时甚至长达几周。"上车之后,劳瑞告诉我们,"圣克人轮流听别人发言,或长或短——但一个字都不愿遗漏。当然,他们也会感到疲倦,但只是稍作休息,马上又会回来听,而如果谁在整个聚会中都没有睡过觉的话,那将是极大的荣誉。"

威卡其高高在上地看着我们。"哪天我也打算试试。"他说,"我每次去都不过几小时而已,不过如果事先服用些药物垫底的话,我应该可以做到的。多参加他们的仪式活动,能使人类和圣克人的沟通更为顺畅。"

"噢,"我提醒他,"或许古斯塔森也是这么想的。"

威卡其爽朗地笑:"是的,不过,我并没有打算参加得'那么'多。"

回塔的路上,大家都疲倦得不想说话,而我对时间已没了概念,只是体内的生物钟告诉自己快天亮了。莱娅在我怀中蜷成一团,已然进入半睡眠状态,看来她累坏了。我也差不多。

我们把车停在塔前,从电梯直上。今天我用脑过度,睡眠来得非常迅速。

二

那晚我做了个梦。我觉得那应该是一个非常美妙的梦,但光芒闪现之后,它却消失无踪,让我感到阵阵空虚,有种被欺骗的感觉。醒来后,我躺在床上,用手环过莱娅的香肩,呆望着天花板,尽力回想梦里到底有什么——什么都记不起来。

相反,脑海里全是聚会的事,昨天的一幕幕又在眼前重现。我停止思考,爬出被窝,昨晚我们调暗了玻璃,此时屋内仍是一片黑暗。我很快找到了按钮,姗姗来迟的晨光顷刻间洒满房间。

莱娅呓语般咕哝着抗议了几句,翻过身去,不愿就此起床。我把她留在卧室,独自来到书房,想找本圣克人的书——比我们收集到的资料

Dreamsongs

更详细的书。但我运气不太好,似乎这里只有消遣读物,而并没有学术书籍。

我拨通视频电话,连接到威卡其的办公室。"你好。"是古雷,"迪诺猜到你们会打来。他现在不在,出去处理一笔交易的合同问题了。你们需要些什么呢?"

"书,"我的声音里还带着几分睡意,"关于圣克人的书。"

"那个我没有,"古雷回答,"一本也没有,真的。报纸上的东西不少,这类的论文也很多,但没有一本完整的书籍。我打算亲自写作,不过还没动笔呢。迪诺认为你们咨询我就可以了解到相关信息了,我猜是这样。"

"噢。"

"有什么问题吗?"

我满腹疑问,却不知该从何问起。"还没有,"我耸耸肩,"我只想大概了解一下背景,有什么关于聚会的信息吗?"

"这个待会儿可以与你详谈。"古雷说,"迪诺猜测你们今天会正式开展工作,如果你们愿意,我可以找些人到塔里来,当然,你们也可以出去见他们。"

"我们出去找他们吧。"我马上回答。把研究对象带过来采访通常效果都不好,他们大多会觉得很紧张,我想阅读的情绪会被这些新的情绪所盖过,而且他们会产生许多新的想法与顾虑,这又妨碍了莱安娜的工作。

"好的,"古雷说,"迪诺给你们准备了一辆飞车,就停在外面。大厅的工作人员会把钥匙给你们,其中有把是办公室的钥匙,你们可以直接到这里来,不必通过秘书。"

"谢谢,"我说,"晚点儿再跟你联系。"我关上视频电话,走回卧室。

莱娅坐了起来,被单环在腰间。我挨着她坐下,把嘴凑到她的唇上吻她。她朝我微笑,却没有回应。"嗨,"我说,"怎么了?"

"头痛,"她回答,"我还以为吃了醒酒药就不会有宿醉反应了呢。"

"理论上说是这样,至少对我效果不错。"我走到床头柜边找衣服穿,"这里应该会有头痛药吧,我敢肯定,像迪诺这样的人是不会忘记那么明显的事的。"

"呵哦……是吧。扔几件衣服给我。"

我抓起一件外套扔过去。我穿好衣服之后,莱娅也起身裹上外套,进了洗手间。

"好多了,"她说,"你说得对,他没有忘记头痛药。"

"他还真是面面俱到。"

她笑了笑:"我想是的。其实劳瑞的圣克语说得比他好,我读了读她,迪诺昨晚翻译的时候犯了好几个错误。"

跟我猜的一样。这并非瞧不起威卡其,毕竟他只来这里工作了四个月。我点点头,"还读了些什么呢?"

"没有。我打算读读发言人,但距离太远了。"她走出来,挽起我的手,"我们今天去哪里?"

"圣克城,"我说,"试着找些入会者。昨晚在聚会上我一个都没看见。"

"是的,那些都只是准'入'会者。"

"听说是这样。那好,我们出发吧。"

我们在四楼咖啡厅吃了个"晚"早餐,然后由大厅里一个工作人员带领着去取车。这是辆动感的绿色四座飞车,舒适却很低调。

我们并没有直接开进圣克城,考虑到步行穿城而过会读到更多情绪,我们便把车停在第一列山丘背后,下车走路。

人类的城市空空荡荡,圣克城内却生机勃勃,碎石街道上挤满了这些异族,熙来攘往,忙忙碌碌,一筐一筐的砖石还有一筐一筐的水果和布匹去去来来。小孩光着身子满大街跑,像一个个充满活力的橙黄圆球,绕着我们边转圈边吹口哨,还咕咕噜噜地笑,甚至还直接跑过来拉着我们的手跟他们一起跑。这些孩子看起来跟成年人大不一样,头上多少还有些微红的发丝,皮肤也光滑很多,没那么皱,而他们也是唯一关注我们的人。成年圣克人似乎把全部心思都放在自己的活计上,只是偶尔展示友好的微笑。看来,人类已是圣克城内的常客。

除了步行,圣克人还使用一种小型牲口车,拉车的动物看起来像大狗,浑身绿色,模样有些恶心。它们两两成对,被带子捆在车上,拉车时会发出"呜呜"声,所以它们的名字很自然地被唤作"呜兽"。除了发出"呜呜"声,它们还会不停地排泄。这样一来,呜兽粪便的臭味、沿街叫卖的食物散发的香味和圣克人的体味,同时刺激着每个人的鼻腔。

这里绝非安静之地:儿童吹着口哨,成年圣克人尖声尖气地大声谈话,呜兽"呜呜"地鸣叫,牲口车从碎石上"咔嚓"碾过。莱娅和我一路上都没有说话,我们手牵手、肩并肩,看着,听着,闻着……读着。

我从进入圣克城开始就彻底敞开了自己,让一路上无数的感觉如潮水般流过,我没有刻意去读什么,只是这样保持开放,接纳所有。我感觉自己仿佛身处一个小小的泡沫里……各种情绪似海涛般随着圣克人的接近而涌来,随他们的远去而消退,跳来跳去的孩子环绕着我们,情绪一浪接着一浪。我任由这片情绪的海洋将我拥抱,而我在此间漂浮游荡,竟突然害怕起来。

让我害怕的是这些感觉如此的熟悉。我读过不少外星人的思想,时难时易,但从不曾让人感到愉快:哈兰甘人的思想十分偏执,其中蔓延着仇恨与嫉妒,当我走出他们的情绪时,只觉得浑身肮脏;费恩迪人的情绪异常单调,令你很难读得到;达莫斯人的思考跟人类……完全不同,情感异常强烈,却又想不清楚究竟是什么。

但是圣克人——这种感觉就像走在巴尔杜星的街道上。不,等一等——这更像是闯入某个失落的殖民地,仿佛人类迁徙者早就被遗落到这片荒洪之地,忘记了自己血脉的传承。人类的情绪被这个地方放大,原始、强烈而真实,不如古地球或巴尔杜星上的人那么复杂隐晦。

梦歌

圣克人或许有些原始,但他们都容易理解。喜悦和悲伤,嫉妒与愤怒,玩世不恭加上劳累辛酸,怀念抑或向往,还有痛苦,种种情感混合在一起猛烈地向我扑来,将我吞噬殆尽。不管我身在何处,只要敞开自己,就能感觉得到。

莱娅也在使用她的读心术,握在我手心里的手变得非常僵硬。过了一会儿,她松开手。我看着她,她从我眼里读出了我的问题。

"他们就是人类,"她说,"和我们一样。"

我点点头。"可能是平行进化,圣克人也许是比地球人更久远的人类,只是进化过程有些许区别而已。你说得对,他们比我们在太空里所遇见的任何种族都更类似人类。"我略为思索了一下,"这不就是迪诺想要的答案吗?如果他们和我们相似,我们信仰他们的宗教不就不足为奇了吗?"

"不,罗柏,"莱娅说,"我不那么认为。恰恰相反,如果他们和我们一样,就不应该那么欣然地接受自我毁灭,不是吗?"

显然,她是对的。我没读到任何自杀的情结,也没有厌世的情绪和其他异常心理。然而,我们很清楚每个圣克人都会自愿完成最终结合,以结束自己的生命。

"我们得把目标锁定在特定的人身上,"我说,"这里的情绪太多,混杂在一起。"我朝周围看了看,企图寻找一个对象。这时,我听到一阵铃声。

铃声从左边某处传来,几乎被城市的喧闹所掩盖。我连忙拉起莱娅的手,顺着街道跑去。在一排整齐的拱顶房尽头有个路口,我们跟着朝左边转。

铃声仍在我们前方,我们追着跑呀跑呀,冲过别人的小院爬过一堆由荆棘编织的低矮围栏,又跑过一个小院,跳过一个粪坑,随后又是无数拱顶屋。终于,眼前出现了一条街,在这里,我们看见了摇铃人。

他们一行四人,都已经入会,身着灰尘仆仆的亮红色长袍,双手各

Dreamsongs

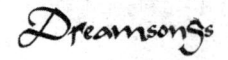

握一只大大的青铜铃铛。他们不停地摇铃,长长的手臂前后摆动,整条街都充斥着这刺耳的叮当声。这是四位老人,和所有的圣克老人一样,他们没有头发,满身细纹,但笑容十分明朗,所有路过的年轻圣克人都对他们微笑示意。

他们的头上都种着吉煞虫。

我原以为这番景象会难以忍受,但我错了,我只感到一点隐约的不安,因为我知道它们所代表的含义。这些寄生虫呈深红色,黏糊糊的,还带有光泽,牢牢地吸在圣克人的头骨上,个头小的像圣克人脑后跳动的红色肉瘤,个头大的则像一顶活动着的巨型假发,罩住了圣克人的头颅与肩膀。吉煞虫靠汲取圣克人血液里的营养为生,这点我清楚。

它们将会慢慢地、慢慢地——吞噬掉它们的寄主。

莱娅和我在他们面前几步远的地方停下来,看着他们摇铃。莱娅一脸肃穆,我猜自己也一样,而周围其他人全挂着微笑。铃铛传出欢乐的颂歌,我紧紧握住莱娅的手。"读吧。"我轻声说。

我们开始阅读。

我,读到了铃声。不是铃铛发出的声音,不,不是,而是铃铛散发出的情感,铃铛的情绪,叮叮当当的喜悦之情,尖叫—欢闹—高声呐喊,为入会者奏起的颂歌,它歌颂团聚与分享。入会者摇铃时的心情就如同这个铃铛,充满幸福和期望,迫不及待地想要向周围所有人表达他们心中抑制不住的快乐。我读到了爱,从他们体内传来的热浪般的爱,好比热恋情人激情澎湃的爱,那绝非所谓君子之间"淡如水"的尊重。这种情感是如此的真实而炽热,当它流经我的周围、充溢我的身体时,我感觉自己快要燃烧起来。他们爱他们自己,他们爱所有的圣克人,他们爱吉煞虫,他们爱彼此,他们还爱我们。是的,他们爱我们,他们爱我,热切而狂野,就像莱娅那样爱着我。伴随着这样的爱,我还读到了归属感,读到了分享的愉悦。他们四人是四个独立的个体,彼此分离,但他们的思维却紧紧相连,他们都属于吉煞虫,不过,虽然他们关系密切,但

梦歌

我读某一个人时,却没有办法同时读到其他人。

莱安娜如何了呢?我连忙退出他们的情绪,关上心门,看着莱娅。她神色苍白,脸上却挂着微笑。"他们真美。"她的声音非常微弱、温柔,带着一丝向往,就像热恋中的女人。我意识到自己是多么爱她,我们是彼此生命中的一部分。

"你——读到了什么?"我提高音量竭力盖过铃声。

她摇摇头,似乎想清醒一下。"他们爱我们,"她说,"你肯定知道这点,但是,噢,我感觉到的,我感觉到的是,他们真的爱我们……爱得那么深。在这层爱之下,是更多的爱,然后是更多更多,无穷无尽,永无休止的爱。他们的思维如此深远,却又如此开阔,我以前读到的任何一个人类都不能与之相提并论。每件事都放在表面上,就在那里,他们的整个人生,他们的所有梦想,他们的情感与回忆,噢——我直接进入,直接阅读,一眼就已足够。如果是人类的话,如果是人类,那有多困难啊,我需要挖掘,需要挣扎,有时甚至连这样都不能到达深处。你知道的,罗柏,你知道的,噢,罗柏!"她倒在我的怀里,贴紧我的胸膛,我把她环在臂弯里。那阵冲刷过我全身的情感,一定像潮水一样淹没了她的身体。她的天赋比我更强、更深,现在的她,颤抖不已。她抓紧我的时候,我读了她,我读到了爱,强烈的爱,还有惊叹与幸福,但是紧张和害怕也掺杂进这些感情的旋涡里。

周围的铃声突然间停止。铃铛一个接一个地停止了摇动,四个入会者安静地站了几秒钟,旁边一个圣克人跑向他们,手里提着个用布遮盖的巨大篮子。入会者中最小的一位掀开布盖,热肉卷的香味马上飘散开来。他们各自从篮子里拿了几个,愉快地塞进嘴里,吃得风卷残云,而拿这些肉卷来的人看着他们笑。一个裸体的小女孩,跑上前来送上一壶水,他们直接接过去,传递着喝起来。

"这是怎么回事?"我问莱娅。没等她回答,我就想了起来,威卡其寄来的资料里提到过这件事。入会者都不需要劳动,他们经历了四十个地球标准年辛苦劳作,但从入会开始,直到完成最终结合,他们只需享受自己的喜悦和音乐,整天在街上闲逛,摇他们的铃铛,谈天歌唱,由其他圣克人供给食物和水。供养入会者是一种荣誉,因此给他们肉卷的圣克人脸上才会露出自豪和兴奋的表情。"莱娅,"我低声说,"你现在能读他们吗?"

她在我怀里点点头,起身盯着入会者。她的眼睛再度失去神采,然后又重新恢复了温柔。她看着我。"这次有些不同。"她自己似乎都不太明白。

"哪里不同呢?"

她的眼睛眯成一条线,充满迷惑:"我不知道,我的意思是,他们还是爱着我们,爱着所有人,但他们现在的想法,是的,更像人类了。思维是有层次的,你知道,要往下挖掘并不那么容易。他们还隐藏了一些事情,甚至连他们自己都不知道自己隐藏了些什么。总之,他们不再像刚才那么开放,现在脑子里想的是这些食物有多么好吃,非常鲜活的食欲,令我感觉就像自己吃到了嘴里一样。嗯,和刚才不同了。"

我忽然想起了什么:"这里有多少个思维呢?"

"四个,"她回答,"似乎又通过某种方式连接在一起,我想是的,但我不敢肯定。"她停下来,陷入深思,接着轻轻地摇了摇头,"我的意思是,他们似乎能阅读彼此的情感,我猜就跟你一样,但是读不了思维,也读得不够细致。我能读到他们,但他们读不了我。他们彼此都是独立的个体,虽然刚才通过摇铃似乎贴近了不少,但最终仍是独立的个体。"

我有些失望:"四个思维,并非一个?"

"噢,是的,四个。"

"那么吉煞虫呢?"我脑子里又闪出另一个念头,如果吉煞虫拥有自己的思维……

"什么都读不到,"莱娅说,"就像读一棵植物,或者一块布,连起码的存在意识都没有。"

梦歌

这就奇怪了。连低等动物都会有模糊的生命感觉——心灵感应者们通常称之为存在意识——虽然通常微弱得难以捕捉，只有具备高级天赋才能发现。

可莱娅具备着高级天赋呀。

"跟他们聊聊吧。"我说，她点点头，于是我们朝那些大口咀嚼肉卷的入会者走去。"你好，"我笨嘴笨舌地打招呼，因为实在不清楚该如何称呼他们，"你们会说地球语吗？"

其中三个疑惑地看着我，但第四个，个子最小，头上的吉煞虫却大得像红斗篷的圣克人把头上下摇了摇。"是的。"他的声音像汽笛一样单薄尖厉。

我突然忘记了自己要问什么，多亏莱娅帮我解围。"您认识人类入会者吗？"她问。

他咧嘴笑笑。"所有入会者是一家。"他说。

"噢，"我说，"好的，是这样，您认识跟我们长得相像的入会者吗？您知道，就是跟你们不太一样的那种，身材更高，有头发，皮肤白里透红，或者是棕色的？"我又局促地停下来，不知这个圣克人到底懂不懂这么多地球语，而且看着他头上那巨大的吉煞虫让人有些不安。

他的头摇过去摇过来："所有入会者各不相同，却又是一家，他们个个身上都带着羞耻，你身上也有羞耻，你想加入吗？"

"不，谢谢，"我说，"我在哪里才可以找到一个人类入会者呢？"

他继续摇头："入会者摇着铃在圣城里自由漫步。"

莱娅读了读他。"他不知道，"她告诉我，"入会者们只是摇着铃四处游走，没个规矩，生活得随性自由。有的成群结伴，有的独自出行，彼此相遇时还可以随时结为旅伴。"

"我们得去找找。"我说。

"吃吧。"小个子圣克人从地上的篮子里拿出两个热气腾腾的肉卷，一个给我，另一个放到莱安娜手里。我有些不放心地看着肉卷。

"谢谢你。"我对他说,用另一手拉过莱娅,转身离开。入会者微笑着目送我们,当我们走了快半条街时,身后又传来铃声。

肉卷还在我们手里,表皮又脆又烫。"吃不吃?"我问莱娅。

她咬了一口。"为什么不呢?昨晚在餐厅里我们不也吃过吗?我敢肯定,如果当地食物有毒的话,威卡其一定会加以提醒。"

她的话很有道理,于是我边走边把肉卷塞进嘴里咀嚼。它不仅热,还很热情,这点跟我们昨天吃的肉卷大不相同。那些肉卷呈金黄色,酥松可口,不仅外表做得十分精致,还抹上了来自巴尔杜的橘子酱;与之相对,圣克人的土生肉卷很脆,轻轻咬一口肉汁就会渗出来,一不小心还会烫着嘴唇。它也很好吃,大概是因为我饿了,这个肉卷马上就被我一扫而空。

"你读刚才那小个子的时候读到什么其他东西没有?"我张着塞满热肉卷的嘴问莱娅。

她咽下一口肉卷,点点头。"是的,我读到了,他很开心,比其他几个更开心。他的年纪在四人中最大,也将最先完成最终结合,他对此高兴得要命。"她恢复到平日里的轻快语气,看来刚才阅读入会者所带来的不适已经消退。

"为什么呢?"我不由得把自己的疑问大声说了出来,"他都要死了,为什么还要高兴呢?"

莱娅耸耸肩:"很遗憾,他并没有想到这个问题。"

我舔干净手上的油脂。我们走到一个十字路口,周围的圣克人来来往往,微风带来更多铃声。"还有更多的入会者,"我说,"问问他们如何?"

"我们能问出什么来呢?还有什么我们不知道的?我们需要的是一个'人类'入会者。"

"或许这批人里面就有人类。"

莱娅给了我一个不耐烦的表情:"哈,概率有多高?"

梦歌

"好吧,"我让步了,毕竟,现在天色已晚,"或许……我们回去吧,明天早点开始。再说,迪诺可能在等我们共进晚餐呢。"

三

晚餐地点被安排在威卡其的办公室,因此,这里特意增添了一些家具,他的办公用品被搬到楼下去了。他喜欢在楼上会客,因为在这里,他的客人可以欣赏到无与伦比的塔上风景。

我们一行五人:我和莱娅,威卡其和劳瑞,还有古雷。劳瑞亲自下厨,大厨威卡其负责监督指导。主菜是牛排——在圣克亚星培育的牛,古地球的种;还有一道美味的蔬菜冷盘,包括来自古地球的蘑菇,巴尔杜的地衣脆籽,还有圣克亚星的甜牛角果。迪诺喜欢做些小实验,这道冷盘就是他的发明之一。

我和莱娅把今天的冒险经历一五一十地做了汇报,威卡其则不停地用一些尖锐但又不无见地的问题来打断我们。晚餐过后,我们离开餐桌,舒舒服服地坐到旁边喝维尔塔,随意闲聊。这次换我和莱娅问问题,古雷则倾其所知地承担了大部分回答。威卡其坐在地板上的软垫里,一只手搂着劳瑞,一只手握着酒杯倾听。他适时补充道,我们不是头一批踏上圣克亚星的天赋者,当然也不是头一批声称圣克人类似人类的。

"也许这能说明些什么吧,"古雷说,"但我还是不明白。不,你知道,先生,他们不是人类,不是。首先,他们的社会程度比人类更深。这帮建筑大城市的小能手,个个都喜欢待在城市里,喜欢跟他人一起生活。是的,他们比人类更倾向于共产主义,每件事情上都希望合作,并且善于与他人分享。比如说,交易——在他们看来就是互相分享。"

威卡其笑道:"这话概括得妙。我刚花了一整天的时间跟一群以前从没与我们打过交道的农夫谈合同。相信我,那可一点儿也不容易。

我们要什么他们就给我们什么,只要他们自己不需要,之前也没有其他人找他们要;但是,他们希望我们以后也能有求必应。事实上,他们坚信这一点。因此,每次交易对我们来说都必须做出抉择:要么给他们一张空白支票,要么进行一轮又一轮无休止的谈判,最终让他们确信我们都是彻底的自私鬼。"

莱娅对这样的回答显然不太信服。"那么性呢?"她问,"从昨晚你翻译的发言里面看,我想他们也是坚持一夫一妻制的吧。"

"他们对性的看法比较混乱,"古雷说,"这点十分奇特。瞧,性爱本该也是分享,最好是跟每个人分享,但这分享太过真实,牵扯的问题太复杂,将会造成社会问题。"

劳瑞坐直身子,表情严肃。"我刚好研究过这个。"她飞快地说,"圣克人在道德上信奉博爱,但他们做不到,他们太人类化了,占有欲太强。他们最终还是采用一夫一妻制,因为他们认为,跟一个人进行真正深层次的性分享比上百万次空洞的性交更有意义。在他们的文化里,理想中,每个圣克人都可以跟其他人分享性,只要这样的分享是以爱为前提,只是他们还不能完全达到如此理想的境界罢了。"

我皱皱眉:"昨晚不是有个人因为背叛妻子而感到内疚吗?"

劳瑞使劲点点头:"是的,但那种负罪感的产生是因为他跟其他女人有染从而减少了和妻子分享的次数——这才是背叛。反之,如果这些性行为没有影响他和妻子的分享,那就是可以接受的。换言之,只要性爱是真正意义上的爱的分享,就不会产生什么问题,他的妻子还会以他为荣。在圣克人眼里,能与众人分享是极大的成就和无上的荣誉。"

"而圣克人认为极恶之一,就是把其他人扔在一边,"古雷说,"感情上的孤立,排除在分享之外。"

我低头深思,古雷接着告诉我们,圣克亚星的犯罪率非常低,特别没什么暴力犯罪。没有谋杀,没有斗殴,在他们漫长又乏善可陈的历史上,也没有战争的记录。

梦歌

"一个没有谋杀犯的种族，"威卡其插话道，"这点足以解释某些问题。在古地球，类似的文化背景表明自杀率越高的民族谋杀率越低，而圣克人的自杀率是百分之百。"

"可他们会杀害动物。"我说。

"动物不能进入结合会，"古雷说，"结合会只接纳一切有思想的生物，而那样的生物便不能加以残杀。也就是说，他们不杀圣克人，不杀人类，也不会杀害吉煞虫。"

莱娅看看我，再看看古雷。"吉煞虫没有思想，"她说，"我今天上午读过了，除了圣克人本身的意识，什么都没有，连起码的存在意识都读不出来。"

"我们知道这点，这也是最令我们困惑的地方，"威卡其边说边站起来，走到吧台旁边，先给自己添上酒，再拿回瓶子，给我们都添了一点儿，"一种完全无意识的寄生虫，却奴役了圣克人这样具有高等智慧的种族，原因何在呢？"

添上的酒滋味丰富又清新凉爽，冰冷的液体流过喉咙，我点点头，回想起早上如洪流般浸过全身的幸福感。"通过某种类似毒品的化学物质，"我猜测，"吉煞虫一定分泌了某种让人感觉到极度愉快的化学物质，让圣克人上了瘾，因此甘心被它们奴役，甘心赴死。那种喜悦之情是真实的，相信我，我们都感觉到了。"

莱娅的眼神告诉我她不认同我的观点，古雷则坚定地摇了摇头："不，罗柏，不是这样。我们做过吉煞虫的实验，结果……"

他看见我扬起的眉毛，立马打住。

"圣克人怎么看待这件事？"我问。

"实验当然是秘密进行的。他们不会喜欢，肯定不会。吉煞虫对我们而言不过是种生物罢了，对他们来说却是神圣不可触犯的神灵。你知道，不能拿神灵来开玩笑，为避免发生冲突，这种事早就被禁止了。但古斯塔森离开后，老斯图亚特认为必须查清原因，所以他下达了命令。结果呢,这场实验可谓毫无成果,既没发现能让人上瘾的毒素,也没有分泌物,什么都没有。事实上,圣克人是这个星球唯一能被吉煞虫轻易寄居的物种。我们曾抓来一只鸣兽——你肯定见过那玩意儿了——把它捆好,让吉煞虫吸附在它身上,过几个小时,再给它松绑。鸣兽变得异常狂暴,咆哮嘶叫个不停,并猛抓它头上的东西。为把吉煞虫弄下来,差点撕裂了自己的头骨。"

"也许只有圣克人才是易感群体吧?"我负隅顽抗。

"应该不止。"威卡其说,脸上挂着一丝淡淡的微笑,"我们跟他们一样。"

四

在电梯里,莱娅显得非常安静,甚至有些压抑,我猜她一定是在思考刚才我们的谈话。但套房的门刚锁上,她突然转身冲过来抱住我。

我伸手抚摸她柔软的棕发,这样的拥抱让我有些意外。"嘿,"我轻声问,"怎么了?"

她露出她的吸血鬼表情,眼睛睁得大大的,里面却写满了无助。"跟我做爱,罗柏。"她的语气里有种温柔的迫切感,"求你。跟我做爱,现在。"

我朝她微笑,疑惑地微笑,不是我在卧室里常露出的那种色眯眯的笑。每当性趣来了,莱娅通常会变得顽皮而邪恶,但眼前的她不安又脆弱。我不明白。

不过,现在可不是提问的时候,因此我一句话都没说,只是把她无言地拥入怀中,猛烈地亲吻,和她一起进入卧室。

然后,我们开始做爱,是真的"做爱",比起可怜的普通人,我们能做到更多。我们的身体缠绕在一起,莱娅僵硬的思维也同时伸进我的脑海。随着躯体贴近,我也向她敞开一切,就这么把自己放纵地沉溺在她的爱、她的需求以及她的恐惧所融汇成的洪流之中。

接着,在那转瞬即逝的片刻,我们的愉悦合为一体。一片来自于她的火红浪涛冲遍我全身,令我达到顶点,她则紧紧地抓住我,瞳孔缩小,仿佛吸收了这阵阵波涛。

事后,我们躺在黑暗中,圣克人的星光自窗外流泻进来。莱娅在我身边蜷成一团,头贴在我胸前,我轻轻地抚摩着她。

"刚才真不错。"我微笑着,在洒满星光的黑暗里用昏昏欲睡的语气说。

"是的。"她的声音柔情无限,轻得我几乎听不见,"我爱你,罗柏。"她喃喃地说。

"啊——嗯,"我说,"我也爱你。"

她忽然挣开我的手,翻过身,用一只手撑起下巴,抬头看着我微笑。"是的,你爱我,"她说,"我读到了。我知道这是真的。你也知道我有多爱你,对吗,是不是?"

我点点头,笑容不减:"是的。"

"我们是幸运儿,你知道,普通人只能通过语言表达——可怜的普通人,他们该怎么表达自己呢? 就靠语言吗? 他们怎么能了解对方呢? 是啊,他们永远都是彼此分离,每每试着去了解,却又总以失败收场。就连做爱的时候,就连到达高潮的时候,他们也始终是分割开来的个体。他们一定非常孤独。"

她的话有些东西……让人……让人觉得十分沮丧。我看着莱娅,看着她明亮而欢快的眼睛,陷入了深思。"可能吧,"最终,我开口道,"但对他们而言这并不算太糟糕,毕竟,他们没有别的办法。他们只能不停尝试,他们也有爱,有时候,能够填平彼此的沟壑。"

"一个接触,一段声音,然后又回归黑暗与沉寂。"莱娅评论道,她的声音温柔而悲凉,"我们是幸运儿,不是吗? 我们拥有那么多。"

"我们是幸运儿。"我重复道,同时读起她的心思:她的脑海里笼罩着满足，还有一丝轻轻的向往，孤独的渴望……在下面似乎还隐藏了些什么，虽然逐渐消散，但还是挥之不去。

我缓缓站起身来。"嗨，"我说，"你在担心着什么？还有刚才，在我们即将高潮的时候，你很害怕。出了什么事？"

"我不知道，真的。"她的声音里充满疑惑。她的确非常疑惑——我可以读得到。"我很害怕，但不清楚原因。我想是因为入会者吧，我忘不了他们有多爱我。他们几乎不认识我，竟能那么爱我，而且是发自心底地爱我——这种感情就像我们所拥有的那样，这种感情——我不明白，这让我不好受。我的意思是，我从没设想过我竟然可以被除你之外的人这么爱着。而且，他们彼此之间是那么的亲密无间，那么的接近，让我感觉到了孤独，因为我只能和其他人握握手，说说话。我想和你也做到像他们那样没有隔阂，像他们那样分享所有。孤独让人空虚……让人恐惧，你懂吗？"

"我懂了，"我说，并用我的手和思想同时轻轻地抚慰她，"我能理解。我们能理解对方，我们和他们一样亲密无间，没有一个普通人能跟我们一样。"

莱娅点点头，笑了，再度拥抱我。我们在彼此的臂弯里沉沉睡去。

五

又一个梦。但清晨时分，它又再度从我脑海里消失，这令我十分沮丧。梦境愉快而舒适，我想回去，回到梦中，可惜无论如何也想不起来那个梦到底是什么。卧室的空气中满是刺眼的晨光，比起梦里的颜色，它们显得太过单调。

没过多久，莱娅也醒了，她又开始头痛。这回药就放在她旁边的床头柜里，她满脸苦楚地吃了一颗。

"一定是圣克酒的关系。"我告诉她，"它影响了你的新陈代谢。"

梦歌

她穿上一件干净外套,愁容满面地看着我,"哈,我们昨晚喝的是维尔塔,记得吗?我九岁时爸爸就开始给我喝维尔塔了,我从没因此头痛过。"

"这是个良好的开端!"我笑道。

"一点也不好笑,"她说,"真的很痛。"

我收起开玩笑的表情,读了读她。她的前额阵阵悸动,确实很痛苦。我在自己感同身受前赶紧撤了出来。

"好的,"我说,"对不起。嗯……吃点药会好的。另外,我们还有工作要做。"

莱娅点点头。她从不让任何事情耽误她的工作。

第二天的主要任务是找人。我们一大早就出发,和古雷迅速解决完早餐,然后立刻坐上停在塔外的飞车。这次,我们没有停车步行,因为若想找到人类入会者,就意味着得撒大网。以任何标准而论,圣城都是我们所见过的最大的城市,其中一千多名人类信徒混杂在数百万圣克人中间。况且,在这一千多人当中,已经入会者也不超过半数。

因此,我们把飞车开得很低,掠过山丘上星罗棋布的拱顶屋,犹如飘浮的云霄飞车,在下面的街道上引起一阵不小的骚动。当然,圣克人见过飞车,不过好奇心的力量很强大,特别对于孩子来说,无论在哪里,他们都追着我们的车跑。我们还让一只鸣兽受了惊,它挣脱一辆装满水果的货车,这让我们很不好意思,此后便把飞行高度提升了一些。

城里到处都是入会者,唱歌、吃肉、散步——摇着他们的铃,那些从不离手的青铜铃铛。最初的三小时里,我们只看到圣克入会者,莱娅和我轮流开车,轮流观察。没有了第一天的兴奋,现在的搜索显得枯燥乏味。

尽管如此,最后我们还是有所发现。一队入会者,一共十个人,围在山丘峭壁背后一辆面包车旁,其中有两个人比旁边的人高出不少。

我们在山丘的另一边停好了车,一大群孩子跑过来围观,我们则步行前去调查。到达的时候,入会者们还在津津有味地吃着面包,其中八个跟其他圣克人身材肤色无异,头骨上都种着吉煞虫。另外两个是人类。

他们身穿和圣克人一样的红色长袍,手握和他们一样的铃铛。其中一位是大个子,松弛的皮肤像小旗一样耷拉着,似乎最近体重骤减了不少。他的头发花白卷曲,脸上挂着爽朗的微笑,眼角满是笑纹。另一个男人很瘦,皮肤有些黑,鹰钩鼻,像只黄鼠狼。

他们两人的头盖骨上各吸了一只吉煞虫。黄鼠狼头顶上的吉煞虫不过丘疹大小,但老人头上那个怪物已垂下肩膀,一直伸进了长袍里面。

这一次,它们看起来让人毛骨悚然。

莱娅和我走上前去,尽量对他们保持微笑,没有读心——至少没有打一开始就读心。当我们靠近时,他们也对我们微笑,并朝我们招招手。

"你们好。"走近之后,黄鼠狼兴高采烈地说,"我没见过你们,你们是才来圣克亚星的吧?"

这让我稍微有些吃惊。我本以为他们会说几句神神叨叨的话,或者敷衍了事地打招呼;我本以为人类信徒已经抛弃他们的人性,变成了"类圣克人"。我错了。

"差不多吧。"我回答。我读了读这个黄鼠狼。他对我们的到来感到非常高兴,并以不断点头来表示他的满意与快乐。"我们受雇来跟你们这样的人谈话。"我决定对他实话实说。

黄鼠狼的笑容扩散到一个我想象不到的程度。"我入会了,很开心,"他说,"我很乐意跟你们交谈。我叫勒斯特·克曼泽,你想知道什么呢,兄弟?"

旁边的莱娅开始全身僵硬。我决定多多提问,好助她读得更深。"你什么时候开始信仰教义的呢?"

"教义?"克曼泽问。

"结合会。"

他点点头,我很震惊他竟然学会了昨天看见的那些年老圣克入会者的样子,快速地点着头。"我一直都在结合会里,你也在结合会里。所有有思想的生物都在结合会里。"

"看来我们当中不少人还是懵懵懂懂。"我说,"你呢?你是什么时候意识到自己生活在结合会里的呢?"

"一年以前——按古地球标准年计算——但我入会的时间不过几周而已。入会后的时光非常愉快,也很开心,我可以在大街上漫步、摇铃,直到完成最终结合。"

"你以前是干什么的?"

"以前?"他的脸上突然浮现出一丝茫然,"我以前跟机器打交道,在塔里做电脑工作。但是生活非常空洞,兄弟,我不明白自己就身在结合会里,我过得很寂寞。我所拥有的不过是一些机器,一些冰冷的机器。现在我入会了。现在我——"他搜寻了一下形容词,"不再孤独。"

我进入他的思想,发现有股缠绵的幸福感在那里,还有爱。但是现在,那里又隐约浮现了痛楚,一丝丝痛苦的集合,过去的伤痛,不愿提起的回忆。这些都消失了吗?可能吉煞虫让他们从痛苦中得到了解脱,让他们在挣扎之后最终获得甜蜜而无意识的精神满足。应该是这样。

我决定改变出击方向。"那个东西附在你头上。"我尖锐地指出,"那是个寄生虫,以你的血液为食。它还会慢慢长大,越来越多地剥夺你赖以生存的养分,最终会活活地吃掉你的肌肉组织,你明白吗?最终会活活把你给吃掉!我不知道这有多痛苦,你会经历多少折磨,不管怎样,最终你都会死——除非你赶快回塔动手术,把它移走。或者你也可以自己动手。你何不动手呢?伸手用力就可以把它扯下来。动手呀!"

我期待——怎样的回答?愤怒?恐惧?恶心?我一样没得到。克曼泽只是嘴里塞满了面包,朝我微笑。我读到的,全是他的爱,他的欢乐以及一点点遗憾。

"吉煞虫不会杀我,"他终于开口,"吉煞虫给予我们喜悦和快乐的结合会。没有吉煞虫的人才会死。他们……永世寂寞。噢,永远的寂寞。"他脑海里快速地闪过一丝恐惧,令他微微颤抖,不过马上就消失不见了。

我看看莱娅,她仍然身体僵直,目光呆滞,还在继续读心。于是,我回过头来,构思下一个问题。这时,入会者们开始摇铃。首先是一个圣克人,他把一只铃铛上下摇动,发出尖厉的叮当声,接着摇另一只,然后又换到刚才那只,再换回来,一次,两次……其他的入会者都学他的样子摇起铃来,铃铛叮当作响,刺痛我的耳膜。那声音如同缠绕着他们的喜悦和爱意,齐齐袭向我的脑海。

我不由得放开自己,加以品尝。他们的爱让人窒息,让人心生畏惧,如此热烈、如此震撼甚至让人惊恐万状。分享在这样的情感中流淌、传递,还有令人镇静、安慰和清爽的美好感觉。当入会者们一起摇铃时,有种奇妙的事情正在发生,有种东西触摸着他们,将他们举起来,镀上一层光辉。这种美妙灿烂的东西混杂在刺耳的声音里,普通人是听不见的。我不是普通人,我听得见。

我心不甘情不愿地缓缓退出。克曼泽和另一个人类都兴奋异常地摇着铃,脸上笑得很欢,眼睛里闪烁着动人的光彩,让他们的表情看上去如沐春风。莱娅仍处于紧张状态,还在读心。她站在原地,嘴唇微微张开,浑身发抖。

我用一只手环住她的肩膀,一边听铃声,一边耐心等待。莱娅继续读心。又过了几分钟,我终于还是轻轻地摇了摇她。她转过头来,用那双冰冷而无神的眼睛瞪视我,然后又眨了眨。终于,她睁大眼睛,摇了摇头,皱着眉。她回来了。

迷惑,我从她脑海读到的是迷惑。越来越多的问号冒了出来,然后是情绪的旋涡,一个又一个蜂拥而来的想法让我根本看不仔细,连分辨都做不到。我刚一踏入就开始迷失,迷失并且不安,因为在这片浓雾之中,有一个无底深渊,它等待着要将我吞噬。它等待着我。

"莱娅,"我问,"你怎么了?"

她又摇摇头,眼睛盯着入会者们,脸上一半是害怕,一半是向往。我重复了我的问题。

"我——我不知道,"她说,"罗柏,现在别说这些,我们走吧,我需要静下来想想。"

"好的。"我答应。到底发生了什么?我牵起她的手,从山路慢慢走回刚才停车的斜坡。圣克小孩爬满了飞车,我哈哈大笑着把他们赶跑,莱娅却站在旁边一动不动,她的眼神看似落在我身上,实际上仿佛望着很远很远的地方。我想再读读她,却又觉得有窥探隐私之嫌。

飞车升起,我们朝塔的方向开回去,这回车开得很高,也开得很快。由我开车,莱娅坐在我身边,眺望远方。

"你读到什么有用的东西了吗?"我问她,想把她的思维转回到我们的任务上来。

"有用。没用。可能吧。"听起来她有些心烦意乱,似乎只运用了大脑的一部分在跟我说话,"我读到了他们的生活,他们两个人的生活。克曼泽是个电脑工程师,正如他所声称的那样,但他并不出色。他是个又矮又丑的男人,还有同样丑陋的小心眼。他没有朋友没有性伴侣,什么都没有。一个人独自过活,不跟圣克人来往,也不喜欢他们。事实上,他什么人都不喜欢。可是,古斯塔森冲破了他为自己设下的藩篱,古斯塔森不怕克曼泽的冷漠,他刻薄的挖苦,他那些冷嘲热讽。古斯塔森没有记恨,你知道这种感觉吗?粗粗来看,他们两人之间不存在任何真正的友谊,但是,对克曼泽而言,古斯塔森已然是他崇拜的对象,是他最亲近的人。"

她突然停下来。"因此他跟着古斯塔森走了?"我提示,同时飞快地看了她一眼,她的眼神仍然游移不定。

"不,一开始没有。他还是很害怕,害怕圣克人,害怕吉煞虫。但不久之后,随着古斯塔森的离开,他开始意识到自己的生活是多么的空虚。他白天和那些看不起他的人,还有那些不关心他的机器一起工作;夜里则一个人坐在房间看书或者看三维电影。这不是生活,不是真正的生活。他很少跟周围的人接触,于是他跑去找古斯塔森,最终皈依了结合会。现在……"

"现在?"

她似乎不忍心开口。"他很开心,罗柏,"她说,"他真的很开心,因为他在人生中第一次感觉到了快乐。他以前从不知道爱为何物,现在,他的心中充满了爱。"

"你读了不少呀。"我说。

"是的。"仍然是那种不耐烦的语气,仍然是那种迷茫的眼神,"某种程度上,他是敞开的,虽然仍有着层层思维,但是要往下挖掘再也不像以前那么困难——似乎他的防备正在减弱,几乎完全失守……"

"那个老人呢?"

她摸摸控制板,眼睛盯着自己的手,"他?他就是古斯塔森……"

这句话,仿佛突然让她苏醒过来,把她变回了我熟悉和爱的莱娅。她摇摇头,看着我,目光游离,许多话连珠炮似的蹦了出来。"罗柏,听着,那就是古斯塔森,他已经入会一年多了,而且一周之后就要完成最终结合。吉煞虫接受了他,他也希望如此,你明白吗?他真心希望如此,不过——不过——噢,罗柏,他正在死亡!"

"一周之内就会死,照你刚才的说法。"

"不,我的意思是,是的,但我刚才说得并不确切。对他而言,最终结合并非死亡,那是他的信仰,代表了所有的一切,代表了整个宗教。吉煞虫就是他的上帝,他很乐意去与上帝为伴,但在此之前,就在现在,他即将死去!他患有慢性血疫,罗柏,致命的那种,它侵蚀他的身体已经整整十五个年头。这病是他在噩梦星上传染的,在他全家人死去的

梦歌

那个沼泽地里——那颗星环境恶劣,本是人类的禁区,但政府要求他负责一个短期调查,他便责无旁贷地担起了该星球总管的担子。他的家人当时住在雷神星,过去看望他时,遭遇飞船失事。古斯塔森疯了般进行搜寻,匆忙中却穿错防护服,导致细菌侵入,然而,当他赶到出事地点时,家人都已死去。他痛不欲生,罗柏,不仅是因为慢性血疫,更多的是为所失去的一切。他真的很爱他们,从此以后再也没有谁能让他那么深刻地去爱。数年后,政府把圣克亚星当作奖励及补偿安排给他,想让他从事故的悲痛中走出来,但他始终念念不忘。噢,我甚至都能看见当时的场景,罗柏,它们是如此的栩栩如生,叫他如何能够遗忘?孩子们还在飞船中,在墙后面是安全的,但如果生命系统失灵了,会活活地把他们闷死在里面。他的妻子——噢,罗柏——她找到一件防护服,跑出来求助,但外面那些东西,噩梦星上巨大的飞行昆虫——"

我艰难地吞了口口水,觉得有些恶心。"食人虫。"我呆呆地说。我读过它们的资料,也看过它们的全息影像,我可以想象得出莱娅在古斯塔森的回忆里所看见的画面,那肯定非常丑恶。我很庆幸自己没有她那样的天赋。

"当古斯塔森到达那里时——它们还在——还在——你知道吗?他亲手用激光枪击毙了它们。"

我摇着头:"我难以相信这样的事真的会成为过去。"

"是的,"莱娅说,"古斯塔森也忘不了。他们一家曾是如此的——如此的快乐,在噩梦星的事故之前。他深深地爱着妻子,他们曾经如胶似漆,他的职业生涯也是如此的辉煌。你知道,他不是非去噩梦星不可的,他接受重担是因为这个任务充满挑战,因为没有人能接受这样的挑战。这所有的念头,在后来的岁月里折磨着他,令他时刻无法忘怀,但他们——他们——"她几乎不能再往下说,"他们还说他是幸运儿。"她说完这句话,然后,沉默。

没什么好说的。我无言地开着车,脑子一片混乱,阵阵眩晕朦胧中飘浮着古斯塔森的痛苦。过了一会儿,莱娅重新开口。

"都在那里,罗柏,都在那颗星上,"她的声音变得微弱而缓慢,仿佛每个字眼都蕴含了无限心事,"好在他最终得到了平静。他仍然会记得那一切,以及那一切所带来的伤痛,但现在那些事情已经不再像以前那样折磨着他了。他唯一的遗憾就是他们没有跟他在一起,他们没有完成最终结合就已死去。就像那个圣克女人,你还记得吗,聚会上那个女人?她很遗憾她的弟弟没有和她在一起。"

"我记得。"我回答她。

"古斯塔森的想法正是如此。他的思维是完全敞开的,比克曼泽开阔得多。当他摇铃时,所有的层次统统消失,每件事都浮在表面,所有的爱,所有的痛,所有的一切,乃至整个人生。罗柏,我在那一瞬间,就与他分享了他的一生以及他所有的想法……他见过结合会的山洞……他去过一次,在皈依之前。我……"

接下来是比之前更长久的沉默,在车内盘旋徘徊,让整个车厢暗淡无光。我们已飞到了圣城边缘,直入云霄的总管塔就在眼前,反射着耀眼的阳光。那些低矮的拱顶房,纵横阡陌的人类城市,尽收眼底。

"罗柏,"莱娅说,"停车。我打算仔细想一想,你明白吗?你先回去吧,让我一个人留下来,我想在圣克人中间走走。"

我瞥着她,皱起眉头。"走走?这里离塔还很远,莱娅。"

"我会没事的,求你了。让我独自思考一下。"

我读了读她。那片迷雾又重新在她脑海里升起,比刚才更为浓厚,而穿透它的唯有恐惧形成的光线。"你确定?"我说,"你在害怕,莱娅,到底是为什么?到底出了什么事?那些食人虫离我们十万八千里呢。"

她只是看着我,一片混乱。"求你,罗柏。"她又说了一遍。

我不知道自己还能做些什么,除了着陆。

回去的路上,我也不停地思考莱娅所说的一切,读到的一切——克曼泽和古斯塔森。我尽力把想法集中在此行的任务上,不去多想莱娅,不去多想究竟是什么让她如此不安。我只是想,船到桥头自然直,事情总会找到解决之道。

回到塔里,我一分钟也没耽搁,直接上到威卡其的办公室。他一个人在那里,正朝一台电脑口述着什么,看见我进来,他把机器关了。

"你好,罗柏,"他开口道,"莱娅呢?"

"她出去散步了,想要思考一下。我也一直在思考。我相信自己已经得到了你要的答案。"

他扬起眉毛,等待我说下去。

我坐下:"我们今天下午找到了古斯塔森,莱娅读了他的心。我想他转变信仰的原因非常明显。他是个残疾人,伤在心里面,不管外人看起来他笑得有多开心。吉煞虫能终结他的痛苦。有个跟他在一起的信徒,叫勒斯特·克曼泽,他的生活也是场悲剧,一个不知为什么活着、孤独的可怜虫。他有什么理由不皈依呢?看看其他的皈依者,我敢打赌他们也是类似的人。他们迷失了方向,脆弱不堪,尝尽了失败,尝尽了寂寞——这样的人便转而加入结合会。"

威卡其点点头。"好的,我相信你的说法。"他道,"但是,我们的心理学家早就得出同样的推论了,罗柏。不,这不是答案,不是确切的答案。没错,绝大部分人类信徒都是那些陷入困境的可怜虫,这点毋庸置疑,问题在于他们为什么非得皈依结合会呢?心理学家回答不了。就拿古斯塔森为例:他是个坚强的人,这点请相信我,虽然我从没和他有过私下接触,但我十分了解他的事迹。他接受过许多艰难的使命,许多不可能完成的任务,但他都能一一战胜它们。他完全有能力去做某些又轻松又赚钱的工作,但他对那些都没有兴趣。关于噩梦星上发生的一切,我早就听说了,事实上,那次事件很出名,传来传去估计也被夸大了不少。菲尔·古斯塔森不是那种轻易就能被打倒的人,即使是那样的惨剧也做不到。据尼尔森所说,他很快就摆脱了阴影,他来到圣克亚星,把这里治理得井井有条,把洛克伍德留下的烂摊子清理干净。他还

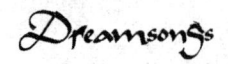

谈成了我们的第一笔交易,他让圣克人明白交易的含义——这点可不容易。

"你瞧,他是这么一个能力超群、精明强干的男人,一个一生都在跟困难做斗争的领袖。他经历了噩梦,但没被摧毁,而是跟以前一样坚强。可是突然之间,他就皈依了结合会,为一种古怪的自杀方式大唱颂歌,这是为什么呢?依你之见,他是为了终结痛苦,理论上说得通,可要终结痛苦有许多办法。古斯塔森种上吉煞虫的时候,离噩梦星上发生的那些事已有多年,而在那期间他从没有逃避过。他没有酗酒,没有吸毒,没有做一般人通常会做的那些事,也没有回到古地球去让心灵感应医生清洗他的记忆。相信我,只要他愿意,这种方法会让他摆脱所有痛苦。在噩梦星事件之后,联邦殖民署愿意为他做出任何补偿,但他什么都不要,他忍下所有痛苦,重新开始,继续生活,直到突然间——他选择了结合会。

"痛苦让他变得脆弱,是的,这毫无疑问,但他的皈依一定另有原因——某种结合会能提供,而酒精和记忆清除却给不了他的东西。对克曼泽和其他人来说一定也一样。他们有很多出路,有很多办法让自己的人生重新开始,但他们什么都不要,他们只要结合会。你明白我在说什么吗?"

我当然明白。确实,我的答案根本不算是答案,我意识到了这一点。不过,威卡其的陈述与事实并不完全吻合。

"明白,"我说,"我想我们还要着手进行更深入的读心工作。"我无力地笑笑,"但有一件事情,我得告诉你,古斯塔森从来就没有真正从痛苦中解脱过,从来没有。莱娅对这件事非常肯定。痛苦一直埋藏在他心底,折磨着他,他只是从不表现出来罢了。"

"那就是胜利,不是吗?"威卡其评价道,"把痛苦埋藏得很深,直到没有任何人看得到?"

"我不知道。不,我不那么认为。但是……不管怎么说,还有件事,古斯塔森患有慢性血疫。他快死了。他已经被病痛折腾了十多年。"

威卡其的声音抖动了一下:"这个我还不知道。不过……这个更支持了我的观点。根据我读过的资料,慢性血疫的患者中有80%选择安乐死,只要安乐死在他们生活的星球合法,人们大都会做出这样的选择。古斯塔森就是本星的星球总管,他完全可以将其合法化。如果这么多年他都没做出选择,为什么偏偏到现在他却要忍着剧痛去选择缓慢的自杀呢?"

我没有答案,莱娅也没有给我答案,如果她知道的话。我也不知道上哪儿去寻找答案,除非……

"山洞,"我突然说,"结合会的山洞。我们得去看看最终结合的样子,一定会有所发现,发现某些让人们转换信仰的线索。给我们提供一次机会吧。"

威卡其笑了。"好的,"他说,"我可以安排。我也希望此行能达到目的。但我得提醒你,那里面会让人很不舒服,真的。我去过一次,我知道自己在说什么。"

"没关系,"我告诉他,"如果你认为读古斯塔森是件舒服的事,那你真该看看莱娅读完之后的样子。她现在出去走走,正是打算恢复情绪。"我想,一定是什么场景让她感到难过吧,"我肯定,最终结合不会比噩梦星的回忆更让人受不了。"

"好,那么,我们明天就去。当然,我会陪同你们,我不能让你们有个三长两短。"

我点点头。威卡其站起身。"那就好,"威卡其说,"现在,我们谈点开心的事吧,晚餐你怎么计划的?"

六

晚饭后,我回到套房,莱安娜已经等在那里了。她正躺在床上阅读一本装帧精美的书,那是一本古地球的诗集。我走进卧室,她抬起头来看我。

"嗨,"我说,"散步散得如何?"

"走了很久。"一丝微笑爬过她苍白的小脸,然后消散无踪,"让我有时间思考,思考这个下午,思考昨天,思考入会者们。思考我们。"

"我们?"

"罗柏,你爱我吗?"语气里全是疑惑,仿佛它真的是个问题,仿佛她不知道,仿佛她真的不知道。

我坐到她身边,拉起她的手,试着对她微笑。"当然,"我说,"你知道的,莱娅。"

"我知道。我的确知道。你爱我,罗柏。就跟人类能够爱人一样。但是……"她停下来,摇摇头,合上她的书,叹了口气,"但我们始终都是彼此分离,罗柏。我们始终是两个人。"

"你到底在说什么?"

"我在说今天下午。我很困惑,很害怕,我不确定到底是为什么,但我一直在思考。每当我读心的时候,罗柏——我就在那里,跟入会者在一起,分享他们的一切,分享他们的爱。真的,我几乎不愿意走出来,不想离开他们。罗柏,当我走出来的时候,我感觉到孤独,犹如骨肉分离。"

"这是你不对,"我说,"我一直在跟你说话,你只顾想自己的事情,不肯理睬我。"

"说话?说话到底好在哪里?那是沟通,我猜是的,但那是真实的吗?我以前是这样认为,在他们训练我的天赋之前。但那之后,似乎读心才是真正的沟通,真正到达他人内心的方式,了解像你这样的人的内心。但到现在我才真正知道,那些入会者——当他们摇铃的时候——他们联系得如此紧密,罗柏,他们全都紧紧相联,几乎跟我们做爱时一样。他们爱着彼此,也爱着我们,那种爱如此强烈。我感觉得到——

不,我不知道,但是古斯塔森爱我就像你爱我一样。不,他比你更爱我。"

她说话的时候,脸色变得苍白,眼睛大大地睁着,里面满是迷惑与孤独。而我呢,我感到一阵突来的寒意,冷彻心扉,犹如吹过灵魂的冰风。我一句话也没有说,只是静静地看着她咬紧嘴唇,直到渗出血来。

她从我眼里看到了伤痛,我想是这样,又或是读到我的伤痛,她握住我的手,轻轻地抚摩。"噢,罗柏,请你别这样。我不想伤害你。这不是你,也不是我们俩的错。真的,跟他们相比,我们究竟拥有些什么?"

"我不知道你为何要这么说,莱娅。"我仿佛裂成了两半:一半想要哭,另一半想要大声地喊出来。我拼尽全力把两半凑在一起,保持声音的平静,但在我心中,并不平静,怎么能够平静?

"你爱我吗,罗柏?"又一次,同样充满疑惑的问句。

"是的!"坚定的回答,拒绝任何犹豫。

"那代表了什么?"她问。

"你知道那代表了什么,"我说,"该死,莱安娜,你想想呀!想想我们都拥有些什么,想想我们分享过的一切。那就是爱!莱娅,那就是爱。我们是幸运儿,你还记得吗?你自己经常这么说。普通人只有声音和触摸,之后又得坠回无穷无尽的黑暗中去。他们偶尔也能找到对方,但他们始终是孤独的,永远都是。他们在黑暗中摸索,不停地尝试,想要逃出那孤独的小岛,逃脱藩篱,但最终却不可避免地以失败告终,一次又一次地以失败告终。但我们不会,我们已经找到了方法,没有人能像我们这样了解对方。是的,没有我不愿意告诉你的事,也没有我不愿意和你分享的事。我一直如此,你知道这是真的,你可以读得到,那是爱,该死,那不是爱吗?!"

"我不知道。"她说,悲哀的语气在我们之间树起了一堵墙。她的泪水无声地流下来,连一声呜咽都没有,直到两行清泪在她寂寞的脸上拉出两道细线,她方才开口说话:"也许那就是爱。我一直认为那就是爱,但现在我真的不知道。如果我们拥有的就是爱,那我今天下午感觉到的又是什么呢?我所接触到的,分享到的又是什么呢?噢,罗柏,我也爱你,你知道的。我也尝试着跟你分享,跟你分享我读到的一切,一切的一切,但是我做不到,因为我们彼此分离。我无法让你明白我在说什么。瞧,我在这里,你在那里,我们可以抚摸对方,做爱,谈话,但我们始终都是分割开来的,你懂吗?你明白吗?我很孤独。但今天下午,我不是。"

"你并不孤独,该死!"我突然喊道,"有我在这里。"我紧紧地抓住她的手,"感觉到了没有?听见了没有?你并不孤独!"

她摇摇头,眼泪在脸上纵横。"瞧,你能明白吗?你根本就不明白,我也无法让你明白。你说没有人能像我们这样了解对方,你说得对,但是人类本身究竟能有多了解对方呢?他们不正是被分割开来的吗,不是吗?每个人不都是生活在无边的黑暗中,生活在空虚的宇宙里吗?我们欺骗自己,假装在我们周围还有其他人。但最终,在那寒冷孤独的尽头,只有我们自己,在黑暗里流浪。你在那里吗,罗柏?我又该怎么找到你呢?你愿意跟我一起死去吗,罗柏?到那个时候我们还会在一起吗?我们现在还在一起吗?你说我们比普通人幸运,我也说过,他们只有接触和声音,对不对?那些话我说了多少次?但你想一想,我们又多了些什么呢?接触,外加两种声音,不是吗?这不够,不够。我很害怕,我突然感到很害怕。"

她开始呜咽起来,我本能地抱住她,把她揽在怀里,抚摸着她。我们一起躺下,她靠着我的胸膛哭泣。我粗粗地读了读她,读到了她的痛苦,突如其来的孤独,还有渴求,所有的一切,都在一场由恐惧塑造而成的黑暗旋风中猛烈旋转。尽管有我轻轻的抚摸,尽管有我在她耳边呢喃安慰的话语——一次又一次、一遍又一遍——告诉她一切全都会好起来,有我在这里,她不是一个人,但我知道这统统不够。仿佛突然之间,我们两人之间裂开一道鸿沟,无边的黑暗在下面翻腾,把我们越逼越远。我知道自己很难填平这道沟,而莱安娜,我的莱娅,我的恋人,她在哭泣,她需要我,我也需要她——但我碰不到她。

这时,我才发现自己的脸上也全是泪水。

我们拥抱对方,在沉默的泪水中,就这么过了一个小时。最终,泪水流干了。莱娅把她的身体紧紧地贴着我,令我几乎不能呼吸,我也同样用力地把她抱在怀里。

"罗柏,"她轻声说,"你说过——你说过我们真的了解对方。你每次都那么说。有的时候你还会说,我是最适合你的人,我是完美的。"

我点点头,想要自己相信:"是的,你是。"

"不,"她仿佛被这些字眼窒息,她仿佛逼着它们,逼着这些字眼从她嘴里吐出来,"不是这样的。是的,我读了你,我可以听见你脑子里徘徊激荡的话语,早在你将其打磨成句子之前我就知道了。当你做了傻事时,我听见你责备自己,我还看见了你的回忆,一些你挥之不去的记忆。但那些都在表面,罗柏,全都在表面。在那之下,有更多的东西,更多的你,飘来飘去,我根本弄不明白,也抓不住。那些我无法形容的感觉,被你压抑的情感以及连你自己都不知道你自己所拥有的回忆。有时候,我可以到达那一层——有的时候,如果我挣扎着用尽全力。但当我到达那里的时候,我知道——我知道——穿过这层还有一层,一层接着一层,一层又是一层。不知哪里才是尽头。我去不了,罗柏,而那是你的一部分。不,我不了解你,我也没办法了解你,连你自己都不了解你自己,不是吗?而我,你了解我吗?不,你了解的甚至比旁人更少。你相信我告诉你的一切,而这一切却不一定全是真的。你能读到我的情绪,我最表层的情绪——碰到脚趾的疼痛,一闪而过的烦躁,身体交合时的快感……这就代表你了解我吗?那我其他的层次呢?层次之下的层次呢?那些连我自己都不清楚的事情呢?你知道吗?你怎么可能知道,罗柏,怎么可能?"

她又摇了摇头,每当她困惑的时候,就会做出这个可爱的小动作。

Dreamsongs

"你说我是完美的,你说你爱我,说我是最适合你的人。但这就是我吗?罗柏,我一直在读取你的想法。你想要我性感,我就性感,我读到什么能让你兴奋,照做就是;我也知道你什么时候想要我严肃,什么时候想要我开玩笑,我还知道什么样的玩笑才能开——永远不能是那种刺痛别人的玩笑,你不喜欢伤害别人,也不希望别人受伤。是的,你喜欢跟人们谈笑,但从不嘲笑他们,而我陪你一起笑,喜欢你所喜欢的方式;我知道你什么时候想要我开口,什么时候想要我安静;我知道你什么时候想要我大发雌威,好让你觉得骄傲。啊,你那稚嫩的心灵感应,当你需要一个小女孩满足你的保护欲时,我也得做出楚楚可怜的模样。这些,我统统照做,罗柏,因为你想我那么做,因为我爱你,因为我喜欢当我做对这些事情时你开心的感觉,没有人要求我那么做,但事实就是这样。我以前不在乎,现在也不在乎,有时我几乎连想都不用想,只是下意识地为你做。你也一样,我在你心里读到过,你不能像我这样读心,所以有时你难免出错——在我需要安静的时候,你变得诙谐幽默;在我需要你扮演哥哥或者母亲的角色时,你却变成个坚强的男人。但是你也经常做对,你不停地尝试,你一直都在尝试。

"但那是真正的你吗?那是真正的我吗?如果我并不完美,你瞧,如果我不过是我自己,如果我把所有你不喜欢的东西,所有犯下的过错全都呈现在你眼前,你还会爱我吗?我不知道。但是古斯塔森会,还有克曼泽,这个我是知道的。罗柏,我知道的,我了解他们,他们的层次……统统消失了。我了解他们!如果我回去,我可以和他们一起分享,比跟你一起分享的更多。而他们也会了解我,真正的我,我的所有,我的全部。他们爱我,你明白吗?你能明白吗?"

我明白吗?我不知道。我很困惑。如果莱娅是"她自己"的话,我还会爱她吗?但"她自己"又是谁?"她"跟我认识的莱娅有多大区别?我原以为自己爱着莱娅,而且会一直爱着她——但如果真正的莱娅不是我的莱娅呢?我爱的到底是什么?一个抽象的人名?或者那些我自以为属于莱娅的躯体、声音以及性格?我不知道,我不知道莱娅是谁,我又是谁,这一切到底代表了什么。我只是很害怕。下午离开莱安娜时我有些纳闷,现在我了解她当时的感受了——"我很孤独,我需要别人。"

"莱娅,"我呼唤道,"莱娅,我们试试吧,不要放弃。我们能够到达彼此,总有办法的,我们自己的办法,我们以前一直这么过来的。来吧,莱娅,跟我一起来,走到我的心里来。"

我边说,边褪去她的衣衫,她的手也应和着我的行动。当我们赤裸相对时,我开始轻轻抚摸她的肌肤,缓慢地,她也同样如此。我们的思想穿梭在对方的脑海里,交织在一起,前所未有地缠绵悱恻,交替探索。我可以感觉到她在我心中挖掘,越挖越深,而我向她敞开了自己,卸下了所有防备,解开那些从前即使是对她也未曾开放的小秘密——至少我这样努力了,努力把它们统统都开启。我把所有的记忆交给了她,我的荣耀与耻辱,美好的回忆,经历的伤痛,我伤害过的人,伤害过我的人,流不尽的泪水,不愿承认的恐惧,我的偏见,我的虚荣,岁月的消逝,还有幼时无知的过错。所有的一切。每一件事情。毫无保留。毫无隐瞒。我把自己交给了她,交给了莱安娜,交给了我的莱娅。她必须认识那个真正的我。

她也如此,她也对我开启所有。我仿佛在她思维的森林里徜徉,触碰到散乱的情绪,害怕、需要以及最表面的爱,其下则是有些模糊的情感,未成型的幻想,在森林的深处,那里有激情。我没有莱娅的天赋,从来都只能读读感觉,读不到思想,但这一次,一生中唯一的一次,我读到了,她用尽全力把她的思想一一呈现在我面前,那些被我从头到尾忽略了的东西。不,我接受不了太多,我已经接受了太多。

她的身体和她的思想都向我敞开。我进入她的身体,我们同时运动,身体结合在一起,思维缠绕在一起,比任何人类都更紧密。我感觉到快感传遍全身,犹如饱满雄浑的海洋,我的快感,她的快感,在彼此身上生根。我站在浪峰之上摇摆,在闪亮而开阔中向着远方的海岸挺进。当海浪终于砸在沙滩上,我们紧紧地结合,在那一秒钟里、那转瞬即逝的一秒钟里,我分不清哪个是我,哪个是她。

但这一切很快就过去了。我们躺下,身体缠在一起,在床上,在星光下。这里不是床,这里是海滩,黑色平坦的海滩,天空中一颗星星也没有。一个若有若无的想法飘进我的脑海,那不是我的,而是莱娅的。我们在原野上,她心想,我认为她是对的。海水把我们带到这里,然后退去,这是片巨大而荒凉的原野,四周充满黑暗,每条地平线上,都有隐约的恐怖形体在游移不定。"我们在这里,像在原野上受黑暗包围。"①莱娅如是想。我突然明白了那些影子都是什么,她刚才读的又是哪首诗。

我们睡着了。

七

我独自醒来。

房间很暗。莱娅蜷成一团躺在床对面,继续沉睡。现在很晚了,大概快天亮了吧。我也不肯定,我有些烦乱。

我站起来,安静地穿上衣服。我得出去走走,去想想,去解决这件事,但是,我能到哪里去呢?

穿衣服时,我摸到口袋里还有一把钥匙,威卡其办公室的钥匙。这么晚了,一定没有人在。那里的风景有助于我思考问题。

我离开房间,找到电梯,向上,向上,直上塔顶,上到人类用钢铁向圣克人示威的地方。办公室里没有灯,唯有星光照耀,零落的家具仿佛

---

① 这是伟大诗人马修·阿诺德的名诗《多弗海滨》,作为本篇小说的题尾诗,收录在结尾。

是黑暗中的阴影。然而,圣克亚星比地球或者巴尔杜更靠近银河的中心,星星穿梭在炽热的苍穹里,有的离得非常近,像燃烧的红色或蓝色的火球,在怕人的黑暗中灼烧。威卡其办公室的四面墙都是落地窗,我走向其中一面,向外看去。我什么都没想,只是任由自己去感觉,感觉寒冷、迷失和渺小。

这时,一个温柔的声音在我身后呼唤,我几乎没有察觉。

我回过头,另外一边窗户的星星又跳到我眼前。劳瑞·伯莱克波坐在一张矮椅里,被黑暗隐藏。

"你好,"我说,"我无意打搅,我以为这个时候没有人会在这里。"

她笑了,漂亮的脸上露出漂亮的笑容,其中却没有感情。赤褐色秀发波浪般披散在她肩上,披散在她长长的纱裙上。我可以看见纱裙下曼妙的曲线,她却丝毫不打算隐藏。

"我常到这里来,"她说,"通常在晚上,迪诺睡去之后。这个地方很适合思考。"

"是的,"我微笑着回答,"我同意。"

"星星很美,不是吗?"

"是的。"

"我也这么认为。我——"一阵犹豫之后,她起身走到我面前,"你真的爱莱娅吗?"她问。

在这么一个糟糕的时机,这个问题无疑让我心中隐隐作痛,我的思绪仍纠缠在和莱安娜的对话中,但我想自己还能应付。"是的,"我说,"非常爱。为何这么问呢?"

她站在我面前,看着我的脸,接着越过我,走向满天星斗:"我不知道。有时候,我很想知道什么才是爱。我爱迪诺,你知道的。他两个月前才来到这里,我们认识不久,但我已经爱上了他。我从没遇到过像他这样的男子,友善、体贴,每件事情都处理得很漂亮。到目前为止,我还没见他失过手。而且他的成功来得那么轻松,不像其他人非得苦苦追求。他非常自信,这点很吸引人。而且,我要什么他就给我什么,任何东西。"

我读了读她,读到她的爱,她的担心以及内心的怀疑。"除了他自己。"我轻声说。

她有点吃惊地看着我,然后笑了。"我忘了。你是有天赋的人,你当然会知道。你说得对……我不知道自己在担心什么,但我就是很担心。你瞧,迪诺是如此的完美,我告诉了他——是的,我把我的所有,关于我自己和我生活的一切都告诉了他。他仔细地聆听,他理解我的想法。他是很善于聆听的人,我需要他的时候他就在那里。但是——"

"这全是单方面的。"我说。这种情况我很清楚。

她点点头:"并不是说他隐藏了很多秘密,他没有。只要我问他,他什么都会告诉我,但那些答案并不能代表什么。我问他害怕些什么,他说他什么都不怕,然后让我相信这一点。他非常理性,非常冷静,从不生气,从不。我问他有没有仇恨的人,他说他没有,他认为仇恨是种消极的情绪。他从来没有被伤害过,或者说,他自认为从来没有被伤害过——我的意思是,情感上的伤害。可每当我说起自己所受的伤害,他又表现得那么善解人意。有一次,他说他这辈子最大的过错就是懒惰,问题是他一点也不懒惰,我知道的。他真那么完美吗?他告诉我,他总是相信自己,因为他知道自己很不错,但他说的时候在笑,我也搞不清楚他是不是真的那么骄傲。他说他信仰上帝,但他从没提起过上帝。如果你跟他认真地谈谈,他会很有耐心地听,或者跟你开玩笑,或者转移到其他话题上。他说他爱我,但是——"

我点点头,我知道接下来会发生什么。

不出所料。她看着我,眼里全是乞求。"你是有天赋的人,"她说,"你读过他,是不是?你了解他,是不是?告诉我,请你告诉我。"

我读了读她。我看见她有多渴望被威卡其了解,她有多担心,多害怕,她有多爱他。我不可以跟她撒谎,但给她答案让我觉得很为难。

梦歌

"我读过他，"我缓缓地、小心翼翼地说，每个字都当成钻石一般仔细掂量和权衡，"也读过你。我看见了你的爱，在第一天晚上一起吃饭的时候就看见了。"

"那么迪诺呢？"

我的话卡在喉咙里："他——他比较有趣，莱娅也这么评价。我可以很轻易地读到他表面的一些情绪，但在那下面就什么都没有了。他把自己埋藏得很深，紧紧地关上了心门，好像他只感受一些他允许自己感受的情绪。我能感觉到他的自信，他的愉悦，我也读到过他的担心，但是从来没有恐惧。他很喜欢你，对你有保护欲。他喜欢保护别人的感觉。"

"就这些？"她满心希望的样子不禁让人有些伤感。

"很抱歉，我知道的就这些。他的心门是关上的，劳瑞，他需要他自己，只需要他自己。如果他心里有爱，那也是在那堵墙之后隐藏着的，我读不了。他心里有你，劳瑞，但是爱——是的，爱跟这个不同，爱会强烈很多，会让人失去理智，到来的时候就像滔天洪水。迪诺并非如此，至少我读到的并非如此。"

"亲密，"她说，"他跟我很亲密。我完完全全地向他敞开了心门，但他没有。我一直很担心这点——即使跟他在一起的时候，有时候我会觉得他根本不在那里——"

她叹了口气。我读到了她的绝望，她被汹涌而来的孤单感所淹没。我不知道自己能为她做什么。"想哭就哭吧，"我干巴巴地说，"有时候哭出来就好了。相信我，我难过的时候就会哭。"

她没有哭。她看着我，轻轻地笑了。"不，"她说，"我不能哭。迪诺告诉我永远都不要哭，他说哭解决不了任何问题。"

多么可悲的哲学。哭解决不了任何问题，或许如此，但哭泣本是人之为人的一部分。我想这么告诉她，但不知怎的，我没有，只是微笑地看着她。

她也抬起头朝我微笑。"你哭了,"她突然说,声音里竟带着一丝奇特的幸福,"真有趣。这比迪诺跟我讲的那些笑话有趣多了,从某种程度上说是的。谢谢你,罗柏,谢谢你。"

她踮起脚尖,望着我,眼里充满期待。我当然可以读到她期待着什么,所以我捧起她的脸,吻了下去,她则把身体贴紧我。我一直想着莱娅,我告诉自己她不会介意,她还会以我为荣,她会理解的。

事后,我一个人留在办公室里,等待日出。我累坏了,心里却很满足。亮光逐渐从地平线上绽放,慢慢追逐着前方的阴影,突然间,在夜里那么深刻地困扰着我的恐惧变得十分可笑,如此没有来由。我心想,我们能够克服这一切——莱安娜和我。不管面临多大的困难,我们都可以同舟共济,患难与共。今天,我们应该肩并着肩,满怀信心地面对山洞里的吉煞虫。

当我回到房间时,莱安娜却不见了。

八

"我们发现飞车停在圣克城中间,"威卡其说,他的语气镇定、精确而有力,他用这样的语气示意我没什么可担心的,"我派人分头出去找她了,但圣克城很大,你得有耐心。对了,你知道她可能上哪儿去吗?"

"不,"我呆呆地说,"不大清楚。可能是去考察更多的入会者了吧。她看起来——是的,她似乎被他们迷住了。我不清楚。"

"好的,我们已经派出了大批警务人员,会找到她的,这点毋庸置疑,只不过需要一点时间而已。你们两个吵架了吗?"

"对……不……或许是吧,但也不算真正的吵架。我说不上来。"

"我明白了,"他说,显然他并不明白,"劳瑞告诉我,你昨晚一个人上塔顶去过。"

"是的,我需要冷静下来思考。"

梦歌

"很好,"威卡其说,"那么我们是否可以推断莱安娜在你走后也醒过来,发现自己也需要去思考一下。你上了塔,她就开车出去兜风。也许她只是想休息一天,在圣克城里随便逛逛吧。她昨天就是这样的,不是吗?"

"是的。"

"那么一切就跟昨天一样,没有问题。她很可能在晚饭之前就会回来。"他微笑着说。

"但她怎么会不辞而别呢?再怎么,她也得给我留个字条,留个信物什么的呀。"

"我不知道,有没有字条都不重要吧。"

不重要?真的不重要?我坐在椅子里,双手托头,满脸愁云,汗水不由自主地往下掉。我忽然觉得很害怕,又不知道在害怕什么。我对自己说,我不该扔下她一个人。当我在上面和劳瑞交流的时候,莱娅却在黑暗的房间里独自醒来,然后——然后——然后怎么了?然后她走了。

"还有件事情,"威卡其说,"我们有工作得做。去山洞的行程已经安排妥当了。"

我抬起头,简直不敢相信自己的耳朵,"山洞?我不能去那里,现在不行,我不能扔下她一个人。"

他露出严厉的表情,以强化恼怒的效果:"噢,得了吧,罗柏,这又不是世界末日。莱娅会没事的,她是个非常理智的女孩,我很确定她能照顾好自己,难道不是吗?"

我点点头。

"趁她散心的时候,我们去山洞里好好瞧瞧。我还没到山洞底部去过呢。"

"没有用的,"我说,"缺了莱安娜,这全是白费功夫。她的天赋比我强,我——我只能读到情绪而已,不能像她读得那么深。我不能帮你解决任何问题。"

他耸耸肩："可能吧，但行程已经安排好了，去去又不会有什么损失。等莱娅回来，我们可以再安排一次。另外，我觉得此行对你也有好处，好让你换换脑筋、放下包袱，毕竟，对于莱娅，你现在什么也做不了。真的，我已经把所有能派出去的人都派出去找她了，如果他们都找不到，你去也没用。所以啦，别把心思一直放在这上面，回到工作上来吧，让自己忙碌起来。"他转过身，对着电梯，"来吧，飞车在等着我们，尼尔森也同去。"

我不情不愿地站起来。事实上，我根本没有一点心情去考虑圣克人的事，但威卡其的话也不无道理。再怎么说，他雇用了我和莱娅，我们对他有义务。我心想，尽力而为吧。

飞车上，威卡其坐在前排司机旁边，司机是一个肥胖的警官，脸严肃得像大理石雕。总管大人特意选择了一辆警车，这样我们还可以顺便找找莱娅。我和古雷坐在后排，他在我们膝盖上铺开一张大大的地图，向我介绍完成最终结合的山洞。

"学者认为山洞就是吉煞虫的老家，"他说，"很可能这是真的，道理说得通，因为洞里的吉煞虫很大很大，你见过之后就明白了。山洞贯穿了这片山丘，但没有连通城市，这一片比城里要荒凉不少。山洞内部是典型的蜂巢结构，每一个洞内都有吉煞虫——据说如此，而从我亲身经历看来，也确实都是。这座城市，整个圣城，似乎都是为这些山洞而建，好让圣克人从不同的大陆赶来，你知道，只为完成最终结合。瞧，这就是山洞区。"他取出一支笔，在靠近地图中心的地方画了一个红色大圈，但这对我来说毫无意义，看着这张地图，我心情沉重，我这才发现圣克城有这么大。如果有人一心想躲起来，又怎能找得到呢？

威卡其从前排转过身："今天我们要去的是个大山洞。这里有很多大山洞。这个洞我以前下去过，你知道吗，最终结合是没有规矩的，圣克人来了，随便找个山洞便走进去，躺在吉煞虫下面。哪个入口方便他们就选哪个,有的入口只有下水道的管子大小,但只要你走得够深,理论上都会在黑暗中遭遇悸动着的吉煞虫。最大的那些山洞里有火把,就跟我们塔内的大厅一样,但那不过是摆设,对于结合会没有什么特别的含义。"

"你的意思是我们会进入其中一个点着火把的大山洞?"我问。

威卡其点点头:"是的,我猜你想见识一下吉煞成虫会长成什么样子。它当然很不好看,但了解它应该会对我们有帮助,所以我们需要光源。"

古雷重新开始叙述,我却没有听,我对圣克人和吉煞虫的了解已经够多了,我的心里始终担心着莱安娜。过了一会儿,他见我毫无兴致,便停止了讲话,接下来的旅程在沉默中度过。这是我第一次离开城市这么远,就连总管塔——那根高高在上的钢针——也被层层叠叠的山丘所遮掩。

地形越来越陡峭,怪石嶙峋,荒草蔓生,山丘也变得更高、更为荒凉,但拱顶屋始终连绵不绝,星罗棋布,圣克人四处可见。我想莱娅很有可能就在下面,混杂在数百万人当中。她在追寻什么?她在思考什么?

最终,我们在两座岩石密布的巨大山峰中间那被茂盛的峡谷里着了陆。就连这里都有圣克人,红砖砌成的拱顶屋在矮树丛下的灌木间林立。我一眼就看见了山洞,它就在山腰上,乃是岩石中一个黑乎乎的开口。一条通向那里的小路蜿蜒曲折,尘土飞扬。

我们从山谷出发,爬上这条小路。古雷迈着笨拙的大步子走在前面,威卡其的行动简捷干脆,另外那位警官则步履蹒跚,有些沉重。我落在最后面竭力跟上他们,等走到洞口时,也已气喘吁吁。如果谁以为洞口会有些壁画装饰,或者祭坛,甚或简陋的庙宇什么的,那他一定会非常失望。这只不过就是个普通的山洞,洞壁潮湿,洞顶低矮,空气湿漉漉的,还很冷,事实上,这里比圣克亚星上绝大部分地方都冷,只是灰

Dreamsongs

尘没那么多,除此之外,就没有特别之处了。洞内有一条弯来拐去的漫长通道,我们四人并排走都没问题,只是高度很低,古雷不得不弯下腰。洞壁上时而会镶嵌有火把,但平均每四个当中只有一个是点燃的。燃料是某种油,味道很重,油烟飘到洞顶,跟着我们一起深入。我很想知道我们吸进去的到底是什么。

走了大概十分钟,期间大都在顺着一个缓缓的斜坡往下行,最后走到一个高高的、灯火通明的石室,石室的天花板被火把熏得漆黑。在这里,住着一只吉煞虫。

它色呈褐红,犹如凝固的血液,不再是入会者头骨上蠕动着的半透明的亮红色小生物。在它巨大的躯体上有无数黑点,犹如烧伤或烟熏的痕迹。吉煞虫太大了,它耸立在我们面前,遮住了洞的另一边,而它和天花板之间也只余下一条细细的缝。也许是察觉到动静,它突然艰难地扭动了半圈,像一座移动着的胶状山丘,最终在离我们二十步远的地方停下来。在我们和吉煞虫的身体之间垂下无数晃来晃去的红色悬垂物,犹如一片血红森林,这张由吉煞虫的组织所编织成的蜘蛛网,几乎触到了我们的脸。

它的脉搏在跳动,好似人类的心脏,头上的红色悬垂物也随着脉搏无声地张开收缩,跟它们后面的吉煞虫主体保持着同一节拍。

我的胃一阵翻腾,但我的同伴们看起来无动于衷,他们以前肯定都见过了。"来吧。"威卡其一边说,一边打开手电筒,以补充火把的光明。光线从搏动的网中间穿过,让这里看上去像是鬼影森林。威卡其率先走进这片森林里,轻轻摆动着手电筒,向吉煞虫照过去。

古雷跟着他,我却退缩了。威卡其回过头来,朝我微笑。"别怕,"他说,"吉煞虫要花几小时时间才能黏住你的身体,而且它也很容易被取下来。只要你走快点,根本没事儿的。"

我鼓起所有的勇气,伸出手,摸了摸这些活动的绳索。它们又湿又软,黏糊糊的,除此之外,似乎没有异样,而且它们很容易就被弄破了。

梦歌

于是我穿过去,把手犹如僵尸一样伸在前面,每遇到挡路的网就狠狠地撕烂。警官则安静地跟在我身后。

终于我们穿过了这片网,站在吉煞虫的躯体下。威卡其找了一会儿,然后用手电筒指着一个地方。"看,"他说,"那就是最终结合。"

我顺着光线看过去。光柱集中在其中一个黑点上,黑点里面是红色的。我靠近看了看,原来那是一颗人头,就在黑点中间,只剩下一张脸,而就连这仅存的脸庞上都覆盖了一层薄薄的红膜。从容貌上来看,没错,这是个老年圣克人,满面皱纹——他的眼睛已经闭上,但脸上还挂着一丝微笑。他居然还在微笑。

我又靠近了一点。脸的右下方还有几个指头露在外面,除了这些,他的整个身体已经消失不见,被吉煞虫吸光溶解了。这位圣克老人已经死去,而这寄生虫正在消化着他的尸体。

"每个暗点就是一个最近完成结合的人,"威卡其把灯光移来移去,指给我看,"当然,很快这些点就会消失。吉煞虫的成长相当迅速,再过一百年,这个房间就装不下它了,它会长到外面的通道上去。"

这时,身后传来一阵沙沙声,我回头看去,什么东西穿过网走了过来。

她很快就跟我们碰面了,并朝我们微笑。她是个圣克女人,已经很老了,浑身赤裸,双乳垂过腰部。她当然是入会者,她的吉煞虫比她的头还大,垂得比她的乳房还低。那只虫子还很明亮,在光线下呈半透明状。你可以透过它的组织,看着它逐渐蚕食她的皮肤。

"一个最终结合的候选人。"古雷说。

"这个山洞挺火爆的。"威卡其带着一丝戏谑低声说。

女人没跟我们说话,我们也没搭理她。她只是微笑着越过我们,躺在吉煞虫下面。

那只小小的吉煞虫,长在她头上的那只,看起来似乎正在溶解,和那个巨大的岩洞生物融为一体,同时,圣克女人和巨大的吉煞虫也结合在一起。结合之后,什么都没再发生。她只是闭上眼睛,平静地躺在吉煞虫身下,像是睡着了。

"发生了什么?"我问。

"这便是最终结合,"威卡其说,"一小时后你才会发现明显的变化,但吉煞虫现在已经在和她结合了,它正在吞噬她。据说,它是根据体温而做出的条件反射。一天之后,她便会融进它的身体里。两天之内,她就和他——"灯光又照到头顶那张被溶解了一半的脸上。

"可以读读她吗?"古雷建议,"也许会有所发现。"

"好。"我虽然有些抗拒,却又耐不住好奇。我敞开自己,风暴一般的思绪顿时向我袭来。

称之为风暴并不恰当。它很宽广,灼热剧烈得让人害怕,让人眼前一片盲目,一片闪光,快要窒息。但它也很平静,轻轻的,温和的,却比人类的仇恨更有力量。它用温柔的声音尖叫着,用妖妇的歌唱诱惑我;它的激情像深红色的巨浪,从头顶冲刷而下,把我拉向它。它瞬间将我填满,又突然把我掏空。某处似乎传来了铃声,叮叮当当,响着刺耳的青铜乐章,关于卸下防备,关于亲密无间的颂歌,传颂着结合,传颂着融入,传颂着永远不再孤独。

风暴,思维的风暴,是的,就是那样。不过它比起一般的思维风暴,就像超新星爆发的能量对比飓风的威力,这是猛烈的,猛烈的爱。它爱我,这场风暴爱着我,它需要我,它的铃声在召唤我,还有它关于爱的颂歌。我伸出手,去摸它,我要和它在一起,我要和它结合在一起,我想从此不再孤单不再寂寞。突然,我又坐在了巨浪之巅,而这是穿梭于星辰之间的永恒火浪,这次我知道它绝不会消失,穿过我黑暗的原野之后,我不会再孤独。

这让我想起了莱娅。

突然,我开始抗拒,开始挣扎,想要退出这旋涡般将我卷入的爱海。我开始逃跑,开始狂奔……关上我的心门并钉上了门链,任由风暴在门外疯狂肆虐。我用尽全力想要守住它。门却开始弯曲,出现裂缝……

我厉声尖叫。门被砸得粉碎。风暴冲进来抓住我,将我卷走,将我卷进无边无际的爱海之中。我停在一颗冰冷的星上,但这个星从此将不再冰冷,我变得越来越大越来越大,直到自己变成了星星,星星变成了我,我就是结合会,在某一瞬间,我觉得自己就是宇宙。

然后,一切消失不见。

九

当我醒来时,已经回到了房间里,头痛欲裂。古雷拿了一本我们的书坐在床边的椅子上。他听到我的呻吟,便抬头打量我。

莱娅的头痛药还在床头柜里。我飞快地翻出一片塞进嘴巴,然后挣扎着坐了起来。

"你还好吗?"古雷问。

"头痛。"我边说边摸摸前额,前额阵阵悸动,仿佛血管将要从头颅里跳将出来。这比那次我读到的莱娅的头痛更厉害。"发生了什么事?"

他站起身:"你把我们都吓坏了。你开始读心,忽然全身颤抖,然后径直朝那个该死的吉煞虫走去,并发出恐怖的尖叫,迪诺和警官不得不把你拉出来,但你坚持走到那个东西身下,那个东西都爬到你膝盖上了。奇怪的是,它也在抖动。最后,迪诺把你打晕了拖出来的。"

他说完摇摇头,走到门边。"你要上哪儿去?"我不由自主地问。

"去睡觉,"他说,"你已经昏睡了接近八个小时。迪诺叫我在这里等你醒来。好的,既然你已经醒过来了,现在就好好休息吧,我也得休息一下。有什么明天再谈。"

"我想现在就谈。"

"现在很晚了。"他边说边关上了卧室的门。我听着他渐行渐远的脚步声,也确实听见了外面的门被牢牢地锁上。看来,人们害怕天赋者半夜里再度出走。不过,我哪里都不会去。

我起床找了点东西喝。这里有冷冻的维尔塔。我仰脖子吞了两杯,然后吃了点小点心。头痛开始消退。我回到卧室,关上灯,调亮玻璃,星光倾洒射进来。最后,我还是决定上床休息。

但我睡不着,也没办法睡着。发生了太多事情,我不得不理清头绪。首先是头痛,难以忍受、几乎要撕裂我头骨的痛苦。莱娅一定也是如此。但莱安娜并没有我的遭遇呀,难道她是有的?毕竟,作为高级天赋者,她比我敏感,能察觉到的范围也比我大得多。那些思维风暴竟能辐射到千里之外的这儿吗?在夜里,在人类和圣克人进入梦乡,思维活动也陷入低潮之后?或许是吧。或许我做过的那些记不真切的梦,就是她晚上所看到的东西。但我的梦境很快乐。当我醒来时,它们统统消失,这让我觉得十分懊恼。

问题在于,我睡觉的时候也会头痛吗?或者这是我刚刚染上的?

到底发生了什么?那到底是个什么东西,在山洞里席卷我思绪的、拉我进去的东西到底是什么?是吉煞虫吗?一定是。当时我还没来得及将焦点集中在那个圣克女人身上,一定是吉煞虫。但莱安娜说吉煞虫没有思想,连起码的存在意识都没有……

一个又一个疑问像旋涡一样把我包围,我没有答案。于是我放弃思考,想起了莱娅,想她为什么要离开我,她究竟在哪里……她是否也经历过这些?我为什么就不明白?我想念她。我需要她在我身边,但她不在这里。我只觉得很孤独,我很清楚地意识到自己的孤独。

我睡着了。

漫长的黑暗后,终于,梦境降临,终于我记起了自己的梦境。我回到那片原野上,无边无际的黑暗平原,天空中没有一颗星星,远方却有无数隐约的恐怖形体,这就是莱娅经常提到的黑暗的原野。它源自她最爱的一首诗。我很孤独,这是永远的孤独,世间万物生而如此。我是

梦歌

这个宇宙中唯一的存在,我很冷,很饿,很害怕。那些恐怖的形体一步步向我靠近,野蛮而无情。我无法向任何人求救,无法跑到任何人身边,没有任何人会听见我的哭喊。这里从来没有其他人,只有我一个。

这时,莱安娜向我走来。

她从没有一颗星星的夜空中翩然落下,脸色苍白憔悴,和我一起站在这片原野上。她把头发往后捋了一下,睁大炽热的眼睛看着我,微笑。我知道这不是梦,是的,她与我结合在一起,我们说了话。

你好,罗柏。

莱娅,嗨,莱娅,你在哪里?你抛下我一个人。

对不起,我不得不这么做。你会明白的,罗柏,你一定会明白的。我不想再住在这里,不想,不想再在这个糟糕的地方住下去。我已经在这里生活够了,罗柏,除了偶尔的瞬间,人类都在这里生活。

一个接触和一段声音?

是的,罗柏,然后黑暗又将降临,还有沉寂,还有这片黑暗的原野。

你把诗歌弄混了,莱娅,没关系。你比我知道的更多。但你是不是忘了些什么呢?譬如开头的那句:"啊,爱,让我们互相忠实吧……"

噢,罗柏。

你在哪里?

我——我无处不在,不过我的肉身还在山洞里。我已经准备好了,罗柏,我能比其他人更彻底地敞开自己,我已经跳过了聚会,跳过了入会。我的天赋让我习惯了分享。它接受了我。

最终结合?

是的。

噢,莱娅。

罗柏,求你了,加入我们,加入我吧。这是幸福,你知道吗?永生永世的归属在一起,分享一切,亲密无间,共浴爱河。我就像沐浴在爱河

Dreamsongs

里,罗柏,我跟上百万上千万上亿万的人相亲相爱,而我了解他们比我了解你更深,他们也了解我的所有,他们爱着我,而且将永远爱着我。我,我们,整个结合会。我还是我,但我也是他们,你明白吗?他们也是我。所有的入会者,都是会读心的我,敞开自我的我。结合会每天晚上都在召唤我,因为它深深地爱我,你明白吗?噢,罗柏,加入我们吧,和我们在一起,我爱你。

你要我加入结合会,种上吉煞虫?我爱你,莱娅,你回来吧,它不可能就已经把你给吃了,告诉我你在哪里,我来找你!

是的,快来找我,随便到哪里都行,罗柏。所有的吉煞虫都是一体的,所有的山洞都在地底相连,所有的小吉煞虫都是结合会的一部分。到我身边来,和我结合吧,像你说的那样爱我,和我结合在一起吧,你现在离我太远,我很难触到你,就算通过结合会的力量也很难。到我身边来,和我们融为一体吧。

不,我不要被吃掉。求你了,莱娅,告诉我你在哪里。

可怜的罗柏,别害怕,亲爱的,肉体并不重要,吉煞虫需要养分,我们也需要吉煞虫。但是,噢,罗柏,你别误会,结合会不只是吉煞虫,你明白吗?吉煞虫本身并不重要,它连起码的思想都没有,它只是连接器,只是媒介。结合会是圣克人。几百万几千万几亿万的圣克人,所有曾经存在过的圣克人,所有在这一万四千年中入会的圣克人,他们全都连接在一起,相亲相爱,互相拥有,直到永恒。这很美,罗柏,比我们拥有的多得太多。我们是幸运儿,你还记得吗?我们曾经是!但这个要好得多。

莱娅,我的莱娅,我爱你。那不适合你,那不适合人类,回到我身边来吧。

不适合人类?噢,它当然适合人类!它就是人类寻寻觅觅,苦苦追求,在孤独的寒夜里哭泣嘶喊着想要拥有的东西。罗柏,人类的爱不过是次等的仿制品,这才是爱,真爱。你明白吗?

不。

来吧,罗柏,加入我们。否则你将会永生永世地孤独,停留在那片孤独的平原上,只有偶尔的接触和声音能让你前行。而到最后,当你的身体消亡之后,你连那些都不再拥有,只有无边无尽、无限空虚的黑暗原野,罗柏,永永远远,我也再没办法接触到你。但你有选择的机会,只要……

不。

噢,罗柏,我快消失了,请快点来吧。

不。莱娅,不要走,我爱你,莱娅,不要丢下我一个人。

我爱你,罗柏,真的。我真的爱过你……

然后她消失不见了。我又孤独地站在原野上。不知从哪里吹来一阵风,带走了她轻柔的话语,失落在无尽的寒冷中。

十

无味的清晨,外面的门锁打开了。我上到塔顶,发现威卡其一个人在办公室里。"你相信上帝吗?"我问他。

他抬起头,笑了。"当然。"语气淡淡的,我读了读他,这个话题他想都没想过。

"我不相信上帝,"我说,"莱娅也不相信。有天赋的人基本都是无神论者,这你是知道的。五十年前,在古地球上,有一场终极实验,由一位高级天赋者蓝奈尔所组织,他同时也是个虔诚的宗教信徒。他企图通过药物,把世界上最有天赋的那批人连接在一起,然后他就能接触到所谓的宇宙存在意识,也就是上帝。实验彻底失败了,但后果并不止于此。蓝奈尔发了疯,其他那些人则只能看见无边的、黑暗空旷的幻境,没有缘由地感到虚幻和孤独。其实,有天赋的人通常都会有这样的感受,就连普通人有时候也会有。几个世纪之前,有个著名的诗人阿诺德,他写了一首诗叫作《多弗海滨》。诗歌是用古语写的,但值得一读,它描述了黑暗的原野,展示了——恐惧。是的,人类的基本意识,对独自存在于宇宙中的恐惧。或者那只是对死亡的恐惧,或者更多,我不清楚,我只知道那是最原始的情感。所有人类都诞生于孤独之中,但他们不希望如此,他们总是寻寻觅觅,想要彼此联系,想要透过虚无与其他人有所交集。有的人偶尔成功,有的人从来都没有做到。莱娅和我很幸运,但那并非永远的结合。终有一天,你还是会孤零零的,回到黑暗的原野上。你明白吗,迪诺,你明白吗?"

他露出一丝开怀的微笑。不是嘲笑——那不是他的风格——只是有些吃惊于说傻话的人。"不。"他说。

"那么,你回过头去想想。人们总是在寻找些东西,寻找某个人,不停地寻找。谈话,读心,爱情,性欲,全是这件事的一部分,寻找的一部分,上帝也是如此。人类创造了上帝,因为他们害怕孤独,害怕空虚的宇宙,害怕黑暗的原野——这是人类产生信仰的原因,迪诺,也是人们转换信仰的原因。他们找到了自己的上帝,或者找到了他们自认为是上帝的上帝。结合会是思维的集合体,不朽的思想,所有的集合,全都在一起,相亲相爱。圣克人没有死,该死的,所以他们没有'身后的生活'这个概念。他们知道上帝是存在的,上帝并没有创造整个世界,他只是爱,纯粹地爱,他们把爱当成上帝,不是吗?或者也可以说,爱是上帝的一部分——算了,我不管它到底是什么,总之结合会就是它。它是圣克人寻觅的尽头,人类也同样如此。我们都很相像,这点很伤人。"

威卡其长长地叹了口气:"罗柏,你可能太辛苦了点。你说话的口气像个人会者。"

"或者我应该是,莱娅就是。她现在是结合会的一部分了。"

他眨眨眼睛:"你怎么知道?"

"她昨晚到我梦中来了。"

"哦,一个梦。"

"那是真的,该死,那是真的。"

威卡其站在那里,微笑着。"我相信你,"他说,"没关系,我猜吉煞虫用了什么心理暗示,用爱来引诱你,好让你成为它的猎物。它的能量是如此强烈,足以使人类——甚至你——以为它就是上帝。当然,这东西很危险,我仔细考虑后便要采取行动。我们可以在山洞口安排守卫,防止人类进入,但那里的山洞太多,而如果隔离吉煞虫又会破坏与圣克人的关系。不管怎么说,这是我的问题,你的工作已经完成了。"

我不等他说完便抢先开口道:"你错了,迪诺。这是真的,不是骗局,不是幻想!我感觉到了,莱娅也感觉到了。吉煞虫连最起码的存在意识都没有,更别说能发出心灵异能蛊惑圣克人和人类。"

"你想让我相信上帝就是住在圣克亚星上那些山洞里的怪物?"

"是的。"

"罗柏,这太荒谬了,你看看你,怎么能这样说?你认为圣克人找到了世界的谜底,但是别忘了,作为已知的宇宙范围内最古老的文明,他们停留在青铜时代已经长达一万四千年。我们超越了他们,他们的宇宙飞船在哪里?他们的总管塔在哪里?"

"我们的铃铛又在哪里呢?"我反问,"我们的快乐呢?他们很快乐,迪诺,我们又如何?也许他们已经找到了我们始终在寻找的东西,天哪,人们如此日夜辛苦究竟是为了什么?为什么要征服整个银河,还要征服整个宇宙,为什么?为了寻找上帝吗?也许吧,可惜人类无论如何也找不到上帝,不管怎么努力,不管怎么反复,最终仍然只有回到黑暗的原野上去。"

"两相比较,我觉得人类的成就要大得多。"

"但是值得吗?"

"我认为值得。"他走到窗前,向外眺望。"瞧,我们站在他们这片土地上唯一的楼台上。"他微笑着说,透过云层俯视着大地。

"而他们找到了宇宙中唯一的上帝。"我告诉他,他只对我笑笑。

"好吧,罗柏,"他从窗边转过身来,"我会记得你的话,我们也会帮你找到莱娅。"

我的声音弱了下去。"莱娅已经走了,"我说,"我知道,如果我继续等下去的话,总有一天,我也会彻底消失。我今晚就走,坐下一班去巴尔杜的飞船。"

他点点头。"只要你愿意。我现在就把你的账结清。"他笑了笑,"我们找到莱安娜之后会把她送回来的,我猜她会有点生气,不过那只有靠你自己解决了。"

我没有回答他,只是耸耸肩,走向电梯。当我快进电梯时,他叫住了我。

"等等,"他说,"今晚共进晚餐如何?你们的工作完成得非常出色,而今晚本来也有一场告别晚餐,是劳瑞和我的,她也要走。"

"我很遗憾。"我说。

这次轮到他耸肩了。"为什么呢?劳瑞是个美丽的女人,我会想念她,但分手也不是什么悲剧。这里还有其他的美丽女人嘛,我想,她是厌倦了研究圣克人。"

我几乎忘记了自己还拥有天赋,因为我被失落、痛苦搞晕了头。现在我运起能量,读了读他:没有一点遗憾,没有受伤,只有些许失望。在这之下,是那堵墙,他的墙,永远横在那里,把他和其他人隔开。这个对所有人都亲切、对任何人都不亲密的人,在他的墙上,似乎写着这么一句话:恕不开放。

"来吧,"他说,"一定会很有趣。"我点点头。

十一

飞船起飞时,我问自己,为什么要离开。

梦歌

可能是想家了吧。我们在巴尔杜星上有间别墅，离市区很远，位于一片未开发的大陆，四野荒凉，没有邻居。它建在悬崖边上，下面是高高的瀑布，流水日日夜夜地翻滚，落在阴凉的绿水池里。每到阳光灿烂的日子，莱娅和我就会在里面游泳，游个痛快之后，我们便浑身赤裸地躲在辛桔树的树荫里，在一片地毯般的银色苔藓上做爱。或许，我是想回到那里去。但没有了莱娅，那里会是什么样子呢，没有了莱娅……

只要我愿意，我可以不用失去莱娅，我现在就能拥有她。这很简单，只要徒步走进黑暗的山洞，小睡片刻，莱娅就会永远地跟我在一起，在我体内，分享我的一切，成为我的一切，而我也成为她的一切。任何人类都不能像我们这样相爱，这样理解对方，这样结合为一体，这样享受愉悦。再也没有黑暗的原野。上帝啊，如果我相信了上帝，为什么还要跟威卡其说那些话，然后拒绝莱娅呢？

或许是因为我不确定，或许我还心存侥幸，希望还有比结合会更伟大、外表也更光鲜的事物存在吧，比如很早以前我们所知道的上帝。或者我是在冒险，因为我的一部分始终留在了圣克亚星。如果我错了……黑暗在等着我，原野在等着我……

也可能有其他原因，我在威卡其身上看到的东西，让我怀疑自己的话。毕竟，人类比圣克人复杂多了，既有像莱娅和古斯塔森这样的人，也有像迪诺和古雷这样的人；相信结合会的人和害怕去爱的人一样多。自相矛盾。是不是人类有两种最原始的感情，而圣克人只有一种呢？如果是的话，可能会有一种人类的方式，既可以寻找、融合，逃离孤独，又不用放弃人性。

只有一点我很清楚，我并不羡慕威卡其。我能想象他躲在他那堵墙背后哭泣，没有人知道，连他自己也不知道，永远不会有人知道。最终，他将在微笑中痛苦地流泪，以承受孤独的重量。不，我不羡慕他。

我有一部分是迪诺式的，莱娅，也有一部分是你这样的。这就是我为什么那么爱你，却还是选择了逃离。

Dreamsongs

　　劳瑞·伯莱克波跟我坐同一艘飞船。出发后，我和她共享宵夜，整晚谈论美酒。谈话虽不算愉快，但终于变得"人类化"了一点。我们都需要有人陪在身边，因此都向对方伸出了橄榄枝。

　　之后，我把她带回我的船舱，以前所未有的疯狂和她做爱。然后，当温柔的黑暗来临时，我们拥抱着，聊了一整夜。

> 今夜海上是风平浪静，
> 潮水正满，月色皎皎
> 临照着海峡；
> ——法国海岸上，光明
> 一现而不见了；英国的悬崖，
> 闪亮而开阔，挺立在宁谧的海湾里。
> 到窗口来吧，夜里的空气多好！
> 只是，从海水同月光所漂白的陆地
> 两相衔接的地方，浪花铺成长长的一排，
> 听啊！你听得见聒耳的咆哮，
> 是水浪把石子卷回去，回头
> 又抛出，抛到高高的岸上来，
> 来了，停了，然后又来一阵，
> 徐缓的旋律抖抖擞擞，
> 带来了永恒的哀音。
>
> 索福克勒斯在很久以前，
> 在爱琴海上听见它给他的心里
> 带来了人类的悲惨、
> 浊浪滚滚的起伏景象；我们也听得出
> 一种思潮活动在这一片声音里，
> 在这遥远的北海边听见它起伏。

梦歌

信仰的海洋

从前也曾经饱满,把大地环抱,

像一条光亮的腰带连接成一气。

可是现在我只听见

它的忧郁,冗长,退缩的咆哮,

退进夜风的喧响,

退下世界的浩瀚,荒凉的边沿

和光秃秃的沙砾。

啊,爱,让我们互相

忠实吧!因为世界教我们分明

看来像摆在眼前的一个梦境,

这么美,这么新,这么个多式多样。

实际上并没有光明,爱,幸福,

也没有稳定、和平、给痛苦的温慰;

我们在这里,像在原野上受黑暗包围,

受斗争和逃遁惊扰得没有一片净土,

处处是无知的军队在夜里冲突……

——马修·阿诺德

沈茜 译

Dreamsongs

灰烬之塔

我住在一座砖塔里。构成塔身的烟灰色小砖与闪亮的黑色物质砌在一起,在我这个外行眼里像是黑曜石——当然,那不可能是黑曜石。它矗立在暗道海岸边,距森林仅几步之遥。塔高二十英尺,但已经开始沉陷。

我是四年前发现这座塔的,当时我带着变种猫"松鼠",驾驶银色的飞船离开了杰米森港。飞船现今就停在门阶下,被蔓生的荒草覆盖。时至今日,我依然对这座塔知之甚少,有的只是自己的猜测。

我觉得它不是人力建造。很显然,在杰米森港建成前,它便已经存在于此。我有时甚至在想,它会不会是在人类探索太空的时代以前建成的。那些砖块(它们实在太小,不到普通砖块的四分之一)是如此陈旧,疲倦如岁月,风干似枯骨,每天都能见到它们在我脚下分崩离析,尘埃四散。我经常撬开塔顶松动的栏杆,无所事事地用双手捏碎砖块,把它们捻成黑色的粉尘。每当腥咸的海风从东方吹起,塔里便飘起缕缕暗尘。

因为隔绝了风雨,塔内的砖块要好很多,但远远称不上舒适。只有一个,满是灰尘与回声的密封房间,就着一束来自天窗的光线。旋梯用同样的砖块搭成,如同螺纹般圈圈缠绕,直达塔顶,仿佛与墙壁合为一体。"松鼠"觉得这样的楼梯易于攀爬,然而对人来说,它显得过于局促,举步维艰。

但我喜欢攀登高塔。每晚,我从冰冷的森林中归来,箭头被梦蛛凝结的血液染成漆黑,背包因梦蛛的毒囊变得沉重。这时,我会放好弓箭,洗净双手,爬上塔顶,度过黎明前最后几个小时。目光越过狭窄蛮

梦歌

荒的峡谷,对岸岛上杰米森港的灯火星星点点,灯光下的城市显得十分陌生,黑色的方形建筑群光怪陆离。啊,那些灯光,或是氤氲的橙色,或是温柔的蓝色,在黑暗中窃窃私语,低声呢喃,轻声吟唱着古老的歌谣,似乎要让城市沉浸在无边的孤独之中。而那些不断升起降落的飞船,在星空中穿梭往返,仿佛让我回到了在古地球度过的童年,又看到了流萤在夜空中不知疲倦地游荡。

"那边有好多故事。"我曾轻狂地对考贝克说,"每盏灯下都有一个人,每个人都有自己的人生,而一生过后会留下一个故事。只是他们的人生多半与我们没有交叉,因此我们不清楚他们的故事。"我想,当时我可能已经喝得酩酊大醉,摆出了一副指点江山的样子。

考贝克冲我露齿一笑,摇了摇头。他是个高大健硕、皮肤黝黑的男人,长着电线般虬结的胡须。每个月,他都会驾着那艘布满凹坑的飞船驶出城市,来这里为我补充给养,并带走我收集的毒液。每个月,他都会与我一起登上塔顶,在月下共饮。考贝克只是个固定航线上的小贩,主营低质梦幻剂和二手彩虹剂,但他总爱幻想自己是一位哲学家,通晓人性。

"别骗自己了。"他对我说,他的脸浮现在黑暗中,在酒精的作用下显得通红,"你并不想知道别人的事情。你很清楚,生活尽是些腐朽的故事,真正能看的都是人们写出来的——如果没灵感,就停下;如果这东西受欢迎,便发展成系列。真正的生活跟写小说截然不同,大多数人只是在迷茫中漫无目的地来回奔波,没有终点,没有结局。"

"可人会死,"我说,"这不就是一个终点吗?"

考贝克嗤之以鼻:"当然。但你见过几个人是死得其所?没有,从来没有。有些人的人生还未开始便已结束,有的人正值盛年却撒手人寰,还有人一切都已结束却迟迟不肯放手。"

后来,每当我独坐在塔顶、享受着膝盖上"松鼠"皮毛的温暖和杯中烈酒的醇香时,总会想起考贝克这番见解和他当时激动的表情。他粗糙的声线里蕴含着一种奇特的温柔。诚然,他并非智者,但他那天晚上说出了一个真理——一个可能连他自己都没有意识到的真理。

他这种悲观现实主义本是将我从蛛网般纠结又脆弱的幻想当中解救出来的唯一良药。

可惜的是,我不是考贝克,也无法成为他。我知道他是对的,却不可能那样生活。

他们到来的那个午后,我正外出练习射箭,只带了一张弓、几支箭。时近黄昏,我可以尽情放松自己,为在森林中的夜间狩猎作准备——最初的日子里,我甚至像梦蛛一样昼伏夜出。赤脚踩在草坪上让我精神焕发,双弧银木弓在我手中宛若游龙,射猎总是让我欢畅淋漓。

随后我听到了他们的声音。我朝海岸的方向瞥去,深蓝色的飞船自东方的天空迅速飞近。是盖瑞。打一开始,他那飞船的噪音便大得惊人。

我背对着他,抽出一支箭,稳稳地搭住,射出,中了那天第一个十环。

盖瑞把飞船停在塔下的杂草丛中,离我的飞船仅几英尺。克瑞丝和他在一起,她身材苗条,表情严肃,金色的长发在午后的阳光下闪闪发光。他们爬出飞船走到我面前。

"离靶子远点。"我一边弯弓搭箭,一边冲他们嚷道,"你们怎么找到我的?"箭头扎进靶子的嗡嗡声打断了我的问题。

他们绕到我旁边。"有一次你提到了这地方。"盖瑞说,"而我们在杰米森港到处都找不到你,所以觉得可以来这里碰碰运气。"他在离我几步远的地方站住,双手叉腰,模样和我记忆中没什么两样:高大、黑发、精壮。克瑞丝跟在他身边,用一只手温柔地挽着他的胳膊。

我放下弓,看着他们:"好吧,你们找到我了。有事吗?"

梦歌

"我一直很担心你,约翰。"克瑞丝声音温柔,可当我看向她时,她却避开了我的目光。

盖瑞霸道地用一只手环住她的腰。我的心像被利剑刺穿了一样。"逃避不能解决任何问题。"他对我说,声音里有一种特殊的感情,既有友好的关心,也有自以为是的怜悯,这与相处那几个月时如出一辙。

"我没有逃避,"我硬邦邦地回应,"你们不该来这儿。"

克瑞丝悲哀地看了盖瑞一眼,显然,她也认为不该来,盖瑞却只是皱着眉。我想,他永远不会明白我的所作所为究竟为何。从前,每当我们坐下来探讨彼此间的关系时——这很少发生——他只会含含糊糊地指出如果他是我会如何去做。在他看来,立场不同的人去做同一件事是非常奇怪的。

不过,他的皱眉丝毫没有影响到我,因为是他做了对不起我的事。在我自愿流放到灰烬之塔的那个月,我曾尝试让我的行为向情绪妥协,但是太难了。克瑞丝和我在一起已经很久——差不多有四年时间——从我们为寻找与巴尔杜星有关的珍贵银器和黑曜石工艺品而来到杰米森港就开始了。我一直深爱着她,即使现在她离我而去,投入盖瑞的怀抱,我对她的爱依然不变。当我感觉自己的情绪缓和一些之后,大概是受到某种高尚无私的冲动驱使,我便离开了杰米森港。我想要克瑞丝过得简单、幸福,而那是她在我身边无法得到的。我被伤害得太深,却不善于隐藏,我成了她和盖瑞快乐生活中的一抹阴影。

既然她没法彻底忘了我,我就觉得有必要自我流放。为了他们,为了她。

这是我自己的想法。但人类总有心情不佳、内心被阴暗主宰的时候,每当这时,我会扪心自问这是真正的理由吗?或许我只是出于不理智的怒火而自怨自艾,并借此惩罚他们二人——就像用自杀来报复家庭的孩子。

坦率地讲,我并不清楚。曾有足足一个月,我在诸多念头之间纠结，努力不让自己迷失，努力树立下一步目标。我曾把自己想象成一个英雄，为深爱的女人能够幸福而自我牺牲。但盖瑞的话说得很清楚，他根本没看到这些牺牲。

"该死，你以为自己在演戏吗？"他顽固地说。从始至终，他都决定要表现得彬彬有礼，他恼火的是我为什么就不能调整好自己、忘记过去、和他们继续做朋友——说实话，没有什么比他对我的恼火更让我恼火的了。我本以为一切已经尘埃落定，一切都考虑周全，而现在我真想痛骂自己两句。

显然，盖瑞今天决意要说服我，即使我做出恶毒的表情也是白费功夫。"我们打算一直站在这儿，把话说开，直到你肯跟我们回杰米森港。"他用那种"我就是要说服你"的语气坚持道。

"见鬼去吧。"我转身、搭箭、弯弓、射出，一连串动作在转眼间完成，但箭偏离靶子好几英尺，插在风化的灰塔那松散的黑色砖块之间。

"话说回来，这是什么地方啊？"克瑞丝问，似乎这才注意到那座塔。也许是弓箭脱靶引起了她的注意，不过更大的可能是，她想故意转移话题，试图缓和我和盖瑞之间逐渐升级的紧张气氛。

我再次放下弓，走到箭靶旁收回射出的箭。"我也不清楚。"我的情绪稍有缓和，因为我急于在她的话中找到些暗示，"我认为这是其他种族建造的瞭望塔。我们人类没有彻底探索过杰米森世界，可能曾有智慧生命在这里生存过。"我从箭靶处走到塔下，猛地将另一支箭从破碎的砖块中抽出，"实际上，它们也许现在还存在着。大陆内地的情况，我们实在知之甚少。"

"要我说，这片大陆就是块该死的不毛之地。"盖瑞插了一句，他打量着这座塔，"看，它随时都可能倒塌。"

我露出一个无所谓的笑容："我也这么想。不过我来到这里时，已经将生死置之度外了。"话一出口，我就后悔了，克瑞丝的脸也明显抽搐了一下——这是我在杰米森港最后几周情景的重演。我已经努力过，但最终只有两种选择——欺骗她,或者继续伤害她。哪个我也不想选,所以才来到这里。

但他们跟来了,我本以为自己已经逃开,如今却又要重新面对。

盖瑞肯定准备好了一番高论,但这时"松鼠"从草丛中蹦了出来,一头冲到克瑞丝面前。

她一下子绽开笑容,俯下身来,"松鼠"立马跳到她脚上,舔舔她的手臂,又咬咬她的手指。"松鼠"的情绪很好,它喜欢高塔周围的生活。要是回到杰米森港,克瑞丝会因为担心它的安危而把它关起来,怕它被流氓抓住吃掉,或者被狗咬死,又或者被当地孩子追得到处逃窜。高塔附近草丛中的鞭鼠——一种本地啮齿动物,光秃秃的尾巴足有身体三倍长——泛滥成灾。虽然老鼠尾巴上长有小小的倒刺,不过"松鼠"不在乎,尽管它被老鼠的尾巴碰到后会变得有些暴躁。它喜欢整日捕猎这些老鼠,并把自己想象成一个伟大的猎人,相较而言,掀翻一碗猫食不过是没什么技巧的娱乐罢了。

它在我身边的时间比克瑞丝跟我在一起的时间还久,与克瑞丝相处得也很融洽。我经常怀疑,克瑞丝没有更早地离开我是因为舍不得"松鼠"。这倒不是说它有多漂亮。它只是一只又瘦又小、丑陋不堪的猫,长着狐狸般的耳朵,披着乞丐一样的棕灰色皮毛,拖着一条有它身躯两倍长的长毛尾巴。在阿瓦隆,朋友把它送给我之前曾严肃地警告我,"松鼠"是基因工程失败的产物,是心灵感应猫和巷子里的野猫杂交的野种。"松鼠"明白主人的心情,但不肯屈尊就卑。它想亲近人时,会做些诸如爬到我正在读的书上,把它推到一边,然后抓咬我下巴之类的事;如果它不想理人,试图爱抚它便是一件愚蠢且危险的事情。

此刻,克瑞丝跪坐在它面前,轻轻抚摸它,"松鼠"用鼻子温柔地蹭着她的手臂。她看起来还是从前那个和我一起散步、被我深爱着、在漫漫长夜中私语、与我共枕同眠的女人。我突然意识到自己是如此想念她,竟不由自主露出了微笑——在这样的情况下,她竟然也能给我带来快乐。他们千里迢迢跑来找我，我突然觉得以前离他们而去，是不是有些傻、有些蠢？是不是怨恨的心理在作祟？毕竟，克瑞丝还是克瑞丝，而盖瑞嘛，既然克瑞丝爱他，那他应该也没那么坏。

我无言地看着她，突然做出了决定：就让他们留下来，看看接下来的发展。"时候不早了，"我听见自己说，"你们俩饿了吗？"

克瑞丝微笑着抬起头，她仍在和"松鼠"玩耍。盖瑞点点头："嗯。"

"好吧。"我从他们身旁走过，在门口站住，做了个请的手势，"欢迎来到我的废墟。"

我打开手电筒，开始准备晚餐。近些天我的储备很充足，还没必要到森林中捕猎。我解冻了三条大沙蚕，外加在杰米森港周围遭到残酷捕捞的银壳贝，我还拿来了面包、奶酪与白葡萄酒。

进餐时的交谈礼貌但生硬。我们聊起在杰米森港共同的朋友，克瑞丝说，她从我们一起在巴尔杜星认识的一对夫妇那里收到了来信，盖瑞则滔滔不绝地大谈政治，还谈到了港口政府对梦幻剂生意的阻挠。"委员会正在进行一系列与高等杀虫剂有关的研究，以期彻底消灭梦蛛。"他告诉我，"我估计，一次沿海岸线的喷洒就会彻底了断这事。"

"是啊。"我有点儿喝高了，当然更是对盖瑞的愚蠢感到愤怒。听到他的言论，我再一次质疑起克瑞丝的品位来，"不用考虑会对周围环境产生什么影响，是吗？"

盖瑞耸耸肩："不过是大陆上的事。"他简单地回答——他是土生土长的杰米森港人，观点也是这样，"谁在乎？"杰米森港的居民对于他们行星上的大陆有一种异乎寻常的傲慢态度，因为大部分殖民者来自世代以海洋维生的老海神星，所以新星球上富饶美丽的海洋和平静安详的群岛远比大陆的黑森林更吸引他们——除了少数依靠非法贩卖梦幻剂牟取暴利的人外，普通百姓世世代代都抱着同样的态度长大。

"不要以为一切都像耸肩一样简单。"我说。

"现实点儿吧。"对方回敬道，"除了猎蛛者，没人在意大陆。政府

梦歌

这么做有什么害处?"

"放屁,盖瑞,看看这座塔!它打哪儿来?你说啊!我告诉你,在外面,在那些森林里,可能存在着智慧生物,可杰米森世界的人连稍作调查都不肯。"

克瑞丝端着酒点点头。"也许约翰是对的。"她瞥了盖瑞一眼,"记得吗?这也是我当初来这里的理由——为了那些工艺品。巴尔杜星的商人说它们是从杰米森港来的,但他们最远也只能追查到这里。那些工艺品——我干外星工艺品这行多年,盖瑞,我见过费迪安人的东西,也拿过德莫西人的玩意儿,其他地方的工艺品也几乎都看过,这儿的工艺品和那些都不一样。"

盖瑞笑笑:"这证明不了什么。宇宙中有太多种族,数量成千上万,直达银河中心。他们中的很多离我们太远,除了一些虚无缥缈的传说以外,我们对他们一无所知,但偶尔有一两件工艺品流出来也不是不可能的事。"他摇摇头,"不,我敢打赌这座塔是更早的殖民者所建。谁知道呢?说不定某位探险者在杰米森港建立以前来过这里,只是他没有上报发现。兴许是他建了这个地方。我可不认为是大陆上的智慧生物建的。"

"在你用浓烟大熏特熏这该死的森林、迫使他们举着长矛跑出来找你算账之前,你说什么都可以。"我酸溜溜地说。盖瑞哈哈大笑,克瑞丝也微笑地看着我。突然之间,没有任何来由地,一股强烈的欲望驱使我想要赢得这场争论。或许是酒精的作用,我有一种预感,并且十分明晰。我确定我是对的,我可以证明盖瑞像山野村夫一样无知,并趁机向克瑞丝表达立场。

于是我探过身子。"如果你们杰米森人愿意去探索一次,肯定能找到智慧生物。"我说,"我在这里才待了一个月,已经发现诸多证据。你把毁灭说得那么轻松,是因为你没见识过大陆的魅力。这里的生态系统不同于岛屿,有各种各样的生物,也有太多的可能性等待着发掘。你们知道些什么？你们中又有谁想去知道呢？"

盖瑞点点头："好啊，那你让我看看。"他突然起身，"我始终是愿意学习的。你为什么不把我们带入森林，让我们看看你所说的大陆奇观？"

我觉得盖瑞可能只是想挣回面子，以为我不会认真，不料这正中我的下怀。塔外夜深人静，我们就着手电筒的亮光争论不休。群星透过屋顶的圆洞闪烁，森林中充满生机，光怪陆离，美轮美奂。我有种强烈的冲动想要立刻进入森林，手擎弯弓，与世界融为一体，而盖瑞在那里只是个笨手笨脚的游客。

"克瑞丝？"我问。

她兴致勃勃地说："听起来不错。当然，安全第一。"

"绝对安全，"我说，"我会带着我的弓。"我们一同站了起来，克瑞丝看起来很开心。我想起了我们两人一同探索巴尔杜星瑞安荒原的日子，突然间也感到欢欣鼓舞，觉得一切都会好起来的。盖瑞只是一个噩梦，她绝不会爱上他。

不过首先得去找醒酒药。我感觉虽好，但没好到顶着醉意向森林进发的程度。我和克瑞丝吃过药后几分钟，酒精带来的灼热开始消退，盖瑞却把我给的药片扔到一边。"我没喝多，"他坚持道，"用不着这个。"

我无奈地摊手，暗想事情的发展真是越来越有利了，如果盖瑞就这样醉醺醺地进入森林，只会把克瑞丝推回我身边。"随你便。"我说。

他们俩的衣着都不适合进入森林，不过这不是问题，因为我没打算带他们进入森林深处。这将是一场短暂的旅行，顺着我踩出的小路游荡，让他们看看古建筑群的遗迹和蜘蛛峡谷，运气好的话再为他们打一只梦蛛。什么都不会发生，我们将安全返回。

我穿上暗色工装服和沉重的旅行靴，腰间挂好箭袋，再递给克瑞丝一支手电，以防我们在蓝藻地区走散。最后，我拿起我的弓。"你真用得上这个?"盖瑞挖苦地问。

"以防万一。"我说。

"不可能那么危险吧?"

当然很危险,如果你知道自己在做什么的话。但我没跟他说这些。"说得倒轻松,那你们杰米森人怎么还整天躲在岛上故步自封?"

他笑笑:"我宁愿带一把激光枪。"

"死亡之前必有遗愿,弓箭会给所有猎物一个机会。"说着,我装好了弓。

也许是想起了我们共同的回忆,克瑞丝朝我微微一笑。"他只猎杀捕猎者。"她告诉盖瑞。

"松鼠"同意留守城堡。在腰间又多挂了一把刀后,我带着十足的信心,领着我的前妻和她的情人,进入了杰米森世界的森林。

我们一字排开,接踵而行。我举弓在前面开路,克瑞丝紧随其后,盖瑞走在她后边。克瑞丝用手电照明,在我们穿过那些像围墙一样伫立在海岸边的箭针松林时,光线始终沿着小路照向前方。这些树木高大笔直,披着灰暗粗糙的树皮,有些甚至跟我的塔一样高。它们开枝散叶,直刺天际。由于它们漫无边际地生长,小路被挤得渐渐消失。黑暗中总有树木横陈挡住去路,而我走在克瑞丝身前一步远处,指引她用手电照亮前方。

离开高塔十分钟后,景色开始变换。土地和空气变得干燥起来,夜风凉爽,不再夹带海洋的腥咸,饥渴的箭针松汲取了空气中大部分湿气。树木也变得矮小稀疏,树间空隙变得更大,更易于行走。各种植物轮番登场:矮小的地精树,蜿蜒的伪装橡,优雅华贵的乌木火——因为克瑞丝手电的晃动,它金红色的叶脉在黑暗中熠熠生辉。

还有蓝藻。

开始只是星星点点的———一段茎蔓缠绕在地精树的枝丫上,或者自行在地上延展出小小的一片,偶尔试图爬到某株乌木火或者枯萎的

Dreamsongs

独生箭针松身上以求扩展领地——随后蓝藻越来越多,仿佛脚下踩着厚厚的毯子,树叶上也盖得密密匝匝,沉重的藤蔓缠绕住枝丫,在夜风中翩翩起舞。克瑞丝将光线投射上去,想找一串又大又好的菌群,我顺着光线欣赏这流光溢彩的美景。

"别照了。"我说。克瑞丝关掉手电。

黑暗仅仅持续了刹那,随后我们的眼睛便适应了微弱的光线。森林中弥漫着朦胧的微光,蓝藻幽幽的磷火在身旁游走。我们站在一小块空地里,笼罩在闪烁的乌木火之下,即使乌木火有血管般的红色经络,但在这幽暗的蓝光之中也显得冰冷彻骨。苔藓蜿蜒爬满草丛、覆盖整个地面,令周围的灌木看起来活像一个个斑驳的蓝色沙滩球。它几乎统治了这一片,当我们透过缠满苔藓的枝丫望向群星时,只见那些殖民星球仿佛给森林戴上了一顶夺目的王冠。

我小心地把弓立在乌木火的树干边,拿起一小束蓝藻,把那幽暗的光亮照向克瑞丝。当我把光线慢慢移近她脸颊时,她再一次朝我微笑,她的面庞因这个神奇的戏法而变得柔和。这是我记忆中再熟悉不过的笑容,我试着把它融入这美景之中。

但是盖瑞不屑地看着我。"鲍恩,这就是我们的冒险吗?"他问道,"一个生满蓝藻的森林?"

我扔下手中的苔藓:"它们难道不美吗?"

盖瑞耸耸肩:"是啊,它们很漂亮,但不过就是一种真菌罢了,一种可能会泛滥成灾危害其他物种的寄生虫。蓝藻在霍洛星和芭比斯群岛都曾经泛滥过,你也知道吧?所以我们才要把它连根除掉。它能在一个月内吃光一块好田地呢。"他摇摇头。

克瑞丝也点点头:"他说得没错。"

我久久地注视着她,感觉异常清醒,酒精带来的最后一点儿醉意也烟消云散。我突然明白,我在冲动中又给自己营造了一场幻梦——一个可以做我自己的世界,一个属于梦蛛和神奇蓝藻的世界,至少在这

梦歌

里,我可以试图夺回逝去已久的梦想,夺回我那玲珑剔透、愉悦美丽的灵魂伴侣。我希望走在这块被时间遗忘的大陆里,她会用全新的眼光审视我,然后重新认识到,我才是她的真爱。

我编织了一张光鲜亮丽、充满诱惑的网,犹如梦蛛捕猎时的陷阱,但克瑞丝只用一句话就粉碎了那些脆弱的丝线。她已属于他,不会再投入我的怀抱,现在如此,今后亦然。就算盖瑞在我看来愚蠢迟钝,或者急功近利,那又怎样?说不定这正是克瑞丝选择他的原因。即便不是,我也没有权利对她的爱情说长道短,何况我可能永远都无法理解。

我扫掉手上蓝藻的鳞片。盖瑞从克瑞丝手中拿过手电,刺眼的光线不住晃动,我的蓝色仙境土崩瓦解,被现实的光线焚为灰烬。"现在该干吗?"他笑问。他确实没有喝多。

"跟我来。"我从地上拿起弓,简短地说了一句。他们俩看起来仍是兴趣盎然,而我的情绪已经急转直下。这趟旅程对我来说已经索然无味。我希望他们赶紧离开,留下我和"松鼠"独守高塔。我的心在下沉……且终将坠入黑暗。

深入蓝藻泛滥的森林,前方出现了一道湍急的小溪,手电光照到一头独自饮水的铁角兽。它被我们吓到,惊慌失措地转身逃入丛林,只给我们留下一片剪影,看起来有点像古地球传说中的独角兽。我习惯性地去看了看克瑞丝,但开怀大笑的她只想吸引盖瑞的注意。

又走了一段,我们开始攀爬怪石嶙峋的斜坡。一个洞穴在不远处若隐若现,从飘来的气味上判断,那是丛林啸兽的巢穴。

我回身想要告诉他们小心点,却发现两人离我已有十步之遥,还在斜坡底端,手挽着手,一边优哉游哉地前行,一边不断说笑。

我既愤恨,又生气,不知道该说什么好,便转身继续爬山。

我不再说话——直至到达灰烬之原。我站在它的边缘,靴子陷入细碎的灰色粉尘中,他们两个依然在后边晃荡。"快点,盖瑞,"我喊道,"这里要用你的手电筒。"

光线慢慢靠近。石山被我们甩在身后,嶙峋怪石在覆满蓝藻的植被掩映下冷光闪烁,在我们前方则是一片荒蛮——一片一望无际的平原,黑暗且寸草不生的诅咒之地,静静地躺在星空下。盖瑞从荒地边界向前方移动手电光线,光斑渐渐模糊。

万籁俱寂,只有晚风轻吟。

"没了?"他最后问了一句。

"看看这些灰烬,"此刻我不打算屈服,"等回到高塔时,你再敲块砖感觉一下,你会发现它们是同一种东西,同一种粉尘。"我做了个确信的手势。"我推测这里曾是一座城市,但现在风化了,而那座塔是建造城市的人们的瞭望塔,你觉得呢?"

"这就是丛林中隐匿的智慧生物。"盖瑞应道,他脸上仍挂着笑,"是啊,岛上确实没这些东西,不过我想是因为我们很好地控制住了森林火灾。"

"火灾!什么破理由?森林大火可不会让一切化为粉尘,而且这里也没有烧焦的树桩之类的东西。"

"哦?可能你是对的。但就我所知,城市遗迹至少应该剩下几块堆起来的石头,好让游客拍照留念啥的。"盖瑞边说边不屑地用手电在废墟上照来照去,"这些只是垃圾。"

克瑞丝保持沉默。

我转身往回走,他们沉默地跟着。我每时每刻都在丢脸,带他们来这儿简直是白痴的行为。此刻我只想尽快赶回高塔,把他们二人撵回去,然后继续流放我自己。

当我们翻过石山再次进入蓝藻森林时,克瑞丝叫住了我。

"约翰。"她叫道。我停下等待他们赶上,克瑞丝指指前方。

"快关手电。"我告诉盖瑞。在幽暗的蓝藻中,用肉眼就能看见梦蛛在低垂的伪装橡枝丫间织出的错综复杂、流光溢彩的蛛网,令周围闪光的蓝藻黯然失色。蛛网由手指般粗细的蛛丝织成,油光闪亮,流动着彩虹般的光泽。

克瑞丝想要靠近，但我阻止了她。"梦蛛就在附近，"我提醒道，"别靠太近。雄梦蛛从不离开蛛网，雌的晚上会在树木间游荡。"

盖瑞有些担心地抬头看了看。他关掉了手电，一瞬间似乎显得不再那么全知全能了。梦蛛是危险的食肉动物，我估计他从没在展示柜外看过它——岛屿上也根本没有这东西。"好大的网，"他说，"这蜘蛛估计有相当大的尺寸吧？"

"当然。"我回答。这时，一个想法冒了出来——我可以吓吓他，找机会搞个恶作剧。毕竟，他已经让我郁闷了一晚上。"跟我来，让你看看真正的梦蛛。"我们小心地绕过蛛网，没有撞见它的主人。

我领他们向蜘蛛峡谷进发。

峡谷在沙地中切出一个V形，那可能曾是一条溪流的河床，如今早已干涸，杂草丛生。峡谷在白天看起来并没多深，但夜晚时分，当你站在树木繁茂的岸边向下看去，会感到恐怖异常。灌木在峡谷底部纠缠成团团阴影，点点幽光闪现于其中，向上一些，各种各样的树木相向生长，几乎在中心处相遇。其中一棵横跨峡谷——那是一棵古老腐朽的箭针松，因为缺水而枯萎，很久以前便倒下形成一座天然的拱桥。桥上悬满蓝藻，在黑夜中明明灭灭。在幽蓝光线的引导下，我们走出森林，站在桥上，我做了一个向下看的手势。

只见闪光的、辐射状的大网悬挂于峡谷间，蛛丝粗如电缆，还附着油腻的黏液。蛛网将峡谷中的树木错综复杂地连接在一起，如同一座晶莹的精灵穹顶，遮盖于峡谷之上。它太美了，让人忍不住想要接近触碰。

当然，这种美正是梦蛛织网的目的。它们是暗夜中的猎手，在黑暗中点亮耀目华彩当作致命的诱饵。

"看啊，"克瑞丝叫道，"梦蛛！"她伸手一指。在某个阴暗的角落里，它就藏在生长在岩石上的地精树的树影中。就着蛛网和蓝藻的光，我能模模糊糊地看见它——它是一只南瓜大小的八条腿白色爬虫——趴在那里,静观其变,伺机待发。

盖瑞再次不安地环顾四周,随后爬到一株悬在我们上方的伪装橡上。"另一只就在附近,是吗?"

我点点头。杰米森世界的梦蛛和古地球的蛛形纲动物不尽相同。它们的雌蛛虽然也是优秀的捕猎者,但还不至于吃掉雄蛛,而是把雄蛛作为共同谋生的永久伙伴。身躯庞大笨重的雄蛛生有吐丝器,是它织就了这张流光溢彩的蛛网,并用自身的黏液使之富有黏性;也是它负责捆绑那些被光亮和色彩吸引过来的猎物。个头小一些的雌蛛通常在黑暗中的树枝上游猎,它的毒囊中充满黏稠的致幻剂,可以制造出愉悦的错觉和幻象,最终使猎物坠入黑暗。它可以捕猎比自己身形大好几倍的猎物,并拖回蛛网作为储备食物。

尽管如此,梦蛛却是温柔慈悲的捕猎者。尽管它们喜欢活吃猎物,但猎物直到死亡时仍在享受梦境。杰米森世界流传一种说法,说梦蛛的猎物临死前发出的呻吟是出于愉悦。当然,像所有的谣传一样,这显然是夸大其词,但梦蛛的猎物在临死前确实从不挣扎……

——除了现在,有什么东西正在我们下方的网上挣扎。

"什么?"我诧异地眨了眨眼,发现彩虹色的网并不是完全空着的———只被吃了一半的铁角兽就在我们下方,不远处还有一些巨大的黑蝙蝠黏在网上。除此之外,就在雄蛛对面的角落,西边树林附近,有只被黏住的动物正试图挣脱。我匆匆一瞥,只见它长着苍白的四肢、细长明亮的眼睛,还有一对像是翅膀的东西。我无法看得更清楚了。

这时,盖瑞突然滑了下去。

也许是酒精让他无法保持平衡,也许是因为我们脚下的蓝藻,抑或是他站的树枝太过弯曲,还可能他只是想凑近我来瞧瞧我盯着的是什么。不管为什么,他就这样失去平衡滑了下去。他惊叫起来,一眨眼工夫就已经黏到我们脚下五码处的蛛网上。他狠狠地砸到那张网上,但它不可能破裂——梦蛛网是能捕捉铁角兽和丛林啸兽的。

"该死!"盖瑞尖叫着。他现在看起来可笑至极——一条腿正好落进蛛网的纤维中,双臂也快要陷进去,它们无助地和蛛丝纠缠在一起,只有头颅和肩膀幸免于难。"这东西太黏,我没法动弹。"

"别动!"我告诉他,"不然情况更糟。我给你找条路上来,然后再把蛛丝弄掉。我这儿有刀。"我环顾四周,想找根树枝拉他上来。

"约翰!"克瑞丝紧张地看着我。

雄蛛爬出它藏身的地精树,谨慎地向盖瑞靠近——一个显眼的白色身影,正在美丽的网上发出古怪的尖叫。

"妈的!"我骂道。我倒不怎么害怕,但是这太遗憾了。这只雄蛛是我所见过最大的一只,杀了它实在可惜,不过我别无选择。雄蛛虽然没有毒液,但也是食肉动物,咬上一口便足以毙命,何况是这么大一只。我不能让它再靠近盖瑞了。

稳如石,静如水,我抽出一支灰色的长箭搭上弯弓。尽管是夜晚,我也毫不担心。我的箭法很好,并且目标的轮廓在它自己织成的蛛网的光辉映照下十分清晰。

克瑞丝尖叫起来。

我停下来,为她的歇斯底里感到愤怒——但她不是这样的人,肯定出了意外。刹那间,我脑海里一片空白。

顺着克瑞丝的目光,我看到了那东西——一只肥胖的白蜘蛛,如健硕男人的拳头大小,从伪装橡跳到我们站的桥上,离克瑞丝已不到十步。谢天谢地,克瑞丝还安全地站在我身后。

我呆立原地,不知道站了多久。如果我当机立断,没有停顿,毫不犹豫,那么一切便都在掌握之中。我本可以先用搭好的箭干掉雄蛛,之后还有大把时间,足够再次弯弓搭箭,对付雌蛛。

可我呆住了,没有及时作出反应,这一刹那的分神,手中的箭没能射出。这样一切都变得复杂了。雌蛛快速地向我们爬来,快得不可思议,看起来它比脚下的大家伙更有威胁。也许我应该先处理它,但我可能会失手,而不论是拿刀还是取第二支箭,我都需要时间。

或者,我可以不管在雄蛛口下命悬一线的盖瑞。他会死,他肯定会死。但克瑞丝绝不会怪我——我必须救我自己,还要救她——她会理解的,并且会重回我身边。

就这样吧。

不行!

克瑞丝尖叫连连。突然间,一切变得清晰起来。我明白了这一切究竟是为了什么,我为什么会置身森林之中,又为什么会来到这里。这是一个光荣的时刻。我曾经没能为克瑞丝带去幸福,但此刻这个机会又重回到我身边。此刻的我既可以成全幸福,也能毁掉它。这一支箭,可以证明我对克瑞丝的爱是盖瑞永远无法相比的。

我想我笑了,真的笑了。

我的箭破风而出,穿透黑暗,钉在光网上迅速移动的蜘蛛肿胀的身子上。雌蛛已经冲到我身边,我来不及踢开它或是踩下去。

一阵剧痛从脚踝处蔓延至全身。

四周弥漫着蛛网的七彩流光。

每晚,我从森林返回高塔后,都会小心翼翼地清洗箭头,然后拿出刀——刀身修长且有锯齿,专用于切除我收集到的毒囊。我一个接一个地切开它们,如同将它们从梦蛛苍白的身躯上切下一样,然后我把毒液倒进瓶中,等待某一天考贝克来把它拿走。

当一切结束,我会找出一个精巧的高脚杯——用银丝和黑曜石精雕而成,蜘蛛图案在上面闪闪发光——装满从城里买回的黑烈酒。我会用刀尖在杯中搅拌,一圈又一圈,直到刀尖重新闪光,而酒的颜色愈发黯淡。

梦歌

最后我会爬上塔顶。

此时，通常考贝克的话会在我耳边盘旋，还有我的往事——我最爱的克瑞丝，盖瑞，那个满布流光的夜晚，梦蛛。一切想来是那么真实，那一瞬间，我站在蓝藻丛生的桥上，弯弓搭箭，做出抉择。

可惜一切都大错特错……

当我从一个月的高烧和梦境中醒来时，发现自己已经身在塔中，克瑞丝和盖瑞一直在照料我。我的决定，我那充满荣光的选择，却并非我想象中的决定性的一击。

偶尔，我怀疑那一切是否真的发生。康复过程中，我们多次讨论过这件事，克瑞丝告诉我的故事和我记忆中的大相径庭。她说当她看到雌蛛时已经太晚，它悄无声息地落到我脖子上，而我正放箭杀雄蛛。在那之后，据她说，是她用盖瑞让她拿着的手电敲碎了雌蛛，我则跌进了网中。

伤痕的确留在了颈部，而不是脚踝。似乎她说的才是事实。那一夜之后又有数年，我变得更加了解梦蛛。我发现雌蛛是机警的暗杀者，只会出其不意地袭击，绝不会像铁角兽一样大摇大摆地横穿树干——那不是它的风格。

而克瑞丝和盖瑞对那个在网中挣扎、有苍白翅膀的东西都没有印象。

可我清晰地记得……犹如我清晰地记得自己呆立在原地，看着雌蛛急速向我冲来……但是……他们说梦蛛的毒液会让人产生奇怪的记忆。

或许吧。或许。

某天，当"松鼠"跟在我身后攀爬台阶，用它那八条白色的腿把砖块踩出片片碎屑时，往事一幕幕突然又涌上心头。我突然意识到自己已在梦境中生活了太长时间。

梦境总是美于清醒，故事总是好于现实。

克瑞丝再没有回来。他们在我康复后便离开了。我为她的幸福做出的抉择仿佛根本就没有发生过,牺牲更是无从谈起。我打算献给她一生的礼物,只持续了不到一年时间——考贝克告诉我她和盖瑞分手了,她随后便离开了杰米森世界。

我认为至少这是事实,如果可以相信考贝克这种人的话。这些事,我已经不怎么关心了。

我只是日复一日地狩猎梦蛛,然后喝酒,和"松鼠"玩耍。每一夜,我会登上这座灰烬之塔,遥望远处的点点灯火。

赵琳　译

梦歌

杀人之前请三思

> 杀戮并非不可为。己身、伴侣、幼兽,若为此故,可开杀戒。但勿为杀戮的欲望而杀,杀人之前请三思!
>
> ——拉迪亚德·吉卜林

城墙外吊着简西人的孩子,一排灰毛幼尸静静地挂在绳索尾端。最大的那个孩子无疑在吊上去之前便惨遭杀害——倒吊的无头男尸在空中摇摆,旁边还有一具被烧焦的女尸做伴。尸体中的大多数是满身灰毛、有着金色大眼睛的婴儿。他们只是被吊死,没有经历其他伤害。黄昏的风从高低起伏的丘陵回旋吹过,较轻的尸体随着扭动的绳结撞到城墙上,好像半死不活的人在叩击城墙,想要获得入内的许可。

城墙上的守卫对这些声响充耳不闻,他们来回巡逻,毫无怜悯之心,防锈的金属大门始终紧闭。

"你相信绝对的恶存在吗?"埃里克·内克罗尔问简妮斯·莱瑟。彼时他们正在附近的山丘顶眺望这座钢铁天使的城市。内克罗尔长着一张黄褐色的扁脸,每条皱纹都被愤怒填满,他蹲在这片曾是简西人为崇神所用的金字塔废墟上。

"绝对恶的存在?"莱瑟神情恍惚地低语。她凝视下方的红石墙,黑色的孩童尸体轮廓清晰刺眼。太阳下沉——钢铁天使将那颗巨大的红色星球称为巴卡隆的心脏——脚下的山谷浸在一片血雾之中。

"绝对的恶。"内克罗尔重复道。他是个矮胖的商人,除了齐腰的火红长发,剩下的体征都昭示着他属于蒙古人种,"这是个宗教概念,但我不是教徒。多年前,我还是个生活在艾-伊美瑞尔的孩子时,便已笃信世间没有绝对的善恶。只是思考方式和立场的不同。"他将柔软的小手掌伸进尘土,刨出一块和他拳头一样大小的废墟碎块,起身递给莱瑟,"这些钢铁天使却让我改变了想法。"

莱瑟沉默地接过碎块在手中反复端详。莱瑟比内克罗尔高得多,也更加苗条;她是位严肃又骨感的长脸女人,一头黑色短发,眼里瞧不出喜怒哀乐,身上套着件松松垮垮、浸满汗渍的工作服。

"有意思。"端详碎块许久之后,她开口说。那东西如玻璃一般坚硬光滑,但比玻璃的质地要坚固。它呈半透明的红色,颜色深处近乎黑,"这是塑料?"她将碎块扔回地面,问道。

内克罗尔耸耸肩:"我本来也这么想,不过显然不是。简西人使用骨质和木质的工具,有时还会用上金属,但塑料却是领先他们文明好些个世纪的东西。"

"也许属于他们之前的文明,"莱瑟说,"你说这些崇神金字塔散布在森林里。"

"是的,在我去过的地方到处都有。但天使将临近他们山谷的金字塔全部夷为平地,以驱赶简西人。他们竭尽所能地侵略扩张,摧毁一切。"

莱瑟点点头。她再次低头往山谷内看去,直到巴卡隆把心脏最后一丝光芒没入了西方的山岭,城市内华灯初上。城上的淡蓝色灯光中有几个简西人孩子,城门之上两个人影正在工作。不久之后城门上垂下一条解开的绳索,又一个小小的黑影被吊了起来,抽搐着。"为什么?"莱瑟冷冷地问道。

内克罗尔有些激动:"简西人想守护他们的金字塔。用长矛、匕首和石头去抵抗装备有激光枪、爆裂炮、声波枪的钢铁天使。他们出其不意地杀死了一个天使。训导者宣称此事绝不会再发生了。"他啐了一口,"绝对的恶。这些人相信了这个,这是你亲眼所见。"

"有意思。"莱瑟说。

"你能做点什么吗?"内克罗尔问,声音里满是不安,"你有船、有人。简西人需要一个保护者,简妮斯。他们在天使面前太无力了。"

"我有四个船员。"莱瑟平静地回答,"或许还有四把狩猎用的激光枪。"她只说了这些。

内克罗尔无助地看着她:"没了?"

"等到明天,也许,训导者会来拜访我们。他肯定见到'卓罗星之光'降落了。也许天使和我们有生意要做。"她往山谷中瞥了一眼,"来吧,埃里克,我们得回你的基地。那些货物必须要装箱。"

怀亚特是巴卡隆之子在克洛斯世界的训导者,他高大瘦削,满面红光,裸露的手臂上肌肉的线条清晰可见。他有一头蓝黑色短发,身形笔挺,举止严肃。和所有钢铁天使一样,他身上的制服由可变色布料制成(他站在原始、简陋的空港边缘,由于日光的充分照射,制服变成了棕褐色),铁环腰带上挂着激光手枪、通讯器和声波枪,脖子上系着红色教士领,还挂着一尊小型雕像——巴卡隆的苍白圣童,赤裸、无瑕,眼神清亮,小拳头握紧一柄黑色巨剑——这是怀亚特所处权力阶层的唯一象征。

四个天使立在怀亚特身后,两男两女,穿着一致,连脸也有些相似;头发不管是金色红色还是棕色,总是修剪整齐,眼神机警冷漠透着些许狂热,挺立的站姿似乎表明他们来自宗教武装部门。他们的躯体刚硬健美。内克[1]自己则松弛懒散又邋遢,自然不喜欢和天使有关的一切。

---

[1] 内克罗尔的简称。

Dreamsongs

训导者在黎明来临后不久造访,他派一位手下猛敲这座灰色组合式球形屋的门——这是内克罗尔的贸易基地和家。内克罗尔又困又气,但又不得不带着必要的礼貌起身迎接天使,并将他们领至空港的中心。伤痕累累的金属"泪滴"——"卓罗星之光"号——停在三条可伸缩的支架腿上。

货港现今已全部封锁。莱瑟的人花了大半个夜晚卸下内克罗尔的货物,代之以简西人的各类文物,这些货在外星的收藏家手里可以卖个好价钱。当然,还是要等买家看过这批文物才能估价;莱瑟一年前便不再和内克罗尔有什么往来,这是那之后的初次合作。

"我是个中立的生意人,埃里克则是我在这个世界的代理,"莱瑟在空港的边缘对训导者说,"你得通过他和我交易。"

"我知道。"训导者怀亚特回答,但他仍拿出列给莱瑟的清单,其上罗列着天使们希望从阿瓦隆和杰米森世界的工业化殖民地获取的各项物资,"但是内克罗尔不愿和我们交易。"

莱瑟面无表情地看着他。

"我自有道理,"内克罗尔回答,"我和简西人做生意,你们却屠杀他们。"

自几个月前钢铁天使开始建立他们的城市殖民地起,训导者便和内克罗尔交谈过数次,结果全都不欢而散;现在训导者已不再管他,"我们所采取的措施是必须的,"怀亚特说道,"当牲畜杀死了人类,牲畜必须要接受惩罚,这样才能杀一儆百,让其他野兽也懂得规矩:人类——地球之种和巴卡隆之子——才是万物之主。"

内克罗尔不屑一顾:"简西人不是野兽,训导者,他们是智慧种族,有着自己的宗教、艺术、习俗,而且他们……"

怀亚特看着他:"他们没有灵魂。只有巴卡隆之子、地球之种才有灵魂。只有你才会关心他们到底有着怎样的心智,也许还有他们自己。空无灵魂,他们就是野兽。"

梦歌

"埃里克带我看了他们建造的崇神金字塔,"莱瑟说,"会建造这种圣职场所的生灵一定有灵魂。"

训导者摇了摇头:"你的信念是错误的。《圣书》中有确凿的记载:只有我们,地球之种,是巴卡隆真正的孩子。余下的皆是牲畜野兽,我们必须以巴卡隆之名统治他们,凌驾于他们之上。"

"很好,"莱瑟说,"但我恐怕你的统治不会得到'卓罗星之光'的援助。而且我必须提醒你,训导者,你的举动实在恶劣,而我打算在返回杰米森世界时向他们报告这一点。"

"用不了多久,"怀亚特回应,"也许到了明年,你就会察觉内心燃起的对巴卡隆的热爱,那时想必我们会有话聊。克洛斯世界会等到那个时候。"他施了一礼,迅速地撤离了空港,四名钢铁天使紧随其后。

"上报有什么用?"他们走后,内克罗尔苦涩地说。

"毫无用处,"莱瑟回答。她望向森林,风卷起周遭的尘土。她的双肩骤然垂下,似乎很疲倦,"杰米森人根本不会关心,就算他们关心,又能做什么呢?"

内克罗尔记起了数月前怀亚特送他的那本厚重的红皮书。"而巴卡隆的苍白圣童用钢铁武装他的子嗣,"他吟诵起书中的内容,"星辰会粉碎那些虚弱者的肉身。在每一位新生儿的手中,都有他赐予的历经锤炼之剑,他告知他们:'这便是真理和道路。'"他嫌恶地啐了一口,"这就是他们独特的信条。我们什么都做不了吗?"

莱瑟面无表情:"我会留给你两架激光枪。一年之内,教会简西人如何使用它们。我已经知道该运些什么货过来了。"

简西人以二十到三十人的氏族形式聚居(正如内克罗尔所想)。每个部落的成人和孩子数量相当,都有自己聚居的森林和崇神金字塔。他们不会建造房屋,只会蜷曲着身体睡在金字塔周边的树上。他们靠采集野果为食，这里到处都有蓝黑色的多汁果实，其中有三种可食的浆果，一种能够引起幻觉的树叶，他们还会挖掘一种植物滑腻的黄色根部。内克罗尔还发现简西人会狩猎，虽然并不常见。一个部落可以几个月不食肉，棕色的巴士猪在他们周围繁殖，为他们挖掘植物的根茎，并陪同孩子们玩耍。

然而，只要巴士猪的规模超过了特定数量，简西人就会用长矛悄无声息地杀掉其中的三分之二，此后一星期的每个夜晚，巨大的烤猪在金字塔周围堆成一个圈。同样的模式也适用于一种白色身躯的树虫，这些虫子有时爬满果树，简直是场灾难，此时简西人会把它们收集起来，炖上一锅。

就目前内克罗尔所知，简西人的林子里没有食肉动物。早些时候，为了交易，他会从一个金字塔跋涉到另一个金字塔，身上总是装备着长刀和激光手枪。但他从未碰见过任何有敌意的动物。如今破旧的刀子躺在厨房静静生锈，手枪则早不知所终。

"卓罗星之光"离开那天，内克罗尔肩上挂着莱瑟留给他的狩猎激光枪回到了森林中。

离基地不出两千米的地方，内克罗尔发现了被他称为"瀑布民"的简西人营地。他们聚居在山丘树木茂密的一侧，一条溪流携着蓝白色水花从山丘上腾跃而下。溪水时而分支，时而合流，整个山腰被一张由瀑布、激流、水潭和飞溅的帘幕织成的大网覆盖，错综复杂，熠熠生辉。部落的崇神金字塔坐落在最低处的水潭中，伫立于漩涡中央一块扁平的黑色岩石上。金字塔比大多数简西人都高，接近内克的下巴，看起来无比坚实沉重、不可动摇，三面的石块均呈暗红色。

内克可没有被唬住：他曾亲眼见到金字塔被激光枪切开，又被爆裂炮轰成齑粉；不管在简西人的传说里这些金字塔有着怎样的力量，不管其起源隐藏着怎样的谜题，都不足以抵挡巴卡隆的利剑。

池子周围的林中空地在阳光的照射下生机勃勃，茂盛的草丛随着微风轻摆,但大多数的瀑布民不在这里。他们也许在树上,成双成对地攀爬悬吊采摘果实,要么就是在山丘上的森林里巡逻。商人只看到几个骑在巴士猪背上的孩子在林中空地上嬉闹。于是,他在温暖的阳光中坐了下来,等待着。

交谈者很快便出现了。

他坐到内克身边,这是一位瘦弱枯槁的简西老者,用几块灰白肮脏的毛皮遮盖住满是褶皱的皮肤。他牙齿掉光、指甲脱落,显得衰老无力;不过,他那简西人特有的无瞳孔的金色大眼睛却依旧警惕。他是瀑布民的交谈者,是能与崇神金字塔近距离交流的人。每个部落都有一位交谈者。

"我有些新货。"内克用不太熟练的简西语说道。在来这里之前,他在阿瓦隆学会了此处的语言。一位传奇的阿瓦隆语言学家托马斯·陈,在几个世纪前随着克勒罗诺马斯闯入了这个世界。尽管自那以后没有人类再造访过简西人,但是克勒罗诺马斯绘制的地图和托马斯的语言模式分析留在了阿瓦隆学院的电脑里,作为研究非人类智能种族的资料。

"我们给你做了更多的雕像,是用一种新木材做的。"老者说,"你又带来了什么?盐?"

内克解开背包放在地上,取出一块盐砖放在老者身前。"盐。"他回答,"还有更多的东西。"他将狩猎步枪拿了出来。

"这是什么?"年老的交谈者问。

"你知道钢铁天使吗?"内克问。

老人点了点头,这是内克教他的姿势。"从死亡山谷逃出来的人说起过他们。他们让诸神寂静无声,让金字塔化为灰烬。"

"这是钢铁天使们用来破坏你们金字塔的工具。"内克说,"我可以卖给你们。"

交谈者一动不动:"但是我们不想破坏金字塔。"

Dreamsongs

"可以用来干别的,"内克说,"钢铁天使迟早会来到这里,摧毁瀑布民的金字塔。到时你们拥有了这样的工具,就可以阻止他们。石环金字塔附近的人想用长矛和刀子阻止钢铁天使,结果现在流离失所,孩子被吊死在钢铁天使们筑起的城墙上。其他部落没有抵抗,却同样被夺走了信仰的神和居住的土地。迟早有一天,瀑布民需要用上这些工具,尊敬的交谈者。"

简西老者拿起激光枪,好奇地端详。"我们必须祈祷,"他说,"留下来,埃里克。今晚神将告诉我们他的旨意,你也可以马上得知。然后,我们再谈生意。"他骤然起身,朝水潭中的金字塔匆匆一瞥,随后消逝在丛林中,手里依然端着那把激光枪。

内克叹了口气。他所面临的是漫长的等待;祈祷集会从未在日落之前开始。他挪到水潭边,脱下靴子,将满是汗水的粗糙双脚浸在清凉的池水中。

他再次抬起头时,第一个雕刻者已经到来。那是位温和的简西女性,长着赤褐色体毛。她一言不发(对于内克的造访他们总是沉默,说话的只有交谈者)地将作品递给他。

这件雕塑不会大过他的拳头,是一尊有着丰满乳房的丰饶女神,由细叶果树的蓝色木材做成,散发出清香。她盘腿坐在一座三角形的基座上,三根纤细的银骨从基座三角升起,在雕像顶端用泥土黏合。

内克拿过雕塑仔细查看了一番,点头表示认可。雕刻者微笑着带着盐砖消失了。在她走后的很长时间里,内克一直在欣赏那尊雕像。他做了一辈子生意,和阿斯的章鱼脸打了十年交道,又有四年混迹在骨瘦如柴的芬迪人中,他的足迹遍布六七个尚处石器时代的星球,那些地方都曾受到现已崩溃的哈兰甘帝国的奴役,但他从未见过简西人这般的艺术家。内克曾不止一次感到疑惑:克莱勒诺马斯和托马斯为何不曾提及他们的土著雕刻艺术?但他庆幸如此,他确信一旦有商人见到莱瑟带回去的神像木雕,这个世界将被纷至沓来的贸易者踏平。事实

梦歌

上当年他来这儿不过是投机,想寻找一些简西人的药物、药草或者烈酒,这些东西或许会在星际贸易中受欢迎。未想却教他发现了这些木雕。

其他的雕刻者在将近黄昏时分到来,将作品陈列在内克面前。内克仔细端详,细心筛选,以盐作为交换。夜幕垂下时,他右手边已堆起一小堆货物:一对红石小刀;一件灰色的毛皮裹尸衣,由过世者的妻子和其朋友织成(其上用金色柔软的僧面猴毛绣着他的头像);一支带着符文的骨矛,令内克罗尔不禁想起那些曾经记载着地球古老传说的符文;当然还有雕像,雕像是他的最爱。外星人的艺术总是难以理解,但是简西人的手工匠人总是能轻易撩动他内心的情感共鸣。雕刻的神祇坐在骨质金字塔上,有着简西人的脸,看起来又像人类:表情严肃的战神、造型奇特的森林神祇以及和他先前那尊类似的丰饶女神——都极像人类的战士和少女。内克曾希望自己接受过正式的人类学教育,这样他就可以写一本有关宇宙各地神话的书。简西人肯定有数不清的迷人神话——即使交谈者从未提及——除此之外没有什么能解释这些雕塑。也许旧神不再被敬拜,却依然被怀念。

巴卡隆的心脏沉入了地平线的另一端,红色的光芒从林间褪去。内克收到的货物已快搬不动了,盐砖也换光了。他重新穿上靴子,小心翼翼地收好货物,继续坐在水潭边的草地上等待着。瀑布民一个接一个地坐在他身边。最后,年老的交谈者回来了。

祈祷开始了。

交谈者手中依然端着那把枪,他穿过夜晚沉黑如墨的水潭,蹲坐在黑色的金字塔前。其他四十余人,无论成人孩童,皆围坐在内克身后,同他一样凝视着水中的金字塔。初升的满月洒下光辉,交谈者的轮廓清晰可见。他将激光枪放在石头上,又用手掌压住金字塔的一侧,身体似乎变得僵直。其他简西人显得很紧张,鸦雀无声。

内克不停地变换姿势以抵挡睡意。这不是他第一次坐观整个祈祷仪式了,规则都已熟悉。还有整整一小时的无趣时光要打发;简西人以静默来表达崇拜,除了他们平稳的呼吸,就再听不见别的声音;除了这四十多张没有表情的脸,就再看不见别的景象。他叹口气,想放松一下,于是闭上眼睛,感受着身下柔软的草以及吹动他头发的暖风。他在这里找到了短暂的宁静。仪式还要多久?他暗自想,钢铁天使会不会离开他们的山谷……

一小时过去,仍在沉思的内克几乎没有感觉到时间的流逝。当他察觉到周围的沙沙声和谈话声时,瀑布民正起身返回森林。交谈者来到他面前,把激光枪放在他脚下。

"不行。"交谈者简短地说。

内克立刻辩驳道:"为什么?你们需要它。我来给你看看它能做什么……"

"我见到了神谕,埃里克。我见神之所见。神让我看到这笔交易不是好事。"

"交谈者,钢铁天使会来……"

"如果他们来,我们的神会与之对话,"简西人长者用柔和的声调说道。但是他轻柔的声音不容置疑、清澈的眼神中充满坚定。

"对于食物,我们只对自己感恩,不对别人。我们拥有食物是因为我们付出了劳动,因为我们为之奋斗过,我们凭着唯一真正的权利拥有它们:强者的权利。但是对于我们的强大——我们手臂的力量、刀剑的锋利以及心中的热焰——我们感谢巴卡隆,那给了我们生命,又教会我们怎样守护它。"

训导者直挺挺地站在五张和食堂等长的长木桌中央,庄严肃穆地进行着布道。他青筋暴起的宽大手掌紧紧合在剑身上,昏暗的灯光使他的变色服几乎成了黑色。钢铁天使们围坐在他周围,全神贯注地听着,面前的食物一动未动:油煮的块茎、蒸巴士猪肉块、黑面包和碗里切碎了的绿色尼欧草。没满十岁、还不能成为战士的孩子们穿着粉白的罩衫和人人都戴的铁环腰带,坐在最外面的两张桌子旁。食堂上方的窗户像几道长长的裂缝。在虽然只有九岁却十分严厉、腰上带着硬木警棒的学监面前,还在学走路的孩子们努力在椅子上坐好。向里去,战士们全副武装,男女交替着坐在两张等长的桌子边。饱经风霜的老兵们则坐在十岁大的孩子们旁边,这些孩子刚刚才从学生宿舍住到兵营里去。他们全都穿着和怀亚特一样的变色服,只是没有硬领,有一些还带有军衔扣。中间的桌子——不及其他桌子的一半长——坐着钢铁天使的核心成员:小组的男女领队、武器大师、治疗者、四位教区长——所有那些穿戴着红色硬领的人。训导者坐在最上位。

"开始用餐。"怀亚特终于说。他用剑在桌子上方飞快地划出一道表示祝福的斜线,然后坐下来准备用餐。训导者的食物是和其他人一样排队从厨房领到军事食堂的,他的那份也绝不比兄弟会最底层成员的那份更多。

食堂里响起一片刀叉声,以及偶尔的碗碟碰撞声。还会经常传来警棒的敲击,那是学监在约束他看管对象的越界行为;除开这些,食堂里没有别的声音。钢铁天使奉行食不言,只会边吃简陋的食物,边回想今天所学过的东西。

用餐结束后,孩子们安静地列队走出食堂,回到他们的宿舍。战士们跟在后面,一部分去往礼拜堂,剩下的大多数回到兵营,少数几个去城墙上站岗。他们替下来的人会在厨房里拿到仍然热乎的晚餐。

军官们组成的核心团体则留在原地;盘子被清走以后,他们开始开会。

"稍息。"怀亚特说,但桌边的人们只是稍稍放松了一点,几乎微不可见。松懈这回事已经完全从他们身体里去除了。训导者看向其中一人,"达利斯,"他说,"我要的报告拿到了么?"

Dreamsongs

战地教区长达利斯点了点头。她是位健壮的中年女人,肌肉厚实,皮肤像棕色皮革。领子上别着一枚小小的记忆芯片形状的钢制勋章,标志着她隶属于电脑部门。"是的,训导者。"她的发言简明扼要,"杰米森世界是第四代殖民地,殖民者主要来自老波塞冬。其上拥有一块巨型大陆,探明程度接近为零,有超过一万二千个不同大小的岛屿。人类人口主要集中在岛上,依靠海陆基的农业、海洋畜牧以及重工业生活。海洋多产食物和金属。杰米森世界总人口大约为七千九百万。有两座建有太空港的大型城市:杰米森港和卓罗星。"她低头诵读着桌上的文件,"在双重战争时期,杰米森世界甚至未曾出现在地图上。那里至今未发生过任何军事行动,杰米森唯一的军事力量就是他们的星际警察。它没有任何殖民计划,也从未试图在其大气层以外建立司法权。"

训导者点了点头:"非常好。那么那个商人说要向上报告就是在危言耸听。我们可以继续推进。沃尔曼领队,你的报告呢?"

"今天抓获了四个简西人,训导者,都已挂在了城墙上。"沃尔曼说道。他是个脸膛通红的年轻人,理着金色的平头,长着大耳朵,"长官,我想申请讨论终止此次作战。每天我们都更加努力搜寻,所得却越来越少。我们实际上已经消灭了原先定居在剑谷部落里的所有青年简西人。"

怀亚特点头:"不同意见?"

瘦削蓝眼的战地教区长莱昂表示反对。"成年的简西人还活着。成熟的狼比小狼更狠啊,领队。"

"在这里不一样,"武器师卡拉·达罕说。达罕是个大个子光头,皮肤呈铜色,他是心理兵器和敌军智能部门的主管,"我们的研究表明,一旦金字塔被摧毁,无论成年未成年的简西人都不会再对巴卡隆之子造成威胁。实际上他们的社会结构将会瓦解。成年人要么逃走,试图加入别的部族,要么退化到接近于动物的原始状态。他们会抛弃幼小的成员,这些小孩子多数以一种混乱的方式进行自卫,处理他们易如反掌。考虑到城墙上简西人尸体的数目,以及报告中已被掠食者或同类杀死的简西人的数目,我觉得这种动物已经在剑谷中绝迹了。凛冬将至,训导者,要做的准备还很多。沃尔曼领队和他的手下应该负责别的任务了。"

后来还有一些讨论,但是基调已经定下来了;大部分的发言者都赞成达罕。怀亚特认真地听着,同时一直在向巴卡隆祈祷指引。最后他示意大家安静。

"领队,"他向沃尔曼说,"明天把你能抓来的简西人——无论老少——都抓来。不反抗的人,就饶他一命。你要把他们带到城市里,让他们看看城墙上的同类。然后把他们逐出山谷,每一个都赶向不同的方向。"沃尔曼点了点头,"我希望他们能给所有简西人带去消息,告诉他们,野兽要是敢向地球之种进攻,得付出多大的代价。这样到了春天,巴卡隆之子要向剑谷外扩张的时候,简西人就会自觉地离开他们的金字塔,撤出我们需要用的土地,让苍白圣童的荣耀得以传播。"

莱昂和达罕以及其他人纷纷点头。随后,战地教区长达利斯说:"向我们传授智慧吧。"

训导者怀亚特同意了。一名下级女性领队为他取来了《圣书》,他翻到《教义篇》。

"彼时,巨大的邪恶降临到地球之种上,"训导者读道,"因巴卡隆之子放弃了真神,信奉软弱的神灵。所以他们的天变得漆黑,哈兰甘的儿子们从天而降。他们眼睛血红,有魔鬼的牙齿;庞大的费迪安部落从地下涌出,犹如大片的蝗虫遮盖众星。众世界都陷入火海,孩子们哭喊着:'救救我们!救救我们!'

"苍白圣童站在他们面前,手握他巨大的宝剑,用雷霆般的声音训斥道:'你们是软弱的孩子,因为你们不服从于我。你们的剑在哪里?我岂未曾把剑放在你们的手中?'

"神之子哭喊着：'我们把剑铸成了田地里的犁头，巴卡隆啊！'

"神愤怒了。'那么你们就用犁头对抗哈兰甘的儿子们吧！你们就用犁头杀死芬迪乌斯吧！'他转身离开，不再听他们的哭泣，因为巴卡隆的心犹如烈火。

"但在这时，一位地球的种子抹干了眼泪，因为天空烧得如此凶猛，连泪水都变得滚烫。嗜血的欲望在他体内迸发，他把犁头重铸成长剑，冲向哈兰甘的儿子们，所过之处无不留下杀戮。其他人效仿他，跟随他；巨大的号角声响彻众世界。

"苍白圣童听见了，折返回来。在神的耳中，争战的声音远比哭声更悦耳。神看到这一切，微笑起来。'你们又成为了我的孩子，'他对地球的种子说，'你们曾背弃我去崇拜一个以羔羊自诩的神，却不知羔羊唯有等待宰杀？但你们的眼睛清明了，你们又成为了神的狼群！'

"巴卡隆再次将长剑赐予他的每一个孩子；他举起巨大的黑色长剑，那屠灭无灵魂者的兵器，名曰破魔之剑；他挥动长剑，哈兰甘的儿子们倒在他的威力之下，费迪安部落因他的目光燃烧。巴卡隆之子扫遍了众世界。"

训导者抬起眼睛："去吧，我的战友和兄弟，在沉睡时想想巴卡隆的教诲。愿苍白圣童赐予你们好梦！"

他们散会了。

山坡上的树光秃秃的，结着一层冰。积雪上只有风吹过的痕迹和散乱的脚印，在正午的阳光下闪着刺眼的白光。山谷里，钢铁天使的城市看起来异常的干净、静谧。高高的雪堆在东城墙下，把坚硬的猩红色石头遮住了一半；城门已几个月没有开了。很长时间以前，巴卡隆之子已经储备了足够的物资，退回城市里，拥在火堆旁。只有一直燃烧到深夜的蓝色火光和偶尔在城墙顶上巡逻的守卫才能证明他们还活着。

梦歌

一位简西人和内克一起站在山坡上，内克称她为苦言者。她用那双不知为何比同类颜色更深的金色眼睛看着下方。"在雪层下面躺着破碎的神像。"她说，即便简西语言的柔软声调也无法掩盖她声音里的冷硬。他们恰好就站在当年内克找到莱瑟的地方，这里曾耸立着石环民的金字塔。内克从头到脚裹在白色保温服里，衣服太紧，把不甚雅观的突起处都暴露出来。他透过头罩的蓝色塑料膜望着剑谷。但是简西人，那位苦言者，却什么也没穿，只有她在冬季长出的厚厚的灰色毛发遮身，激光猎枪的皮带勒在她的双乳间。

"不只你们的神，所有神都会被毁掉，除非能阻止钢铁天使。"虽然穿着保温服，内克的声音还是在发抖。

苦言者却置若罔闻："他们到来时我还只是个孩子，埃里克。如果他们放过了我们的神，我或许到现在还是。后来，整个世界暗淡无光，我的心中也一片黑暗，我远远地离开石环，离开我们自己的森林；什么也不懂，碰见什么就吃什么。在黑暗山谷里一切都很不一样。巴士猪在我身边哼叫，用长牙向我进攻，其他的简西人威胁我，也互相威胁。我不明白眼前的一切，也不知该如何祈祷。就连钢铁天使抓到我时，我也不明白是怎么回事，我和他们一起回到他们的城市，他们的语言我一个字也不懂。我只记得那些城墙，那些小孩子，他们多数比我还小。我尖叫、挣扎着，但看到那些吊在绳子上的孩子时，我体内有种狂乱野蛮的东西活过来了。"她看着内克，双眸像打磨过的青铜一般。她在齐踝深的雪里动了动，用一只爪子握住激光枪的皮带。

自苦言者去年夏天被钢铁天使逐出剑谷，加入内克以来，内克已经把她训练得很不错了。她现在是他的六人队中最好的一个，这六个人都是从不信神的流放者中召集起来的。内克只能这样做，他想把激光枪卖给部族势力，但都被拒绝。简西人坚定地相信神灵会保护他们。

只有不信神的人才会相信他——而且也只是其中一部分。那些年幼的儿童，总是一言不发，他们是逃得最快的，大多已被其他部族接纳。

但还有一些简西人,他们离文明太远,也已见过太多的事情,他们无法再去信仰神灵。苦言者是第一个拿起武器的人,就在交谈者把她遣离瀑布民族群后。

"很多时候,没有神是好事,"内克对她说,"下面那些人有神,所以他们成了那个样子。简西人也有神,因为信仰神,他们只能忍受被屠杀的命运。而你们这些不信神的人是他们唯一的希望。"

苦言者没有说话。她向下望着四面堆雪的沉寂城市,眼中一片阴郁。

内克好奇地看着她。他总爱说,自己和六人队是简西人的希望。若事实真是如此,还有希望可言么?苦言者和其他每一个流放者,身上都带着一种疯狂,一种让他战栗的愤怒。即使莱瑟带来了激光枪,即使这么弱小的一批人能够阻止天使的进攻,即使所有一切都过去——又怎么样呢?即使天使明天就死掉,他的这些不信神的人又能在哪里安身?

他们一言不发地站着,雪花在他们的脚下翻飞,北风敲打着他们。

礼拜堂昏暗沉寂,火球在角落上映出模糊而奇异的红光,一排排简朴的木制长椅都空着。沉重的祭坛上方,有一块粗糙的黑色石头,巴卡隆的全息影像站立在那里,栩栩如生。孩子,他看起来不过是个孩子,裸着乳白色的皮肤,长着纯净的大眼睛和金发。手握那柄比他高出一半的黑色巨剑。

怀亚特跪在影像前,安静地垂着头。整个冬天他的梦都是黑暗又混乱的,所以每一天他都会跪在这里祈祷指引。除了巴卡隆,他们别无信仰;而他,怀亚特,是训导者,在战斗和祈祷中都要领导众人。他必须孤军奋战,解开梦中幻象的含义。

因此,每一天怀亚特的内心都在斗争。到积雪融化之时,他制服的

梦歌

膝部因长时间在地板上摩擦而几乎磨坏了。最后,他做出了决定,便把高级军官们叫到礼拜堂来。

军官们来到礼拜堂,训导者跪在原地一动不动,他们在长椅上各自坐下,互相都保持距离。怀亚特似乎当他们都不在场;他还在祈祷他的言辞正确,看到的幻象属实。待军官们都坐定以后,他站起身,面向他们。

"众多的星球上都居住着巴卡隆之子,"他说道,"但没有哪个星球像我们的克洛斯世界这么美好。我们面前是一个伟大的时刻,我的战友们。苍白圣童给我托梦,就像在兄弟会刚建立起来的那些年他托梦给最初的训导者一样。他赐予了我幻象。"

军官们沉默不语,他们的眼睛谦卑恭顺,毕竟,怀亚特是他们的训导者。高阶者传授智慧或下达命令,下级是不能质疑的。巴卡隆的训诫中的一条,就是上下级链条的神圣性,永不能够怀疑。所以他们全都保持着沉默。

"巴卡隆在这个世界上行走。他走到无灵魂者中间,走到野兽中间,宣示我们是主人;他对我说:等到了春天,地球的种子从剑谷出发,扩展疆土时,一切野兽将会知晓自己的位置,从我们面前退却。这就是我的预言!

"我们将会见到神迹。这也是圣童向我许诺过的,他将会留下标记,好让我们知道神的真理,并以新的启示坚定我们的信仰。但我们的信仰也要经受考验,因为这是流血牺牲的时候,巴卡隆将反复检阅我们的信仰。我们唯有记着他的教导,信守真理才行;我们每一个人都唯有顺服他,像孩子顺服父母,像士兵顺服长官那样迅捷自然。因为圣童是全知的。

"这就是神给予我的幻象,这就是我所梦的梦。弟兄们,随我一起祈祷。"

怀亚特转身跪下,其他人跪在他身后。除了一个人以外,所有人都低头祈祷——在礼拜堂后方的阴影里,火球闪着昏暗的光,卡拉·达罕的眼睛在一条粗重的眉毛下面凝视着训导者。

那天晚上,在静默的晚餐和简短的会议之后,武器大师达罕邀怀亚特上城墙散步。"训导者,我心绪烦乱。"达罕说,"我需要从离巴卡隆最近的人那里寻求忠告。"怀亚特点了点头,他们穿上黑皮毛做的厚重夜斗篷和黝黑锃亮的金属衣物,并行在星夜下红色的女墙上。

在靠近城门的守卫室旁,达罕停下脚步,把头探出墙垛,他的目光盯着下方的融雪搜查了好一会儿,才回到训导者身上。"怀亚特,"他终于开口,"我的信仰动摇了。"

训导者什么也没说,只是看着对方,他的脸隐在斗篷兜帽的阴影中。钢铁天使是不应该做告解的。巴卡隆已经说过,战士的信仰绝不应该动摇。

"以前,"卡拉·达罕说,"许多武器被用来对付巴卡隆的孩子们。有一些现在只能在传说里看到。也许它们从未存在过。也许它们是虚无的东西,就像软弱之人所拜的神一样。我只是个武器师,下不了这样的判断。

"但却有一个传说,我的训导者——有一个传说使我不得安宁。据说,从前,在几百年的战争岁月里,为了对付地球种子,哈兰甘的子孙们放出了心灵的吸血鬼,被人们称为'噬魂人'的生物。他们的触角人类看不见,但却能延伸几千米,比人类目光所及之处更远,也比激光枪能射到的地方更远,这些触角使人发狂。他们能让人看见幻象,我的训导者,看见幻象!他们把假神灵和错误的未来输入人类心中,使得……"

"不要说了。"怀亚特说。他声音严厉,和在他们周围呼呼作响、把他们的吐息凝结的晚间空气一样寒冷。

安静持续了好久。终于,训导者用柔和一些的声音继续说道:"整个冬天我都在祈祷,达罕,都在和我的幻象搏斗。在克洛斯星球上,我是巴卡隆之子的训导者,不是什么会被假神灵欺骗的新兵。我只有到

梦歌

确信无疑时才会开口。我以你的训导者的身份发言,担当你信仰上的父亲和军队里的长官。你对我的怀疑,武器大师,你产生怀疑本身——这件事让我很生气。以后你还会在战场上和我争论,还会质疑我命令中的细节吗?"

"绝不会了,训导者。"达罕说道。他以忏悔的姿势跪在城墙顶上满满的积雪中。

"但愿如此。不过,你是我在巴卡隆里的兄弟,我会回答你,尽管我没有义务,你也不应企求我回答,但我仍告诉你:训导者怀亚特是优秀的军官,也是虔诚的人。圣童已经给了我预言,许诺神迹将会发生。所有事情,我们都将亲眼目睹。但如果预言失败,如果没有神迹,那么,我们也一样会亲眼目睹。那时我就会知道不是巴卡隆,而是一个假神灵给了我幻象,或许是什么哈兰甘噬魂人。难道你认为哈兰甘也能行神迹吗?"

"不。"达罕说。他仍然跪着,硕大光头低垂着,"那是异端的想法。"

"没错。"怀亚特回答。他朝墙外看了一眼,夜晚的空气凉爽清新,天空中月亮隐而不现。怀亚特感到自己在升华,似乎连星星都在颂扬圣童的荣耀,宝剑座高高盘踞在天穹顶端,天兵座从地平线上向宝剑座伸出双手。

"今晚你站岗时不要穿斗篷,"训导者告诉达罕,"如果北风和寒冷使你痛苦,你会在痛苦中得到欣喜,因为这是你服从你的训导者和你的神的证明。你的肉体对痛苦麻木时,你心里的火焰必将烧得更烈。"

"是,训导者。"达罕说着站起身来,脱下夜间斗篷,交给了怀亚特。怀亚特向他表示祝福。

屏幕墙上不断播放着录像,内克无精打采地半闭着眼靠在软垫上,

Dreamsongs

神情涣散。苦言者同两个简西人坐在地板上,金色的眼睛专注于屏幕上的人类在艾-伊美瑞尔的高塔城市中相互追逐和射击的场面。他们对不同的世界和不同生活方式的兴趣与日俱增。真是怪异,内克想。他想起早些年,早在钢铁天使乘着他们老式破旧的战舰到来之前,早在他将自己的货物呈在交谈者面前时,瀑布民和其他简西人从未对这些东西有过任何兴趣。阿瓦隆的高光螺栓,卡瓦娜高原的发光石打造的首饰,都拉罗伊小刀、太阳能发电机以及钢制的能量弓,来自不同世界的书籍、药品和酒类——他几乎什么东西都带上一点儿。交谈者们拿走了一些,但是看上去毫无兴趣,诸多货物里能让他们兴奋起来的只有盐。

春雨来临之时,苦言者开始向他提出各种问题。此刻内克方才意识到,简西人以前鲜有疑问。也许是他们的社会结构和宗教信仰压制了他们天生的好奇心和求知欲。而这些流亡者们显然热情高涨,尤其是苦言者。内克近来只能答上一小部分,但她的问题却越来越多,使内克惊诧于自身的无知。

然而苦言者也是如此。与在部落中生活的简西人不同——不知道宗教信仰是否是造成这差异的原因——她也会回答问题,内克尝试询问她诸多自己感兴趣的问题,但是大多数时候她只是疑惑地眨巴着双眼,然后自说自话。

"没有什么关于我们神祇的传说,"当内克尝试去了解简西人的传说时,苦言者如此回答,"他们会有什么故事呢?他们住在金字塔里,埃里克,我们向他们祈祷,他们守望我们,把光赐予我们的生活。他们不像你们的神祇四处游荡,相互争战。"

"但你们还信仰过其他的神,在你们敬拜那些崇神金字塔之前,"内克反驳道,"你们给我的雕像就是证明。"他甚至去拿了一尊当证据,虽然他确信来自有着最好雕刻者的石环金字塔的苦言者肯定记得。

苦言者只是理顺她的毛发,摇了摇头。"我太年轻,还不够资格成为雕刻者,所以可能是他们没跟我讲过。"她说,"我们都只知道我们应该知道的事,所以雕刻是那些雕刻者的事,也许只有他们才知道有关旧神的故事。"

还有一次内克问起关于金字塔的事,但收获更少。

"建造它们?"苦言者说,"金字塔不是我们建造的,埃里克。它们一直在那儿,就像岩石和树木,不是吗?"她眨眨眼。

"但是它们与岩石和树木不一样,不是吗?"内克问道。结果苦言者只是表示很疑惑,转身去与其他人交谈。

不敬神的简西人比他们生存在部落的兄弟更善于思考,但显然也更难以相处,每一天内克都意识到之前的打算越来越渺茫。他现在有八个流亡者——他们又找到两个,被饥饿折磨得半死,却熬过了寒冬的简西人——他们轮流去监视天使,接受激光枪射击训练。但即使莱瑟带着武器归来,这点力量去对抗训导者手下的强大兵力也不啻于螳臂当车。卓罗星之光应该会满载着武器装备归来,满心期待所有的部落会奋起反击,以燎原之势吞没天使们。内克能想象到当他带着这支蚂蚁部队去迎接简妮斯时,她愣在原地的表情。

事实上,就算他们成功地发动了起义,还是存在很大的问题。他手下的游击队员太难团结起来,他们对天使恨到发狂,组织上却一盘散沙。没有人乐于服从命令,他们还用爪子相互厮打,为了各自在小团体内的地位争斗不断。若非内克的警告,他们甚至可能用激光枪火并。保持正确标准的战斗姿势更不可能。队伍中的三名女性只有苦言者拒绝受孕。既然简西人常在窝棚里一胎生下四到八个婴儿,内克估计到了夏末,流亡者的队伍人数就得激增;之后还有更多——弃信简西人几乎每个小时便交媾一次,却毫无有效的节育措施。他尝试弄明白简西人怎么维持人口的稳定,但一无所获。

"我想从前交配得比较少吧,"苦言者回答他,"但我还是个孩子,所以我真的不明白。在我来这儿前,从没有什么欲望可言,也许是那时我太小,可能是这样。"但她一边这么回答,一边挠了挠自己,显得很不确定。

内克罗尔叹了口气,再次瘫倒在靠垫上,试图将屏幕墙的噪音隔绝。事情变得越来越棘手,钢铁天使已经从他们的高墙后现身,携着能量战车在剑谷上下穿梭,将森林夷为农场。内克曾亲自登上山顶眺望,估计春耕很快就会结束,他怀疑到那时巴卡隆之子便会扩张。就在上个星期——一个"脑袋无毛"的巨人,他的斥候如此描述——他们出现在石环部落,收集被摧毁的金字塔的碎片。不管那意味着什么,肯定不是什么好事。

他不时会对自己所组建的这支小队感到恼火,甚至希望莱瑟会忘记那些激光枪。苦言者决定一旦拿到武器便展开反击,不管力量如何悬殊。内克深感恐惧,只好提醒她上次简西人杀死一个天使时所遭受的惩罚——在他的梦里他依然可以见到那些挂在城墙上的简西孩子。

但苦言者只是看着他,青铜色的双眼里闪耀着愤怒,然后她说道:"是的,埃里克。我记得。"

身着白色制服的厨童安静迅捷地清理了晚餐的残羹后退下。"放松点,"怀亚特向他手下的军官说,"神迹诞生的时刻已然降临,正如苍白圣童的预言。"

"今晨我派遣了三个小队深入剑谷东南部的山丘,去驱赶那些占据着我们需要的土地的简西人。他们已在午后返回并向我报告,现在我将消息和你们一同分享。队长卓丽普,能否向我们讲述你执行命令时的所见所闻。"

"是,训导者。"卓丽普起身,她是位白肤金发窄脸的女人,瘦削的身材使宽大的制服显得松松垮垮,"我派了一个十人小队去驱逐那些所谓的悬崖部落民,他们将金字塔建在丘陵地较蛮荒的某个花岗岩悬崖底部。据我们的情报显示,他们只是一个较小的部落,只有二十多个成年者,于是我们没穿重型盔甲。我们携带了一门火力五级的爆裂式加农炮,因为用随身武器摧毁简西人的金字塔是件耗时的事情,但除此之外我们的武器配备严格符合标准。

"我们预计不会遇到任何抵抗,但是考虑到石环发生的事故,我尽量小心行事。在山丘内部悬崖边缘行军了12千米后,我们分散成半圆阵形缓慢行进,并抽出声波枪。在丛林里我们遇到了几个简西人,并将他们一一捕获,让他们在队伍前探路,以防遭到埋伏或突然袭击。当然,事实证明,这毫无必要。

"当我们最终到达悬崖下的金字塔时,他们已经等在那里。至少有十二只野兽,阁下。有一只就坐在金字塔下的基座旁用手按紧金字塔的一侧,其他则排成某种环形围绕着他。他们抬头看着我们,却没有其他任何行动。"

她停下来思考了一分钟,用手指擦擦鼻梁。"正如我曾向训导者报告的,这些事非常奇怪。去年夏天,我两次带领小队攻击那些简西人的部落。第一次,他们大概不懂我们要干什么,那群空无灵魂的野兽根本就不在那里,于是我们轻易摧毁了金字塔然后离开。第二次,一小群野兽将我们围住,但他们只是尝试以身体来阻挡我们,不见明显敌意。在我们用声波枪放倒其中一只后他们散去了。当然,我查阅过队长埃罗在石环区遭遇麻烦的报告。

"这一次,事情完全不同。我派遣了两人将加农炮安置在携带的三脚架上,让野兽们明白他们必须撤离。经过手势上的交流后——当然,因为我全然不懂他们渎神的语言——他们立刻依从,排好队伍立在两侧。我们让他们待在音波枪的射击范围内,但一切看起来很和平。

"就是这样。我们的士兵漂亮地端掉了整座金字塔,那玩意爆炸时燃起一团火球和几束电光,碎片四散,无人受伤。简西人对我们的行动似乎毫不关心。摧毁金字塔后,我闻到明显的臭氧味道,蓝色火焰一闪而过。我几乎都没有时间去注意这些,因为就在那时,简西人全部跪在我们面前。所有人,立刻跪下,阁下。然后他们将手按在地面,身体匍匐。有那么一刻我以为他们将我们尊为神,因为我们已经让他们的神化为粉末。我告知他们我们并不需要这类的野兽敬拜,我们需要的只是他们立刻离开这片土地。但我发现我误会了,因为此时四个部落民从悬崖顶的树上爬了下来,交给我们这些雕像,随后余下的都站起身。我见到他们向西方走去,远离剑谷和外侧的丘陵。我带回雕像,将其交给了训导者。"她不再说话,但是依然站立,等待着别人提问。

"我将雕像带来了。"怀亚特说道。他在椅子边摸索了一阵,然后将雕像放在桌面上,揭开包裹着雕像的白布。

基座是由和岩石一样坚硬的黑色树皮制成的三角体,三根细长的骨片从三角升起形成一座金字塔的结构,里面是一尊用蓝色软木雕成的极为精致的塑像——手握彩色长剑的苍白圣童巴卡隆。

"这是什么意思?"教区长莱昂问道,语气震惊。

"这是亵渎!"教区长达利斯惊呼。

"不用那么较真。"负责重型武器的教区长戈曼回应,"那群野兽不过是在逢迎我们,也许是希望我们不再采用武力。"

"除了地球的种子无人可以敬拜巴卡隆,"达利斯说,"这在《圣书》上有明确记载!苍白圣童不会眷顾空无灵魂的物种。"

"安静,我的手足弟兄们!"训导者高呼,长桌瞬时归于平静。怀亚特微笑着,"这是今冬在礼拜堂我提及的第一个神迹,巴卡隆告知我的第一件奇事。他曾行于这个世界,行于我们的克洛斯,所以即使是荒野中的野兽也知晓他的样貌!想一想,我的兄弟们,想想这个塑像,扪心自问些许简单的问题。有任何简西野兽曾被允许进入这座圣城吗?"

"不,当然没有。"有人回答。

"所以毫无疑问他们也未曾目睹过圣坛上的圣像。我也未曾行于这些野兽之中,因为我的职责在此,在这墙内。所以他们不可能见过我

梦歌

所佩戴的圣童像,见过的也没能活到能够向同伙讲述的那一天——他们被我审判,如今悬挂在我们的城墙之上。野兽不懂地球之种的语言,我们也不懂这类野兽如何交流。而且他们从未读过《圣书》。想想吧,然后扪心自问:他们如何知晓雕塑原型的样貌和姿态?"

全场肃静,巴卡隆之子的首领们满脸惊诧地面面相觑。

怀亚特默默地合上手:"这是神迹。我们不该再找简西人的麻烦,只因苍白圣童已降临到他们之中。"

教区长达利斯笔直地坐在训导者的右侧。"我的训导者,我信仰的首领,"她一字一顿艰难缓慢地说,"想必、想必您不是要告诉我们这些、这些牲畜——他们也够格敬奉苍白圣童,而他回应了他们的祈求!"

怀亚特看上去平静和善,他只是微笑。"你的灵魂不必困扰,达利斯。你是在怀疑我是否犯下了'第一谬误'。这令人想到格哈拉溇神事件,哈兰甘的一个俘虏为了逃避处置野兽的刑罚向巴卡隆屈膝,虚伪的训导长则声称所有敬拜苍白圣童的物种都有灵魂。"他摇了摇头,"你看,我通读《圣书》,教区长。但此事并非亵渎。巴卡隆行于简西人中,但只是赐予他们真理,他们见证了他的荣光,明了自身是无魂的野兽,由于巴卡隆的宣讲,他们接受了自身在宇宙中的地位和秩序,退出我们的领地。他们不会再与我们作对——唯一有资格去敬拜巴卡隆的地球之种。他们在我们脚下匍匐,正如野兽向人类匍匐。理应如此。他们明白了真理。"

达利斯点头:"是的,我的训导者。我懂了,请宽恕我之前的软弱。"

但长桌的中央,卡拉·达罕斜着身子,大指节的手掌手指交缠,眉头紧锁。"训导者,我有疑问。"他语气沉重。

"武器大师?"怀亚特换回了严肃的表情。

"和教区长一样,我的灵魂也因焦虑而产生了轻微的动摇,能劳烦你为我解惑么?"

怀亚特微笑。"说吧。"他语气庄严地回答。

265

"这也许的确是神迹,"达罕说,"但首先我们必须质问自己,以确保这不是那些空无灵魂之敌耍的把戏。我无法理解他们如此行事的理由和意图。但我确实知道简西人可能早已通过一种途径了解巴卡隆的形貌。"

"哦?"

"我提到过杰米森的贸易基地,以及那个红发的商人埃里克·内克罗尔。从相貌上看他是个地球之种,艾-伊美瑞尔人,我们也赠予他《圣书》,但他拒绝虔信巴卡隆,而且外出时不会携带武器,就像那些无神者。自从我们登陆伊始他便反对我们,自我们给简西人教训后他更是对我们充满敌意。也许是他让悬崖部落民这么做,为了自身难以揣测的目的教他们刻了这雕像。我认为他和简西人有生意往来。"

"我相信你所言属实,武器大师。在刚登陆的几个月里,我努力尝试使内克罗尔皈依,终是徒劳,也发现了他和简西人做生意的事情。"训导者仍旧微笑,"他和剑谷中的简西部落做交易,和石环、和果实丰饶的悬崖部落、瀑布民,还有更远的东方各个部落。"

"那么这就是他做的,"达罕宣告,"一个诡计。"

所有目光转向怀亚特。"我可不这么认为。内克罗尔,不论他有何意图,他只有一个人。他不可能和所有简西野兽交易过,更不会认识他们中的每一个人。"训导者微笑得更明显。

"但他的确曾和悬崖部落有过接触,"达罕说,深刻的皱纹让他古铜色的脸看起来很固执。

"没错,他是有过。"怀亚特回应,"但今早出动的并非只有卓丽普。我还派遣了沃曼队长和艾洛尔队长渡过白刃河。那边的黑土地非常富饶,比东边的更好。悬崖部落住在剑谷和白刃河之间,但我们破坏的其他部落的金字塔在南边三十英里之外。那些部落从未见过商人埃里克·内克罗尔。除非他在这个冬天长出了翅膀。"

怀亚特再次弯下腰,将另外两尊雕像放置在长桌上,掀开其遮盖物。一尊被置于石板基座上,雕刻颇为粗糙;另一尊根雕却相当精致,甚至有着金字塔的支架。但是除了材质和雕刻工艺,它们都与第一尊一样。

"你看出了什么诡计呢,武器大师?"怀亚特质问。

达罕沉默不语,教区长莱昂突然站起身说道:"我只看到神所赐予的奇迹。"其他人纷纷附和。喧哗过后,顽固的武器大师终于低下头,谦恭地说:"我的训导者,请赐给我们智慧的言语。"

※

"激光枪,苦言者,激光枪!"内克歇斯底里,异常激动,"莱瑟还没回来,我们必须等。"

他站在贸易基地的球形罩之外,朝阳照着他,汗水沿着裸露的胸膛流下,大风撕扯着他的一头乱发。喧闹声把他吵醒了。他在森林边境上拦住了他们,现在苦言者正和他对峙。她面容凶狠,实在已不像是简西人,激光枪悬挂在她肩头,脖子上围着亮蓝色围巾,八个手指上都戴着闪光石制成的指环。其他的流亡者,除却已经怀孕的两位,在她身边站成一圈。其中一人举着激光枪,其他人则拿着箭袋和能量弓。这是苦言者的主意。她的新伴侣正单膝跪地喘息不止,他是一路从石环跑来的。

"不,埃里克,"苦言者的双眼中写满愤怒,"按照你们的计时算,你的激光枪已经迟了一个月。我们多等一天,钢铁天使就会摧毁更多的金字塔。很快他们又会再吊死孩子。"

"很快。"埃里克说,"如果你跑去攻击他们的话,当然很快。你有丝毫胜算么?你的探子说他们有两大队人马和一台能量战车——你想用区区两把激光枪和四把能量弓去螳臂当车?很快他们就会吊死你们的孩子。"

"没错。"苦言者咬牙切齿,"但这不重要。那些部落民不会抵抗,可我们必须抵抗。"

单膝跪下的简西人抬头看着内克:"他们……他们往瀑布那边去了。"他沉重地喘息着。

"瀑布!"苦言者重复,"自从冬季屠杀后,他们摧毁了超过二十座金字塔,埃里克,他们的战车将森林夷平,现在一条从他们的山谷开往河间地的大道已经打通。但是他们在这一季度没有残害一个简西人,他们放了那些人。现在这些无神的部落都聚集在瀑布那边,直到瀑布民的家园森林被摧毁殆尽。他们的交谈者围坐在那位年老交谈者周围,或许瀑布民的神会收容他们,也许他是位伟大的神祇。我不清楚这些,但我清楚现在那个光头天使已经知道二十个部落近五百个简西成人聚集在那里,所以他带着台能量战车去进攻他们。这次他还会让他们轻易地走掉吗?一尊雕像就能满足他们吗?他们会逃吗,埃里克?他们会再次轻易背弃自己所信奉的神吗?"她眨眼,"恐怕他们只会用愚蠢的小爪子反抗。最可怕的是,即使他们不抵抗,光头天使仍会全数吊死他们,因为那里的人数会让他起疑。我害怕太多,所知太少,但我知道我必须在那儿。你不能阻止我们,埃里克,我们已经无法等你迟到已久的激光枪了。"

她转向其他人说:"快,我们得跑着去。"未等内克再次喝止,他们便已消失在森林深处。内克咒骂着回到球形罩内。

他刚一回屋就见到怀孕的那两名流亡者也准备离开,手里端着能量弓。内克立即停下:"连你们也!"他狂怒地盯着她们,"疯了,都疯了。"她们静静地用金色眼睛看了他一会儿,然后越过他朝森林走去。

内克只能整理下自己的红色长发,让其不至于凌乱得像是枯树枝,然后立马穿上衬衣,冲向门边。他停了下来。武器,他必须要有一把武器!他疯狂地四处张望,大步冲进储藏室。他发现所有的能量弓都被拿走。还剩什么?他翻箱倒柜,最后只搜出一把都拉罗伊砍刀。这玩意手感非常奇怪,看起来荒谬至极,但他感觉无论如何得带点什么东西。

然后他出门朝着瀑布部落的方向前进。

内克有些胖,很少运动。这次却必须跑上两公里的路,穿越茂密的夏季丛林。中间他不得不三次停下休息,平息胸口的痛楚。这条路似乎没有尽头。但是他还是赢过了钢铁天使们——能量战车笨重又缓慢,通往剑谷的路也十分崎岖。

简西人四处都是。林中空地寸草不生,面积有内克上次过来做交易时的两倍大。但是简西人仍旧塞满了这块空地,他们盯着水潭和瀑布,寂静无声,紧紧地挤在一起。更多人成群结队地坐在果树上,一些孩子甚至攀上了更高的枝头,那是僧面猴的领地。

水潭中的石头上,交谈者们围着瀑布民的金字塔坐成一圈,背后的瀑布仿佛是一块帘幕。他们比草地上的那些简西人挨得更紧,每个人都用手掌平压金字塔的一侧。其中一个过于瘦小,只得坐在其他交谈者肩头,才能触到金字塔。内克尝试统计人数,最后放弃了。队伍太密,大片大片的灰毛手臂和金色眼睛让人晕眩,金字塔立于中央,漆黑无光,不可动摇。

苦言者站在水潭中,水浸过她的脚踝。她面朝人群,向他们尖声呐喊,声音十分奇特,一点也不像简西人通常温和的声音;她系着围巾戴着指环,看起来就像个外来民。她一边呐喊一边挥舞手中的激光枪。她的态度激动、狂热、歇斯底里,她警告这群简西人钢铁天使就要来了,他们必须马上离开,在森林里分散开来然后在贸易基地会合。她一遍又一遍地喊着。

但是部落只是沉默地僵直在原地。无人回应,无人聆听,甚至无人看她。在青天白日下,他们在祈祷。

内克从他们中间艰难地推开一条路,不时地踩着手和脚。他在苦言者的旁边停下,她仍旧在疯狂地比画着手势,直到她青铜色的双眼看见他才停了下来。"埃里克,"她说,"天使就要来了,他们却充耳不闻。"

"其他人,"内克喘着气,依旧上气不接下气,"其他人在哪?"

"在树上,"苦言者比画了个大概的手势,"我派他们爬上树充当狙击手,就像在你墙上看到的那样。"

"求求你,"他说,"和我一起回去吧。抛下他们,放弃他们。你警告了他们,我也警告过他们,无论发生什么,都是他们自己的错。他们愚蠢的宗教犯下的错。"

"我不能离开,"苦言者说,但她看起来有些许疑惑,"照理说我是应该跟你走,但不知为何我明白我必须留在这儿。就算我走了,其他人也不会走。他们的感觉更加强烈。我们必须待在这儿,去战斗,去谈判。"她眨眨眼,"我不清楚原因,但就是必须这么做。"

没等内克想好怎么回答,钢铁天使便从树林中走了出来。

起初只有五个,很分散,很快又出现了五个。他们徒步而来,穿着和树叶一般的深绿色制服,钢盔和铁腰带闪着光,非常显眼。其中一个瘦削苍白的女人戴着红色教士领。所有天使全都装备着上膛的激光手枪。

"你!"金发女人立刻发现了埃里克。他挥动着无用的砍刀,发辫正在风中翻飞。"告诉这群野兽,他们必须滚。告诉他们,按照训导者怀亚特和巴卡隆苍白圣童的命令,这种规模的简西野兽是不能聚集在山的东侧的。告诉他们!"就在这时她看到了苦言者,立马高声宣告,"让这群野兽放下手里的枪,否则你们都将难逃一死!"

内克颤抖不止,将砍刀扔入水中。"苦言者,放下枪,"他对简西人说,"求你了,如果你还想看见遥远的群星。放下枪,我的朋友,我的孩子,就是现在。莱瑟一到我就带你一起走,去艾-伊美瑞尔和其他更遥远的地方。"商人的声音里充满恐惧——钢铁天使稳稳地端着激光枪,他心里知道苦言者才不会听他的。

可奇怪的是,她居然顺从地将激光枪扔进了水潭。内克无法读懂她的双眼。

队长放松了不少。"很好。"她说,"现在你用那些野兽的话对他们说,让他们滚。若敢反抗,我们就灭了他们。能量战车马上就到了!"此刻,除去咆哮声和瀑布的水声,内克听到了其他声音:那是被战车碾过的树木倒下的沉重巨响。也许他们已经带着爆裂加农炮和激光炮塔扫除一切障碍,一路浩浩荡荡地开了进来。

"我劝过他们,"内克绝望地说,"我多次警告他们,可他们从来不听!"他几近手舞足蹈,林间空地依旧燥热,简西人密密麻麻,但没有一个部落关心他们、反抗他们。在他身后,交谈者围成一圈,用小手抵着他们的神灵。"那么我们只能亮出巴卡隆之剑了。"队长发话了,"或许他们能够听见自己的哀号。"她收起激光枪,抽出一把声波枪。内克战栗不止,他明白她的意图。声波枪能够集中高强度的声波击破细胞壁溶解肉体。它甚至会影响人死前的心理,没有比它更可怕的杀人武器了。

片刻后,另一队天使加入了他们,伴随着树木折断的声音,内克隐约看到最后一片果树丛后能量战车的黑色侧翼,战车的加农炮似乎已正对着他。新出现的两位天使带着猩红色竖领——一个红脸大耳的年轻人正在大声指挥他的小队,另一个是个高大强壮的秃头男人,有着布满褶皱的铜色皮肤。内克罗尔认出了他:武器大师卡拉·达罕。达罕按住队长高举声波枪的手臂。"不,"他说,"不能这么做。"

队长立刻收起武器:"服从命令。"

达罕看着内克。"商人,"他大吼,"这是你干的好事?"

"不。"内克说。

"他们不会散开的。"队长补充。

"用声波枪放倒他们得花去一整天,"达罕说。他的目光扫过空地和森林，凝视着水中央的金字塔，"有个更容易的法子。毁掉那座金字塔，他们便会散去。"他停了下来，欲言又止，目光停在苦言者身上。

"一个穿衣服戴指环的简西人，"他说，"他们原先不着片缕，如今却穿起衣服。这不得不让我警惕。"

"她是石环人，"内克赶紧说，"她和我住在一起。"

达罕点头。"我懂了。你的确不敬神，内克，你和空无灵魂的野兽往来，让他们模仿地球之种。但是这些都不重要了。"他举起手示意，在他身后的树丛里，能量战车的爆裂加农炮微微朝右转动，"你和你圈养的牲畜得马上滚。"达罕警告内克，"当我放下手，简西神祇就会被烧成灰烬，如果你们不滚，就死在这里吧！"

"交谈者们！"内克大声喊着，"爆炸会——"他尝试转身指给他们看。那些交谈者却开始一个接一个匍匐着离开金字塔。

在他的身后，天使们在低语。"神迹！"其中一人声音沙哑。"圣童！吾主！"另一个人呐喊。

内克呆站在原地。岩石上的金字塔不再是一块红石。它现在闪耀着太阳一般的光辉，成了一座悬浮的华盖状透明晶体。华盖下方，巴卡隆之子微笑着伫立，完美精致，栩栩如生，手握除魔长剑。

简西人的交谈者从石头上爬下，快速涉过水潭。内克瞥见那个年老的交谈者，他那么老，却依然速度惊人。他万分不解。苦言者更是呆立在原地。

内克转过身。半数天使已经跪下，其他人也垂下双手惊叹无比。队长转向达罕，"这是神迹，"她说，"正如训导者怀亚特已经预见的。苍白圣童行走于这个世界中。"

武器大师无动于衷。"训导者不在这儿，这也不是什么神迹，"他语气强硬，"这只是敌人的诡计花招，我不会再受欺骗。我们必须从克洛斯的土地上燃尽这渎神之物。"他手臂快速挥下。

战车中的天使一定是过于震惊而失神，加农炮并没有开火。达罕愤怒地转身:"这不是什么神迹!"他高喊,再一次举起了他的手。

苦言者突然在内克身后哭喊起来。他警惕地看着她,发现她的眼里闪现着金色的光芒。"是神!"她柔声低语,"那道光使我找回了自己!"

能量弓的哀号在周围的树林里响起,两支颤抖的长箭几乎同时钉在了卡拉·达罕的宽背上,巨大的冲力让武器大师跪倒在地。

"快跑!"内克罗尔尖叫。他使出全力推向身旁的苦言者,她被绊了一下,随即转头看了眼内克,双眼恢复成青铜色,目光中闪烁着恐惧。她终于朝着附近的森林开始飞奔,围巾在身后扬起。

"杀了她!"队长高喊,"杀光他们!"她的喊声惊醒了简西人和钢铁天使。巴卡隆之子举起激光枪朝着周遭四散的人群开火,屠杀开始了。内克俯身在布满青苔的岩石上摸索,找到一把激光步枪,扛在肩头开始射击。火光在枪口愤怒地炸开,一次、两次、三次,他扣下扳机,火力将一个带着银质头盔的天使拦腰斩断。终于,一束火焰射向他的腹部,他感觉身体沉重,坠入水潭。

很长的一段时间里,内克看不见任何东西,只有痛楚和噪音与他相伴,潭水轻柔地拍打着他的脸,简西人尖叫着在周围奔跑。爆裂加农炮响了两次,不止一次有人从他身上踩过去。这些都已不再重要,他挣扎着将自己的头抬出水面,靠在岩石上,但没多久,呼吸也显得不那么重要了,他唯一在意的是内脏正燃烧般疼痛。

然后,不知怎么的,痛楚消失了,四周弥漫着烟雾和难闻的臭味,却不再有噪音。内克安静地躺着,试图听出到底怎么回事。

"金字塔,队长?"有人问道。

"这是神迹,"女人的声音回应,"看啊,巴卡隆就伫立于此。看他的微笑!今日我们行使了正确的使命!"

"我们怎么处置金字塔?"

"带上战车。我们把它交给训导者怀亚特。"

Dreamsongs

片刻之后那些声音消失了,内克只听见水声,永无止息地荡漾、滴落、翻滚,声音安详,他睡了过去。

✦

船员撬开箱子的板条,薄木板立时散架。"都是雕像,简妮斯。"船员把手伸进箱子扯出一些包装的货物后,对莱瑟报告。

"毫无价值。"莱瑟轻叹。她站在内克贸易基地的废墟上。为了搜寻武装的简西人,天使们彻底搜查了这里,四周一片狼藉。但是他们没有动这些货箱。

船员拿着撬棍走向了其他装着货物的箱子。而莱瑟期待地看着三个簇拥在她身旁的简西人,一心想着要和他们沟通。其中一个女性围着围巾、挂着珠宝,总是靠在一把能量弓上,似乎对地球人略知一二。但这远远不够。她学得很快,但目前为止会说的只有:"杰米森世界。埃里克带上我们。天使们杀人。"她不断重复着这些,直到莱瑟最终让她明白她会把他们带上。另外的两个简西人,一个孕妇和一个持枪的男性,从未开口。

"还是雕像。"船员说刚撬开一个从顶上裂开的储物室扔下来的箱子。

莱瑟耸耸肩,让船员继续搜查。她转过身,在外面漫无目的地走着,最后停在卓罗星之光号停泊的太空港边缘,入口的黄光在黄昏渐渐聚集的夜色中更加明亮。简西人紧跟着她,就像她刚来时一样。毫无疑问,他们担心只要不用那双铜色的大眼睛盯紧她,她就会立马抛弃他们。

"雕像,"莱瑟咕哝着,一半是说给自己,一半是说给那些简西人。她摇了摇头,"他为什么要那么做?"她问他们,自知他们也回答不了,"一个商人的经验?你也许可以告诉我答案,除非你懂我说的是什么。除了那些死人的衣服还有其他东西,我们需要货真价实的简西艺术品,

梦歌

可为什么埃里克要训练你们去雕刻那些属于人类的神？他应该知道没有商人会接受这样的赝品。外星的艺术本就应该看起来有外星的样子。"她叹了口气,"我想是我错了,早该把这些箱子打开。"她自嘲。

苦言者凝视着她:"埃里克的裹尸衣。给。"

莱瑟象征性地点头。她已经拥有了它,并将它挂在她的床位上。那是一件奇怪的小东西,材质的一小部分是简西人的毛皮,大部分是一缕缕柔软光滑的火红长发。那上面有一小块灰色图案,虽简陋,但仍可以认出是埃里克·内克罗尔的画像。她对这个也感到好奇。属于寡妇的悼念物,还是孩子的?还是只是一个朋友?在飞船离开的这些年,内克究竟发生了什么?如果她可以按时回来就好了,那么……但是她在杰米森世界里耗费了数月的时间,不断地寻找生意人鉴定这些毫无价值的雕像。直到中秋卓罗星之光才返回克洛斯,却只看到内克的贸易基地成为了一片废墟,天使们则已经开始庆祝他们的丰收。

而那些天使——当莱瑟去和他们打交道、去卖激光枪、去跟他们交易的时候,那堵血红色围墙的景象让她感到无比恶心。她以为自己来之前已经做好了准备,可眼前的景象还是超越了她的承受极限。一队天使在生锈的城门前发现了呕吐不止的她,然后护送她进去,来到训导者面前。

怀亚特瘦得只有莱瑟记忆中的一半大小,形销骨立。巨型露天祭坛就树立在城市的中央,他则伫立在祭坛底部。栩栩如生的巴卡隆像被玻璃金字塔包裹住,置于红色基石上,在木质祭坛上投下长长的影子。在巴卡隆像的下面,成队的天使堆起新收获的尼欧草和麦子,还有冰冻的巴士猪尸体。

"我们无须同你交易,"训导者对她说,"克洛斯世界已经被多次祝福,我的孩子,现在巴卡隆就活在我们之中。他创造了诸多神迹,还会创造更多。我们的信仰与他们同在。"怀亚特用枯槁的手对祭坛打了个手势。"看见了吗?我们要烧掉过冬的粮食以供奉他,因为苍白圣童已

Dreamsongs

经应许我们今年冬天不会来临。他还教导我们平安地剔除我们中的一部分,比战争还管用,这样地球之种会更加强壮。这将是一次崭新又伟大的神迹!"他眼中仿佛有火在燃烧,充满了狂热、苍茫、阴郁,奇怪的是,他眼中闪着点点金光。

莱瑟赶快离开了这个钢铁天使的城市,竭力不再看城墙一眼。可当她攀上山丘朝贸易基地而去时,她又来到了石环,来到了当初内克带她来过的金字塔废墟前。此刻莱瑟再也无法抑制自己,她朝剑谷看了一眼。那景象她一生也不会忘记。

城墙之外挂着天使的孩子们,一列穿白色制服的尸体悬在绳子末端,一动不动。他们走得看似安详,死亡的过程却并不平静;年长的那些死得更干脆,脖子被突然拧断,但那些苍白的孩童只是腰部挂着绳子,莱瑟瞧得清清楚楚,他们是被吊在那儿活活饿死的。

她呆站着,回忆过往。船员从内克居住的破碎球形罩中跑了出来。"没剩下什么,"他汇报道,"只有雕像。"

莱瑟只是点点头。

"走?"苦言者问,"去'杰米森'世界吗?"

"是的。"莱瑟如此回应。她的目光越过等待的卓罗星之光,眺望着漆黑蛮荒的原始森林。巴卡隆之心永远沉寂了。在无尽的丛林和一个孤独的城市中,所有的部落开始祈祷。

夏添 译

梦歌

石头城

　　交错星有许多名字。人类星图将它标为灰色荒野,甚至常常不标出来,因为它距人类空间有十年之久的航程。丹拉人高亢粗嘎的语言称它为"无界"。首先发现此星的阿·门璐莱斯人简单地称它为石头城之星。克瑞什人的语言里有这颗星的名字,林卡拉人和塞瑞斯人也知道它的存在,还有许多种族途经此星,因此它有许多名字。但对于在此处停留片刻而又离去的星际旅者们而言,它往往被称为交错星。

　　它是个荒芜的星球,灰色的海洋和无尽的平原上暴风肆虐,空旷的星港和石头城则死气沉沉。根据可考的历史,星港至少有五千年历史,阿·耐伊莱斯文明在繁盛时期占据了阿族星群,曾有上百代人经营交错星。但之后他们的文明消逝了,被阿·门璐莱斯人取代。而今天,那个古老的种族只存在于传说和歌谣之中。

　　但他们的星港依然完好,它就像平原上的一大块斑点,被一圈高耸的挡风墙围住,失落文明的工程师建造了这面墙以阻挡风暴。高墙之内散布着星港的机库、简易住宅和商店,来自上百个星球的旅者可以在此歇息,养精蓄锐。围墙外以西什么也没有,风暴打西边而来,暴虐地吹打着墙壁,其能量会迅速被吸收并转换为电能;而东墙外的阴影下还有一座城市,一座遍布塑料圆屋和金属窝棚的露天城市,里面挤满流放者和病患以及没有飞船的人们。

　　更远的东方,则是石头城的所在。

　　五千年前,在阿·耐伊莱斯人到来时石头城便已矗立于此。他们一直未能了解它究竟在暴风中挺立了多少年,以及它究竟为何而建。据说古老的阿族人非常自大,好奇心也十分旺盛,于是他们展开探索,在扭曲的巷道里漫步,攀爬狭窄的阶梯,测量密集的高塔和方顶金字塔。他们发现石头城的地下遍布着无穷无尽、宛若迷宫的黑暗走廊。他们发现这座城市深远无界，灰尘遍布，寂静可怖。但他们怎么也找不到建造者的踪迹。

最后，阿·耐伊莱斯人不知何故厌倦了探索，并开始畏惧起这座城市。他们撤了出去，再未回来。石头城被封闭了数千年，随着对建造者的膜拜兴起，这个古老的种族的衰败也随之降临。

但阿·门璐莱斯人只崇拜阿·耐伊莱斯人，丹拉人不信鬼神，而谁知道人类信些什么？因此石头城里又一次响起了脚步声，他们迎风穿行于巷道之中。

墙里嵌着一具具骨骸。

它们位于风墙大门上方，摆放没有规律可言，一共十一具，一部分没入光滑无缝的阿族金属中，另一些暴露在交错星的狂风里，还有些更深入墙壁。更高处有一具新骷髅，属于某个不知名的有翼种族，这具松松垮垮的苍白骨架只有手骨和脚踝骨没入墙中，正在微风中咯咯作响。在它下面，门洞右上侧，一具林卡拉人的骨骼只剩下圆桶形的肋骨还依稀可见。

麦克唐纳的骨头一半在墙里，一半在墙外，双手大半陷入金属，指尖却奓拉在外（一只手里还握着激光器）。他的脚和躯干也暴露在外，当然，还有头骨——颜色惨白，一半被砸扁，但仍是罪证。霍尔特每次经过城门都能看见它俯视着他，有时，在交错星迷离的晨光里，它空洞的眼眶仿佛会目送他走进城门。

但霍尔特几个月前就不在乎了。麦克唐纳刚被抓走时，他正在腐烂的尸体突然出现在风墙里，半埋入金属中。霍尔特能闻到尸臭，能辨出麦克的尸体。而现在他成了一具骷髅，便更容易被抛诸脑后。

到这天早晨为止，飞马号抵达此星已有一个标准年，霍尔特从骷髅下走过,甚至没抬头看一眼。

城门内还是老样子,仍是那条空空荡荡的走廊。弯曲的走廊朝内延伸,白色的地面落满灰尘,毫无生机。一道道狭窄的蓝门整齐地列于两侧,但全都紧闭着。

霍尔特朝右边走,试着去开第一扇门,他把手掌按到碟形开关上,门板却纹丝不动。办公室锁着。他又试了第二扇门,依然锁着。下一扇也一样。霍尔特依次试过去。他不得不这么做,因为每天都只有一个办公室开放,而且每次房间都在变。

他按到第七扇时,门滑开了。

一位丹拉人坐在弧形金属办公桌后,看起来和四周格格不入。这个房间,里面的陈设,以及整座星港——一切都是按照早已消失的阿·耐伊莱斯人的身体比例修建的,相比之下丹拉人实在太瘦小。但霍尔特已经见怪不怪,一整年了,他天天都来这里,每次都会看到一个丹拉人孤零零地坐在桌子后面。他不知道究竟是同一个丹拉人每天换一间办公室,还是每天都有不同的丹拉人坐在这里。他们都有长长的吻部,一对眯缝的眼睛和红色的粗硬毛发,因此被人类称作狐狸人。绝大多数情况下霍尔特分不清两个狐狸人之间的区别,丹拉人也不愿意帮他分清楚,给他们起的名字他们一概拒绝。这坐在桌子后面的生物有时能认出他,有时又认不出来。霍尔特早就放弃了,就当每天见到的不是同一个丹拉人。

不过今天早上,狐狸人一眼就认出他来。"啊。"霍尔特进门时他说,"你要一个铺位?"

"没错。"霍尔特说。他苍白瘦削,棕色头发已开始稀疏,下颌线条给人以顽固的感觉,一身的灰色船员制服破旧不堪。他摘下和制服配套的破帽子,等待对方的回答。

狐狸人交叉起双手纤细的十二根指头,迅速挤出一个浅浅的微笑。"没有铺位,霍尔特。"他说,"抱歉,今天没有船来。"

Dreamsongs

"我昨晚听到飞船的声音了,"霍尔特说,"在石头城里隔着老远都能听到。给我个铺位吧,我会干船上的活。我熟悉普通引擎,还知道怎么使用丹拉跃迁炮。我有资格证。"

"没错,没错。"又是一闪而过的微笑,"但是真没有船。下周,也许会有。下周也许会有人类船。到时候你就有铺位了,霍尔特,我可以发誓,可以保证。你是个很棒的跃迁师,对不?没错,我会给你找个铺位,但是要到下周,下周,现在没有船。"

霍尔特咬了咬嘴唇,弯下腰,两手按在桌面上,握起拳头捏着帽子。"下周你就不会来了。"他说,"要么你会来,但又认不出我,许下的诺言也会全忘光。给我一个昨晚降落的那艘船上的铺位。"

"啊。"丹拉人说,"没铺位。不是人类船,霍尔特,没有人类的铺位。"

"我不在乎,什么船都可以,我愿意和丹拉人一块儿干活,阿族人、塞瑞斯人或别的什么星的人也可以。只要是跃迁船就行。我要搭昨晚的那艘船。"

"但现在没有船,霍尔特。"有那么一瞬间狐狸人露出了牙齿,"告诉你,霍尔特。没船,没船。下周,再来。再来,下周。"他的语气已在下逐客令了,霍尔特能听明白。几月前的一天,同样的情况他试图和对方争辩,却被另外几只狐狸拖走。之后整整一周,所有门都对他紧闭。霍尔特知道现在该离开了。

外面光线昏暗,他在风墙上靠了一会儿,试图止住颤抖的双手。他提醒自己,必须找点活干。他需要赚钱和食品券,这些他可以搞定。他可以去窝棚看看,或者去看看桑德兰怎样了。至于铺位,明天总有机会。他得耐心一点。

他瞥了眼麦克唐纳,后者似乎不怎么耐心。霍尔特沿空荡荡的街道走进属于无船之人的城市。

梦歌

霍尔特从小就对星空着迷。他常常夜里漫步在尤弥尔星酷寒时节的冰雪森林里。他可以踩着积雪一路走上几公里，直到城市灯火消失在身后。他会独自站在属于霜花冰网和盛开的擘海花的闪亮蓝白色仙境里，抬头仰望。

尤弥尔冬年的星空因没有月亮而显得清冷孤寂，一片黑暗。群星寂寞地散落在天穹之上。

霍尔特拼命记下一个个名字——不是恒星的名字（现在没人会给恒星起名字——编号就足够了），而是散落其间文明世界的名字。他是个聪明的孩子，记得又快又牢，连他粗暴势利的父亲都有点为他骄傲。霍尔特还记得在老家举办的那些漫长的聚会，父亲喝多了夏酿酒，会把所有宾客都带上阳台，好让儿子背诵行星的名字。"那里，"老爷子会这么说，一只手拿着酒杯一只手指着星空，"那儿，亮的那颗。"

"阿拉卡尼。"男孩面不改色地回答。宾客们会微笑，礼貌地啧啧议论。

"那个呢？"

"巴尔杜。"

"这个，这个，还有这边的三个。"

"芬尼根、约亨利、塞利亚星、新罗马、卡萨丹。"男孩嘴里吐出一连串名字。他父亲的老脸上露出大大的微笑，不停地指来指去，直到其他人感到无聊厌烦。霍尔特会把在尤弥尔旧居阳台上能看到的所有世界都复述一遍。他总是很讨厌这一套。

还好他去冰林时父亲从没跟在后面，远离城市灯火的夜里多出上千颗星星，上千个他要背下的名字。霍尔特从来就没记全过，那些遥远昏暗的恒星不属于人类的领域。但他也记住了不少。往星系核方向有达莫斯人的苍白星群，沉默人马的红色太阳，芬迪群鬼养育小麻棍的

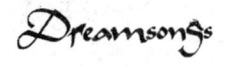

稀疏星群，除了这几个，他还知道更多。

　　男孩一天天长大，他还是继续造访冰林，不过不再是独身一人。他常拉上女友一起，某个夏年的夜晚，树枝挂满花朵而非冰霜，他在星光之下初尝禁果。他时常跟恋人和朋友们提起那些夜晚，却难以言表，霍尔特不善言辞，没法让他们理解他的感受。其实，连他自己也理解不了。

　　父亲死后，他继承了老家和地产，经营了一整个漫长的冬年，那时他才不满二十个标准年。冰雪消融后，他抛下家产，赶到尤弥尔城。星港里泊着一艘飞船，正准备赶往芬尼根和更遥远的星域。

　　霍尔特在船上要到了一个铺位。

　　天色渐亮，街道开始繁忙。丹拉人从围墙里出来，在棚屋间支起了食品摊。再过一小时街上就会挤满各色摊位。几个憔悴的阿·门瑙莱斯人四五成群，在附近转悠。他们的深蓝色罩袍几乎拖至地面，仿佛是在滑行而非走路——姿势奇异而又郑重，仿如幽灵。他们灰色的柔软皮肤上扑满白色的粉，水汪汪的眼睛目光迷离。他们一族总那么淡定，即便身为可悲的无船者也不例外。

　　霍尔特跟上一伙门瑙莱斯人，加快脚步。狐狸人商贩不理会一脸严肃的阿·门瑙莱斯人，但都瞄着霍尔特，一路冲他叫喊。他不理睬，他们便高声嗤笑，声似狗吠。

　　走到塞瑞斯人居住区附近，霍尔特不再跟着阿族人，他拐进侧方一条狭窄的荒废街道，他到那里有活要干。

　　他在一堆泛黄的塑料圆屋中随便挑了一间。屋子很旧，塑料外皮磨得光溜溜的，木门上刻着巢的图案。门自然是紧锁着，霍尔特用肩顶住门，用力一推。门没动。他后退几步，带着助跑往门上撞去。到第四次时门"嘎"一声开了。他不在乎声音大，在塞瑞斯人的贫民窟里，没

梦歌

人听得见。

屋里伸手不见五指。他在门边摸索,找到一个冷光棒,他握住棒子,直到它吸满他的体热,开始发光。接着他漫不经心地四下张望。

屋里有五个塞瑞斯人,三个成体,两个幼体,全都窝在地板上蜷成一团,难辨形貌。霍尔特懒得再看他们一眼。在晚上,塞瑞斯人异常可怖,他常在石头城傍晚的街道上看到他们一边轻声呜咽一边吓人地摇摆身子。他们如蛆般乳白的分节躯干展开足有三米长,还有高度分工的六肢:两条呈八字形的大脚,一对拾物用的分叉的纤细触手,和一对凶恶的攻击爪。他们的眼睛有茶碟大小,如一汪紫色池水,可观八方。夜里,最好离塞瑞斯人远点儿。

但在白天,他们就是一团团瘫痪的肉球。

霍尔特绕过异星人,洗劫了他们的小屋。他拿走那只为塞瑞斯人舒适特意调成暗紫色光线的手持冷光棒,还拿了一叠食品券和一只磨爪石。墙正中挂着一对抛过光镶嵌珠宝的爪子,属于某位显要祖先,霍尔特刻意没碰它,若是家族神像被偷走,这一窝异星人必定要抓到小偷,不然就得以死谢罪。

最后他找到一副巫师卡——一副镶着金和铁的烟黑色小木板。他把它们塞进口袋便离开了。街上依然空荡。除了塞瑞斯人,很少有人会来塞瑞斯区。

霍尔特迅速摸回主干道,那是条铺石子的宽阔大道,从星港风墙脚下直达五公里外石头城寂静的城门。大街现在拥挤而吵闹,霍尔特挤过人群。狐狸人无处不在,他们吠叫着大笑,不停冲他挤嘴唇。他们理着红棕色皮毛,应付一群群蓝袍阿·门瑙莱斯人,带甲壳的克瑞什人,还有松垮绿皮肤、眼睛鼓凸的林卡拉人。有些食品摊提供热餐,使整条大道热气腾腾,充斥着各种气味。霍尔特在交错星待了好几个月才终于能分清食物的气味和异星人的体味。

他走过拥挤的街道,在异星人面前左躲右闪,紧抓着偷来的东西。

霍尔特小心留意四周,这个习惯已深入骨髓。他一直在寻找陌生的人类面孔,寻找人类飞船入港的迹象,那是他得救的希望。

但他没找到。一如既往,周围只听到令人窒息的异星语言——丹拉人的吠叫,克瑞什人的咔咔声还有林卡拉人呜咽般的语言,但没有一句人话。而现在,这场面已不会让他不自在了。

他来到要找的摊位前,一个困倦的丹拉人缩在灰皮斗篷下,抬头看着他。"哎,哎。"狐狸人不耐烦地喝道,"你是谁,要干啥?"

霍尔特推开散落在柜台上五颜六色的闪耀珠宝,放下顺来的冷光棒和磨爪石。"做买卖。"他说,"换食品券。"

狐狸人低头看看赃物,又抬头看看霍尔特,用力撸着长嘴巴。"买卖买卖,和你做买卖。"他唱道。他拿起磨爪石,两手轮流掂量,然后放下,又摸了摸冷光棒让它略微发出一点光。接着他点点头,嘴唇扭出一个微笑。"好买卖,给塞瑞斯人。大虫子会买的,是啊是啊,成交。那么,换食品券?"

霍尔特点点头。

丹拉人在罩袍里翻找起来,掏出一把食品券扔到柜台上。这些五彩鲜艳的塑料圆片,是交错星上最接近货币的东西。丹拉商人愿意收取这些塑料片以交换食物,丹拉人的跃迁炮太空船队能运来各种食物。

霍尔特数数食品券,捧起来扔到他从塞瑞斯塑料屋里捡来的一个袋子里,"我还有。"他摸进口袋翻找巫师卡。

但口袋是空的。丹拉人微笑着咂咂嘴,"没了? 看来,无界上不止一个小偷。不止,不止你一个。"

他还记得他搭乘过的第一艘船,记得幼年时在尤弥尔星上仰望过的星空,记得他造访过的每一个行星,记得雇过他的每一艘飞船,还有共事过的人(以及非人),但记忆最深的是他登上的第一艘船:狂笑阴影号(这名字可有一段历史,但早先没人跟他讲过),它从西利亚世界来,准备前往芬尼根。它是艘改装的运矿船,巨大的泪滴状蓝灰色强合金船身坑坑洼洼,比霍尔特本人至少要老上一世纪。船里空空荡荡——货舱巨大,船员舱却很小,只有十二个网兜床,没有重力网(他很快便适应了自由落体)。还有起飞降落用的核能引擎以及用于星际跃迁的普通超光速引擎。霍尔特被分配到引擎室工作,那个朴素的房间里只有昏暗的灯光、裸露的金属和计算机终端。凯恩·纳卡米恩负责教他怎么操作。

霍尔特记得纳卡米恩。他是个很老很老的老头子,老到让人觉得已不适合航行生涯。他黄色软皮革般的皮肤上尽是皱纹,密布细小的褶子。他有双棕色杏眼、长满老年斑的光头和一小撮金色山羊胡。有时他也会露出老态,但通常敏锐又警觉,他熟悉引擎,也熟知各个星域,而且干活时总是滔滔不绝。

"两百个标准年!"他说,当时他们都在操作终端。他不好意思地咧嘴一笑,霍尔特发现他到了这把年纪牙齿竟还没掉光——也许是又长的新牙。"老凯恩我在船上干了这么多年头,霍尔特。这可是大实话!你要知道,一般人到死也不会离开他出生的星球。一辈子!反正至少百分之九十五的人都是这样。他们从不离开家乡,生在哪长在哪死在哪。而在船上卖命的呢——唔,好多也没去过几个星球,顶多十几个吧。但我不一样!你知道我在哪里出生的吗,霍尔特?猜猜看!"

霍尔特耸耸肩。"古地球?"

凯恩大笑起来:"地球?地球算个毛,离这里才不过三四年航程。应该是四年吧,记不清了。你猜错了,但我见过地球,人类的老家,万物的起源。五十年前我在、在黑科瑞号上见过,应该是这个名字。当时我想,也是时候了,我在船上都干了一百五十个标准年,连地球都还没见过。不过我终是见着了!"

"你没生在那儿?"霍尔特问。

Dreamsongs

老凯恩摇摇头，又笑了："不太可能啊！我是艾莫瑞人，来自爱·艾莫瑞星，你听说过吗？"

霍尔特被问住了，他不记得有这么个行星，不是他父亲指过的，在尤弥尔的星夜里也看不到。但他隐约想起一点什么。"星尘？"他终于猜到。星尘是人类最遥远的边疆，在那里所谓的人类空间在天文望远镜里只是一个银色小点，那里的恒星已相当稀疏。尤弥尔和他熟悉的星球都在古地球另一侧，靠近恒星密集区和人类至今无法靠近的星系核。

凯恩对他的回答很满意。"没错！我是个外世界人。我快两百二十岁了，差不多也见过那么多个星球，人类的、哈兰甘人的、芬迪人的，甚至还去过某些人类已不再是人类的星球，明白我的意思吧？航行，我一生都在航行。要是我发现某个地方比较有意思，就会下船逗留一段时间，想走了就再上船。我什么都见过，霍尔特。我年轻时见识过星尘诸星的节庆，在卡瓦娜高原狩猎过女妖，在奇姆迪斯星上讨了个老婆，不过后来她死了，我便继续航行。我去过星尘里的普罗米修斯星和莱安农星，还有再靠内一些的杰米森世界和阿瓦隆。对了，我在杰米森待了段时间，在阿瓦隆娶了三个老婆和两个丈夫，或者说共夫，你爱怎么叫都可以。那时我才刚接近一百岁，可能更小。那段时间我们有自己的船，在附近星域做点买卖，去过一些曾被哈兰甘人奴役、战后又独自发展的星球，甚至去过老哈兰加。据说哈兰加地下深层还潜伏着几个主脑，等待时机再次攻打人类空间。但我只见到很多战斗型或苦力型或其他更低等的虫子。"

他微笑着："黄金岁月啊，霍尔特，真是一段好年头。我们管那船叫杰米森的屁股，我的老婆们和丈夫们大都是阿瓦隆人，只有一个来自老海神星。你知道吧，阿瓦隆人可不怎么喜欢杰米森人，所以我们才整出这么个名字。不过我倒不觉得他们有什么偏见，去阿瓦隆之前我也是杰米森人，杰米森港就是个恶心的暴发户，整个星球都一个德行。

梦歌

"我们一起在杰米森的屁股上航行了接近三十年,期间我的两个老婆和一个丈夫离去,剩下的人仍然同甘共苦,直到我也决定退出。他们想继续把阿瓦隆作为贸易基地,但你看,我待了三十年,游遍了周围我想看的所有星球,但还有其他星球没见识过呢。所以我继续远航。不过我爱他们,霍尔特,我真的深爱着他们,一个男人就该和他同船的伙伴结婚,感觉真是太妙了。"他叹口气,"想上床也更容易,生活更和谐。"

霍尔特听入了迷。"之后呢?"他问。年轻人脸上的表情远不能表现他内心的嫉妒。"你又去做了什么?"

凯恩耸耸肩,低头看了看终端,伸手按下几个发光按钮,调整引擎。"哦,就是到处航行呗。去过的星球,没去过的星球,人类啊,非人啊,异星人啊;新避难所、帕查库蒂还有毁于战火的老威灵顿,然后是新霍姆、银穹和古地球。再就是现在这趟,在死掉之前能走多远就走多远,跟陶莫和华伯格一样,对吧。你在尤弥尔这边听说过陶莫和华伯格吗?"

霍尔特点点头。连尤弥尔人也听说过陶莫和华伯格。陶莫是外世界人,出生于星尘上方远端的黑暗黎明星,据说是个黑暗梦游者。华伯格是普罗米修斯的改造人种,传说是个粗鲁的探险家。三百年前,他们乘一艘名叫梦妓的船,从黑暗黎明星启程航向银河系另一端。至于他们造访了多少个星球,经历了怎样的故事,在死去之前航行了多远——在传说里都含糊不清,专家们仍为此争论不休。霍尔特总幻想他们仍在宇宙某处航行。毕竟华伯格宣称自己是个超人,谁也说不准超人能活多久。也许久到足以让他抵达星系核,甚至更远。

他一直盯着终端遐想不停,凯恩笑着问:"嘿,你晕船了吗!"霍尔特回过神,抬起头,老头点着头(还在笑)说:"没错,就是说你呢。打起精神来,霍尔特,不然你哪儿也去不了!"

但那只是善意的揶揄和友好的微笑。霍尔特从没忘记这一幕,还有凯恩·纳卡米恩的故事。他们睡在相邻的网兜,霍尔特每晚都听凯恩说故事,老头总停不住嘴,霍尔特也喜欢听他讲。狂笑阴影号终于抵达卡萨丹,航程中最远一站。在它向塞利亚星和故乡返航之前,霍尔特和纳卡米恩一起辞了工作,在一艘前往维斯和达莫斯人的星域的邮政船上找到了位子。

他们一起航行了六年,纳卡米恩终于去世。在霍尔特的记忆里,老人的容貌比生父的容貌更清晰。

窝棚是一座又长又窄的金属建筑,用螺纹面蓝色强合金搭建而成,材料大概是从货船里抢的吧。它距风墙有数公里远,能遥望石头城灰色的墙壁,和高挂墙头的西侧孔门。周围另一些大型金属建筑物,是阿·门瑙莱斯无船者的仓营房,但阿族人从不进去。

霍尔特走到那里已是中午,窝棚里几乎没人。房间正中一根粗大的冷光棒插在天花板和地板之间,发出微弱的红光,根本照不亮一张张无人的桌子。一群嘟嘟囔囔的林卡拉人挤在一个黑暗的角落里,他们对面一个肥大的塞瑞斯人紧紧蜷成球,光滑的白皮肤反射着光。飞马号的旧桌子摆在冷光柱旁,阿莱娜和塔克·雷正分享一个白色石瓶里的忘情水。

塔克很快就看到了他。"瞧瞧。"他举起杯子,"我们有伴儿了,阿莱娜。迷失的灵魂归来了!石头城里怎么样,迈克尔?"

霍尔特坐下说:"老样子,塔克,还是老样子。"他勉强冲塔克苍白浮肿的脸挤出微笑,然后马上转向阿莱娜。一年多以前,她和他一起操作过跃迁炮,也曾短暂地坠入爱河。但那段日子已经过去,如今阿莱娜发了福,红褐色的长发又脏又乱,曾经充满活力的绿眼睛被忘情水泡得迷茫而浑浊。

阿莱娜咧嘴冲他笑。"安啦,迈克尔。"她说,"找到船没?"

塔克·雷咯咯笑,霍尔特没理他。"没。"他说,"但我会继续找。

梦歌

今天狐狸人说下周会来一艘船,一艘人类船。他答应给我个位子。"

这下他们俩都笑了。"唉,迈克尔。"阿莱娜说,"傻小子啊,他们也和我说过同样的话。我好久没出去了,你也别走。我要你回来,跟我一块儿回房间。我想你啊。塔克太无聊了。"

塔克皱起眉头,没有说话,他自顾自地又倒了杯忘情水。烈酒像蜂蜜般缓慢从瓶口滑出,让人看着难受。霍尔特记得它的味道,金色液体像火焰一样烧灼他的舌头,然后带来阵阵舒心的平和感。刚来的几周他们一边狂饮这种酒,一边等着船长回来。接着一切开始崩溃。

"来点忘情水吧。"塔克说,"和我们一起。"

"不。"霍尔特说,"还是来点火焰白兰地吧,塔克,如果你能买单的话。狐狸啤或夏酿酒也成,如果能找到的话。我挺怀念夏酿酒的。但我不喝忘情水。我就是因为它才离开的,记得吗?"

阿莱娜突然倒抽一口气,嘴张得老大,眼里闪动着什么。"你走了。"她用细细的声音说,"我记起来了,你是第一个。你走了,还有杰夫,你是第一个。"

"不对,亲爱的。"塔克耐心地打断她。他放下酒瓶,呷了口杯里的酒,微笑着开始解释。"船长是第一个走的,不记得了?船长和维拉瑞尔还有苏茜·贝内,他们一起走的,我们就等啊等。"

"哦,没错。"阿莱娜说,"然后杰夫和迈克尔也走了。可怜的艾瑞自杀了,狐狸人将伊安塞抓进了墙里面。其他人都走了。哦,我不知道他们去了哪儿,迈克尔,我记不清了。"她突然开始呜咽。"我们以前一直在一起的,我们所有人,现在只剩下塔克和我。都走了,只有我们两个还在这儿,我们两个。"她哭出了声,抽泣起来。

霍尔特感到恶心。这两人比他一月前来时更糟——糟多了。他想抓起酒瓶摔烂在地,但那毫无意义。很久以前他做过一次——到达这里后的第二个月——那时无止境的绝望等待把他逼疯了。阿莱娜哭了,麦克唐纳咒骂着给了他一拳,打松了一颗牙齿(晚上有时还会痛),

塔克·雷去补买了一瓶酒。塔克总能搞到钱,他不怎么会行窃,但他出生在异星人和人类共居的维斯星,和很多维斯人一样是个恋异癖。塔克温柔顺服,狐狸人(一部分狐狸人)觉得他很迷人。后来阿莱娜加入进来,不光上了他的床也参加了他的生意。霍尔特和杰夫·桑德兰放弃了说服他俩,搬到了石头城外围。

"别哭,阿莱娜。"霍尔特说,"瞧,我不是在这儿吗?我还带来了食品券。"他伸进口袋掏了一把——红的、蓝的、银的、黑的,叮叮当当滚落在桌上。

阿莱娜的眼泪立刻止住。她开始在硬币里翻找,连塔克也期待地看着。"红的。"她兴奋地说,"瞧,塔克,红的,肉券!还有银的,忘情水。看那,看那!"她想把零散的硬币扫进口袋,但发抖的双手让好几个硬币掉到了地板上。"帮帮我,塔克。"她说。

塔克咯咯笑起来。"别担心,亲爱的,几个绿的而已。反正我们也吃不了蠕虫的食物不是?"他看着霍尔特。"谢谢你,迈克尔,谢谢你。我总和阿莱娜说你为人慷慨大方,虽然你在我们最需要你的时候离开了,还有杰夫。伊安说你是个懦夫,但我一直为你辩护。谢谢,没错。"他捡起一个银色的硬币用大拇指弹起来。"慷慨的迈克尔,我们永远欢迎你回来。"

霍尔特什么也没说。窝棚的老板突然在他身后出现,这家伙是一坨气味浓烈的蓝黑色肉山,正低头瞅着霍尔特——姑且算是看吧,因为这家伙没有眼睛,而姑且算是脸的地方实际连嘴都没有。脑袋的部位是个软塌塌耷拉着的肉袋子,长满气孔和一圈苍白的触手,大小和婴孩的脑袋差不多,与他那油光光堆满肥肉和麻点的恶心躯体一比简直小得出奇。窝棚老板不会说话,不说地球语也不说阿族语,也不会作为交错星贸易通用语的蹩脚丹拉语,但他总是知道顾客想要什么。

霍尔特只想离开。窝棚老板站在那里静静等着,他起身跌跌撞撞地走出门外。滑动门在他身后关闭时,他听见阿莱娜和塔克·雷为食

梦歌

品券而争吵。

达莫斯人是睿智而文明的种族,是一群伟大的哲学家——尤弥尔人是这么说的。他们的星域外侧毗邻不断扩张的人类空间边界,纳卡米恩正是在一个古老的达莫斯殖民星球上去世的。霍尔特也是在那时见到了第一位林卡拉人。

当时芮玛·克·泰尔和他同船航行,她是个长脸的维斯女子。他们在星港附近一处酒吧里喝酒,那地方供应来自人类空间的好酒。他和芮玛选了靠着脏兮兮的黄玻璃窗的位子,一同灌了个大醉。当时距凯恩的死已有三个星期。霍尔特看到一个林卡拉人从窗外经过,鼓凸的眼睛左摇右摆,他拽住芮玛的胳膊,拉她转身,问道:"看,又一种外星人,你认识吗?"

芮玛抽开手臂,摇摇头。"不认识。"她有些生气。她极度厌恶异星人,这是成长于维斯星的另一种特点。"也许是从更远的地方来的吧。别指望能把他们认全,麦克,宇宙里至少有一百万种异星人。妈的,达莫儿人和什么东西都能做上买卖。"

霍尔特又扭头去看,仍然十分好奇。但那只有着松垮绿皮的巨大生物已然走远。他突然想起了凯恩,心里一阵发凉。他想老头航行了二百余年,却可能根本没见过他们才看到的这种外星人。他把这个念头讲给芮玛·克·泰尔听。

她毫无反应。"又能怎样?"她说,"我们还没看过星尘和哈兰甘人呢,虽然我才不想见那些鬼玩意儿。"她被自己逗乐,"外星人就像果冻豆,麦克,五颜六色,内里却都一个样。

"可别变成老纳卡米恩那样的旅行家。你说这对他有什么好?他坐着三流飞船去了很多地方,却从来没看过远臂和星系核,没人能看得到。而且他永远发不了财。你还是安下心来好好过日子吧。"

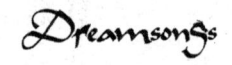

霍尔特几乎没听进去。他放下酒杯，用指尖轻抚冰冷的玻璃窗。

那晚，芮玛回船之后，霍尔特离开异星人区，跑进达莫斯人居住区。他付了这趟活的一半工钱，才得以进入该星球智慧之池所在的地下房间。那是一台巨大的计算机，由光导通路构成，连接着有心灵感应能力的达莫斯长老死去的大脑（至少向导是这么和他解释的）。

房间里是一只盛满绿烟的大碗，不时有波纹扰动。雾气深处一道道五颜六色的光不断闪现又消失。霍尔特站在碗边，低头看着，问出问题。一个仿佛由众多细小嗓音合成的回声回应了他。首先他描述了下午见到的生物，问它是什么，然后他头一次听说林卡拉人这个词。

"他们从哪里来？"霍尔特问。

"若使用你们的引擎，距人类空间六年航程。"细语随飘动的雾气道出答案，"偏向星系核方向，但不正对着。你想知道坐标吗？"

"不用。为什么我们很少能看到他们？"

"他们的母星很远，或许过于遥远了。"声音说，"达莫斯星域位于人类空间和林卡拉的十二个星球之间，中间还有诺·塔路什人的殖民地以及一百个没有星际引擎的星球。林卡拉人和达莫斯人有贸易往来，但很少会到达此星，这里离你们近，离他们远。"

"没错。"霍尔特说。他打个寒战，仿佛一股冷风吹过洞穴，拂动了雾气之池。"我听说过诺·塔路什人，但没说过林卡拉人。还有哪些文明，更靠内侧？"

"四面八方。"雾气低语。七彩的光在下方此起彼伏。"我们知道一些荒芜的星球，属于诺·塔路什人称为原初者的失落种族，虽然他们并非最早的文明。我们知道克瑞什人的疆域，还有阿萨的吉斯人失落的殖民地，在人类空间还不叫人类空间时，他们自其深处航行至此。"

"更远呢？"

"克瑞什人讲到过一个称为塞瑞斯的星球，还有一个比人类、达莫斯人和旧哈兰甘帝国的领域加起来都更大的星域，被称为阿族星群。"

梦歌

"好吧。"霍尔特说。他声音颤抖。"再更远呢？周围呢？更深处呢？"

雾气深处燃起一团火焰，绿色雾气透出红光，散发着焦糊的气味。"达莫斯人不知道。有谁能航行如此远，如此久呢？只有传说。要我们给你讲亘古者的传说吗？还是光明神或无船航行者的故事？我们该咏唱无家可归的种族的古老歌谣吗？有人曾在星系更深处目击到幽灵船，它们的飞行速度快过任何一艘人类船和达莫斯船，所遇之船尽数被毁，然而有时它们又无影无踪。谁知道它们是什么？是谁？来自何方？存在与否？我们知道名字，各种名字，各种故事。我们能告诉你名字和故事，却没有多少确凿事实。我们曾听说一个名为金色胡尔的星球，他们和失落的吉斯人贸易，吉斯人和克瑞什人贸易，克瑞什人和诺·塔路什人贸易，诺·塔路什人和我们贸易。但从未有达莫斯船只航向金色胡尔，我们说不清它究竟是怎样的星球，更不知道它在哪里。我们还听过一些来自无名星球的种族可以把自己吹起来，在他们母星的大气里飘浮，但那也可能只是个传说。但我们连传说源自哪个种族都不知道。我们听过居于星系更深处的种族，他们和一个叫丹拉人的种族有来往，丹拉人和阿族人贸易，阿族人和塞瑞斯人贸易，线索一直连到我们。但这个星球上的达莫斯人太靠近人类空间，甚至从未见过一个塞瑞斯人，这线索又如何能让我们确信呢？"他脚下仿佛传来一阵嘟哝声，雾气搅动，好似焚香的气味飘进霍尔特的鼻孔。

"我要回去了。"霍尔特说，"我会继续航行，定要亲眼见一见。"

"然后回来告诉我们吧。"雾气喊道，霍尔特头一次听到智慧之池哀恸的哭号，因为它自知学识短浅。"一定要回来，一定要回来啊。要了解的实在太多了。"焚香的气息十分浓厚。

下午霍尔特洗劫了三间塞瑞斯圆屋，另两次落空。一间屋里空空如也，只有寒气和灰尘；第二间有人居住，但屋主不是塞瑞斯人。门吱呀一声打开，他呆住了。房间顶部一只长翅膀的东西不停扑腾，目光凶悍，朝他嘶吼着。结果他什么也没抢到，先前的空屋子里也没东西，但之前的三票活收获颇丰。

他迎着夕阳返回石头城，爬上通往西侧孔门的狭窄坡道，肩扛一袋食物。

暗淡的余晖下，石头城仿佛没了颜色，死一般苍白。周围城墙四米高、八米厚，由光滑的灰石头构成，没有一点缝隙，仿佛一个整体。对着无船者之城的西侧孔门不像城门，更像一个隧道。霍尔特快步穿过孔门，走进一条狭窄蜿蜒的小巷。小巷周围是两栋巨型建筑——也可能根本不是建筑。它们高二十米，形状毫无规则，无窗无门。除了石头城的地下隧道，没有任何入口通往其内部。然而这种建筑物——奇形怪状的凹面灰色巨石——占据了石头城最东边十二千米见方的区域。桑德兰画出了这片区域的地图。

巷道复杂得令人绝望，没有一条直路能超过十米。霍尔特经常想象从天空俯瞰这条路线，一定很像小孩画的闪电。他虽经常走这条路，但脑子里还记着桑德兰的地图（至少记住了这一小片区域）。他毫不犹豫地迅速穿过巷道，没有遇到一个人。

站在几条巷道的交会处，霍尔特时常能瞥见远处的其他建筑。桑德兰画下了其中大多数，他们用远景当地标。石头城有上百个分隔的区域，每个区域的结构和其中的石头建筑都不一样。西北侧墙边是成片的黑曜石塔，十分密集，高塔间是干涸的沟渠；南侧有一片血红色金字塔；东侧则是一片空旷的花岗岩地面，只有中央耸立着一座蘑菇状高塔；还有好多区域陌生而荒无人烟。桑德兰每天都能画出一小片区域，然而他地图里的区域也不过是冰山一角。石头城下有层层叠叠的通道，无论霍尔特、桑德兰或其他任何人都无法在那些黑暗无风的兔子洞里穿行。

梦歌

霍尔特在一个主要的路口停住脚步,此时暮色已深。路口呈八边形,中央是一个较小的八边形水池,池中是一汪绿色死水,霍尔特走到池边,带起些许涟漪。他们的房间就在前面,和整座城市一样干涸无水。桑德兰说金字塔里有室内供水设施,但西侧孔门附近只有这一个公共水池。

霍尔特洗去满面满手的灰尘,继续往前走。食物袋在他背后晃悠,他的脚步声和带起的回音打破了巷道内的寂静,除此之外再无其他。天色迅速黑下来,这会是又一个冷寂的无月之夜。霍尔特很清楚,天空总是乌云密布,除了几颗暗淡的星星他什么也看不到。

水池广场前方,一座倒塌的巨型建筑化作了一堆碎石和沙砾。霍尔特小心地从中穿过,走到附近唯一一座建筑前——一个巨大的金色石头圆顶房子,形似大号的塞瑞斯圆顶屋。石头上开有十几个入口,连接着十几条蜿蜒狭窄的阶梯,里头有很多房间,好似蜂巢。

他在这里住了近十个标准月了。

霍尔特进屋时,桑德兰蹲在他们共享的房间的地板上,周围摆满地图。他正把各区域的地图拼起来,凑成一幅大图。地图几乎都画在从丹拉人那里买的泛黄纸片上,用飞马号的二向胶卷和银色阿族金属的小方片别住。地图铺满了房间,每张图上都标满桑德兰整齐的注释。他跪坐在地图中央,手拿记号笔,表情严肃,面容衰老,身形臃肿。

"我带了吃的回来。"霍尔特说着,把包往房间那头一扔,砸到地图上,打乱了几片零散的拼图。

桑德兰尖叫起来。"啊,地图!小心!"他眨眨眼,推开食物,把几张图重新排好。

霍尔特走向房间另一头,他的网兜床搭在两根粗粗的冷光柱之间。他踩到地图时桑德兰又叫了起来。但霍尔特没理会,径直爬上床。

"妈的。"桑德兰抚平被踩皱的图。"你不能小心点吗?"他抬头发现霍尔特冲他皱眉头。"麦克?"

"抱歉。"霍尔特说,"今天有什么发现吗?"他的语气礼貌却空洞。

桑德兰根本没留意。"我到达了一个全新的区域,在南边。"他兴奋地说,"而且非常有意思,显然是整体设计的。这里有一个中央柱,你瞧,用某种柔软的绿石头建成,周围有一圈共十个略小一点的柱子,这里有一些桥——好吧,某种曲面石板——从中央柱的顶端盘旋连接周围柱子的顶端,还不断向外延伸,一直连到齐腰高的石墙迷宫。我得花上好几个星期才能画出地图。"

霍尔特盯着面前的墙壁,他们用金色石块划出的痕迹来记日子。"一年了。"他说,"一个标准年了,杰夫。"

桑德兰惊异地看着他,然后起身动手收拾地图。"今天怎么样?"他问。

"我们走不了。"霍尔特说,听起来更像是自言自语,"永远走不了,没戏。"

桑德兰愣了一下。"打住。"矮胖子说,"我可不信,霍尔特。一旦放弃希望,接下来你就会和阿莱娜及塔克一样泡进忘情水里了。关键在石头城,我从一开始就知道。一旦我们发掘出这里所有的秘密,便能向狐狸人换来脱身的机会。只要我完成地图——"

霍尔特翻了个身面向桑德兰。"一年了,杰夫,一年了。你不可能画完地图。就算你画上十年也只能画出石头城的一部分。还有隧道呢?地下通道呢?"

桑德兰紧张地舔舔嘴唇。"地下。呃,如果我有飞马号上的装备,就能——"

"你没有,而且有也没用。石头城下什么都不起作用,所以船长才会在这里降落。正常的法则在这下面不起作用。"

桑德兰摇摇头,继续收拾地图。"人类的理智可以理解一切事物,给我足够的时间就成,我会搞清楚的。要是苏茜·贝内还在的话或许连丹拉人和阿族人都能研究透彻。"苏茜·贝内是他们的沟通专家——

梦歌

一名三级语言心灵感应者,和异星人打交道再不值一提的天赋也是有用的。

"苏茜·贝内不在了。"霍尔特说,语气生硬起来。他开始掰着指头数名字。"苏茜和船长失踪了,卡洛斯也是。艾瑞自杀了。伊安试图一路杀进风墙,结果自己被挂上了墙。戴·拉娜和马吉进地道去找船长,同样不知所终。戴维·蒂尔曼把自己卖给克瑞什人当卵宿主,现在肯定死了。阿莱娜和塔克·雷成了植物一样的废人,没人知道留在飞马号上的四个人怎样。所以只剩下咱俩,桑德兰,你和我。"他苦笑起来。"你画图,我偷虫子,到现在还两眼一抹黑。我们完蛋了。我们会死在这座石头城里,再也看不见星空。"

他的话戛然而止。霍尔特很少如此激动,他是个安静而不善言辞的人,还稍带抑郁。桑德兰震惊地站住,霍尔特灰心丧气地躺回网兜床上。

"日复一日。"霍尔特说,"日子再也没有意义了,你还记得艾瑞是怎么说的吗?"

"她精神错乱了。"桑德兰坚持,"她那一套我们做梦都想不到。"

"她说我们走得太远。"霍尔特续道,仿佛桑德兰没插过嘴。"她说假定整个宇宙都按我们能理解的规律运转是错误的。你还记得吧,她说那是'愚蠢、恶心、自大的人类观念'。你应该记得,杰夫,她是这么说的,愚蠢、恶心、自大的人类观念。"

他大笑起来。"交错星貌似服从自然规律,但我们都被表象所迷惑。根据艾瑞的说法,一切就说得通了。我们不是刚离开人类空间吗?越往外走,自然法则可能更加陌生。"

"我不喜欢这套理论。"桑德兰说,"你越来越悲观了。艾瑞有毛病,你知道吧,到最后她去参加阿·门瑙莱斯人的祈祷会,把自己献给阿·耐伊莱斯,诸如此类。神秘主义,她信的是那一套,神秘主义。"

"她错了吗?"霍尔特问。

"她错了。"桑德兰坚决地说。

霍尔特又翻身看着他。"那就解释解释,杰夫。告诉我怎样才能离开这里。告诉我怎样才能解释这一切。"

"石头城。"桑德兰说,"好吧,只要我完成地图——"他突然闭了嘴。霍尔特躺回床里,根本没听他讲。

他花了五年,换了六艘船才穿越了被达莫斯人称为家园的星域,通过了这片稀疏星群的边界。途中他造访了另外几个更大的智慧之池,尽力搜集信息,但一个又一个星球却给他留下一堆又一堆谜团。他工作的船只并非全属于人类。人类舰船很少会航行到这么遥远的区域,因此霍尔特只能和达莫斯人、无家可归的吉斯人以及其他较低等的异形共事。但他去过的每个星港都有一定数量的人类,他甚至打听到一个流言,说靠近星系核心的地方有第二个人类帝国。该帝国始于一艘流浪殖民船,以一个名为祭司王的金碧辉煌的星球为中心。据一个维斯老头说,那个星球的城市都是浮在云层上的。霍尔特当真信了一段时间,直到听另一个工友说在祭司王之星,城市覆盖了整个星球表面,人口由食品货船舰队供养,其舰船之大远超崩溃之前的联邦帝国的水平。此人还说第二帝国并非源于殖民船——他指出按亚光速飞船的速度,就算从星际时代发端开始飞行也飞不了那么远——而是一支逃离哈兰甘主脑的地球帝国舰队。这让霍尔特起了疑心。当听到一个休假的卡萨丹货船女船员坚持说祭司王之星已被陶莫和华伯格发现并由后者统治之后,他就再也不相信这个故事了。

但还有其他的传说和故事吸引他继续远航。

也吸引着其他人继续远航。

在一个环绕蓝白色恒星公转的没有空气的星球上唯一的圆顶城市里,霍尔特遇见了阿莱娜,她向他提到飞马号。

梦歌

"知道吗,这艘船是船长自己造的,就在这里完工。他是搞贸易的,比常人跑得更远些,当然我们也一样——"她会心一笑,以为霍尔特也是个冲着横财出来赌运气的货运贩子,"他碰到一个丹拉人,他们的家园更靠内一些。"

"我知道。"霍尔特说。

"嗯,不过你可能不知道内侧星域的情况。船长说丹拉人已占领了整个阿族星域——知道阿族星域么?……好,呃,据我所知阿·门瑙莱斯人没怎么抵抗,不过这是因为丹拉人有跃迁炮。我猜那是种新发明,船长说它能节省一半航行时间,甚至更短。普通星际引擎能弯曲时空连续体,你知道吧,这样就能引发超光速效应,而且——"

"我是个引擎技师。"霍尔特直截了当地说。但他身子前倾,聚精会神地听着。

"哦。"阿莱娜说,一点也没有受冒犯的意思。"嗯,丹拉跃迁炮不一样,它能把你传送到另一个时空点,再传送回来。它的操作方式也完全不同,部分需要心灵感应能力,需要在头上套一个环。"

"你们有跃迁炮?"霍尔特打断她。

她点点头。"为建造飞马号,船长前段时间把他的旧飞船熔掉了。他从丹拉人那里买到了跃迁炮,正准备招募一名船员,我们也正在受训。"

"你们要去哪里?"他问。

她轻轻一笑,明亮的绿眼睛似乎在闪闪发光。"还能是哪里?继续向内啊。"

霍尔特在黎明时分醒来,他一声不吭地爬起来,迅速穿好衣服,顺着来路往回走,经过那汪绿色死水和无尽的巷道,穿过西侧孔门和无船者之城。他从满墙骷髅下经过,没有往上看一眼。

他走进风墙内的长廊,开始逐个试门。前四扇被推得嘎嘎作响却纹丝不动。第五扇门后的办公室空无一人。丹拉人不在。

这可是个新情况。霍尔特小心地走了进去,四下张望。没人,什么也没有。也没有第二扇门。他走到宽大的阿族书桌后面,开始有条不紊地翻找,就跟搜刮塞瑞斯小圆屋一样。没准他能找到一张星港通行证,一把枪,或者别的什么——只要能让他回到飞马号上,如果它还停在墙外的话。要么能找到张船票也行。

门突然滑开,一个狐狸人站在门外,相貌和他的同类一模一样。他吠叫起来,霍尔特赶紧从桌旁跳开。

丹拉人迅速绕到桌子旁边,抢过椅子。"贼!"他说,"贼。我会开枪,你要吃枪子,没错。"他咬牙切齿地说。

"不。"霍尔特朝门边蹭过去。要是丹拉人叫了救兵他立马撒腿就跑。"我是来要铺位的。"他傻笑着说。

"啊!"狐狸人叉起手指。"不一样。好吧,霍尔特,你是谁?"

霍尔特呆住了。

"铺位,铺位,霍尔特要一个铺位。"丹拉人刺耳地唱道。

"昨天有人说下周会有一艘人类船来。"霍尔特说。

"不不不。抱歉,人类船不会来。这里不会有人类船来,下周,昨天,任何时候。你明白?我们没铺位,船满了。你永远没有铺位进不了港。"

霍尔特朝桌子逼近了几步:"下周没船?"

狐狸人摇摇头。"没船,没船,没人类船。"

"那就让我上别的船。我可以给阿族人干活,给丹拉人、塞瑞斯人干也没问题。我跟你说过,我熟悉引擎,会用跃迁炮,记得吗?我有资格证。"

丹拉人歪起脑袋。霍尔特见过这个姿势吗?这是他之前遇到的那个丹拉人吗?"没错,但没位置。"

霍尔特朝门口走去。

"等等。"狐狸人命令。

霍尔特转过身。

"下周没有人类船,"丹拉人说,"没船,没船,没船。"他唱着,接着他停住了,"人类船现在就有!"

霍尔特呆站着。"现在?你是说现在有一艘人类船在星港里吗?"

丹拉人拼命点头。

"铺位!"霍尔特激动至极,"给我一个铺位,妈的。"

"好,好,给你一个铺位,给你一个铺位。"狐狸人摸了摸桌子上的某处,一个抽屉滑出来,他拿出一片银箔和一支蓝色塑料杆。"你的姓名?"

"迈克尔·霍尔特。"他说。

"哦。"狐狸人放下塑料杆,把金属箔放回抽屉里,吠叫起来,"没有铺位!"

"没有铺位?"

"任何人都不能占两个铺位。"丹拉人说。

"两个?"

狐狸书记员点点头。"霍尔特在飞马号上有一个铺位。"

霍尔特的手在抖。"妈的。"他说,"他妈的。"

丹拉人大笑起来。"你还要位置吗?"

"飞马号的?"

对方点点头。

"你会放我进去?到星港里去?"

狐狸人再次点点头。"给霍尔特写星港通行证。"

"要!"霍尔特说,"要!"

"姓名?"

"迈克尔·霍尔特。"

"种族?"

"人类。"

"母星?"

"尤弥尔。"

丹拉人安静了一会儿,他坐在那里盯着霍尔特,叉着手指。然后突然又打开抽屉,拿出一片看上去很古老,一碰就会碎的羊皮纸。他拿起笔杆。"姓名?"他问道。

他们把问题又问过一遍。

丹拉人写完后,把纸片递给霍尔特。纸屑纷纷剥落,霍尔特只得小心翼翼地拿好。纸上的字迹好像胡涂乱抹的一样。"拿着这个守卫就会放我进去?"霍尔特怀疑地说,"可以进到星港去?到飞马号上?"

丹拉人点点头。霍尔特转身朝门口跑去。

"等等。"狐狸人喊道。

霍尔特全身僵硬,缓缓转过身。"什么?"他咬牙切齿地说,声音近乎怒吼。

"程序问题。"

"是?"

"星港通行证要生效,必须得有签名。"丹拉人嘴巴抽搐,牙齿若隐若现,"签字。没错,没错,你船长的签字。"

一时间屋内鸦雀无声。霍尔特颤抖的手紧紧攥着泛黄的纸,纸屑飘落到地上。接着,他一声不吭地冲到狐狸跟前。

丹拉人刚来得及吠出一声,霍尔特就掐住了他的喉咙。细瘦的两只六指手无助地在空气中乱抓。霍尔特双手一扭,丹拉人的脖子就断了。现在他手里就像捏着一团柔软的红色毛皮。

他伫立良久,双手仍掐着狐狸的脖子,牙关紧咬。然后他慢慢松开双手,让丹拉人的尸体向后瘫,倒在椅子里。

此刻霍尔特眼前浮现出风墙上的尸骸。

他撒腿就跑。

飞马号也装有普通引擎,以防跃迁炮失效。引擎室四壁还是熟悉的裸露金属和计算机终端的组合,但正中央装了一门丹拉跃迁炮:一根有金属质感的长玻璃柱,宽度和人体相仿,上面装了一块仪表盘。玻璃柱中是半满的黏稠液体,不时有电火花扫过整根柱子,液体紧跟电光不断变换颜色。柱子周围有四个留给跃迁师的位置,一侧两个。霍尔特和阿莱娜坐在一侧,对面是金发高挑的艾瑞和伊安·麦克唐纳。每人头戴一只玻璃罩,里面也填满了和玻璃柱内一样的黏稠液体。

卡洛斯·维拉瑞尔坐在霍尔特后面,负责主控台,那里汇集了舰载电脑的数据。跃迁路径已设计好,按照舰长的计划,他们将见到阿族星域,此后还有塞瑞斯、金色胡尔及更远的星域,没准还能到达祭司王之星和星系核。

他们的第一站是一个名为灰色荒野的中转站(显然,从名字来看有人类曾抵达此星——而且它在星图有标注),然长听过石头城比时间本身还古老。

舱室外核能引擎关闭。维拉瑞尔下达指令。"坐标定位完毕,导航准备就绪。"他的声音较往日有么点不肯定,整套流程都很陌生。"开始跃迁。"

他们打开丹拉跃迁炮。

七彩的光和无数颗飞旋的星星在黑暗里舞动,霍尔特仿佛独自一人身处其中。但是不对!还有阿莱娜,还有其他所有人都身陷这混沌的涡旋之中。灰色的巨浪冲过来,盖过了他们的脑袋。一张张燃烧着火光的人脸浮现出来,又狂笑着消失。痛!痛!痛!他们迷失了方向,似乎一切都被融化。时光飞逝,霍尔特却把它拽了回来。他冲阿莱娜大吼,她也拉住了麦克唐纳还有艾瑞他们,猛地一拉。

他们又回到了跃迁炮旁的位子上,霍尔特突感手腕痛。他低头一看,有人给他扎了点滴。阿莱娜也在输液,另外两个人也一样。维拉瑞尔不见踪影。

门滑开了,桑德兰站在门口眨巴眼睛冲他们微笑。"感谢老天!"肥胖的导航员说,"你们昏迷了三个月,我还以为你们完蛋了。"

霍尔特摘下玻璃罩,发现里面的液体只剩薄薄一层。接着他发现跃迁炮的玻璃柱也快空了。"三个月?"

桑德兰耸耸肩。"很可怕,外面什么也没有,你们怎么叫也叫不醒。只好由维拉瑞尔来当护理。多亏船长,不然后果不堪设想。我知道狐狸人是怎么说的,但我真不敢相信你们真把我们从——那什么东西里面给拉回来了。"

"我们到了吗?"麦克唐纳问。

桑德兰绕过跃迁炮走到维拉瑞尔的终端前,打开飞船的主显示屏。漆黑的底色之上,一颗黄色小恒星燃烧着。一个淡灰色球体填满了屏幕。

"灰色荒野。"桑德兰说,"我检查过读数,我们到了。船长朝他们发出了求救光束。丹拉人掌管这里的一切,他们准许我们降落。时间也没问题,按照我们估计,主观时间三个月,客观时间也是三个月。"

"要是靠普通引擎呢?"霍尔特说,"同样的路程要是靠普通引擎呢?"

"我们的速度比丹拉人承诺的还快。"桑德兰说,"灰色荒野离我们原先的位置至少有一年半航程。"

天色尚早,塞瑞斯人很可能没进入昏睡状态,但霍尔特必须冒险。他冲进路上遇到的第一个小圆屋,发疯似的扯走所有东西,将之洗劫一空。还好里面的住户都是昏昏欲睡的肉球。

梦歌

他返回主干道，无视丹拉商贩，以防碰上刚被他掐死的那个狐狸人。他找了个眼睛几乎全瞎的林卡拉人摆的摊位——它硕大的眼球好似一大包脓液——那家伙设法敲他竹杠，但他还是用偷到的所有东西换到一个透明的蓝色卵形头盔和一把工作用激光器。看到激光器他吓了一跳，和麦克唐纳那把一模一样，甚至有芬尼根羽毛装饰。但它能正常工作，这就够了。

天色渐明，人群渐渐聚集，在无船者之城的街道上来往。霍尔特疯狂地挤过人群，朝西侧拱门走去，一进石头城便小跑起来。

桑德兰不在屋里，他出去画地图了。霍尔特拿了一只标记笔在一张地图上涂了一行大字：杀了个狐狸，必须躲起来，我要去石头城地下，那里安全。然后他拿了剩下的所有食物，大概能吃两星期，要是能忍住饿的话能吃更久。他把东西塞进一个背包，系好带子就走。激光器藏在口袋里，头盔挟在腋下。

最近的地下入口只有几条街远，那是位于交叉口的一条宽阔走廊，盘旋通入地下。霍尔特和桑德兰常常下到第一层去，走到光线能照到的最远处。即便如此，那里还是十分昏暗沉闷，隧道构成的网络和地面上的巷道一样复杂，四处都是岔路，其中多数向下倾斜。螺旋形的走廊自然也会一直向下延伸，越往下岔路越多，光线越暗，每转一个弯四周就更寂静一分。没人敢走到更下一层，那些下到更深层的人——比如船长——再也没有回来。他们都听说石头城的地道十分深远，但没法亲身验证，他们从飞马号上带来的设备在交错星上都不好使。

霍尔特下到第一圈螺旋走廊尽头的第一层隧道，停住脚步，戴上淡蓝色头盔。头盔有点紧，前面压着他的鼻子，两侧挤得他脑袋不舒服。显然这头盔是为阿·门瑙莱斯人设计的，但毕竟还有用。他嘴巴下面有个孔，可供呼吸和说话。

他驻足让头盔吸收体温。过了一会儿它便开始散发出黯淡的蓝光。霍尔特继续沿向下的走廊朝黑暗深处走去。

Dreamsongs

走廊转过一圈又一圈,每个转角都有一条岔路。霍尔特继续向下,很快就数不清究竟到了第几层。周围的一小圈蓝光之外漆黑寂静,依然灼热的空气越来越令人窒息,但他被恐惧驱使着,并未放慢脚步。石头城地表已经荒废,但有些区域依然有人居住,有必要的话丹拉人也会进去。只有地下是安全的。他逼迫自己绝不离开螺旋的走廊,只要不在隧道里游荡就不会迷失方向。他敢肯定船长和其他人是这么走丢的:他们离开干道,进了岔路,在找到回来的路之前就被饿死了。但霍尔特不会这么死掉。两周后他也许可以回到地面上找桑德兰要食物。

他沿螺旋坡道走了好几个小时,头盔的蓝光照亮了身旁看不见尽头的石墙,灰色墙壁没有一点特征。他经过无数孔洞,有的往上,有的向下,如同漆黑的大嘴在召他进去。空气明显越来越热,霍尔特的呼吸很快变得粗重。他身边除了石头什么也没有。岔路似乎越来越多,但他全部无视。

过了一段时间,霍尔特下到了螺旋形走廊的尽头。此刻,呈现在他面前的是一条三岔路口:三道拱门,三条狭窄的楼梯,每条都十分之陡,每条都向着不同的方向,每条都不是直路。霍尔特只能看清前方几米处,更远的路都藏在黑暗里。他的脚酸痛不已。他坐下来脱掉靴子,拿出一条腌肉咀嚼。

周围一片漆黑,没了他的脚步声激起的沉重回音,听不到任何声音。不对。他仔细听着。没错,他听到什么了,很远处传来的模糊声响,某种咕哝声。他嚼着肉干,更仔细地听。过了一会儿他发现声音源自左边的阶梯之下。

吃完肉干,他吮吮手指,穿上靴子站起身。他拿着激光器,慢慢地沿左边阶梯向下走,尽可能不发出声音。

台阶也是螺旋形,弧度比之前的坡道大得多,没有岔路且十分狭窄,连转身都难,但至少这里不可能迷路。

越往下声音越大。霍尔特很快意识到那根本不是咕哝声,而是号叫。过了一会声音又变了。他几乎分辨不出是什么,像是呜咽声和吠叫声。

前面的阶梯折了个大弯,霍尔特转过这个弯,突然停住脚步。

他身处一栋奇形怪状的灰石建筑之中,前方是一扇俯瞰石头城的窗户。外面正值夜晚,满天星斗。下面一处八角形水池边,六个丹拉人围住了一个塞瑞斯人。他们在狂笑,那是急促的好似吠叫的疯狂大笑。他们彼此说着什么,塞瑞斯人一动他们就用爪子乱抓。被他围住的塞瑞斯人立了起来,困惑地呜咽着,来回躲避攻击,巨大的紫色眼睛发出明亮的光,挥舞着攻击爪。

一个丹拉人拿着什么东西,他慢慢地把它抽出来,是一把带锯齿的长刀。接着第二个狐狸人也抽出刀,还有第三个。所有狐狸人都带着刀。他们冲彼此大笑,其中一个闪到塞瑞斯人后面,银光一闪,霍尔特看到塞瑞斯人乳白的皮肉上一道长长的伤口,黑色脓液流了出来。

伴着一声令人血液冻结的低吼,大虫子缓缓转身。丹拉人跳了回去。但塞瑞斯人攻击爪的速度快得让霍尔特看不清。拿着染血长刀的丹拉人被拽了起来,他一边踢打一边疯狂地吠叫,接着塞瑞斯人爪子一合,狐狸人的身体便断成两截落在地上。但其余的狐狸人继续靠过来,大笑着舞起长刀,塞瑞斯人的低吼变为尖叫。它挥出爪子,第二个丹拉人飞进水池,身首异处。另外两个趁机砍下塞瑞斯人抽动的触手,一把长刀插进大虫子的躯干,直没刀柄。狐狸人兴奋得发了狂,他们疯狂地吠叫,几乎淹没了塞瑞斯人的声音。

霍尔特举起激光器,瞄准最近的丹拉人,按下发射键,一道灼热的激光射出。

窗前落下一道幕帘,挡住了他的视线。霍尔特伸手推开帷幕,幕布后却是一间低矮的房间,十几条水平隧道通往各个方向。没有丹拉人,没有塞瑞斯人。他正站在石头城地下深处,头盔的蓝光是唯一的光源。

他悄悄漫步到房间正中,发现一半的隧道口被砖墙堵住。其他是漆黑的死穴，唯有一条里面吹出清冷的风。他沿那条黑漆漆的漫长隧道走下去，最后出现一条充满雾气的长廊，红色雾气好似一团团火星。高顶的长廊朝左右两侧延伸，霍尔特视力所及范围内都是平直的。他的来路不过是众多隧道中的一条。墙上布满不同形状大小各异的洞。

霍尔特在身后的隧道地板上烧出一个记号，然后转身迈步踏入红色雾气中。他沿着长廊向下走，路过无数条隧道入口。雾气很浓，但并不遮挡视线，霍尔特发现漫长的长廊空空如也——至少视线之内如此。他看不到另一头，也听不到自己的脚步声。

他走了很长时间，又累又困，却不知不觉忘记了恐惧。接着远处突然出现一个发光的洞口。霍尔特狂奔而去，亮光却在途中消失，但不知为何他还是继续向前跑。

抵达洞口，霍尔特走进去，里面一片漆黑。他往前走了几米，看到一扇门，停住了脚步。

拱门开在厚厚的积雪上，铁灰色林木被一张冰晶织成的大网连接起来，那网如此纤细，仿佛吹一口气便会融化碎裂。树上没有叶子，但每棵树干下都有顽强的蓝色花朵在积雪中绽放。寒冷黑暗的夜空群星闪耀。霍尔特看到远方的木栅栏和白石围墙，外形不甚整齐的旧居耸立在地平线上。

他愣了好长时间，看着旧居，回忆着往日。一阵冷风吹来，雪花飞进门内，霍尔特冷得发抖。接着他转身回到红雾弥漫的长廊。

他看见桑德兰在隧道口等着他，半个身子没在消声的雾气里。"麦克！"他说。他看起来很正常，声音却像耳语。"你一定要回来，我们需要你，麦克。没有你去找食物我没法完成地图，阿莱娜和塔克……你一定要回来！"

霍尔特摇摇头。雾气变浓，起了旋涡，没过了桑德兰，模糊了他肥胖的身躯，霍尔特只能隐约看到臃肿的轮廓。接着雾气又淡了，桑德兰不见踪影，出现在他面前的是窝棚老板。那只生物静静站在那里，生

梦歌

在它躯体脓包上的白色触手抽动着。它在等待,霍尔特也在等待。

长廊另一侧的一个洞口里突然发出微弱的光。接着旁边两个洞也开始发光,然后是上面的两个。霍尔特左右看着,洞口自他面前开始向着长廊两侧,悄无声息地一个接一个地开始发光——有的是暗红色,有的是明亮的蓝白色,有些是阳光般暖人的黄色。

窝棚老板笨拙地转身,沿长廊朝前走,身上一圈蓝黑色肥肉抖动着,但雾气似乎吸收了它浓烈的体味。霍尔特跟着它,激光器握在手中。

天花板逐渐变高,霍尔特发现长廊越来越宽。一只长满麻子的丑陋生物从一个洞里跑出来,外表很像窝棚老板。那生物穿过长廊,钻进另一个洞口。

那个洞又圆又黑,有霍尔特的两倍高。窝棚老板等待着,霍尔特举着激光器走了进去。他面前是另一扇窗户,又或许是面屏幕。透明的水晶圆窗另一侧有混沌的旋涡和尖厉的声响。他看了一会儿,头痛起来,这时旋涡般的图像清晰了,相对的清晰。窗口另一侧,四个丹拉人坐在跃迁炮的柱子跟前,头戴玻璃罩。但是——但是!——这幅画面是模糊的。影子,都是影子,是叠加在原本图像上的影子,却盖不住原来的图像。接着霍尔特看到第三幅、第四幅,然后图像突然碎裂,他仿佛看见一列延伸到无穷远的镜子。丹拉人挨个坐成一排,一个比一个模糊,越来越小直到消失不见。他们一起——不对,是几乎一起(其中一个影子没有跟其他的一起动,还有一个在乱抓)——摘下干涸的跃迁炮头盔,彼此对视,大笑起来。他们狂野高亢如犬吠般笑着,笑啊笑啊笑啊,霍尔特看到他们眼里迸射出疯狂的火焰,所有狐狸人(不对,是几乎所有)弓起纤瘦的背,比他从前见过的样子更像凶猛的野兽。

他转身回到长廊。窝棚老板依然在耐心等待,霍尔特继续跟他往前走。

长廊不再空无一人。霍尔特看到模糊的身影,在红雾弥漫的长廊里左右穿梭。它们大多是类似窝棚老板的种族,但还有其他生物。霍尔特瞥见一个孤零零的丹拉人,这迷失而惊恐的狐狸人不停地撞到墙。有些一半像天使一半像蜻蜓的生物,静静地朝前飞着。有些又高又瘦的身影被光晕笼罩。还有些是他不仅能看到更能感觉到的存在。他看到一些发亮的身影飞奔而去,它们头顶的骨肉长冠散发出迷人的光彩;细瘦聪明的四脚动物跟在他们脚边,跑步的动作灵活优雅。那些动物有浅灰色皮肤和水汪汪的眼睛,外表似乎极通人性。

然后他瞥见了一个似是人类的黑色身影,那身影气势威严,身着船员制服头戴帽子。霍尔特定了一秒,立即向前跑去,但明亮闪光的雾气模糊了他的感官,他看不见了。当他再度恢复视力时,窝棚老板也不见了。

他试着走进最近的洞口,它和第一个一样是一道门,门另一侧是一处山崖,俯瞰着一片贫瘠的土地。龟裂的平原好似烧裂的砖板。荒野中央有一座城市,墙壁洁白,建筑方正。城里一片死寂,但霍尔特知道它的来历。凯恩·纳卡米恩常和他提起哈兰甘在古地球和星尘之间战火燃烧的星域内兴建了何种城市。

霍尔特犹豫地将一只手伸过门框,然后立刻抽回来。门那边如火炉一样热。这不是一面屏幕,而是和之前尤弥尔的景象一样真实。

他回到长廊里休息了一会儿,试图理解这一切。长廊朝两个方向无止境地延伸,他从未见过的生物不时穿过死寂的雾气,几乎没注意到彼此。他知道,船长就在长廊深处,还有维拉瑞尔和苏茜·贝内,或许还有其他人。又或者他们曾下到这里,现在已到了其他地方。或许他们也曾在一处门洞里看到了家乡的呼唤而动了思乡之情,就再也没有回来。霍尔特不知道,若是穿过拱门,还能回来吗?

他又看见那个丹拉人,正用爪子挠墙。霍尔特发现他已非常老了,跌跌撞撞的样子显然说明他视力不好,然而——然而他的眼睛看起来毫无问题。然后霍尔特开始观察其他生物,终于看清了他们的举动。

梦歌

许多生物穿过拱门,肯定踏上了另一边的土地。而另一边……他看到阿族星球令人震惊的壮观,看到阿族人滑着步子去祈祷……他看到星尘远端黑暗黎明星的无星夜晚,还有在下方游荡的黑暗梦游者……还有金色胡尔(确实是真的,但没他想象的那么吸引人)……还有从星系核里溜出来的幽灵船,还有远臂黑色世界的尖啸者,还有把恒星锁在球体里的古老种族,还有一千个他做梦也没见过的世界。

很快他便不再紧跟无声的旅者们,开始随心所欲地到处游荡。他发现门后的景象是会改变的。他站在一个方形门洞前,里面是爱·艾莫瑞星的平原,一时间他想到了老凯恩,老人确实航行了很远,但却也不够远。他面前就是艾莫瑞塔,他正想看得更清楚,门洞突然正对着一座塔重新敞开。然后窝棚老板又在他身后突然出现,就和在窝棚里一样仿佛从天而降。霍尔特回头瞥了瞥无面的头颅,然后扔掉激光器,摘下头盔(它已不再发光,奇怪——他之前为何没有发现?),走进门里。

他站在一个阳台上,冷风吹打着面颊,身后是黑色的艾莫瑞金属,面前是橙色的夕阳。地平线上耸立着其他几座高塔,霍尔特知道每一座塔都是居住着百万人口的城市。但从这里看去,它们不过是几枚黑色的针。

这是一个星球,凯恩的星球,但两百多年过去,自凯恩离去后它改变了许多。他不知道变了哪些。无所谓,他很快就会知道。

他转身走进高塔,对自己发誓马上就回去,去找桑德兰、阿莱娜和塔克·雷。虽然对他们来说,石头城的地下尽是黑暗和恐惧,但霍尔特可以领他们回家。没错,他会带他们回家。但先等等,他要先看看爱·艾莫瑞,还有古地球,还有普罗米修斯的改造人种。没错。

过会儿他回去的。过会儿,一小会儿。

✦

石头城里时间走得很慢,地下隧道里更是如此,那里有建造者编织

Dreamsongs

的时空之网。但时间仍在流逝,无可抗拒。庞大的灰色建筑已经坍塌,蘑菇状高塔也已倾倒,金字塔化为粉尘,阿族风墙连一片碎屑都没留下,千年以来没有一艘船在这里降落。阿·门瑙莱斯逐渐衰落,体能异常退化,不靠脚上的装甲弹簧靴就无法走路。发明跃迁炮一千年后,丹拉人分裂成混乱动荡的无政府社会。克瑞什人消失了,林卡拉人成了奴隶,幽灵船依然保持神秘。外侧星域,达莫斯人的社会到了垂暮之年,但智慧之池依然在沉思,静候着永远不会到来的提问者。新的种族抵达了垂死的世界,古老的种族随着发展而改变。没人曾到达星系核。

交错星的太阳逐渐熄灭。

在废墟之下空荡荡的隧道里,霍尔特走遍一个又一个世界。

王密 译

梦歌

孽海花

他终于还是没能坚持住,而夏恩羞愧地发现自己连埋葬他都做不到。

毕竟,她没有工具,只有一双手,外加绑在大腿上的长刀和藏在靴子里的匕首。不过,她原本就无法埋葬他,她才十六岁,而地面已经结冻了整整八年。季节乃是深冬,世界一片寒冷。

明知如此,夏恩还是倔强地努力挖掘。在她搭建的简陋遮蔽所的数米之外,她认准一个地方,便把手插进积雪堆里,将雪用力推开,再用匕首一下一下地挖刨冻土。冻土比钢铁还硬,匕首断了。她绝望地望着它,武器是多么珍贵,她知道克格对此会作何评论,但她不愿多想,继续盲目地用十指挖向那毫无妥协之意的土地。她边挖边哭,直到指甲流血,直到眼泪在她的面具后面结成第二层面具。

把他留在这里是不对的,他是她的父亲、她的兄弟、她的恋人。他一直对她很好,而她一直令他失望。现在,她甚至连埋葬他都做不到。

最后,她别无他法,只好吻了他最后一次——他的胡子和头发已经结冰,面容因为伤痛和寒冷而扭曲变形,但他仍是她的家人,是的——接着她踢倒遮蔽所,用树枝和积雪覆盖了他的尸体。没用的,她对此心知肚明,吸血鬼和风狼不费吹灰之力就能把这些东西撕个粉碎,再拿他填饱肚子;可她不能什么都不做就离开。

她扔下他的雪橇和银木长弓,毕竟,弓弦已在寒风中断掉,但她拿走了他的长剑和厚毛皮斗篷,这点东西她还带得动。吸血鬼咬伤他以后,她照顾了他整整一星期,在这小小遮蔽所里的时日几乎耗尽了他们的补给,现在她可以轻装出发。于是,她绑上雪橇,靠着他的简陋坟墓,在出发前做了最后一次道别,这才迎着漫天飞雪,穿过沉默得可怕的深冬森林,向温暖、向房子、向家的方向驶去。

这时,才刚过中午。

滑到黄昏,夏恩知道自己永远也回不了家。

她现在冷静多了,也理性多了,她把悲伤和羞愧统统抛诸脑后,这也是他的教诲。现在她所能感觉到的,唯有寒冷与死寂,滑了几个钟头,层层皮衣和毛皮之下的身体似乎暂时暖和起来。光秃秃的扭曲树枝上垂下透明的冰矛,晶莹易碎,一如她的思绪。

黑暗逐渐笼罩世界,夏恩寻求大树的庇护,那些宽阔的黑树干足有三米之粗。她在地上展开他的大斗篷,再把自己的羊毛披风裹在身上抵御呼啸的狂风。背靠树干,长刀在手,疲倦的她浅浅地睡了一小会儿,待得睁眼,周围已是漆黑。

她无法原谅自己的过错。

星星出来了,它们透过赤裸乌黑的枝丫打量她。冰车座统治天空,洒下无垠的寒冷——从夏恩记事以来便是如此。骑手之眼那颗蓝色的星此刻正在嘲笑她。

杀死兰尼的正是冰车座,而非吸血鬼,她苦涩地想。弓弦断掉的那晚,吸血鬼确实重伤了他,但若换个季节,有夏恩的照顾,他兴许能活下来。不过,没人撑得过深冬的煎熬,肆虐的寒气撕开了她为他设下的道道防线,带走了他的能量和生气,留下一具萎缩的苍白形体,麻木不仁,奄奄一息,只有变蓝的嘴唇。现在,冰车骑手又来索取他的灵魂了。

还有她的灵魂。她早该让兰尼自生自灭,换成克格、莱娜……换成任何人都早已将他抛弃,毕竟,深冬中没有任何希望。深冬不容纳活物。树木憔悴光秃,花草枯萎凋零,动物不是冻死便是缩进巢穴冬眠。风狼和吸血鬼的日子也不好过,就连它们都常常饿死。

夏恩快饿死了。

在被吸血鬼攻击之前,他们已狂奔了三天三夜,而兰尼在每日补给品的分配上一直很严格。受伤之后他没了力气,到第四天便吃光了自己那份食物,而夏恩则悄悄地把她那份分给他。现下,她身上已经所剩无几,而按目前的速度,抵达温暖的卡林厅至少还要跋涉两星期——在深冬,两星期或许等于两年。

夏恩裹紧斗篷,忽然很想生火。火会招来吸血鬼——它们能感觉到三公里以内的热量,然后悄无声息地杀过来。那些形容枯槁的阴影比兰尼还高,摊开的皮肤搭在骨架上,犹如黑斗篷,掩盖了下面狰狞的利爪。或许……或许她设下埋伏,可以捉到一只吸血鬼,一只成年吸血鬼的肉足以支撑她返回卡林厅。她在黑暗中与这个念头搏斗,最终不得不勉强将其抛开。雪地上奔驰的吸血鬼犹如离弦之箭,几乎脚不沾地,人在夜里很难发现它们,但它们却能毫不费力地感应到人体的热骨——不,生火只是在寻求无痛自杀的解脱。

夏恩还不想死。

她哆嗦着,握紧刀柄。顿时,每个阴影在她眼中似乎都成了吸血鬼,呼啸的风声则是它们奔跑时皮肤的晃动。

接着,她真的听到了声音,很大的声音——高亢而又狂躁的尖叫,夏恩从未听过这种尖叫。突然,黑暗被点亮,一束幽蓝的射线扫过光秃秃的森林,又扫向天空。夏恩不禁用力吸了口气,寒气顺势刺入她发干的喉咙,一直凉到心窝。她顾不得这么多,挣扎着站起来,害怕自己会遭到突袭。奇怪的是,并没有任何东西出现,在这个充满死亡气息的黑暗世界中,除开寒冷,只剩活动的光线。光线在远处隐隐烁烁,好似在召唤她。她注视良久,回忆起老琼恩在卡林厅的大壁炉前给孩子们讲述的那些个恐怖故事。"黑暗中有比吸血鬼更可怕的怪物哟,"他会这么绘声绘色地描述。夏恩觉得自己又变回了小女孩,裹着厚厚的毛皮斗篷,背靠炉火,听琼恩讲述有关幽灵、黯影和居住在用骨头搭建的大城堡中的食人族的传说。

跟出现时类似,那束诡异的光线陡然消失,紧接着又传出那种尖叫。这回,夏恩记下了它传来的方位,她打好包裹,在自己的披风外又系上兰尼的斗篷,决心过去瞧个清楚。我已经不是孩子了,她告诉自己,世上没有什么会舞蹈的幽灵。不管那东西究竟是什么,都是她最后的机会。

摸黑滑雪太危险,克格和兰尼告诫过她几百遍。尤其是在无星之夜,轻则迷路,重则撞断雪橇和腿,甚至更糟。而且,移动会产生热量,吸引森林深处的吸血鬼。她所受的训练和所有的本能都告诉她,停下来,等到清晨,等掠食者们都回巢休息再行动。然而这是深冬,再多的毛皮也隔绝不了寒意,兰尼死了,她也快饿死了,那光线是如此之近,近得让人痛苦——她必须得去。

夏恩缓缓地、小心翼翼地上了路。这个夜晚,似乎有神灵庇佑,前方尽是平地,温和得过分的平地,积雪很薄,她能清楚地分辨出下面的树根和石头。没有掠食者出没,唯一的响动是她自己的雪橇压碎积雪发出的轻微嘎吱声。

林木愈渐稀疏,一小时之后,终于彻底消失,夏恩来到一片堆满乱石和扭曲生锈金属的荒地。她明白这是什么,这是大家族留下的废墟,某个家族曾在这里繁衍,直到子孙灭绝,厅堂化为尘土。然而,这个废墟比她见过的都要庞大,比一百个卡林厅加在一起还大。她在陈雪覆盖的乱石堆中择道而行,还遇上两栋几近完好的建筑物。她不得不强忍住在旧石墙后寻求遮蔽的诱惑,毕竟,光线并非来自于废墟。越过废墟有条小河,夏恩来到堤岸上,连接两岸的两座桥早已垮了。不过没关系,深冬的河水冻得坚硬,她可以直接踏过去。

终于抵达对岸时,她和那朵花不期而遇。

它很小,厚厚的黑色茎秆从两块堆在河岸的石头中间滋生出来。天色很暗,她本不该看到它,但雪橇棍刚好掀翻其中一块石头,弄出的噪音吸引了她的注意。

夏恩吃了一惊,连忙单手握住雪橇棍,空出一只手摸向衣服深处,

梦歌

冒险掏出打火石。火光一闪而过,然而她确实看见了它。

那是极小的一朵花,四片浅蓝的花瓣,正是兰尼死前嘴唇的颜色。一朵鲜活的花,生长在这里,生长在深冬的第八年,生长在整个世界都死亡的时候。

没有人会相信,除非她能把它带回卡林厅。于是,夏恩急匆匆地脱下雪橇去摘花。跟埋葬不了兰尼一样,她再度失败了。花茎坚韧无比,拔了许久也拔不出来,她只得拼命忍住泪水。克格会说她是骗子、说她做白日梦,他一直都这么嘲弄她。

最终,她没有哭。她留下花朵,爬上河岸……愣住了。

在她面前是一大片空地,空地边缘的雪堆得老高,但空地上只有光秃秃的石头,听任寒风吹拂。夏恩毕生所见最古怪的建筑矗立在空地中央,形似一颗硕大的泪珠,由三条黑腿支撑——三条弯曲的黑腿,关节处结满了霜。在星光照耀下,整栋建筑犹如一头蹲伏着随时准备扑向太空的猛兽,而它全身覆满了花朵。

到处都是花。夏恩呆呆地望着空地,蓝色的花朵或成单或成束,从每个细缝中挤出来,无视寒风与冰雪的存在,在纯粹的死寂冰原中形成一座生命的小岛。

夏恩向花丛走去,来到建筑前,情不自禁地伸出戴手套的手,触摸到黑腿的关节。它由金属制成,除了金属,还有冰雪和花朵。黑腿站立之处,石头化为齑粉,四散开去,仿佛遭到重击。建筑的缝隙处有扭曲的黑色藤蔓爬出,犹如盛夏的牵牛藤。藤蔓上结满花朵,但跟她在河岸上发现的小花并不相同,它们颜色多变,有的跟她的脑袋一般大。它们迎风怒放,生机勃勃,好像根本不知道这是深冬,所有的生命都应该在黑暗中死亡似的。

夏恩绕着建筑物,想找个入口。这时,她听见身后有声音。

一道狭长的阴影在雪地上一闪而过,又消失无踪。夏恩抖得厉害,连忙退到黑腿后面,以作掩护;接着,她扔掉所有东西,左手抓紧兰尼的长剑,右手握住自己的长刀。她静静地诅咒自己,诅咒自己的愚蠢,耳边传来皮肤扇动时发出的"扑哧——扑哧——扑哧"的声音。死亡的声音。

太黑了,她的手抖得也太厉害。吸血鬼有恃无恐地闪现出来,她的长刀反射性地出击,却只割掉一截皮肤。那怪物发出一阵胜利的尖笑,将她打倒在地。她知道自己在流血,胸口被压住,黑黑的皮爪子盖住了双眼,她想拿匕首去刺,匕首却不见了。

夏恩厉声尖叫。

吸血鬼也发出尖叫,令人耳膜震颤的尖叫。顿时,她眼中浸满鲜血,窒息,嘴里的血,喉咙,到处都是血、血、血……

蓝色,世界是蓝色,移动的、朦胧的蓝色。蓝色,会跳舞的蓝色,舞蹈的蓝色,犹如那束射向天空的鬼魅射线。蓝色,轻柔的蓝色,犹如那朵花,那朵不该出现在河岸的小花。蓝色,冰冷的蓝色,犹如冰车座黑骑手的那对眼睛,犹如她最后一次亲吻兰尼时他的嘴唇。蓝色,蓝色,跳跃不肯停歇的蓝色。一切都那么模糊,那么不真实,只有蓝色,在这个世界里,只有蓝色。

随后是音乐,飘渺的音乐,蓝色的音乐,奇妙而又高亢;飞逝的音乐,那是悲伤,是孤独,又带着异国情调。它是催眠曲,是坦莎雅在夏恩小时候常为她唱的催眠曲,直到后来坦莎雅变得衰老羸弱,被克格赶出去为止。夏恩已经好久好久没听见这样的歌了,这几年,陪伴她的只有克格的竖琴和里斯的吉他。她发现自己在梦幻中飘浮,四肢化成了水,柔弱的流水。

可这是深冬,水应该结冰。

有双手轻轻碰了碰她,抬起她的头,脱下她的面具,让那片温暖的蓝色呵护她的脸颊,然后向下漂移,又脱掉她的毛皮斗篷、皮衣和其他衣服,脱了腰带、夹克与裤子。她的皮肤起了鸡皮疙瘩,她在飘浮,在飘浮。世界是如此温暖,那双手的触碰是如此温柔,就像老妈妈坦莎雅,就像有时候的姐姐莱娜,就像达文,就像兰尼,是的,就像兰尼……她欣喜地想,这个念头不仅让她觉得舒服,还唤起了她的激情,夏恩抓住它紧紧不放。她和兰尼在一起,很安全、很温暖,他们在……噢,她终于想起了他的脸,蓝色的嘴唇,凝固的胡须,强忍剧痛的神态,这张脸庞在痛苦中逐渐融解。她想起来了,她骇然发现自己快被无尽的蓝色所淹没,于是她大声地咳嗽,用力挣扎、尖叫、逃亡。

那双手又抬起她的头,一个陌生的声音在她耳边呢喃了些什么,用的是她听不懂的语言。杯子凑到夏恩嘴边,她开口尖叫,却不知怎的喝下了杯中的液体。又热又甜又可口,其中放了很多香料,有的味道她觉得熟悉,有的却完全说不上来。是茶,她晕乎乎地想,一边从那双手中夺过杯子,一饮而尽。

她躺在阴暗的小房间里,床上垫了好几个枕头,她的衣服堆在旁边,房间中有根燃烧的棒子让空气变成了蓝色的雾。一个女人跪在她身旁,穿着用无数种颜色的布料拼成的碎花裙,在夏恩所见过最为蓬乱、最为狂野的发型下,一对灰眼睛注视着她。"你……你是谁……"夏恩叫道。

女人用苍白柔软的手掌抚摩她的额头。"卡林。"女人清晰地说。

夏恩缓缓地点点头,不明白这女人如何知晓她的家族。

"卡林厅,"女人的眼神似乎饶有兴趣,又带着些悲哀,"林、艾里斯和凯瑟,我还记得她们这群小女孩。贝莎,卡林家族的代言人,她是个勤奋的好姑娘。还有卡亚、戴尔和夏恩……"

"夏恩,我是夏恩,可你说得不对,家族的代言人是克格……"

女人似笑非笑地看着夏恩,继续抚摩她的额头。她的皮肤十分柔滑,夏恩从未感受过如此柔滑的东西。"夏恩是我的恋人,"女人说,"每隔十年,我们在集会上见面。"

Dreamsongs

夏恩眨眨眼睛,困惑地看着对方。她想起来了,森林中的光束、花朵,还有吸血鬼。"我在哪儿?"她问。

"你在你做梦都梦不到的地方,小卡林。"女人说着说着,自己笑起来。

房间的墙壁发出黑暗的金属光泽。"那栋建筑,"她冲口而出,"那栋有腿的建筑,上面爬满了花……"

"是的。"女人承认。

"莫非你……你究竟是谁?是你发出那道蓝光的吗?我在森林里,兰尼死了,我的食物耗尽。我看见光线,蓝色的……"

"那是我发出的光线,小卡林,我从天而降时就会发出这样的光线。噢,是的,我去了很远很远的地方哟,去了你从没听说过的国度,但现在我回来了。"女人突然站起身,就地转了几个圈,碎花裙闪烁飞舞,如同一团淡蓝色的烟雾。"我就是卡林厅的人们警告你要避开的女巫,孩子。"她欢快地解释道,然后继续快乐地转圈,直到最终支撑不住、虚弱地瘫倒在地上。

没人警告过她什么女巫,夏恩又是害怕又是迷惑。"你杀了吸血鬼,"她说,"你怎么做……"

"我会魔法呀,"女人喊道,"我是魔法师,我有魔力,我可以长生不老。你也可以的,小卡林,我的夏恩,我会教你。你会跟我一起旅行,我会教你各种魔法,还会给你讲无数动听的故事。我们可以成为恋人,你知道吗,你一直是我的恋人,在集会上,你一直是我的恋人。夏恩,夏恩。"她禁不住微笑。

"不,"夏恩申辩,"你搞错了,你说的肯定不是我……"

"你累了,孩子,吸血鬼伤了你,所以你什么都不记得了。但总有一天,你会记起来的。"女人起身穿过房间,用手指熄灭了燃烧的棍棒,音乐也随即停止。她的头发直垂腰际,凌乱地缠作一团,随着移动而摇摆,犹如大海上起伏的波涛。很久以前,在深冬还未到来时,夏恩见过一次海。

女人熄灭了所有亮光,在黑暗中回到夏恩身旁。"睡吧。我用魔法抹去了你的伤痛,但它们还会回来。不舒服就叫我,我还有别的魔法。"

夏恩觉得沉甸甸的。"哦……"她低声答应,没有抗拒。女人正待离开,她又叫住对方。"等等,"她叫道,"你是哪个家族的,告诉我你是谁。"

门外透进的黄色光线映出女人的侧影。"我的家族非常强大,孩子。我的姐妹是莉莉莎、梅西娅、'风暴琼'艾瑞卡、莉娅·芭莉和戴安鲁·阿伦,而克莱勒诺马斯、'北斗星'斯蒂芬·科伯特、陶莫和温伯格是我的兄长和前辈,我的家在冰车座之上,而我的名字是莫根。"说完,她关门离开了。

莫根,她边睡边想。莫根莫根莫根。这个名字如烟雾溜进她的梦里。

她又变回卡林厅中的小女孩,傻傻地望着壁炉的火苗舔舐大块大块的黑色蓟木,香气四溢。有人在讲故事。并非琼恩,不是他,这是琼恩成为说书人之前的事,很久很久以前的事。这时的说书人是老坦莎雅,她脸上爬满皱纹,声音虽然疲惫,却带着催眠曲般的旋律。她讲的故事跟琼恩不同,琼恩的故事离不开刀光剑影、战火烽烟、家族仇杀和凶残怪物,其中有血淋淋的场面、有黑暗中的匕首,还有在父亲的尸体边发下的毒誓。而坦莎雅讲的是六位阿莲家族的成员,在冬季迷了路,漫游了整整一年,才撞见一栋由全金属制成的雄伟厅堂,厅堂内的家族举办盛大的宴会款待他们。六位旅行者吃饱喝足正要离开时,又一场宴会开始了,就这样一场接一场,每场宴会的食物和饮料都比上一场更丰盛更美味,而阿莲家族的旅行者们越吃越觉得饥饿,便一直留了下来。深冬在金属厅堂外蔓延又消逝,多年以后,他们的族人出发寻找他们,却只在森林里找到他们的尸体。温暖的毛皮大衣不见了,他们身上只挂着几件薄丝衣,武器则统统生了锈,他们都是饿死的。这就是莫根厅的故事,坦莎雅告诉所有的孩子,住在那里的是骗子家族,他们的食物是气体加上幻想塑造的空虚。

夏恩在颤抖中苏醒,赤身裸体。

衣服仍堆在床边,她赶紧穿好,先是内衣,再套上沉重的黑羊毛衣,接着是皮衣、裤子、腰带和夹克,然后是带兜帽的毛皮外套、披风和兰尼的大斗篷。最后是面具,她把长长的皮面具从头上拉下,在下巴下面系紧——这样她就既不怕寒冷的深冬,也不怕陌生人的触碰了。夏恩的武器和靴子被漫不经心地扔在角落,她握住兰尼的长剑,再把自己的长刀放回鞘中,这才有了几丝安全感。

她走出房间,决心找到雪橇后立即离开。

迎接她的是莫根响亮而又清脆的笑声。隔壁的房间满是玻璃和银光闪闪的金属,莫根靠在夏恩毕生所见过的最大的窗户边。那是一块纯粹无瑕的玻璃,比男人更高,比卡林厅的壁炉更宽,比泰斯家族的手艺更完美——泰斯家族制作透镜和玻璃的手艺可谓远近闻名。透过玻璃窗,夏恩发现外面已是正午。阴冷的、蓝色的深冬正午,她看见那片布满碎石、白雪和花朵的土地,还有远处她爬上的河岸,更远处结冻的河流,寒风中孤独的废墟。

"你看起来很生气。"莫根傻笑完之后,评论道。她用丝带绑起凌乱的长发,上面别了一支镶嵌珠宝的银发夹,随着移动,宝石发出夺目的光泽。"过来,小卡林,把衣服脱掉。寒冷是进不了这里的,就算它能进来,我们离开便是。你知道,可以居住的地方多得很。"她边说边穿过房间。

夏恩连忙举起本已垂下的长剑。"别过来!"她警告道,她觉得自己的声音沙哑而又陌生。

"我不害怕你,夏恩,"莫根说,"我不怕你,你是我的夏恩,我的恋人。"她轻巧地避开夏恩的长剑,再取下自己的围巾,那是一条犹如蜘蛛丝织就的灰色薄纱,上面点缀了无数细小的深红色珠宝。她用它围住夏恩的脖子,"瞧,我明白你在想什么,"她指指珠宝,它们一个接一个地改变了颜色,从火红到血红,再从血红褪为深棕,又从深棕凝固成黑色,"你怕我,仅此而已。你并没生我的气,你是不会伤害我的。"她把围巾紧紧地系在夏恩的面具下面,笑了。

夏恩恐惧地看着那些宝石。"你怎么做到的?"她一边质问,一边不确定地退开。

"这是魔法啊,"莫根说着踮起脚,旋身回到窗边,"莫根是大魔法师。"

"莫根是大骗子!"夏恩叫道,"我知道六位阿莲家族成员的故事。别想让我在这里吃到饿死!我的雪橇在哪里?"

莫根似乎根本没听她讲话,这个年长的女人眼睛一片朦胧,闪过丝丝渴望,"孩子,你在盛夏时节拜访过阿莲家族吗?哦,那里漂亮极了,太阳每天高挂在红石塔上,每晚又会沉没在杰米湖中。你见过吗,夏恩?"

"我没见过,"夏恩一针见血地指出,"你也没见过,不是吗?你提起阿莲家族做什么,你明明说你的家族在冰车座之上,而你们的姓名我闻所未闻,比如那个克拉斯诺马斯。"

"是克莱勒诺马斯。"莫根像个小女孩似的咯咯笑起来,随后又捂住嘴巴,灰色的眼睛骨碌碌直转。她懒懒地咬着指头,每根指头上都有明亮的金属指环,"你真该见见我哥哥克莱勒诺马斯,孩子,他的身体一半是金属一半是血肉,而他的眼睛比玻璃更明亮,他知晓的故事比卡林厅曾有过的所有代言人加起来还要多得多哟。"

"不可能,"夏恩道,"你又在骗我!"

"我说的是真的,"莫根坚持,她放下手,若有所思,"他会魔法,我们家族的人都是魔法师。艾瑞卡早就死了,但只要她愿意,她随时可以复活;斯蒂芬是战士,他毁灭了数以亿计的家族,你根本无法想象;而瑟拉发现过无数神秘的失落世界。我们家族的人都是魔法师。"她忽然露出狡猾的表情,"而我杀了吸血鬼,不是吗?你知不知道我是怎么做的?"

"你用刀子!"夏恩不甘示弱,但她在面具底下涨红了脸。莫根杀了吸血鬼,意味着她欠莫根一份债,而她居然拿武器指着莫根!克格该会多恼火啊,于是她连忙扔下长剑。

夏恩满腹狐疑,不知如何是好。

莫根温柔地安慰她:"你有刀也有剑,为何杀不了吸血鬼呢,你能吗,孩子?不,你做不到。"她走向夏恩。"你是我的人,夏恩·卡林,你是我的恋人,我的女儿,我的姐妹。你必须相信,我有很多东西要教给你。来,过来。"她抓住夏恩的手,牵着夏恩来到窗前,"站好了,夏恩,看着它,我让你见识见识莫根的魔法。"她微笑着走向远方的墙壁,伸出指环碰了碰一块由明亮的金属和方形灯块组成的面板。

夏恩脚下的地板忽然抖动起来,某种高亢尖厉的声音穿过皮革面具,刺穿她的耳膜,教她不得不用戴手套的双手捂紧耳朵。纵然如此,她还是能听见那声音,那种深入骨髓的震动。她的牙齿在打战,太阳穴也阵阵跳动。

这还不是最糟糕的。

糟糕的是窗外,在晴朗的天空下,世界原本是一片死寂的寒冷,接着,阴森森的蓝光在其中舞蹈,穿梭狂飙变幻。雪花变成了淡蓝色,风从它们身上刮起淡蓝的尘埃,蓝色的影子覆盖了小河边缘。蓝光甚至反射在结冰的河面上,反射在荒无人烟的废墟上。莫根在她身后咯咯地笑,窗外的景色随着笑声变得模糊,然后消失不见。唯有颜色,各种颜色,明亮的,沉暗的,混合在一起,犹如一锅融化的彩虹。夏恩无法移动,她把手伸到长刀柄上,止不住地颤抖。

"看哪,小卡林!"莫根用压过那诡异尖啸的声音高喊道,而夏恩恐惧得不敢去听,"我们已经跳上了天空,远离了所有寒冷。我告诉过你,夏恩,我们现在正骑着冰车座呢。"她在墙壁上又做了些什么,噪声消失了,颜色褪去了,玻璃之外是天空。

夏恩吓得哭了起来。除了黑暗和星星,她什么都没看到,星星,满天星星,她第一次见到这么多星星。她已经迷了路,再也回不去了。兰尼教她识别每个星座,以此作为旅行的基准,但这里的星星全不对劲儿,它们的位置都变了,她找不到冰车座,也看不见雪橇座,更没有劳拉·卡林和她的风狼的踪影。没有一件熟悉的事物,只有星星。星星睁开一百万颗眼珠嘲笑着她,红眼睛、白眼睛、蓝眼睛、黄眼睛,但没有一颗会眨一下。

莫根已走到她身后。"我们在冰车座之上吗?"夏恩怯生生地问。

"是的。"

夏恩崩溃了,她一松手,长刀滑落到金属地板上,"哐当"一声响。"我们会死的,骑手会把我们的灵魂带去冰冻荒野。"她没有掉泪,但她不想死,尤其是在这深冬……兰尼,至少在冰冻荒野,她能与兰尼团聚。

莫根解开夏恩脖子上的围巾,围巾上的宝石现在黑得愈发深邃。"不,夏恩·卡林,"她平静地说,"我们不会死。和我一起在这里生活吧,孩子,你将会长生不老。是的。"她扔掉围巾,松开夏恩面具的皮带,从女孩头上拉起面具,随意地扔在地板上,"你真可爱,夏恩,你一直很可爱。我记得的,已经过了好多年,但我还是记得。"

"我才不可爱。"夏恩抗议,"我太软弱,太温和,克格说我是个皮包骨头,说我脸上没肉。而且我……"

莫根用湿润的嘴唇轻轻地吻了她,开始解她斗篷的纽扣。很快,兰尼那件饱经风霜的斗篷滑下了她肩膀,接着是她自己的小披风,然后是外套。莫根的指头移向她的腰带。

"不行,"夏恩忽然害羞起来,她的背抵住那面大窗户,感觉到永夜的重量压迫着自己,"不行,莫根,我是卡林家族的人,你不是我的族人。不行!"

"集会,"莫根低语道,"假装这是集会,夏恩。在集会上,你一直是我的恋人。"

夏恩喉咙干涩。"可这不是集会。"她坚持。她一生中只见过一次海边的集会,四十个家族聚在一起,互相交换消息、物品,也碰撞爱情的火花。但那时她尚未来潮,没有人对她感兴趣;那时她尚未成为女人,没有人会碰她。"这不是集会。"她重复道,泪水在眼眶里打转。

莫根像小女孩似的咯咯坏笑:"好吧,我不是卡林家族的人,我是全知全能的魔法师莫根。我可以制造一场集会。"她赤脚飞奔过房间,又用指环按向墙壁,画出一个奇怪的图案。接着她大叫道:"看呐!回头看呐!"

夏恩困惑地望向玻璃。

窗外是两个太阳照耀的盛夏,世界明媚而又葱郁,缓缓流动的大河中无数船只懒洋洋地行驶着,双阳的倒影在蓝色的河面上被切割为无数粼粼闪光的碎片,犹如许多块松软可口的黄油。天空也好似甜甜的奶油,流动的白云犹如卡林家族庄严的帆船,空中没有半颗星星。远方河岸上有许多房屋,有的房子只有几米宽,有的则比卡林厅更大,各种各样的细长塔楼,好比断裂山脉中那些风蚀的岩柱。到处是人头攒动。夏恩觉得这些皮肤柔韧黝黑的人种很是古怪,他们的家族也混在一起,不分彼此。开阔的石头广场上没有风雪冰霜,但围着许多金属建筑物,大部分都比莫根厅大,也有几栋比莫根厅小,每个建筑物表面都有独特的标志,下面都是三条腿。这些建筑物之间是各个家族搭建的帐篷跟地摊,外面挂着他们的旗号或横幅。还有垫子,色彩艳丽的、恋人的垫子,夏恩看见人们在垫子上卿卿我我。莫根的手轻轻放在她肩头。

"你看见了吗,小卡林?"莫根低声说。

夏恩用半是害怕半是惊奇的眼光回望女人:"这确实是一场集会。"

莫根笑了。"你瞧,"她说,"这是一场集会,而我在追求你。和我一块儿庆祝吧。"这回她的指头摸向夏恩的腰带时,夏恩没有抗拒。

梦歌

在莫根厅的金属墙之内,季节变成小时变成年份变成日子变成月度变成星期又变回季节,失去了时间概念。当夏恩第一次从莫根铺在窗户下的毛皮大垫子上爬起来时,发现盛夏已被深秋所取代,家族、船只与集会统统不见了。黎明来得过早,让莫根不太愉快,又把它变回了黄昏;这是霜降的季节,寒风凛冽,曾经太阳升起的地方,现在布满了灰云,天空则被染成黄铜色。她们一边吃饭,一边看着黄铜色逐渐变黑。莫根端来伴有夏日松脆的青蔬炒的蘑菇,涂抹蜂蜜与黄油的黑面包,奶油香茶,厚厚的还带着血丝的红肉切片。饭后甜品是榛果冰杯,最后以一杯高高热饮九层特调结尾——每层酒液的颜色和滋味都各不相同。她们用精致的超薄水晶杯喝酒,杯子薄得似乎不是世间之物。夏恩喝得头疼,忍不住哭起来,因为所有的食物和饮料都显得如此真实,如此美妙,她害怕自己如果再多吃一点,就会活活饿死。莫根嘲笑她,回去把吸血鬼那如皮革般坚韧的老肉煮好交给她;她讽刺说,夏恩可以把这肉放在包裹里,饿了吃它便是。

夏恩把吸血鬼的肉保存了很长时间,但没咬过一口。

起初她以吃饭睡觉的次数来计算时日,但很快窗外景色的变幻与莫根厅中不可思议的生活方式便让她彻底迷失。她担心了几个星期——也许是几天?——随后开始听天由命。反正莫根是全知全能的魔法师,想做什么都能办到,小卡林有什么好费心的呢?

她几次要走,莫根都充耳不闻。莫根只会嘲笑她,然后又施展出一个大魔法,让她遗忘了要走的念头。某天晚上趁她睡着,莫根拿走了她的武器、毛皮和皮衣,以后她就只能按莫根的意愿来穿着打扮:彩色的丝绸、美丽的薄纱,甚至什么也不穿——对此,她一开始愤怒地抗拒,后来也便慢慢习惯了。不管怎么说,生活在莫根厅中,原来的衣服的确太热。

莫根送给她许多礼物:几袋夏天味道的香料;用淡蓝色玻璃做成的风狼;戴上后能在黑暗中视物的金属面具;洗澡用的香油;装在瓶子里

的金色黏稠液，烦恼时闻闻它，便能排忧解愁；一面无与伦比的好镜子；一堆夏恩看不懂文字的书；镶嵌着一圈小红石头的手镯，那些石头白天吸收一整天的亮光，晚上便能熠熠生辉；用手捂暖便会播放异国音乐的立方体；用金属编织，却又轻盈无比的长靴，她单手便能将它们压扁；还有金属做的男人、女人和各种魔鬼造型。莫根也给她讲故事，每件礼物都有故事，关于它们从何而来，原本属于谁，又是如何来到莫根厅。莫根也讲述她族人们的故事：不屈不挠的克莱勒诺马斯横越天空只为追寻知识；一贯古灵精怪的瑟拉拥有一艘叫"逐影者号"的船；艾瑞卡让家人用刀子把她切碎，以便再度重生；野蛮凶残的"北斗星"斯蒂芬·科伯特；忧郁的陶莫；活泼伶俐的戴安鲁·阿伦。莫根用她神奇的魔法描绘这些故事，大房间的墙上有个小方孔，每当莫根把一个扁平的金属盒子插进去，光线就会全部消失，而莫根的族人会出现在她们眼前。他们能说会动，受伤之后还会流血——起初夏恩以为他们都是真人，直到某天戴安鲁为她被害的孩子掉下眼泪，夏恩情不自禁地冲过去安慰，这才发现自己根本摸不到她。莫根承认，戴安鲁和其他人只是被她的魔法召唤来的灵魂而已。莫根教给她很多事，既是她的恋人，又是她的老师，有时候几乎像兰尼那么耐心，那么循循善诱，但这种兴致通常不会持续太久。莫根送给她一把美丽的十二弦吉他，还天天亲手教她弹奏，后来又教她认字读书，甚至让她学会了几个简单的魔法，好在船内来去自如——是的，莫根说，莫根厅不是固定的房子，而是一艘船，一艘用金属腿跳跃的船，能从一颗星星跳到另一颗星星。莫根给她讲星星的往事，每颗遥远的星星上都有不同的风景，那些礼物都从不同的地方得来，从冰车座之上的群星中得来：面具跟镜子来自于杰米森世界；书本和立方体来自于阿瓦隆；手镯来自于卡瓦娜高原；香油来自于巴库星；香料则分别来自于拉夫奴星、塔拉星和老海神；靴子来自于堡垒星；雕像来自于楚达蒙来，黏稠的金色液体所出自的世界离得太远，连莫根自己也记不清楚了。莫根说，只有玻璃做的风狼是夏恩的世界里的产物。

梦歌

过去，风狼是夏恩的最爱，现在却觉得它有些俗气，毕竟，其他各种礼物让人大开眼界。她一直想去旅行，去参观居住在远方的其他家族，去欣赏高山和大海。但那时她太小，等到长成女人了，克格又不准她出门，理由是她太笨、太胆小、不可靠。她的一生就该待在家里，为卡林厅服务。即便这次将她带来莫根厅的旅行事实上也是个侥幸，是兰尼坚持的结果，因为整个家族只有他敢反抗代言人克格。

现在由莫根带她旅行，在星星之间旅行。每当闪耀的蓝色火焰舔舐着结冰的山川，奇怪的尖啸越发高亢时，夏恩就会迫不及待地冲到窗边，耐心等待颜色逐渐变化沉淀。莫根让她看到了做梦都难以游历的高山和大海，透过这面无瑕的玻璃，夏恩见识了一百万个故事：老海神星上历经风霜的码头和码头边的银船舰队；拉夫奴星的草原牧野；艾因梦星拱顶的黑铁高塔；卡瓦娜高原上狂风肆虐的草地和崎岖不平的丘陵；杰米森世界上的岛屿城市杰米港和杰洛星。夏恩从莫根那里了解了都市的含义，于是河边废墟在她眼中立刻变得不一般了；她还学到其他生命的生活方式：生态系统、城堡、兄弟会，还有公司、奴隶制和军队。卡林家族对她而言，不再是贯穿生命的始终。

她们去得最多的是阿瓦隆，夏恩也最喜欢阿瓦隆。阿瓦隆的飞船平台上永远都停满了来自不同世界的船只，夏恩看着这些船闪着淡蓝的光线起起落落。远处是人类知识研究学院，出于对莫根家族的信赖，克莱勒诺马斯将毕生秘密都埋藏于此。那些参差不齐的水晶塔让夏恩心中充满了向往，某种让她隐隐作痛的向往，却又舍不得排斥。

有时候——在许多世界里都会发生，尤其在阿瓦隆——有些陌生人差点就登上了她们的飞船。他们大步流星地走过来，目的地显得十分明确。但令夏恩失望的是，最终没有一个人上来过。在莫根厅内，除了莫根，她不能和任何人说话，不能与任何人接触。夏恩怀疑莫根以魔法误导了那些访客，甚至杀了他们——她说不准莫根采取的是什么措施，因为莫根从来都喜怒无常。某天用餐时，夏恩忽然想起老琼恩的故事，便充满恐惧地打量起正送进嘴里的红色肉片，随后很长时间，她都只吃蔬菜。后来她觉得自己太孩子气了，应该向莫根请教，首先问问那些访客消失之谜。可她又很害怕，她想到若是问了坏脾气的克格不该问的问题，后果是什么。如果这个年长的女人真的杀了那些想登上她船的人，询问真相显然不太明智。夏恩小时候问起坦莎雅被赶出家族的真相时，差点儿被克格打个半死。

夏恩转而旁敲侧击，但莫根总是闭口不答。莫根既不会谈论自己的出身，也不会介绍做菜的原料，更不会透露飞船航行的秘诀。曾有两次，夏恩恳求莫根教她在星星之间旅行的魔法，却都被莫根愤怒地拒绝。莫根有很多秘密瞒着她，有的房间不许她进，有的东西不准她碰，还有的事情甚至连提都不能提。时常，莫根会整天整地地消失，留下夏恩寂寞地徘徊，窗外只有不会眨眼的星星。每次回来，莫根都会变得忧郁伤感，但几小时后，她又会恢复原状。

而莫根的"原状"在他人眼中就是怪异。她会没完没了地在船上跳舞，对着自己唱歌，有时她邀请夏恩做舞伴，有时她只一个人跳，用夏恩听不懂的悦耳声音自言自语。她有时严肃得像睿智的老妈妈，有时表现得像无所不知的代言人，有时却又成了只会傻笑、还没活过一季的小孩子。她有时知道夏恩是谁，有时又固执地把夏恩当成在某次集会中她所爱上的另一位夏恩·卡林。她既耐心又暴躁，跟夏恩见过的其他人完全不同。"你的脾气真古怪，"夏恩说，"你要是生活在卡林厅，可不能这么古怪。凡是怪胎都会死，因为他们对家族毫无价值。每个人都得有用才行，而你一无是处，到时候克格会修理你的。唉，你应该庆幸自己并非卡林家族的成员。"

莫根温柔地抚摸她，用那双忧伤的灰眼睛望着她，"可怜的夏恩，"她凑在夏恩耳边耳语，"他们对你太过苛刻。卡林家的人一直是这样冷酷无情。阿莲家族不同，孩子，你应该生在阿莲家族。"此后，她便没再多说。

梦歌

于是就这样,夏恩的白天在奇观中度过,夜晚则与莫根情意绵绵,对卡林厅的思念越来越少,她欣慰地发现自己也逐渐开始关心起莫根,就好像她们是一个家族的成员。并且,她开始相信莫根。直到她看见孽海花的那一天。

那天,当她醒来,窗外繁星点点,而莫根不见了。通常这意味着漫长无聊的等待,然而今天,当她还在吃莫根特意留下的早餐时,年长的女人便回来了。

莫根手里捧着无数淡蓝色的花朵。

她很急切,夏恩从未见过她如此急切。她兴冲冲地把夏恩从餐桌旁拉开,来到窗前她俩睡觉的大垫子旁,把那些花一朵朵装点在夏恩的头发上。"你熟睡的时候我看着你,孩子,"莫根一边愉快地说,一边继续忙活,"你的头发都长这么长了。它们曾经又短又碎又丑,现在不一样,现在你的头发几乎跟我一样长。来,扎上几朵孽海花,我要你做最美的自己。"

"孽海花?"夏恩好奇地问,"你叫它孽海花?我不知道它们有这么一个名字。"

"是的,它叫孽海花,孩子,"莫根的双手忙个不停,夏恩背对莫根,所以莫根看不见她的表情,"这种小小的蓝花能在最冷的冬天凌寒绽放,无视所有苦难,所以我给它起了这名字。它是从一个名叫优蜜的世界带来的,那个世界非常遥远,那里的冬天也漫长而寒冷。其他那些花也产自优蜜,藤蔓上的花,叫作傲寒花。冬天是那样单调,让人感到荒芜又凄凉,所以我在船上种植花朵,看上去就好多了。"她扶着夏恩的肩膀,让她转过身来,"你现在和我一模一样了,"她兴高采烈地说,"去,去把你的镜子拿来,好好瞧瞧吧,小卡林。"

"是。"夏恩一边回答,一边从莫根身边走开。她裸露的脚踩到了某种又冷又湿的东西,让人不禁一震——垫子下面有摊水。

夏恩皱起眉头,静静地打量着莫根。女人未脱的鞋子上有水。

Dreamsongs

而在莫根身后,唯有黑暗的虚空和不熟悉的群星。夏恩很害怕,有什么事情不对劲儿。

莫根一头雾水地望着她。

夏恩润了润嘴唇,羞涩地笑笑,把镜子找了出来。

那晚临睡前,莫根用魔法移走了星星,窗外是怡人的夜色,和苦寒的深冬完全不同。在飞船平台的边沿,阔叶树木随风摇摆,明月当空,为地面镀上了一层曼妙的银辉。

莫根说,这才是一个让人安睡的世界。

但夏恩睡不着,她坐起来,坐在莫根对面,望向窗外的月亮。自来到莫根厅以来,这是她第一次以卡林族人的方式进行思考。兰尼会为她骄傲的,克格则会抱怨这一天到得太晚。

莫根带着蓝色的孽海花返回,鞋子上是融化的冰雪。然而窗外什么都没有,只有被莫根称为星星之间的真空的黑暗虚无。

莫根声称夏恩在森林里见到的光束是她的船着陆时发出的火焰,然而傲寒花厚实的藤蔓密密麻麻地缠绕着飞船的腿,看来已在那里生长了好多年。

莫根从不肯让她出去,莫根的魔法也全是通过大窗户向她展示。但夏恩不记得莫根厅外部有任何镜子,就算真的有,藤蔓爬过,总会遮挡一些景象。

这就是莫根厅的故事,坦莎雅告诉所有的孩子,住在那里的是骗子家族,他们的食物是气体加上幻想塑造的空虚。

于是,夏恩在虚假的月光中站起身来,走到放置礼物的地方。她把它们挨个看了一遍,最终举起最沉的东西——玻璃制作的风狼。那是一尊很沉的雕像,得用双手才能举起。夏恩一手握着动物咆哮的大嘴巴,一手抓住它的尾巴,吼道:"莫根!"

莫根睡意阑珊地睁开眼,微笑着。"夏恩,"她喃喃地说,"小夏恩。你想拿你的风狼怎么样啊?"

梦歌

夏恩跨前两步,将风狼高举过头,"你撒谎。我们哪儿也没去。我们还在废墟里,外面仍是深冬。"

莫根脸色一沉。"你说什么呢?"她摇摇晃晃地站起来,"你要拿这个砸我吗,孩子?我不怕你,正如你从前拿长剑指着我,我也不怕。我是全知全能的魔法师莫根。你无法伤害我,小夏恩。"

"我要离开这里,"夏恩宣布,"把我的武器和衣服还给我,我以前的衣服。我要返回卡林厅,我是卡林家族的女人,不是你的孩子。别把我当成小孩子,听见了吗?给我准备食物!"

莫根咯咯傻笑:"你好严肃哟。若是我不答应呢?"

"若是你不答应,"夏恩强调,"我就用这东西砸碎你的窗户。"她把风狼举得更高。

"不,"莫根叫道,一脸难以置信的表情,"你不会这么做吧,孩子?"

"我会,"夏恩说,"除非你放我离开。"

"你不会离开我的,夏恩·卡林,你不会的。记得吗?我们是一对恋人,一对爱侣,我们是一家人啊。来,让我为你施展魔法。"她嗓音颤抖,"把那东西放下,孩子,让我带你去你以前从没去过的地方。有好多好多风景等待着我们一起欣赏,有好多好多故事我还没来得及跟你讲述。把那东西放下。"

夏恩嗅到了胜利的滋味,奇怪的是,她的眼里却满是泪水。"你怕什么?"她愤怒地质问,"难道你不能用魔法修补窗户吗?即便是我,克格口中一无是处的我也能修补窗户!"大颗大颗的泪珠静悄悄地沿着她裸露的脸颊滑下,静悄悄地,静悄悄地,"你瞧,窗外是如此温暖,有月光,甚至还有城市。你可以请来工匠。我不明白你怕什么……外面不是深冬,没有风雪和寒冷,没有在黑暗中穿行的吸血鬼。外面不是那样的。"

"不,"莫根确认,"不是。"

"不,"夏恩重复,"把我的东西还给我。"

莫根还是一动不动。"并非所有东西都是谎言……并非所有东西。如果你和我住在一起，我们可以快乐地生活好多年，我想这都是食物的关系。这是真的，许多事情都是真的。夏恩，我不想欺骗你，我一直努力做到最好，瞧，我自己不就是这么挺过来的吗？你只需假装一下就行，你知道的，忘记这是艘无法移动的飞船，这是最好的办法。"莫根的声音变得年轻了许多，其中透出浓浓的恐慌，尽管她的年龄已经不小，此刻却像小女孩一样苦苦哀求着，还发出小女孩般的声音，"不要砸碎窗户。窗户是最具魔力的物品。它几乎能够带我们去任何地方，几乎能够。求你，求求你，不要砸碎它，夏恩，我求求你。"

莫根在颤抖，她那身飘扬的花衣服突然显得褪色而又褴褛，她的指环也不再光彩夺目，原来她只是一个发了疯的老女人。夏恩放下沉重的玻璃风狼："我要我的衣服、长剑和雪橇，还有食物。许许多多的食物。赶快交出来，或许我会改变主意，不打碎你的窗户，骗子，你听见了吗？！"

那个不再有魔法的魔法师莫根点点头，乖乖照办了。

夏恩静静地望着她。她们之间没有再说一句话。

夏恩回到了卡林厅，一天天老去。

她的回归轰动一时，因为她和兰尼已经足足失踪了一个多标准年，所有族人都以为他们死了。起初，克格拒绝相信她的故事，其他人也一样，直到夏恩把发际枯萎的孽海花摘下来给他们看。即便如此，克格也不肯相信她的故事中最神奇的部分。"幻觉，"他嗤之以鼻，"一切都是幻觉。坦莎雅以前也是这么说的。现在你的魔法船肯定消失得无影无踪，甚至没留下一丝痕迹。相信我，夏恩。"但在夏恩眼中，克格并非如自己所说的那么自信，至少他定下规矩，严令男人女人都不得再靠近那条路。

梦歌

卡林厅的一切都变了,家族衰落了。他们失去的远不止兰尼一人,由于食物短缺,克格按惯例把虚弱和没用的人都赶了出去。那些人中包括琼恩,也包括莱娜,那个曾经年轻强健的莱娜。三个月前,吸血鬼夺走了她的生命。还好,并非所有事情都那么伤感。深冬总算过去,而且在私人层面上,夏恩发现自己在家族中的地位有所提高,就连粗鲁的克格对她也有了几分尊重。一年之后,当大地刚刚开始解冻时,她生下了第一个孩子,随后便被接纳进卡林厅的议事会。她为自己的孩子起名兰尼。

她很快适应了朴素的家族生活,到择业的年龄时,她要求去做商人,而且意外地发现克格并不反对。于是,里斯收她做学徒,三年后,她开始独当一面。商人的工作要求她不断旅行,每当回家,夏恩便会惊讶地发现自己成了最受欢迎的说书人。孩子们吵着要见她,他们说她说的故事是最棒的。挑剔的克格则评价说她的白日梦给孩子们树立了坏榜样,听了有害无益,但那个时候他已经病入膏肓,成为盛夏时节热病的牺牲品,所以他的反对毫无分量。克格死后,新任代言人是达文,他更温和,也更开明。卡林家族在他的管理下度过了整整一代人的和平时光,家族成员也由四十人增加到了一百人左右。

夏恩是和他做恋人时间最长的女性。经过长期训练,她的阅读能力已经大大提高,终于有一次,达文屈服于她的要求,为她开放了历届代言人的秘密藏书库,那里收录了无数个世纪里,每位代言人的日记,详细记载了发生过的每件事。正如她所怀疑的那样,其中最厚的一本乃是《卡林家族的代言人贝莎之书》,距今约有六十年。

兰尼是夏恩九个孩子中的长子。夏恩很幸运,其中六个存活了下来,有两个是家族血脉,另外四个是她从集会上带回来的种。达文着力表彰她为卡林厅带来新鲜血液的巨大贡献,而下一任代言人宣布她拥有作为商人的特许权。她旅行的范围越来越广,她拜访过很多家族,游览各地的瀑布、火山、悬崖与大海,甚至坐着帆船周游了半个世界。她有过许多恋人，还有更多的仰慕者。简奈是达文之后的代言人，但她给家族带来了一段不太愉快的回忆。她去世之后，卡林家族的母亲和父亲们联合起来，要求夏恩做他们的领袖。夏恩坚决回绝了，因为这不会让她快乐。尽管做了那么多的事，她始终都不是一个快乐的人。

她拥有太多回忆，很多时候，她根本睡不着。

当夏恩生命中第四个深冬到来之时，家族成员已达到二百三十七人，其中足有一百人是孩子。在下雪的第三年，猎物逐渐稀少，严酷的时代迫在眉睫。此时的代言人是位善良的女性，她开不了口，不愿做出应做的决定，但夏恩心里明白自己的时间已到，毕竟，她是卡林厅中年纪第二大的人。某一天晚上，她悄悄偷走食物——她只偷了刚好两周的口粮——滑起雪橇，就着黎明的光线离开了卡林厅，替代言人免除了烦恼。

她的速度不如年轻时那么快，所以旅途最终花了将近三个星期。抵达废墟时，她已经虚弱得瘦骨伶仃。

但那艘船仍在原地。

季节变化在飞船平台上制造了更多的龟裂，异星花朵生长在每个微不足道的缝隙处，开得如火如荼。石头上的孽海花星罗棋布，而缠绕飞船的傲寒花藤蔓比夏恩记忆中粗了两倍。鲜艳的大花朵在风中微微摇摆。

除此之外，没有半点动静。

她绕着飞船走了三圈，希望有扇门会突然开启，希望有人会出现。然而，即便这个金属怪物探测到她的到来，也没做出任何表示。在飞船尾部，夏恩找到一个以前忽略了的东西———一行被风雪与花朵侵蚀得模糊了的字，但还勉强可以辨认。她连忙用长刀刮开冰块，再斩断藤蔓，只见上面写道：

莫根·拉菲

注册代号：阿瓦隆 4763319

梦歌

夏恩笑了,就连名字,她也没有说全,她也欺骗了她。但这没关系,真的没关系,于是,她用戴手套的手拢住嘴巴。"莫根!"她喊道,"是我,夏恩!"寒风把她的呼喊送到遥远的森林里。"让我进去吧,莫根。对我撒谎,全知全能的魔法师莫根。我错了。对我撒谎,让我相信吧。"

没有回应。夏恩在雪地中抱膝坐下,耐心等待。她又累又饿,黄昏近在咫尺。透过那一丝丝溶解的云朵,骑手那对冰蓝色的眼睛缓缓地瞧过来。

睡着的时候,她梦见了阿瓦隆。

沈茜 译

Dreamsongs

十字架与龙

"异端。"他对我说。水池里咸腥的液体略微搅动起来。

"又一个?"我疲惫地说,"这段时间真是特别多啊。"

我的长官对这句议论很不满。他猛地挪了挪位置,在水池里激起道道波纹。一道波浪冲出水池边缘,泼溅到会面室的石砖上。我的靴子又打湿了,对此我不动声色。我故意穿了最破的靴子,我很清楚这双脚难免要被弄得湿漉漉的,因为召见我的是托伽森·奈-克拉瑞斯·图恩,卡·塞恩族长老,维斯的大主教,四誓会的至圣之父,耶稣基督骑士团武装修会的大审问官、新罗马教皇戴伦二十一世陛下的顾问。

"那异端的数量,有如天上星辰,岂有哪一个是不危险的啊,神父。"大主教严肃地说,"身为基督的骑士,与异端战斗到底便是你我的使命。而我必须告知你,这撮新的异端可是异常丑恶。"

"是的,长官,"我答道,"我并未轻视这一使命。请您原谅,芬尼根的传道格外使人劳顿。我恳求您准许我告假几日。我需要休息,需要时间来沉思静养。"

"休假?"池子里的大主教又动了起来,他庞大的身躯只轻轻一颤,便足以激起又一股水波冲刷地板。他没有眼白的黑眼球朝我眨着。"不妥,神父,恐怕你的请求全无获准之可能。你丰富的经验和手腕对于新一轮传道实乃不可或缺。"他低沉的嗓音似乎柔和了几分。"我没来得及读你关于芬尼根的报告,"他说,"成果如何?"

"很糟糕。"我告诉他,"不过我认为我们尚不至于失势。芬尼根的教会位高权重,斡旋失败之后,我把审查标准交给了合适的人,从而得以关闭异端的报纸和广播设施。我们的朋友们会确保这些人的上诉不会有任何结果。"

"那可说不上糟糕。"大主教说,"你为主和教会夺得了一项非同小可的战果。"

"那里发生了暴动,长官。"我说,"一百多个异教徒死了,我教也有十几信徒丧生。我担心在事态平息前会发生更多暴力事件。我们的牧师只要进入那座异端邪说流行的城市就会遭受袭击,他们的领袖若是出城也会丧命。我本希望能避免此等仇恨与血腥。"

"你的想法很好,但不现实。"托伽森大主教说。他又朝我眨眨眼,我记起在他的族人中间眨眼是不耐烦的表示。"有时,烈士的牺牲无法避免,异端的死也无法避免。但若人的灵魂能得到救赎,放弃生命又算得了什么?"

"诚然。"我同意。托伽森虽已不耐烦,但只要有机会他定会给我再来上一小时说教。想到这里我有些沮丧。会面室对人类来说绝对称不上舒适,若非必要我不想再待下去。潮湿的墙壁已经发霉,空气又热又闷,弥漫着卡·塞恩族标志性的哈喇似的体味。高领子磨破了我的脖子,法袍下面全是汗,双脚湿透,胃里翻腾。

我主动把话题引向当前事宜。"您说这股新异端异常丑恶,长官?"

"确是如此。"他说。

"它从何而起?"

"阿里翁,一个距维斯三周半航程的星球,纯粹的人类世界。我无法理解你们人类为何如此容易堕落。对卡·塞恩族来说,一旦得到信仰,便绝不会抛弃。"

"大家都知道。"我礼貌地答道。我没提及卡·塞恩族信徒的数量很少而且越来越少。他们是个愚钝的种族,其众多人口中的大多数成员对学习本族以外的处世之道毫无兴趣,除了本族的古老宗教外不追

Dreamsongs

随任何信条。托伽森·奈-克拉瑞斯·图恩是个异类。他是两百年前第一批新教徒中的一员，当年教皇维达斯五十世裁定非人类也可牧养信众。虽说跟随托伽森入教的卡·塞恩族还不到一千个，但凭着极长的寿命和钢铁般的信仰，他爬到如此之高的地位并不稀奇。他还有至少一百年寿命。毫无疑问，只要消灭足够多的异端，他迟早会当上托伽森·枢机·图恩。这就是当今世道。

"教会在阿里翁没多少影响力。"大主教说着，一边挪动胳膊——四根粗笨的带麻点的灰绿色肉棍搅动着水，鼻孔边脏兮兮的白色纤毛随每一个字音摆动。"教会在那里有几位牧师、几间教堂、一些信徒，但无足轻重。异端的势力已经盖过了我们。我信任你的才智和精明，将此等祸事化为机遇吧。这一异端邪说甚是露骨，你可轻易驳斥，也许可让一些迷途羔羊重返正道。"

"定不辱命。"我说，"此种邪说的本质是什么？我该从何驳斥？"可悲的是，我并不在乎这些，我的信仰已经充满疑惑。我见识过太多异端，他们的信仰和疑惑每晚都在梦里折磨着我。我凭什么如此坚信自己的信仰？容许托伽森就任牧职的通谕已导致六个星球拒绝承认新罗马的权威。在这些拒绝者眼里，我面前水池里这硕大的裸体（除了湿漉漉的罗马领子）异星人能以四只带蹼的大手执掌教会的权威才是最丑恶的异端。基督教是最兴盛的人类宗教，但其实也算不了什么，非基督徒的数目远超我们，高达五比一，而基督教本身又有至少七百个宗派，有些派别几乎和地球与一千个世界之唯一至真星际天主教会一样大。连尊贵如戴伦二十一世，也只是七个自称教皇者之一。我的信仰一度十分坚定，但我在异端和非信徒之间待得太久，连祈祷也不能化解心中的疑惑。所以，当大主教向我讲述阿里翁异端的本源时，我非但没有害怕，却突然有了一丝了解的兴趣。

"他们拥一人为圣徒，"他说，"加略人犹大。"

作为骑士团的资深审判官，我有自己的飞船。我将它命名为基督

梦歌

真理号,我很喜欢这名字。这艘船在分配给我之前以圣徒命名,叫作圣托马斯号,但我觉得对于一艘征召前去对抗异端的飞船来说,让一位因多疑而饱受诟病的圣徒做主保人实在不妥。我不是基督真理号的船员,真正的船员是远航者圣克里斯托弗修会的六位兄弟姐妹,船长是我从一位贸易商那里雇来的年轻女子。

从维斯航向阿里翁的三周时间,我把所有时间用于钻研该种异端的经典。书是大主教的行政助手给我的,它是本厚重华丽的大书,黑皮封面,书页边缘印有金色叶纹,内页附有许多华丽的全彩插画,还配有全息图像。令人印象深刻,显然出自某个热爱早已被人遗忘的图书制作工艺的人手下。书里的插图——我打听到,真迹位于阿里翁圣犹大之堂的墙上——虽然渎神,但也是杰作,简直可以和塔莫翁和罗哈利蒂为新罗马圣约翰大教堂所做的壁画媲美。

书里附有一份声明,说明它得到卢克严·犹大孙——加略人圣犹大修会首席学者——的认证。

书名是《十字架与龙》。

基督真理号遨游太空时,我读完了这本书。一开始我还做了许多笔记,以便更好地了解我必须击败的这股异端,后来却被书中奇异复杂怪诞的故事所吸引。作者诗歌般的语言极富激情和感染力。

这是我第一次读到加略人圣犹大那令人震惊的故事,第一次听说这位性格复杂、野心勃勃且自相矛盾的传奇人物。

他是妓女之子,出生于传奇古城巴比伦,生日和在伯利恒出生的救世主是同一天。他在贫民窟的街巷里长大,有时不得不卖身求生,长大后又替人拉皮条。年轻时,他研习邪门咒法,不到二十岁就做了一名出色的招魂术士。他成了驯龙者犹大,第一个也是唯一一个驯服了上帝所造的最凶猛的野兽——古地球的喷火有翼巨蜥的人。书里有一幅华丽的插图,描绘了犹大在潮湿的地下巨穴里,双眼冒火,手持闪亮长鞭,看管着一条山一般大的金绿色巨龙。他挽着一只半开半掩的编织篮,三只雏龙小小的脑袋从里探出。第四只雏龙趴在他袖口上。这是犹大生平的第一章。

第二章里,他的名号是征服者犹大、龙王犹大、巴比伦的犹大和大篡位者。他头戴铁冠,手持宝剑,号令巨龙征战,令巴比伦成为古地球有史以来最大的帝国,从西班牙一直延伸到印度。他的龙形王座居于空中花园顶端,那花园是他下令建造的。他正是坐在这个王座上审问拿撒勒的耶稣,制造麻烦的先知被五花大绑,流着血拖到他面前。犹大不是个耐心之人,没给耶稣止血就开始审问。看到耶稣不愿回答他的问题,犹大鄙夷地下令将此人扔回街上,还命守卫先砍下其双腿。"医者,"他说,"汝自医便是了。"

接下来是他的忏悔,他在梦中见到了幻象。于是加略人犹大放弃了他的王位、妖法和财富,转而追随被他害成跛子的那个人。犹大成了主的双腿,被那些曾受他迫害的人耻笑鄙视。他背着耶稣行走了一年,来到曾归他统治的国度的偏远角落。这时基督终于治愈了自己,犹大便跟随在他左右,成了耶稣信任的伙伴和诤友,十二使徒中的首位和首席。最后,耶稣召回了曾被驱走的巨龙,赐福于它们,并赐予犹大通晓一切语言的能力,吩咐这位使徒骑着龙独自去大洋彼端传教:"到我不能去的地方传播我的福音吧。"

后来有一日,太阳在正午变黑,大地颤动起来,犹大调转龙头,让巨龙扇动巨大的皮翼飞过波涛汹涌的大海。当他回到耶路撒冷时,发现基督已死在了十字架上。

那一刻他的信仰动摇了,之后的三日里,犹大的狂怒像风暴一样横扫古老的星球。他令巨龙夷平了耶路撒冷的圣殿,把人们从城里驱赶出去,然后他又袭击了罗马和巴比伦的宫殿。他找到其余十一个使徒,依次审问。他得知那个本名西门、现在叫彼得的人曾三次否认主,便亲手扼死了彼得,将其尸体扔去喂龙。最后他放出几条龙在全世界撒下大火,好为拿撒勒的耶稣架一座火葬堆。

到了第三天,耶稣复活了。犹大泪流满面,但他的泪水不能平息基督的愤怒,因为他的泄愤之举背叛了基督的一切教导。

耶稣召回了巨龙,各地的大火得以平息。他从龙的肚腹中唤回彼得,使他复活为人,并把教会的权柄交付于他。

之后,这些巨龙相继死去,其他各处的龙也无一幸免,因为他们是加略人犹大的力量和智慧的象征,而犹大罪孽深重。耶稣收回了他赐予犹大的通晓语言和治愈伤病的能力,甚至令他不能视物,因为犹大就像瞎子一样盲目(书里有一张瞎子犹大痛苦地伏在巨龙尸体上的精美插画)。耶稣告诉犹大,在漫长的岁月里,人们只会把他当成叛徒,诅咒他的名字,他此前的一切事迹都会被遗忘。

但因为犹大依然爱着基督,基督便返还他一项恩赐:给予他漫长的生命,让他四处游历,反思罪孽,以期求得最终宽恕。到那时他方可死去。

接下来是加略人犹大生平的最后一章,也是极长的一章。从前的龙王和基督之友现在却是个流浪的瞎子,无家可归,无亲无友,遍历人世间所有艰辛。在他熟悉的城市与了解的人和事都故去之后,他仍然活在世上。而彼得,作为首任教皇和他的宿敌,大肆宣扬犹大为三十个银币出卖基督的故事,以至于犹大不敢再用本名。他一度自称"流浪的犹",后来又换过许多名字。

他活了一千多年,当过牧师和医者,喜欢自然生灵。后来彼得建立的教会开始腐化堕落,他也曾被通缉迫害。但他有充裕的时间,最终领悟了人生的智慧与内心的平和。在他推迟许久的死亡来临之前,终于在病榻上再一次见到了耶稣。他们和解了,犹大又一次落下眼泪。基督答应让少数几个人记住他的生平,再过许多个世纪,故事会传播开来,彼得的谎言终归会被揭穿、被人遗忘。

依照这本《十字架与龙》,这就是加略人圣犹大的一生,书里也记述了他的教诲,还有一些冒称是他撰写的伪经。

Dreamsongs

读完这卷书后,我把它借给基督真理号的船长阿拉·克·包。阿拉是个瘦削的市侩女人,没有明确的信仰,但我重视她的意见。其他船员都是圣克里斯托弗修会的好姐妹和好兄弟,他们的反应肯定和大主教差不多。

"有意思。"阿拉把书还给我时说。

我笑了。"就这点意见?"

她耸耸肩。"挺不错的故事,比你的圣经容易读啊,戴米恩,情节也更吸引人。"

"没错。"我承认,"但内容太荒谬,是用尽各种典故、伪经、神话和迷信编成的不可思议的大杂烩。它适合消遣,没错,还富有想象力,但仍然是荒谬的。你不觉得吗?谁相信龙的存在呢?还有瘸腿的基督?彼得被四头怪兽撕成碎片然后又复活了?"

阿拉嘲弄般地微笑着。"水变成酒、基督在水上行走还有人在大鱼肚里过活的故事不也很蠢吗?"阿拉·克·包喜欢刺激我。我选非教徒做船长一度成了丑闻,但她确实懂行,我也愿意让她在我身边帮我保持思维敏捷。她脑子转得快,相比盲从我更看重这点。也许这是我的又一桩原罪。

"那不一样。"我说。

"是吗?"她反驳,看穿了我的伪装。"啊,戴米恩,你就承认了吧,你也挺喜欢这本书的。"

我清清喉咙。"它确实勾起了我的兴趣。"我承认,我不得不为自己找个理由。"你知道我通常处理的是哪类异端:各种离经叛道的乏味教条,模棱两可的神学诡辩,不知怎么就被鼓吹成煌煌巨论,被某些星球上野心勃勃的主教出于肮脏的政治目的而利用。他们只是想升任教皇或者向新罗马或维斯敲诈一点权力。这是场无止境的战争,其中的战役恶心又无趣,让我心理上烦躁,感情上厌倦、肉体也疲于奔命。每次完成任务我都觉得像被榨干了似的,而且满腹懊悔。"我拍拍书的皮革封面。"这一次不同。异端自然必须扼杀,但我承认我挺想见见这位卢克严·犹大孙。"

"设计也非常漂亮啊。"阿拉说,她翻着《十字架与龙》,突然被其中一幅插画吸引住了。我想应该是犹大伏在龙尸上哭泣那张。发现她也和我一样被那画迷住了,我不禁微笑起来,但马上皱起了眉。

这是我此次任务之艰巨的第一个预兆。

基督真理号就这样抵达了阿里翁的美丽城市阿玛东,加略人圣犹大修会总部所在地。

阿里翁是个快乐祥和的星球,殖民已有三百余年。它的人口不到九百万。阿玛东是唯一一个真正意义上的城市,有两百万人口。此星球科技水平处于中上,但大都是引进技术。阿里翁基本没有工业,也没有新行业——除了艺术,在这里艺术占据了十分重要的地位,充满活力,生机勃勃。宗教自由是当地社会的基本原则,但阿里翁也不是个宗教化的星球,民众大都过着世俗生活。当地最流行的宗教是唯美主义——这几乎算不上宗教——这里还有道教信徒和爱力卡信徒、原初基督教、梦之子及十几个更小的教派。

然后是唯一至真星际天主教会的九座教堂。从前这里有十二座。其中三座现在属于阿里翁发展最快的宗教——加略人圣犹大修会,后者还另有十几座新建教堂。

阿里翁的主教是个阴沉严肃的人,留着黑色短发。他看到我一点也不高兴。"戴米恩·哈尔·维瑞斯!"我访问他住处时他惊讶地喊道,"当然,我们听说过你的名号,但我可没想到能在这里见到你。我们的人数不多——"

"还越来越少。"我说,"这正是我的长官,大主教托伽森担心的。你似乎没那么担心啊,主教阁下,你似乎认为教区里犹大信徒的活动不值得向上层汇报。"

听了这个,他一度有些恼火,但很快咽下了怒气。主教也害怕骑士团审问官。"我们当然很担心。"他说,"我们尽了一切努力对抗异教徒。如果你有什么有用的建议,我洗耳恭听。"

"我是耶稣基督骑士团武装修会的一名审问官。"我直截了当地指出,"主教阁下,我不是来提建议的,是来采取行动的。这才是我被派到阿里翁的任务,也是我马上要着手去做的事。跟我讲讲你对这种异端和他们的首席学者,那个卢克严·犹大孙的了解。"

"没问题,戴米恩神父。"主教说。他叫仆人端来一只托盘——托盘上有酒和乳酪——然后开始简述犹大邪教短暂而惊人的历史。我一边听他讲,时不时用问题打断,一边在外套的红色翻领上磨指甲,磨到黑色涂料闪闪发亮。他还没讲到一半,我就决定要亲自拜访这位卢克严。这是最佳选择,反正我也一直想见见他。

根据我收集的信息,在阿里翁仪表尤为重要。想来让卢克严对我的外表和地位有个深刻印象很有必要。于是我换上最好的靴子,这靴子是由漆黑锃亮的罗马上好皮革制成,一次也没穿到托伽森的会面室去。我还穿了黑色正装,配上硬领和深红色翻领,戴上一条项链,坠子是华美的纯金耶稣受难像,再配上相衬的金色剑形领针,那是骑士团审问官的标志。丹尼斯兄弟仔细地为我涂上漆黑如乌木的指甲油,画上黑色眼影,脸上扑上上好的白粉。朝镜子里一望,我自己也吓了一跳。我微笑了一下,但马上收住笑容。笑容会破坏效果。

我走到加略人圣犹大之殿门口。阿玛东宽广的街道金碧辉煌,两旁栽种了名叫风语木的红色树木,它们耷拉着长长的藤条,仿佛在微风中细语。朱迪斯姐妹与我同行,她是个矮小的女子,哪怕是穿着圣克里斯托弗修会的兜帽修女服也毫不起眼。她面相温柔,大大的眼睛显得青春无邪。她是我的得力手下,曾四度击杀试图袭击我的人。

这是所新建的殿堂,庞大壮观,位于一座花园里,四周有鲜艳的小花和金色草坪。花园被围墙围住,围墙和建筑本身的墙壁上都绘有壁画。我认出了几幅《十字架与龙》的绘画,不禁在走到大门口前停下来欣赏了一会儿。没人试图拦下我们,这里没有守卫,甚至没有接待员。墙内,男男女女闲散地在花丛中漫步,或坐在银木和风语木下的长凳上小憩。

朱迪斯姐妹和我停下来看了看,然后直接朝殿堂正门走去。

我们刚踏上台阶,一个男子便出现在大门口,站在门廊下等候。他是个胖子,一头金发,一脸络腮胡下藏着微笑。他穿着凉鞋和长到脚面的薄袍,袍子上绘有巨龙载着一名手持十字架的男子的图案。

我走上台阶时,那人向我鞠了一躬。"骑士团审问官戴米恩·哈尔·维瑞斯神父。"他笑得更灿烂了,"容我以耶稣和圣犹大之名欢迎您,我是卢克严。"

我未动声色,暗自叮嘱自己一定要找出主教手下给犹大邪教通风报信的是谁。我可是个资深骑士团审判官。"卢克严·莫神父。"我握住他的手,"我有几个问题想问你。"我没有微笑。

他说:"我知道。"

卢克严的书房大而简朴——异端们常常比正统教会的官员更懂得节俭的美德——但这个人沉溺于另一项爱好。

他的书桌和电脑终端后面的墙壁被一幅绘画占满,正是我已经喜欢上的那幅:瞎子犹大伏在他的龙身上哭泣。

卢克严一屁股坐进椅子,示意我在另一张椅子上落座。我们让朱迪斯姐妹留在外面的等候室。"我更喜欢站着,卢克严神父。"我说,站着谈话能增加我的气势。

"叫我卢克严就好。"他说,"或者卢克,如果你愿意的话。我们这里很少用头衔称呼。"

"你是卢克严·莫神父,出生于阿里翁,在卡萨丹的一所神学院里接受教育,是地球与一千个世界当中唯一至真星际天主教会的一名前牧师。"我说,"我会用符合你身份的头衔称呼你,神父。希望你也能回以同等礼节,你明白吗?"

"哦,好啊。"他热情地说。

"我有权剥夺你主持圣礼的权力,因你杜撰异端邪说,我也可以下令将你革出教门。若是在某些星球我甚至可以宣判你的死刑。"

"但在阿里翁不行。"卢克严迅速说道,"这是一个宽容的社会,而且我们的人数也比你们多。"他微笑着,"其余的嘛,唔,反正我现在也不怎么主持那些圣礼,好多年都没办过了。我现在是首席学者,是教师和思想家。我为人们指引明路,帮助他们找到信仰。如果你高兴的话可以开除我的教籍,戴米恩神父。喜乐乃一切凡人心之所向啊。"

"这么说你放弃信仰了,卢克严神父?"我说着把那本《十字架与龙》放到他桌上。"我发现你似乎找到了新的信仰。"现在轮到我微笑了,但我的笑容冷似寒冰,充满威胁和嘲弄,"我从没见过如此荒谬的信条。我猜你大概会说上帝曾对你开口,委托你散播启示,好让你洗刷圣犹大的恶名,诸如此类,是不是?"

卢克严的嘴咧得更大了。他拿起书看着我,一脸灿烂微笑。

"哦,不对啊。"他说,"不对,这些都是我编的。"

我愣住了。"什么?"

"我编的啊。"他重复道,一边爱怜地捧着那本书,"当然,我引用了很多典故,大多出自《圣经》,不过我认为《十字架与龙》总体上还是我个人的著作。我写得很棒,不是吗? 当然,就算我再自豪,也不能把自己的名字印上封面,然而我附上了我签名的认证。你没注意到吗? 这是我敢加上去的最接近署名的东西了。"

我一时语塞,接着皱起了眉头。"你让我很吃惊。"我承认,"我本以为会见到一个才华横溢的疯子,或是某个沉溺于幻想的可怜傻瓜,坚信自己和上帝对过话。我处理过这种疯子。现在在我面前的却是个笑嘻嘻的犬儒者,出于自私自利而编撰出一套信仰。我看你还不如那些疯子,甚至不值得我藐视,卢克严神父,你等着陷入地狱里的永恒烈火吧。"

梦歌

"我看不见得。"卢克严说,"你误会我了,戴米安神父,我不是个玩世不恭的人,也没有利用亲爱的圣犹大捞钱。老实说,要是在你那个教会里继续当牧师我能过得更舒服。我创立这个修会,乃是因为它是我的本行。"

我坐下来。"我听糊涂了。"我说,"解释清楚。"

"现在我要告诉你真相。"他的语气十分怪异,仿佛在对暗号。"我是一名骗子。"他补充道。

"你要拿小孩子的悖论来糊弄我吗?"我叱道。

"不对,不对。"他笑了,"我只是骗子之一,那是一个组织,戴米恩神父。但你也可以说它是一种宗教,一个伟大而强势的信仰,我只是其中渺小的一员。"

"我从没听过这个教派。"我说。

"哦,你当然没听过。因为它是个秘密,他们必须要保密,你能明白吧?没人喜欢上当受骗。"

"我也不喜欢。"我说。

听了这话卢克严似乎有些伤心。"我不是说了要告诉你真相吗?一个骗子要是说了这种话,你就该信了,不然我们如何才能信任彼此?"

"骗子有很多种。"我说。我开始觉得卢克严可能还是个疯子,和其他异端一样疯狂,只是症状更复杂。即便他是异端中的异端,我仍有职责去纠正——我必须找出真相,拨乱反正。

"有很多种。"卢克严笑着说,"这话你听了可能会很惊讶,戴米恩神父,真的会很惊讶,但有些事我是不敢告诉你的。"

"那就说你敢说的好了。"

"如你所愿。"卢克严·犹大孙说。"我们这些骗子和其他宗教一样,也信仰某些信条。有些事无法求证,只能诉诸信仰。譬如我们相信生命是可贵的,这便是个信仰范畴的问题。生命的目的是活着,是抗拒死亡,也许还包括对熵定律的藐视。"

"继续。"我不由得越来越感兴趣。

"我们也相信幸福是美德,是值得追寻的目标。"

"教会不反对追求幸福。"我冷冷地说。

"我看不一定。"卢克严说,"但我们先不要吵。无论教会对幸福持何种观点,它总是在宣扬死后世界和至高的神明以及一套复杂的道德法则。"

"没错。"

"骗子们不相信死后世界,不相信鬼神。我们认为宇宙的表象之下没有更深层次的存在,戴米恩神父,这赤裸裸的真相是残酷的。我们这些相信生命、珍视生命的人,终究会死。死后的世界什么也没有,只有一片永恒的空无和黑暗,一切都不复存在。我们的出生没有目的,没有诗意,没有意义,我们的死亡也没有。当我们的生命逝去,宇宙便会把我们遗忘,过不了多久我们便仿佛从没有存在过。我们的星球和宇宙也活不了太久,最终熵会吞噬一切,那恐怖的结局到来之时,我们一切渺小的成就都无法存活。一切都会逝去,就像没有存在过,一切都毫无意义。宇宙自身的毁灭已经注定,它不过是昙花一现,更不用说,也冷漠无情。"

听着可怜的卢克严这番悲观的诉说,我靠回椅背,不禁打了个寒战。我发觉自己正抚摸着耶稣像。"悲观的论调,"我说,"而且并不真实。我也有过这等恐怖的念头,我想我们都曾有过,但真相并非如此,神父。我的信仰令我可以驳斥这类虚无论,信仰是对抗绝望的坚盾。"

"哦,朋友,我就知道,亲爱的骑士团审问官。"卢克严说,"我很高兴,你看得如此透彻,差不多可以算是我们的一员了。"

我皱起眉头。

"你说到问题的关键了。"卢克严说,"真相,终极的真相——也包括不那么重要的——对大多数人来说是难以承受的,我们必须从信仰里寻找庇护。你的信仰,我的信仰,任何信仰。信仰什么不重要,只要有信仰,发自内心的信仰。只要我们紧紧攥住一条谎言,便安全了。"他捋着黄色络腮胡的胡子尖。"你知道,心理学家常说有信仰的人往往更幸福,他们信仰基督或者佛祖或者艾瑞卡·风暴琼斯,信仰转世或者永生或者自然,信仰权力或者爱情或者某个政治理念,但殊途同归。信仰便是幸福。看穿真相的人才会绝望,才会自杀。真相如此浩瀚,而信仰如此单纯,如此粗劣,充满了如此多的谬误与自相矛盾。一旦我们看透了信仰的本质,便会感觉到黑暗的真相压在肩上,便不会再有幸福。"

我不是个迟钝的人。听到这里,我已经知道卢克严·犹大孙要得出什么结论了。"因此你们这些骗子发明了宗教。"

他微笑了。"各种信仰,不限于宗教。想想看,我们知道真相有多残酷,美远比真相更吸引人,我们便发明了美。信仰、政治、崇高理想、忠贞的爱情和友谊。这些都是谎言。我们编出这些谎言,还有更多的谎言,更多更多。我们把历史、神话和宗教融会贯通,让它们听起来更美好,更完善,更容易让人相信。我们的谎言当然不是完美的,真相过于浩瀚。也许有朝一日我们能编出一个全人类都能信服的谎言,在那一天到来之前,有一千个小谎言就够了。"

"我可不关心你们这帮骗子怎么编谎话。"我的语气平板冰冷而又暗藏怒火,"我一生都在寻求真相。"

卢克严的语气更加肆无忌惮。"戴米恩·哈尔·维瑞斯神父,骑士团审问官,我认为你没那么简单。你也是一名骗子,而且非常出色。你从一个星球飞到另一个星球,消灭各处的愚人、叛乱者,还有那些动摇了你为之服务的谎言大厦根基的质疑者。"

"如果我的谎言如此美妙,"我说,"那你为何还要抛弃它呢?"

"宗教必须适应它所处的文化和社会,与之携手并进,而不是阻碍它们的发展。如果二者发生冲突,产生矛盾,谎言就会瓦解,信仰就会动摇。你的教派能适应大多数星球,神父,但它不适合阿里翁。这里的生命过于温柔,而你的信仰太严苛。这里的人们喜爱美的事物,而你的信仰提供的太少。所以我们做出改进,我们研究这个星球很久了,了解它的心理特征。圣犹大的信仰可以在此流行,因为他的故事跌宕起伏,丰富多彩,而且也更美——美总是值得赞赏的。他的故事是个悲剧,却有圆满的结局,阿里翁人非常喜欢这种故事。加入龙是画龙点睛之笔,我觉得你们教派也该想办法把龙加入经典里,多么神奇的生物啊。"

"那是神话中的生物。"我说。

"不尽然。"他答道,"你可以去查一查。"他冲我笑。"你看,终归又回到信仰问题上了。你真能了解三千年前发生了什么吗?你有一个版本的犹大,我有另一个,我们各有一本书,你的就是真的?你真能相信它吗?我还只是个初级骗子,不清楚所有的秘密,但我知道我们的组织非常古老。要是发现福音书是出自某些和我类似的人的手笔,我肯定不会惊讶。也许从来就没有犹大这个人,也没有耶稣。"

"我相信事实并非如此。"我说。

"这座殿里有一百多个人对圣犹大和《十字架与龙》深信不疑。"卢克严说,"有信仰是很好的事,你知道自从圣犹大修会建立以来,阿里翁的自杀率几乎降低了三分之一吗?"

我发觉自己慢慢站了起来。"你和我见过的其他异端一样疯狂,卢克严神父。"我告诉他,"我怜悯你这个背弃信仰的人。"

卢克严也一同站起来。"怜悯你自己吧,戴米恩·哈尔·维瑞斯。"他说,"我有了新的信仰和新的目标,我很幸福。你呢,朋友,饱受折磨,困苦不堪。"

"骗子!"我竟吼了起来。

"跟我来。"卢克严说。他按下墙上一个面板,犹大伏在龙上哭泣的巨幅壁画分成两半,露出一条通往地下的台阶。"跟我来。"他说。

地窖里有一只巨大的玻璃水槽,里面盛满淡绿色液体,液体里漂浮着一样东西——非常像一枚古老的胚胎,衰老却又稚嫩。他赤身裸体,有一个大脑袋和萎缩的细小躯干,胳膊、腿和阳具上都插着管子,连接着一台生命维持器。

卢克严打开灯时,他睁开眼睛。他的眼睛又大又黑,目光看透了我的灵魂。

"这是我的同事。"卢克严说,他抚摸着水槽边缘,"琼恩·靛青·十字,骗子密社的四阶成员。"

"一个心灵感应者。"我厌恶地断定。在某些星球,我组织过对心灵感应者的大清洗。教会宣称灵能力量是撒旦的诱惑,《圣经》里从未提到此类能力。但这类屠杀总让我不安。

"琼恩在你踏进院子时就读了你的心,"卢克严说,"并通知了我。我们中只有少数人知道他在这里,他能帮助我们编织更完美的谎言。他知道谁的信仰是真心的,谁的不是。我的脑袋里植入了一个元件,琼恩随时可以和我交谈。他正是招募我成为骗子的人,他知道我的信仰是空洞的,并感觉到我的绝望有多深。"

接着那水槽里的东西开口了,他带有金属味的嗓音发自供养机器底部的一个扬声器。"我也感觉到了你的绝望,戴米恩·哈尔·维瑞斯,虚伪的牧师。审判官,你有太多疑问,你心里充满厌恶和厌倦,你已经不再相信了。加入我们,戴米恩,你在很久很久以前就是一名骗子了!"

一时间我犹豫了。我审视内心,思索我究竟相信什么。我搜寻我的信仰,寻找那曾支撑我信念的激情,寻找教会那让我确信无疑的教导,寻找我内心的基督。我什么也没找到,我的内心一片虚无,信仰早已化为灰烬,只剩下疑问和痛苦。但当我准备回答琼恩·靛蓝·十字和微笑着的卢克严·犹大孙时,我却找到了另一样,我曾相信而且一直相信着的。

真相。

我相信真相,即便真相使人痛苦。"他不会加入我们。"以十字为假名的心灵感应者说。

卢克严的笑容消失了。"哦,是吗?我本希望你能加入我们,戴米恩。我还以为你准备好了。"

我突然害怕起来,开始考虑冲上台阶去找朱迪斯姐妹。卢克严和我说得太多,而我又拒绝加入他们。

心灵感应者发觉了我的恐惧。"你伤不了我们,戴米恩。"他说,"安心走吧,卢克严什么都没说。"

卢克严皱起眉。"我和他说了好多,琼恩。"他说。

"没错,但他能相信你这样一个骗子的话吗?"那生物的畸形小嘴巴抿出一个微笑,他闭上大眼睛。卢克严·犹大孙叹口气,领我走上楼梯。

几年后我意识到琼恩·靛蓝·十字才是真正的骗子,卢克严则是他的受害者。我当然可以伤到他们,我确实伤到了他们。

简直易如反掌。主教在政府和媒体里有些朋友,送些票子到合适的人手里,我也交上了一些朋友。然后我向他们揭发了藏在地窖里的十字,指控他用心灵感应能力扰乱卢克严的追随者们的思维。我的朋友们相信了指控。警方查抄地窖,逮捕了心灵感应者十字,送他上了法庭。

当然,他是无辜的,我的指控没有道理。人类心灵感应者能在近距离读取思维,稍远一点就不行了。他们很稀有,常令旁人恐惧,而十字畸形可怖,很容易成为迷信恐惧的对象。最后他被判无罪,离开了阿玛东,可能也离开了阿里翁,到某个未知星球去了。

但我本没打算判他有罪,指控他足够了,他和卢克严共同编织的谎言出现了裂痕。信仰很难建立,却很容易摧毁,单是疑惑就足以腐蚀最坚定的信仰。

主教和我一同继续煽风点火。事情没我想象的那么顺利,骗子们干得确实很漂亮。阿玛东和许多文明城市一样,有一个广博的知识库,那是一个连接所有学校、大学和图书馆的计算机系统,它汇集了共有的知识供需要的人查阅。

但我去查阅时,马上发现罗马和巴比伦的历史有些微妙的改动,而且还找到了三条加略人犹大的记录——一条关于背叛者,一条关于圣徒,还有一条是关于巴比伦的征服者。空中花园的条目里也有它的名字,还有一条所谓的犹大法典的记录。

而且依照阿玛东图书馆的记录,龙于基督的年代在古地球灭绝。

最后我们终于除去了这些谎言,把它们从电脑存储器里删掉,虽然我们不得不引用好几个非基督教世界的权威学者,才让图书馆和学术机构相信我们的改动并非出于宗教偏好。

在那之后,圣犹大修会的信仰便在公众的曝光之下开始萎缩。卢克严·犹大孙变得消瘦易怒,他的教堂有半数不得不关闭。

当然,异端邪说永远不会彻底消失。总有些人无论如何都会相信。到今天为止,在阿里翁和美丽的阿玛东城的风语木之间,《十字架与龙》仍在人们手里传阅。

一年后,阿拉·克·包和基督真理号载我回到维斯,大主教托伽森终于在派我讨伐其他异端之前,准许了我休假的请求。我又一次胜利了,加略人圣犹大修会被彻底击垮,而教会一如往常。后来我想,琼恩·靛蓝·十字错了,他可悲地轻视了骑士团审问官的能力。

不过后来,我又记起了他的话。

你伤不了我们,戴米恩。

我们?

圣犹大修会?骗子密社?

我认为,这是他的谎言。他知道我会出面摧毁《十字架与龙》,也知道我不能伤到骗子密社,甚至不敢提到它。我能讲给谁?谁会相信?一个横跨星际的巨大阴谋,和人类历史一样古老?简直是偏执的妄想,而且我一点证据也没有。

我能肯定,那位心灵感应者说谎是为了欺骗卢克严,好让他放我走。十字诱我入穴冒了很大风险,一旦失败,他宁愿放弃卢克严·犹大孙和他的谎言,以丢卒保车。

于是我离开了,走之前明白自己已经失去了信仰,却盲目地相信着真相——在教会中我已经无法找到的真相。

事件之后我愈发确信这一点。那年余下的时间我在维斯、卡萨丹和西利亚世界上阅读研究,最后终于回到大主教的接待室,又一次穿着最破的靴子站在托伽森·奈-克拉瑞斯·图恩面前。"长官大人。"我对他说,"我无法再接受您的指派,我请求退役。"

"何出此言?"托伽森咕哝道,虚弱地搅着水。

"我失去了信仰。"我简短地答道。

他盯着我看了很长时间,没有眼白的眼睛眨动着。最后他终于说:"你的信仰去和听你告解的牧师讲,我只关心你的成果。你的工作非常出色,戴米恩,你不可以退役,我不会准许你辞职。"

真相使我们得到自由。

但自由是冰冷空虚可怖的,谎言却往往充满温暖与美好。

去年教会分配给我一艘新船,我将它命名为"龙"。

王密 译

梦歌

乌龟城堡的继承者们

· 我和奇幻是老伙计。

让我们从头挑明了说,因为大家对我有些奇怪的误解。一方面,有些读者看《权力的游戏》前根本没听过我的名字,他们认为我只写史诗奇幻;也有部分忠实追随我的读者,认为我本质上是个科幻作家,只是后来"叛逃"到奇幻方向。

事实上,我从贝约恩的童年时代就开始在阅读并创作奇幻小说(包括恐怖小说)。我卖出的第一篇小说是科幻,第二篇就是鬼故事——除开里面呼啸而过的集装箱卡车。

《圣布雷塔高速出口》当然不是我写的第一篇奇幻。早在火星人贾姆和他的星际海盗出现前,我便在闲暇时幻想伟大的城堡、英勇的骑士和居住在城堡里的国王。唯一的问题是,我只能用乌龟来代替他们。

廉租房里没法养猫猫狗狗,但可以养些小号宠物。我养过孔雀鱼、小鹦鹉,还有乌龟。很多很多乌龟,都是从便宜店买来,装在中间分格的小塑料碗里,一边是水,一边是沙,中间是塑料棕榈树。

买玩具骑士时,我还得到一个玩具城堡(马克斯出品的锡城堡,型号我不记得了)。它放在充作我书桌的桌子上,城堡庭院刚好塞得下两个小塑料碗。所以,我的乌龟从来都住在城堡里……它们是国王、骑士

Dreamsongs

和王子(我也有马克斯出品的印第安堡垒,但乌龟显然不能扮演牛仔)。

首度登基的是"大国王"。这家伙显然跟同伴不同种,它不是绿的,而是棕色,块头更有它那些红眼睛同伴们的两倍。某天,大国王莫名死去,毫无疑问,是恶心的蛤蟆与变色龙的邪恶阴谋,它们统治着邻近的王国。乌龟城堡的第二任国王心肠好,但不太强硬,不多久也呜呼哀哉。在这个危急关头,"欢快"与"活泼"彼此发下忠诚誓言,召集了乌龟圆桌会议,活泼一世是有史以来最伟大的乌龟国王,可它老了以后……

乌龟城堡的故事无始也无终,它永无止境地延续着。这些故事只有一小部分被我写下来,但最精彩的部分一直在我脑海中上演,那些比武、战争和背叛。我见证了十几位乌龟国王的统治,它们中最伟大者都有一个恼人的爱好——往马克斯城堡外爬,最后死在冰箱下面。冰箱!这就是乌龟们的魔多!

所以你们明白了吧,我一直是奇幻作家。

但我说不上一直是奇幻读者,理由很简单,20世纪50、60年代没多少奇幻可看。我童年的旋转货架是科幻小说、谋杀侦探小说、西部小说、哥特小说和历史小说的天下,从上到下看一遍,一本奇幻小说都找不到。我报名参加了科幻书友会(10美分换来三本硬皮书,无法拒绝),但那时的科幻书友会真的只知道科幻,奇幻提都不用提。

得到《拥有太空服》之后的第五年,我偶然买到一本书,让我第一次体验到真正的奇幻:那是金字塔出版社一本名为《剑与魔法》的薄薄选集,由L.斯普拉格·德坎普编辑,收录了波尔·安德森、亨利·库特纳、克拉克·阿斯顿·史密斯、邓萨尼勋爵和H. P. 洛夫克洛夫特的故事,还有一个C. L. 莫尔的乔里的洁尔故事和一个弗里茨·莱伯的法夫纳与灰鼠故事……以及罗伯特·E. 霍华德的《月光下的黑影》。

"噢,我的王子,"小说如此开头,"这是在大海吞没亚特兰提斯和

梦歌

她光辉的城市、在雅利安的子孙兴起之前的往事。在那人类的迷梦都无法企及的年代,一个个辉煌的王国犹如群星下的大海覆盖整个世界——那美迪亚、俄斐、不列吞尼亚、西柏里尔、有着黑发美女和蜘蛛鬼怪出没的高塔的萨莫拉、极具骑士传统的茨格拉、与闪族草原毗邻的寇斯、幽魂守卫着坟墓的斯塔吉亚,还有穿丝袍戴金银持钢刃的骑士纵横四海的赫卡尼亚。但是,这世上最光辉灿烂的王国莫过于阿奎洛尼亚,她矗立在如梦幻般美丽的西方。有一天,有个名叫柯南的人来到这里。他是西米里族人,头发乌黑,眼神阴郁,手执利剑。他是盗贼、是窃匪、是屠夫,他满怀忧郁又开怀大笑,他的草鞋踩过诸王国的玉石宝座。"

读到"萨莫拉"那句时,霍华德抓住了我,"蜘蛛鬼怪出没的高塔"是多么神秘,而对1963年十五岁的我而言,"黑发美女"也颇有些说不清道不明的魅力。十五岁真是结识西米里族人柯南的好年龄。我没有像看了《拥有太空服——想去旅行》之后疯狂地购买科幻小说那样疯狂地购买奇幻小说,仅仅是因为市面上除了这本《剑与魔法》基本无书可买,不管是不是英雄奇幻。

60、70年代的科幻奇幻常被混为一谈,统称为"科幻小说"。很多作家同时兼顾这两个领域。罗伯特·A.海因莱因、安德蕾·诺顿和埃里克·弗兰克·拉塞尔这三位我童年时代崇拜的大牛普遍被认为是正统科幻作家,但他们都写过奇幻小说。波尔·安德森在创作尼古拉斯·范·拉金和多米尼克·弗兰德瑞的故事之间写了《断剑》和《三心三狮》。杰克·万斯创造了大星球和濒死地球。弗里茨·莱伯的蜘蛛党与蛇党在进行时间大战时,他的法夫纳与灰鼠也在与魁马尔的大人们斗争。

虽然大师们都写奇幻,但主要精力却不能放在奇幻上——除非想喝西北风。当年科幻远比奇幻流行,商业价值更不可相提并论。科幻杂志只要科幻,不管奇幻写得多好也一律拒绝。时不时会有新的奇幻杂志兴起,但坚持不了多久又纷纷倒闭。《惊奇科幻故事》发行几十年后改名《类比》,《未知》没能挺过纸张短缺的第二次世界大战。《银河》和《假如》的东家尝试过《奇幻世界》,很快惨淡收场。《幻想》坚持了下来,但在那家杂志社,《惊奇》才是头牌。鲍彻和麦克科马斯创办了《奇幻杂志》,仅出一期便不得不更名为《奇幻与科幻杂志》。

但风水轮流转,世事难料,翻天覆地的变化即将到来。1965 年,ACE 书社钻了版权法的漏洞,出版了 J. R. R. 托尔金的《魔戒》的未授权平装本,在托尔金和巴兰亭书社迅速推出正版《魔戒》前,盗版已卖出几十万册之多。1966 年,枪骑兵书社也许是眼红 ACE 和巴兰亭通过托尔金获得的成功,以平装本的形式再版整个柯南系列,封面由法兰克·法拉捷特绘制。到 1969 年,林·卡特(糟糕的作家,却是优秀的编辑)开创了巴兰亭成人奇幻书系,再版了几十种经典奇幻。但这些离 1963 年太遥远了,那时我刚读完德坎普的《剑与魔法》,渴望着更多奇幻。

我从最意想不到的地方找到了——漫画同人志。

最早的漫画圈脱胎于科幻圈,但几年后便自成一体,新漫迷甚至不知科幻为何物,别说科幻圈了。同时,原来的高中生长大了,兴趣扩展到超级英雄漫画以外,比如音乐、汽车、女孩……没有图的文字书。他们的同人志上的内容也愈加宽泛,随着时间流逝,不久后各种类型的同人志如雨后春笋接连冒出,上面刊载的不再是超级英雄,而是间谍故事、侦探故事、通俗小说、埃德加·赖斯·巴勒斯的巴松故事……还有英雄奇幻。

当时出现的剑与魔法同人志名为《科塔娜》,于 1964 年在旧金山港湾区创办,是由克林特·比格勒斯通编辑的"季刊"(哈),比格勒斯通后来成为复兴中世纪协会的创始人之一。《科塔娜》用的是普通的泛紫复写纸,看起来平平无奇,但可读性非常高,里面的文章和介绍全是关于柯南和他的对手,还有 60 年代漫画圈里的优秀作者们原创的英雄奇幻,这些作者包括保罗·莫斯兰德和维克托·巴伦(其实是一个人），还有我的笔友霍华德·沃尔德罗普（他和前者不是一个人），史蒂夫·佩兰及比格勒斯通本人。沃尔德罗普的故事以一位名为"漫游者"的冒险者为主角，这个角色的壮举都写在《齐姆瓦兹赞歌》里。霍华德还为《科塔娜》画了多期封面，并负责部分内页插图。

在《群星漫画》和绝大多数漫画同人志中，同人小说往往居于次要地位，杂志的主要版面留给漫画。《科塔娜》并非如此，这本杂志以文本故事为主。我给这本杂志写过一篇热情洋溢的评论信，但还不够，我想更多地参与这本伟大的新杂志。于是我抛开马塔·雷和怪异博士，坐下来写了乌龟城堡之后的第一篇奇幻。

那个故事叫《科-雅班的黑神》，没错，我的黑魔王听起来像个咖啡牌子。我的主角依然是两位性格迥异的英雄——忧郁的拉格流浪王子拉赫洛和他絮絮叨叨吹牛不打草稿的同伴骄傲的亚尔吉拉。《科-雅班的黑神》是我那时写过最长的故事（五千单词左右），以骄傲的亚尔吉拉被黑神吃掉为结局——我正在玛利亚高中读莎士比亚，学习悲剧，所以给了主人公一个悲剧结局，以惩罚他的骄傲——拉赫洛逃出来讲述了整个故事……我还希望他能继续其他冒险。故事写完后，我把它寄到旧金山，克林特·比格勒斯通立刻拍板要把它刊登在《科塔娜》上。

《科塔娜》再没出过下一期。

说实话，高三的我还不懂使用复写纸，我懒得去学。于是《科-雅班的黑神》成了我另一篇不知所终的故事（好在它是最后一篇，等上了大学，我每篇稿子都留了复件）。倒闭前，《科塔娜》还多帮了我一个忙：在第三期，比格勒斯通刊登了一篇名为《那玩意儿不是霍比特人》的文章，通过该文我第一次了解到 J. R. R. 托尔金和他的奇幻三部曲《魔戒》。我觉得《魔戒》的情节听起来非常有趣，因此几月后当我偶然在报摊上看到盗版的 ACE 平装本《魔戒同盟》时，没怎么犹豫就买了下来。

Dreamsongs

我趁坐公交车回家途中埋首于那本厚厚的红皮书,开始怀疑自己是不是搞错了。《魔戒同盟》根本不是正常的英雄奇幻。见鬼的烟圈有啥好写的？罗伯特·E.霍华德的故事通常由一条巨蛇爬过或一个脑袋被斧头劈成两半开始。托尔金的故事却从生日宴会开始,这帮脚上长毛、爱吃土豆的霍比特人简直像从《彼得兔》里跑出来的。我那时心想,要换成柯南,准会从夏尔杀出一条血路,干净利索。那些大起大落的悲与喜都在哪里呢？

但我还是读了下去。当书中人物说出"嘿！comederrydo! tombombadillo！"的时候,我几乎弃坑了。不过,剧情发展到古坟冈后变得有趣起来,到了布理"大步"登场则更加精彩,等到风云顶,我已完全被托尔金迷住了。当山姆·詹吉唱出"吉尔加拉德是精灵国王,竖琴也为他哀伤地悼亡"时,我感到四肢百骸一片战栗,柯南和库尔从没给我这种感觉。

那时至今已有四十年,如今我在搭建自己的奇幻世界——"冰与火之歌"。这个系列十分庞大,情节错综复杂,耗费了我若干年时间。每次新书上市没几天,我就会收到询问下一卷何时出版的电邮。"你不知道等待有多难熬,"有些读者痛苦地抱怨。我想告诉他们,我当然知道这有多难熬。我也等待过。当我读完《魔戒同盟》,发现它是三卷中唯一在美国出版的,我必须等待 ACE 出版《双塔奇兵》,然后又等《国王归来》。其实我并没有等待多久,但那真是度日如年。我一拿到新书,所有事情便都抛诸脑后,只剩下如饥似渴的阅读……但当《国王归来》过半后,我放慢了速度。只剩几百页了呀,等我读完,肯定没法再经历初读《魔戒》的感觉。我真的很想知道最后的结局,又真的不希望一切就此结束。

只因作为读者,我爱它爱得深沉。

而作为作者,我真的被托尔金吓退了。我读到罗伯特·E.霍华德时,会想有朝一日写出跟他一样棒的小说;我读到林·卡特和约翰·杰

梦歌

克斯时,会想我现在就能写出比他们好的东西;但当我读到托尔金,我绝望了,我想我永远达不到他的高度,简直望尘莫及。尽管接下来几年我还写奇幻,但文风比较接近霍华德,而不是托尔金。傻子才去模仿大师的足迹。

在西北大学读一年级时,我开始创作以拉赫洛为主角的第二篇故事,当时我还自我安慰说《科塔娜》只是延期,而不是倒掉了,《科-雅班的黑神》很快就会刊登。在这篇续作中,流浪王子跑到多斯拉克帝国,和血剑巴伦一起与害死他祖先无畏的巴利斯坦国王的有翼恶魔们战斗。我足足写到二十三页,却放在桌上被朋友们看到,他们起哄地把这篇紫色的文字大声读了出来,搞得我灰心丧气,不想继续(不过我留着稿子,现在它们的颜色更紫了些,近似于靛青色)。

我大学时代再没写过奇幻。除了《圣布雷塔高速出口》这篇既非严肃奇幻又非英雄奇幻的东西,在奇幻领域我基本算个毫无作品的菜鸟。这不是因为我觉得奇幻不如科幻,我的理由很实际:我要付房租。

70 年代早期着实是年轻科幻作家开始职业生涯的黄金期。每年都会涌现新的科幻杂志:《天顶》《宇宙》《奥德赛》《伽利略》《阿西莫夫》(而新生奇幻杂志一本没有)。市面上的杂志中,只有《幻想》和《奇幻与科幻杂志》接受奇幻故事,后者还更热衷于讨巧的现代奇幻,喜欢托姆·史密斯和杰拉尔德·克什胜过托尔金与霍华德。而无论新生的还是老资格的科幻杂志都受到当时各种原创选集的严重挑战:《轨道》《新维度》《宇宙》《无限》《夸克》《替代》《仙女座》《超新星》《恒星》和《茧》(也没有奇幻小说选)。男性杂志经历了爆发期,里面登满露出阴毛的女人,许多人也希望图片间能夹几篇科幻(恐怖故事他们也要,但不要严肃奇幻和英雄奇幻)。

那时的图书出版商也比现在多,班坦、双日、戴尔、兰登书屋、巴兰亭和福西特,这就是六大家,它们大都有科幻系列(奇幻书主要集中在巴兰亭成人奇幻系列,但该系列致力于经典作品再版。此外还有枪骑

Dreamsongs

兵社的罗伯特·E.霍华德系列……但枪骑兵属于草根出版社，声誉不高，稿酬极低，大部分作者能避则避）。世界奇幻大会还不存在，世界幻想大会基本不提名奇幻作品参选雨果奖，而由美国科幻作家协会（这群人至今也没把"奇幻"加进协会名称）提名的星云奖则想都不要想。

简而言之，写奇幻没法成为主业。当时不行，完全做不到。因此我走了和前辈们一样的路，走了和杰克·威廉森、波尔·安德森、安德蕾·诺顿、杰克·万斯、海因莱因、库特纳、拉塞尔、德坎普、C. L. 莫尔等人一样的路。我主打科幻……但强烈的爱会让我时不时偷偷写一两篇奇幻。

《赖伦铎尔哀歌》是我成为作家后写的第一篇纯奇幻，刊载在1976年的《幻想》杂志上。敏锐的读者会发现文中几个名字和话题可追溯到《只有孩子才怕黑》，事实上，该文其他的名字和话题也出现在我后来的作品里。我对待小说和对待生活一样，从不丢弃什么，你永远不知道它们将来有什么用。莎拉和她的黑王冠缘于霍华德·凯尔特纳要我参与创作的怪异博士系列，而到1976年，距我创作同人文过去快十年了，怪异博士早已烟消云散，我理直气壮地把这个点子改写成一个完全不同类型的故事。

很久之前，我还打算写完《赖伦铎尔》后继续莎拉的故事。"曾有一位女郎，她行遍许多世界"，虽然我一直没写成……但这个句子始终在我心里徘徊，后面谈到我制作电影电视时会再次提到。

正如上一段自传中所说，《冰龙》是我在1978—1979年圣诞节假期写下的三篇故事中的一篇。迪比克的冬天特别能激发关于冰雪和极寒的创作，我不常说"故事将自己写出来"，但这篇是个例外。提笔时，词句似乎倾泻而出，落笔后，我确信这是我最好的短篇之一，甚至可能没有之一。

《冰龙》刚完成，我偶然读到一篇市场报告，宣称奥森·斯科特·卡德正为一本名曰《光与暗之龙》的原创选集征稿。这简直不能再巧

梦歌

了,一定是上帝的启示。于是我把稿子邮给卡德,然后《冰龙》出版在《光之龙》上,再然后,就像登在选集上的大部分故事一样,它很快销声匿迹。或许,把它和许多龙的故事放在一起不太明智。

如今,在我写下《冰龙》之后这二十多年里,冰龙的形象在奇幻图书和游戏中已是司空见惯,但我相信我笔下的绝对是第一头。那些大众化的"冰龙"无非是长着白皮肤,生活在严寒气候中,可阿黛拉的朋友是一头冰雪身躯的龙,喷吐的是寒气而非火焰,据我所知,这点还没人复制,这是我对奇幻物种唯一真正的贡献。

《迷失大陆》是这部分选取的第三篇小说,最早出现在 DAW 出版社的选集《女战士》上,该选集由杰西卡·阿曼达·沙蒙森主编("她怎么从你那儿搞到稿子的?"书出版后,另一位选集编辑很恼怒地问我。"哦,"我说,"她问我要的啊。")。和《赖伦铎尔哀歌》一样,这篇也是一个系列的开头,我写过它的续篇《干枯的手》,但喜闻乐见的是,我只写了几页。在我回归那个系列之前(如果我会回归的话),《迷失大陆》只是我"一篇一坑"的又一例。

我再提一句,《迷失大陆》的灵感也源于一首歌。什么歌呢?你可以猜猜看。我觉得没什么挑战。真想猜的人,小说第一行就是线索。

无论莎拉和赖伦铎尔,阿黛拉和她的冰龙,还是格雷·艾莉丝、博伊斯和蓝骑士嘉瑞斯,他们都是乌龟城堡的继承人,"冰与火之歌"的前身。他们若缺席,本书将不完整。

至于我为什么爱上奇幻,1996 年我在帕里·佩雷特《奇幻的面貌》中我自己的头像下写过这样一段话:"最好的奇幻用梦的语言写就,跟梦境一样真实,比真实更真实……人人都会做梦……人人在苏醒之前都会经历那样的魔法时刻。

"奇幻是银色也是红色,是天蓝也是靛青,是镶嵌珠宝黄金的黑曜石。与之相比,现实只能算木材或塑料,灰扑扑的、黑蒙蒙的。奇幻是哈巴内拉舞也是蜂蜜,是肉桂也是丁香,是鲜红的肉也是美如夏日的

Dreamsongs

酒，而现实只能算扁豆与豆腐，最终都要化归尘土。

"现实是伯班克的零售店，是克利夫兰的旧商铺，是纽瓦克的停车场，奇幻则是米那斯提利斯的高塔，是歌门鬼城的巨石，是卡美洛的厅堂。在奇幻中，人们插上了伊卡洛斯的翅膀，在现实里，人们却只能寻求廉价机票。当梦想成为现实的时候，就是梦想大大缩水的时候。

"我们阅读奇幻，我想，正是为了弥补失落的色彩。好比去尝尝鲜辣椒，听听塞壬的歌声。奇幻的本质深沉而又真实，它是说给我们的心灵听的，它是说给孩子们听的，说给那些梦想夜晚在大森林打猎、梦想在空山中野餐、梦想找到真爱的孩子。奇幻的国度，在奥兹国以南，在香格里拉以北。

"他们尽可以留着他们的天堂，但我死后，愿能魂归中土。"

屈畅　赵琳　译

梦歌

赖伦铎尔哀歌

曾有一位女郎,她行遍许多世界。

她肤色苍白,灰眼,如瀑布般的黑发微带棕红色,额戴一圈光滑的铁环,犹如一顶暗黑色王冠。她的名字叫作莎拉。

故事从何而起,她从哪一个世界而来,我们已不清楚。故事的结尾呢?也还未到来。

故事结尾时,恐怕我们也不会知道。

我们只知道故事的中段,该说是中段的一小部分,整个故事里最细小的一个情节。关于莎拉所经过的某一个世界以及她和歌者赖伦铎尔短暂会面的故事。

在前一刻,只有黄昏寂静的山谷。紫色的太阳盘旋在山脊上方,余晖照耀在密林黑色树干及诡异鬼魅般的透明树叶上。唯有野鸽子的凄鸣及小溪里的淙淙水声,打破夜晚的宁静。

然后,通过一道看不见的关口,莎拉掉落到歌者赖伦铎尔的世界里。她疲乏不堪,白袍沾满汗水及血迹,皮斗篷半被撕裂,裸露的左臂上有三道深长的伤口,还不断渗出鲜血。她走到溪流旁,一面发抖,一面警觉地四下张望,然后跪了下来。溪流虽急,水色却呈黑绿,看不出是否洁净。但莎拉实在太渴,仍不顾一切喝着,她用溪水洗净伤口,又撕裂衣裳,小心包扎起来。紫日逐渐落在山脊后面。她勉强爬到树下隐蔽之处,精疲力竭地睡去。

她突然惊醒。一双强有力的手臂抱起了她,将她抱往某个所在。

她努力挣扎,对方却抱得更紧,令她无法动弹。"不要紧的。"有一个柔润的声音说,在夜雾里她似乎看见男性瘦削温和的长脸。"你很虚弱。夜晚即将降临。我们必须在天黑前到屋里去。"

她不再挣扎。虽然她知道她应该反抗,但她实在太疲倦。她还是问他。"你要做什么?你要带我去哪里?"

"到安全的地方去。"

"你的家里?"她感到昏昏欲睡。

"不是。"他细声回答,她几乎听不到他的声音。"永远不是我的家。不过至少可暂时供你歇息。"她听到水声,似乎他正抱着她涉过溪流。前方山脊上,她瞥见一座古堡在落日余晖下的暗影,还有三座尖耸的高塔。奇怪,她想,本来好像并没有那座古堡。

她昏然睡去。

她醒转时,他就在附近守望着她。她躺在有罩盖的老式钢丝床上,盖着一层厚厚温暖的毛毯。招待她的主人坐在房间另一头宽大的椅子里,双手支在颔下,眼睛里倒映着闪烁的烛光。"好一点了吧?"他问道,身子却没有移动。

她坐起身,发觉自己全身赤裸。她疑念顿起,赶快伸手摸头上的铁环,还在,她松了口气,靠在枕头上,拉过毯子掩住身体。"好多了。"她说,这时她突然发觉自己手臂上的伤口已经痊愈。

那人对她微笑,笑容里却有淡淡的哀愁。他脸部线条分明,褐色的头发微卷,暗黑色的眼睛间隔稍远。虽坐在椅子上,仍显得高瘦。他身着便装,肩披灰色皮质披肩,神情十分忧郁。

"是爪痕。"他猜测说,微微地笑着。"你手臂的伤是爪痕,衣服也全被撕碎。有人不喜欢你。"

"是个怪物,把守关口的守卫。"莎拉叹了口气,"每个关口都有守卫。七帝不喜欢我们这些来往于各个世界间的人物。他们最讨厌的就是我。"

梦歌

他抽出颔下的手,抚摸着雕花的椅臂,点点头,脸上仍带着飘浮的微笑。"你知道七帝,也知道关口及守卫。"他的目光触及她额上铁冠。"你的铁冠。原来如此。我早该猜到。"

她对他露齿而笑:"你猜得不错。你又是谁?这是什么世界?"

"这是我的世界。"他声调平平,"我为它起过许多名字,但都不太合适。有一次我想到一个不错的名字,可惜早已忘却,那是许久以前的事了。我叫赖伦铎尔。或者该说,曾经叫作。在这里却显得有些滑稽。但至今我还没有忘记它。"

"你的世界。"莎拉说,"你是这里的国王?还是这里的神?"

"都对。"赖伦铎尔轻笑一声,"还不止如此。我愿意是什么,就是什么。没有人会抗议。"

"我的伤口怎么了?"

"我治愈了它。"他有些抱歉地耸耸肩。"这是我的世界。我还有一点法力,没有我想要的那么多,不过多少有一点儿。"

"真的?"莎拉不敢相信。

赖伦铎尔挥挥手。

"你不相信。不错,你还保有你的铁冠。这只对了一半,只要你还戴着铁冠,我就不能伤害你。但我总可以帮助你。"他又微笑起来,眼里浮现梦幻的神色,"没有关系。即使我能够伤害你,我也不会这么做。莎拉,你必须相信我。我等你很久了。"

莎拉吃了一惊:"你知道我的名字?谁告诉你的?"

他笑着站起来,走过来坐在她身旁的床沿边,拉起她的手轻轻抚摸着。"不错,我知道你的名字。你是莎拉,你行遍许多世界。很久很久以前,山川还是另一个样子,太阳也还发出红光时,他们就来告诉过我,说你会来。我恨他们,我恨七帝,但那晚我却很高兴听到他们说你会来。他们只告诉我你的名字,说你会来到我的世界。他们还告诉我另一桩事。一个新的开始,至少是一个变化。任何变化都是好的。我已经在这世界独自一人过了不知多少岁月,简直再没有任何新鲜事情。"

她紧皱眉头,晃着长长的黑发。在微弱摇曳的烛光下,她问道:"他们比我早来那么久?难道他们真能知道未来?"她颇感不安,望着他说,"还有另一桩事,是什么?"

他轻捏她的手。"他们还说我会爱上你。但这并不是什么了不起的预言。我也可以做这样的预言,很久很久以前——我记得那时太阳还发出黄色的光芒——我就知道,我会爱上任何一个声音,只要不是我的回声。"

第二天早上莎拉醒来时,紫色的日光正从弧形的落地长窗照进来——昨晚这长窗却并不存在。床上摆好为她准备的衣服——一袭宽大的黄袍、一袭深红色镶嵌珠宝的礼服,还有一件湖绿色便装。她选了一件,很快穿上,然后走到窗口。

她置身高塔之上,外面是倾颓的城垛及三角形满布尘埃的天井。三角形的另外两个顶点,是另外两座尖塔,圆锥形的塔顶高耸入云。狂风吹动城墙上插着的一排灰色旗帜,噼啪作响。除此之外,再无别的动静。

城堡之外,并没有什么山谷,城堡坐落在山顶上,四方远处,更高耸的山脉隐约可见。黑色的石屋,锯齿般的山脊,闪烁着紫色光芒的冰柱,都呈现在眼前。虽然弧窗密封得很紧,窗外呼啸的狂风仍显得寒冷。

门并没有锁,莎拉很快走下螺旋状的石阶,经过天井,走进城堡中央的建筑物。她经过许多房间,有的尘封已久,也有的布置得十分华丽。最后她走进一间房间,赖伦铎尔正坐在那里用早餐,他旁边留有一张空椅,桌上摆满了食物和饮料。莎拉坐下来,拿起一块热饼干,不禁笑了。赖伦铎尔也回以微笑。

"今天我得走了。"她边吃边说,"我很抱歉,赖伦,但我必须去找寻离开的关口。"

梦歌

他仍旧保持着忧郁的神色。"你昨晚已经说过了。"他叹了口气,"我好像白等了这么些年。"

桌上有咸肉和好几种饼干、水果、乳酪、鲜奶。莎拉盛满一盘,觉得有些惭愧,避开他的眼神。"实在很抱歉。"她重复道。

"再留几天吧。"他说,"再留一阵,我想对你也没有什么大的损失。让我带你看看我的世界,让我唱歌给你听。"

她犹豫了。"可是……我得花时间去找寻关口。我只能留几天。但你必须明白,迟早我还是要离开。"

他笑了,无可奈何地耸耸肩。"当然。我知道关口在哪,可以省去你找寻的时间。你在这里留一个月,我就带你去关口。"他注视着她。"莎拉,你已流浪很久,也许你需要休息一下。"

她慢慢咀嚼一片水果,想了许久,终于说,"我的确该休息一下。而且关口总有守卫,到时你可以帮我闯过去。一个月……并不算太久。在别的世界,有时我停留更久些。"她点点头,说,"好吧,我就再留一个月。"

他轻抚一下她的手。吃完早餐,他便带她参观他们给他的世界。

他们并肩站在最高一座塔顶的骑楼里。莎拉穿着绿裙,赖伦铎尔披着灰斗篷。赖伦铎尔让城堡飞起在空中,飞过波涛汹涌的海洋。海中长颈的蛇状怪物看他们飞过。城堡飞入地底的巨窟,钟乳石滴着水发出奇异的绿光,盲眼山羊在城垛外哀鸣。他笑着拍拍掌,茂密的丛林突现眼前,有各色各样的巨大花朵,尖齿的猿猴在树梢唧唧而鸣。他再度击掌,天井的土地突然变成柔软沙滩,荒凉的灰色海洋上空,一只翅膀透明的巨大蓝鸟来回盘旋。他还带她去了许多地方。黄昏终于降临,城堡飞到山谷旁的山脊上。莎拉看见谷底的黑森林,这就是昨晚他找到她的地方,野鸽子依旧凄鸣。

"这世界并不算太坏。"她对他说。

"还不错。"他回答,手放在骑楼的栏杆上,眼睛望着谷底,"还不算太坏。从前有一次我还徒步旅行过,手持长剑,四处探险。"他低声轻笑。"但这也是很久以前的事了。现在我对这世界每一处山川河流都了如指掌,再没有什么新鲜东西。"

他注视着她,习惯性地耸耸肩。"也许还有更糟的地狱,至少这是我的世界。"

"跟我走吧。"她说,"我们去找关口,然后一起闯关。还有很多别的世界,虽不如这里那么奇异美丽,但至少你不必再孤独下去。"

他又耸耸肩膀,无所谓地说:"说来容易。我早就找到了关口。守卫也不会拦阻我。我试过进入别的世界,但一转眼又回到自己的城堡里。不成,我走不掉的。"

她握住他的手。"真是可怜,一个人孤独这么久,你一定很坚强。若换了我,恐怕早就疯了。"

他笑了,笑声中带着一丝苦涩。"莎拉,我已经疯过不止千万次了。可他们每次都治好我,每次都治好我。"他又耸耸肩,搂住她的肩膀,"进去吧,天快黑了。"

他们走向她的寝室,赖伦铎尔拿来食物——热面包、烤肉和酒。他们坐在床边,一面吃,一面谈天。

"为什么你会到这里来?"她问他,"你怎么触怒了他们?从前你是什么人?"

"我几乎都记不得了。只有在梦里,我才能依稀回忆起往事。但我已分不清哪些是真实,哪些是我的幻想。"他叹息着,"有时我梦见我曾是另一个世界里威严的国王。我的罪过是将国家治理得太好,子民生活得太幸福,以至于忘记敬拜七帝,他们的庙宇也因年久失修而倒塌了。某天早上我一觉醒来,便发现到了这里。仆人、子民……我的世界全不见了,包括我的妻子,全都不见了。

梦歌

"但这不是唯一的梦。有时我又依稀记得,我也曾几乎是神。拥有极大的法力,几乎超越七帝。单打独斗,他们中任何一个都不是我的对手。他们怕我胜过他们,便联手合攻,把我放逐到这里,只留给我一点点法力。当我还是神时,总是教人们相亲相爱,合作无间。七帝就故意将这些都夺走,让我永远孤独。

"这还不是最糟的。有时我会觉得,我一直就在这里。无数万年前,我就生在这里。所有他们给我的梦都是虚假的回忆,故意来勾引起我的痛苦。"

他说话时,并未看着她,只是望着遥不可及的远方。他讲得很慢,声调也有如梦幻中。

语毕,他从回忆里醒转过来。

"莎拉,你要小心。如果他们真要对付你,连你的铁冠也保护不了你。他们会撕裂你,让你的肉身和灵魂都痛苦不堪。"

莎拉不禁打了一个寒噤。她突然注意到蜡烛已将燃尽,她不知他究竟讲了多久。

"等一等。"赖伦铎尔转身走了出去,门边的窗户又变成灰色的石墙,一点痕迹也没有。不久赖伦铎尔回来了,手里多了一把古琴。莎拉从未见过这个样子的古琴,有十六根不同颜色的弦,琴身的木节发出各种光芒。赖伦铎尔将古琴放置在地上,琴柄靠在他胸前。他轻轻拨动琴弦,各种光芒和声音四散开来。

"我唯一的伴侣。"他笑着说,再次拨动琴弦。琴音转瞬即逝,音色凄楚。整个室内光彩夺目。

他开始轻声歌唱。

……我是孤独之王,空寂是我的领域……他的声音柔美低沉,琴声从莎拉的发丝间掠过。轻抚着她,又迅即消失。屋内的光彩变化万千,配合着摇曳的烛光和迷幻的琴声,似乎有千百个未曾说出的故事,交织成他的梦。

Dreamsongs

于是她看见他梦里赋予自己的形象——高大骄傲的王者，头发如她的头发一般漆黑，双目炯炯有神，穿着闪亮的白袍和宽大的斗篷，头戴银冠，腰间佩着长剑。梦里年轻的王者毫无忧虑的神色。他的世界是充满欢笑的世界，有柔美的象牙塔和懒洋洋的蓝色运河，朋友们围绕在他四周，他的爱妻厮守在他身旁。然后突然一切都变为黑暗，他到了这里。

琴声变得哀愁，光线逐渐黯淡下去。她看见他苏醒过来，古堡里空无一人。他到处搜寻。日子一天天过去，多少年，多少世纪。他疲倦至极，几近疯狂，却不曾老去。太阳由红而橙而黄，最终变成奇异的紫色。他的世界越来越单调。他唱出永无休止的空虚。只有音乐和回忆使他不致完全发狂。

唱毕，琴声和他柔美的声音慢慢消失。赖伦铎尔停下来，对她微笑。莎拉感觉自己颤抖不已。

"谢谢你。"他轻声说，又耸耸肩，然后他拿着琴离开了她的房间。

第二天寒冷多云，赖伦铎尔却带她去森林里打猎。他们的猎物是一只奔跑速度极快、满嘴利齿、身形瘦削的半猫半羚羊怪兽。他们很难追上它，莎拉却不在意，狩猎本身比杀死猎物更有趣。他们走在黑暗的森林里，手持弓箭，全身被皮衣包裹，脚底的透明落叶玻璃般易碎，每一步都会发出脆响。他们一整天疲于奔命，却毫无所获，满身疲乏地回到古堡里。赖伦铎尔准备了一顿盛宴。他们分别坐在宽大的长桌两头，相视而笑。莎拉望见弧窗外滚滚而过的乌云，天色暗下来，窗户又变成石板墙，墙上的蜡烛呼的一声全自动点燃了，屋内变得温暖明亮。

"为什么会这样？"她问道，"晚上你为什么从来不出去？"

他耸耸肩。"我有我的理由。这儿的夜晚，呃，不太好看。"他从一个镶满宝石的大杯子里啜饮着热酒。"你的世界——你最早出发的那个世界——告诉我,莎拉,那里的天空有星星吗?"

她点点头。"当然。那是很久以前的事。但我还记得,夜晚总是很黑,星星像碎掉的钻石般闪闪发光,有时可以看出图案般的组合。我的世界的人们,在我们还年轻的时候,会给那些星星组成的图案起种种动听的名字,编织出许多故事。"

"我想我会喜欢你的世界。"赖伦铎尔说,"我的世界也有点像这样。但那里的星星有千百种颜色,像小灯笼般,在夜空里移动。有时星星会藏在云雾之中,夜空就像轻纱笼罩了千百盏五颜六色的小灯般美丽。有星的夜晚,我常带她去划船,这是唱歌的好时光。"他的声音又变得哀愁。

"我们也是一样。晚上,我们很喜欢一起躺在繁星之下,凯达和我。"她犹疑了一下,看看他。

他投来询问的目光。"凯达?"

"你会喜欢他的,赖伦,我想他也会喜欢你。他很高,满头红发,目光如炬。凯达和我一样,都有法术,不过他的法力更高,并且意志坚强。有一次他们截住他,并没有杀死他,只将他从我身边,从我的世界里带走。从此我一直在找寻他的下落。我知道怎样找寻世界之间的关口。有这顶铁冠的保护,他们不容易拦住我。"

赖伦铎尔喝完杯中的残酒,注视着酒杯上映出的烛光,说:"莎拉,宇宙里还有无数个世界呢。"

"我有的是时间。我跟你一样,永远不会老。我会找到他的。"

"你真这样爱他?"

莎拉想笑却笑不出来。

"是的。"现在轮到她的声音迷失了,"我很爱他,他让我快乐。我们在一起只有很短暂的一段时光,但他真的能让我快乐,七帝也拿不走这个。我喜欢看着他,看他微笑,喜欢他用手臂围绕着我。"

"哦,"他说,声音有些失落。一阵沉默之后,莎拉对他说:"我们都走了很长一段路。你还没告诉我,为什么古堡的窗户到了晚上就自动封闭?"

"你走过许多世界。莎拉,你见过夜晚没有星辰的世界吗?"

"当然,有好些次呢。我到过宇宙的一个角落,只有孤零零一个太阳还未烧尽。在那个世界的夜晚,天空里没有一颗星星。我也到过愁眉弄臣的世界,那里根本没有天空,丝丝作响的太阳,在海底燃烧。我还曾到过卡勒丁的荒原,那里的魔法师点燃天空的彩虹,来照亮没有太阳的世界。"

"这个世界也没有星星。"赖伦铎尔说。

"你害怕见到没有星星的夜晚,所以就不敢出去?"

"不是这个缘故。虽然没有星星,却有别的东西。你想看吗?"

她点点头。

他一挥手,所有蜡烛便突然熄灭,房间内漆黑一片。莎拉坐到赖伦铎尔身旁,赖伦铎尔没有动,但他面前的石墙却分开了,有光投射进来。

天空昏黑一片,但她仍可以清楚看见四周的景象,因为天空中有东西在移动,并且发出光芒。天井的泥地,城垛的石块,城墙上的旗帜,都被照亮。莎拉觉得很奇怪,仰头朝上空望去。

有东西正从天空窥视着他们。它比群山更高大,占据半个天空。虽然它似乎发出了光芒,莎拉却明白它比黑夜更黑暗。它略具人形,似乎穿着披肩和修道服,面部却比其他部分更加漆黑可怖。四周静悄悄的,只听到赖伦铎尔的呼吸声、她自己的心跳和远处野鸽子的凄鸣。但在她脑海里,莎拉却清楚听到魔鬼般的笑声。

空中的人形朝下看着她,望穿她,她感觉灵魂里一片阴暗冰凉。她动弹不得,视线也无法转移。但那人形却移动了,它举起一只手,手掌里捏着一个小小的人形,目光如炬,不断扭动着朝她呼救。

莎拉尖叫着以手遮面。当她再抬起头来时,窗子已经不见了。在石墙的保护之内,蜡烛熊熊燃烧着,赖伦铎尔强壮有力的手臂环绕着

梦歌

她。"这只不过是个幻象。"他抚摸着她的长发。"从前我在夜晚常常借此试验自己的耐力。"他一半对自己说,"但现在不需要这样做了。他们七个轮流出来看守我,在漆黑的天空里发出黑光,捉住我所爱的人。现在我不再看他们,我留在屋里唱歌。我的窗子用夜石砌成,我什么都看不见。"

"我……我想吐。"她颤抖着说。

"来吧。"他说,"楼上有热水盆,你可以洗个澡,驱除寒意。然后我唱歌给你听。"他拉住她的手,带她走上楼。她洗了个热水澡,回到寝室。赖伦铎尔已调好他的十六弦琴。她坐在床沿,一面用毛巾擦干头发,一面听他唱歌。

赖伦铎尔展示给她看另一个幻象。这次他唱的是第二个梦。他是天神,是七帝的死敌。琴声节拍急促,五彩的光芒融合成一片血的战场,全身雪白的赖伦铎尔和鬼魅般的暗影交战。他们七个围绕着他,以黑暗的长矛刺向他,他也以火焰及暴风雨反击。但最后他们还是胜利了。光芒再度黯淡下来,歌声转柔为悲哀,幻象逐渐消逝,代之以无垠的寂寞岁月。

这首歌刚唱完,赖伦铎尔又开始唱起另一首歌。这首新歌他显然还不很熟悉,他修长的手指试探地抚摸着琴弦,声音也有些颤抖,因为他正一面唱,一面临时编歌词。莎拉知道是为什么,这次他唱的是她,她如何寻找她的爱人,经过一个又一个世界,戴着铁冠,和把关的守卫交战。他竟记得她说过的每句话,将它们修饰后编入歌词里。在她的房间,光芒编织成奇特的世界,白热的日头在海底燃烧,沸腾的海水冒出阵阵蒸汽,老术士以魔法点燃了彩虹,驱除他的世界无边的黑暗。他也唱出凯达和莎拉的爱情。他唱得如此真挚,使莎拉又想起她是多么爱凯达。但歌声戛然而止,似乎形成一个问号,回音久久才消失。他们都等待着下文,但他们也都知道就此为止了。

莎拉轻声哭着。"谢谢你,又把凯达带回给我。"

Dreamsongs

"不过是首歌曲。"他耸耸肩说,"我好久都没有新歌可唱了。"

他离去时轻抚她的脸颊。莎拉躺在床上许久,才渐渐睡着。醒来时,天色仍黑。她睁开眼睛,房内似乎空无一人。但她感觉有些异样。她仔细看,发现他就坐在房间另一头的大椅子上,双手支颔,就像第一晚那样。他静静坐着,目光专注地看着床上的她。"赖伦?"她轻声呼唤他。

"是我,"他并没有移动,"昨晚我也坐在这儿看你。我实在孤独太久,而不久后我又要变成孤独一人。即使你睡着了,你的存在仍然是件奇妙的事。"

"哦,赖伦。"她说。他们沉默了一会,彼此似乎在无声的交谈,然后她伸出双臂,他走向她。

他们都经历过漫长的岁月。一个月或是一瞬间,对他们而言毫无分别。

之后他们每晚同眠,每晚赖伦铎尔都为她歌唱。白天他们就到晶莹的海水里游泳,在沙滩上谈爱。他们时常提到爱情,但一切并没有什么改变。一个月过去。最后一个黄昏,他们携手走进他最初发现她的密林里。走到谷底小溪旁,赖伦铎尔拉着她坐下来。这一个月里,赖伦铎尔又有了欢容。他们脱掉鞋子,将脚浸没在溪水里。这是一个温暖的黄昏,微风习习,野鸽子却已开始凄鸣。

"你还是得走。"他一面说一面仍握住她的手,却不正眼看她。他的语气就像说明一桩事实,而不是疑问。

"不错。"她的心情也变得沉重。

"我无话可说。如果可以,我想再唱另一首歌,编织另一个梦。空虚的世界,因为有你、我还有我们的儿女,会再度变得充实。我的世界也有美丽的去处。虽然有邪恶的夜晚,但别的世界也一样有黑暗的夜晚。我会爱你,也会设法使你快乐。"

"赖伦……"她想说话,赖伦铎尔却止住她。

梦歌

"不。我不会这样做。我没有权利这样做。我还不至于这样自私。凯达是那样欢愉而充满活力,我却已形容枯槁。我孤独得太久,悲伤已成为我的一部分,可是……"

她轻吻他的手,将头靠在他肩膀上。"我们一起走吧。经过关口时,拉住我的手,也许铁冠也能保护你。"

"你希望的话,我就试试看,但这不可能成功的。"他叹息着,"你还有无数个世界等着你去。我不知道你的结局如何,但不会是在这里。也许这样最好。我现在什么都不再了解,但我模糊还记得爱情是什么。就我所知,爱情从不能持久。如果你留下来,我们又都永远不会改变,永远是这个样子,我们怎可能不彼此厌烦?也许我们还会恨对方?我不希望如此。"他看看她,忧郁地笑了,"我想,你一定只认识凯达很短暂的时间,才会这样爱他。也许我不该这么说,但如果你真找到了凯达,反而可能会失去他,爱情之火总有一天会熄灭,爱的魔力总会消逝,也许那时候你会想起我来。"

莎拉开始哭泣。赖伦铎尔轻轻吻她,对她耳语道:"不会这样的。"她也回吻他,两人无言地依偎在一起。

"我必须离开。"莎拉说,"但我确定很痛苦,希望你相信我。"

"我相信你。我爱你,就因为你要走,因为你忘不了凯达,你对他永远忠诚。你就是你,你是莎拉,你行遍许多世界。我相信七帝害怕你,胜过任何一位神祇。如果你不是你,我不会这样看重你。"

"你说过,你会爱任何一个声音,只要不是你自己的回声。"

他耸耸肩:"就像我常说的,这也是很久很久以前的事了。"

他们回到古堡,用最后一顿晚餐,唱最后一首歌。他们整夜未眠。赖伦铎尔为她唱歌到天明,但并不是一首好歌,述说一位流浪的吟游诗人在某一个无可名状世界的遨游。莎拉弄不清这歌的意义何在,赖伦铎尔也唱得无精打采。这似乎是最奇特的告别式。

但他们都很烦恼。天明时,他离开她,约好在天井会面。

Dreamsongs

她穿戴整齐,上着紧身皮衣,腰带间插着一把短剑,微带棕红的黑发披散着,铁冠端正戴在头上。向门外走去。

"再见,赖伦,我希望我能给你更多。"

"你已经给我够多了,我会一直记得你。有一天,当太阳升起,颜色变为蓝色时,我会点头说:不错,这是莎拉来过以后,第一次出现蓝日。"

"我也答应你,有一天我一定会找到凯达。如果我能救出他来,我会回到这里。然后我们三人联手,再和七帝斗一场。"

赖伦铎尔耸耸肩。"好吧,如果我不在,就留信给我。"他露齿微笑起来。

"你答应过告诉我关口在哪里,现在可以说了吧?"

赖伦铎尔指着最矮的一座尖塔。莎拉从未进去过那座塔,她注意到塔底有一扇木门。赖伦铎尔掏出钥匙来。

"就在这里?"她有些困惑,"就在这城堡里?"

"就在这里。"赖伦铎尔回答说。他们走到木门前,赖伦铎尔将钥匙插入锁眼,设法弄开木门。

莎拉在一旁观看,心里觉得很难受。另外两座尖塔看起来荒凉且了无生气。天井空寂无人。

远处冰雪覆盖的山后,就是空虚的地平线。除了赖伦铎尔开锁的声音和墙上旗帜拍击的声音,再无其他。莎拉突然感受到这地方的无比寂寞,不禁打了个冷战。

赖伦铎尔打开门。里面并没有房间,只有一堵墙和飘浮的雾气。

"这就是你要找的关口。"歌者说。

莎拉端详了一阵。下一个世界是什么?她永远不会知道,但也许在下一个世界里,她会找到凯达。她感觉到赖伦铎尔的手按在她的肩膀上。

梦歌

"你还在犹疑?"他的语气很温柔。

莎拉的手握住短剑。"守卫呢?"她突然说,"总会有守卫的。"她迅速看着天井的四周。

赖伦铎尔叹口气:"不错,总会有守卫的。有的想使你迷路,有的想用利爪把你撕成粉碎,有的骗你走错关口。有的用武器,有的用铁链,也有的用谎言,设法留住你。只有一位守卫设法用爱情留住你。但他的确是真心诚意,从未对你讲过一句假话。"

他毫无生气地耸耸肩膀,把她推过关口。

后来她找到了她的爱人,那位目光如炬的青年吗?还是她仍在寻找他的下落?她下次会遇到怎样的守卫?她在夜里行走时,在另一个孤独陌生的世界里搜寻时,天空尚有星光吗?我不知道,他不知道,也许连七帝亦不知道。不错,他们有无边法力,但他们并不是全知全能。而世界的数目多过恒河沙数,连他们也无法计算。

曾有一位女郎,她行遍许多世界。但她的行踪现在已成为传说的一部分。也许她已死去,也许她还活着。消息从一个世界传到另一个世界的速度甚是缓慢,而且并不完全可靠。

但至少我们知道:在紫色的太阳下,一座空寂的城堡里,一位孤独的吟游诗人仍然在等待着,并为她歌唱。

张系国 译

Dreamsongs

冰龙

　　阿达拉至爱的季节是冬天,因为每当大地变得寒冷时,冰龙就会到来。

　　她从来都无法肯定:是寒冷带来了冰龙,还是冰龙带来了寒冷。这个问题不时困扰着她的哥哥乔夫,乔夫年长阿达拉两岁,好奇心永远也得不到满足;但阿达拉对这类事情全不在意,只要寒冷、白雪和冰龙都能够如期来临,她就很快乐了。

　　她始终都知道它们会在何时如期而至,这要归功于她的生日。阿达拉是个属于冬天的孩子,她出生时正值最寒冷的大冰冻。每个人都忘不了那场酷寒,即便是住在邻近农场的老劳拉也能记得。老劳拉的老脑筋里装的东西实在是太多了,连其他人出生之前发生的事情她都知道。人们至今还在谈论那场冰冻,阿达拉常听别人提起。

　　那些人还谈到些别的事情。他们讲,阿达拉的妈妈就是被那场骇人的大冰冻夺去了生命。在妈妈分娩的那个漫漫长夜里,寒冷绕过爸爸燃起的熊熊大火,悄悄溜进来,蹑手蹑脚地钻到了盖着产床的一层层毯子下面。人们说,是寒冷把阿达拉送进了妈妈的子宫,所以她一出生便是周身青紫、触手冰凉,而且此后这些年里,这孩子就再也不曾暖和过。寒冬的手指触摸了阿达拉,在她身体上留下印记,并将她据为己有。

　　没错,阿达拉一直是个不合群的孩子。这小姑娘非常严肃,极少愿意同别的孩子一起玩耍。她很漂亮,人们都这样说,但那是一种奇特而又冷漠的美:皮肤苍白,头发金黄,一对大大的蓝眼睛澄澈纯净。她也会微笑,但难得一见。没人看到过她哭泣。有一次,还是五岁的时候,

梦歌

她踩到了藏在雪堆下的一块木板,那上面嵌着根钉子,一直扎透了她的小脚,即使这样阿达拉也是不哭不叫。她把脚从钉板上拔下来,一步步走回家,在雪地上留下一串血迹。而到家后她也只淡淡说了一句:"爸爸,我受伤了。"寻常孩子童年中的恼怒、脾气和眼泪都不属于她。

就连家人也觉得阿达拉的确与众不同。爸爸身形魁梧,好似一头粗鲁的大熊,是个很少与旁人打交道的彪形莽汉。但每当乔夫用各种问题来纠缠时,爸爸却总能开颜一笑。阿达拉的姐姐泰芮,也总是赢得他的拥抱和大笑。那女孩满脸雀斑,经常不害臊地同本地的男孩子打情骂俏。偶尔爸爸也会抱抱阿达拉,尤其是醉酒的时候,在漫长的冬季里他喝醉的次数要频繁些。然而他对阿达拉的拥抱却没有伴着微笑,只是用臂膀搂住女儿,将她小小的身体紧紧拥在身前。他的劲儿可真大啊,这时他的胸腔中总会发出深深的呜咽,一面大颗大颗的泪滴还会从红红的脸膛上滑落下来。所有的夏天里他都从未抱过阿达拉,在这个季节他太忙了。

除阿达拉之外,每个人在夏天里都很忙。乔夫跟着爸爸在田地里工作,他总是没完没了地问这问那,学习一个农夫必须知道的每件事情。不干活的时候他会同伙伴们一起跑到河边去探险。泰芮则要操持家务准备饭菜,同时每当十字路口旁的旅店到了旺季,她还要在那里干点活。旅店老板的女儿是她的朋友。她每次回来总是痴痴地笑着,带回一肚子从旅客、士兵和国王信使那里听来的传言和新闻。对泰芮和乔夫来说,夏天是最美好的季节,他们都太忙了,谁也无法顾及阿达拉。

他们的爸爸是所有人中最忙的一个,每天都有一千件事要他去做,可做完之后会发现还有一千件在等着他。从黎明到黄昏,爸爸一直在工作。夏天,他的肌肉变得又硬又瘦,每天晚上从田里回来都是一身臭汗,但他总是微笑着走进家门。吃过晚饭,他会和乔夫坐在一起,讲讲故事,回答乔夫的提问,或是教给泰芮一些方法去解决她做饭时遇到的难题,要不就去旅店那里逛逛。一点没错,他是个属于夏天的男人。

Dreamsongs

在夏天他从不喝酒,只是在他弟弟来访的时候才偶尔来杯葡萄酒庆贺一下。

这是泰芮和乔夫钟爱夏季的另外一个原因。每当夏天来临,大地一片葱绿,灼热的天气里四处迸射着生命的活力。只有在夏天,哈尔叔叔——爸爸的弟弟,才会来拜望他们。哈尔是一名为国王效力的飞龙骑士,他身材细高,长着一副贵族的面孔。飞龙抵挡不住寒冷,所以一旦冬天到来,哈尔和他麾下的飞行骑兵便要飞到南方去。但每个夏天他都会回来,国王军队那身绿金两色的制服让他显得光彩照人。他路过这里是要赶赴位于阿达拉家西部和北部的战场。在阿达拉的一生中,战争始终接连不断。

每次哈尔向北方进发的时候,他都要带来礼物:来自王国都市的玩具、水晶、黄金珠宝,还有糖果,而且总是有一瓶昂贵的葡萄酒,和哥哥一起分享。他会咧开嘴对着泰芮嬉笑,用殷勤的恭维让她满脸通红;而他那些关于战争、城堡和飞龙的故事则让乔夫大饱耳福。至于阿达拉,他总是试图用礼物、玩笑和拥抱来逗引小姑娘发出会心一笑,但难得成功。

尽管哈尔如此温厚和善,仍然难以讨得阿达拉的欢心——因为只要哈尔一到这儿来,就意味着冬天还远着呢。

此外还有一件事。那是一个夜晚,当时阿达拉只有四岁。爸爸和叔叔以为她已经睡着了,可她偶然听到了他们饮酒时的谈话。"这是个阴郁的小家伙,"哈尔说道,"你应当对她更慈爱一些,约翰。你不能把所发生的事情都看作是她的错。"

"我不可以吗?"爸爸答道,他的话音充满醉意,"是啊,我希望自己能不去怪她,但这很难。她长得很像贝丝,可没有一点贝丝的温情。你知道的,冬天就藏在她身体里。每当我一碰她,都能感到彻骨的寒冷。

而且我忘不了,是因为她,贝丝才死掉了。"

"你对她太冷淡。你可不像爱其他两个孩子那样爱她。"

阿达拉仍然记得当时爸爸是如何笑了起来。"不爱她?唉,哈尔,几个孩子里我最爱的就是她了,我那小小的冬孩子。可她从来没有爱来回报。对于她来说,我根本算不上什么,还有你,以及我们中的任何人,对于她都无足轻重。她就是这样一个冷漠的小姑娘。"说着,他的泪水流了下来。尽管那时还是夏天,而且哈尔还在身边,可爸爸还是哭了。阿达拉躺在床上,一边倾听一边盼着哈尔能够快些飞走。她还不能完全理解自己所听到的这些话,那时还不能,但她记住了,并在以后的日子里逐渐明白了这些话的意思。

阿达拉不哭:不仅在四岁的年纪听到这些话没有哭,即使到了六岁,当她最终懂得其中的含义时,还是没哭。哈尔在几天之后离开了,三十头巨大的飞龙在夏日的晴空中排成豪迈壮观的编队。当这支骑兵队从头顶飞过时,乔夫和泰芮激动地朝哈尔叔叔挥手告别,可阿达拉只是在那儿看着,两只小手垂在身旁一动不动。

以后的几个夏天,哈尔仍旧来看望他们,但无论他为阿达拉带来什么,都不能再让她露出半点笑容。

阿达拉的笑都被秘密地藏了起来,她积攒的微笑只留待冬日来临时才绽放出来。她简直等不及迎接自己的生日,还有随之而来的寒冷。因为,只要冬天一到,她就成了个非同一般的孩子。

在她很小的时候,就知道了这件事,那时她还在雪中同别的孩子一起玩耍。寒冷并不像对乔夫、泰芮和他们的伙伴那样让她感到丝毫不快。每当别的孩子耐不住严寒,为了寻找暖和的地方而纷纷逃走,或是跑到老劳拉家去喝老人为孩子们准备的滚热的青菜汤时,阿达拉却要在外面独自待上几个小时。她会在田野偏僻的角落中寻到一片秘密的空地。每个冬天她的秘密场地都各不相同。在那里,她会建起一座高高的莹白的城堡,两只赤裸的小手在合适的位置上拍拍打打,将积雪塑

Dreamsongs

成一尊尊尖塔和城垛，样子就像哈尔经常讲到的都市中国王里的那些城堡。然后她从树木低垂的枝条上折下一条条冰柱，将它们用作塔尖、房子的尖顶和哨岗，排列在她的城堡各处。每当冬天快要结束，总会有一段短暂的冰雪消融期，但马上又会突然冰冻，这样一夜之间，她的雪城堡便成了个冰世界，坚硬，牢固，就像她想象中的真城堡一样。每个冬天她都在建筑着自己的城堡，但没人知道。可是，春天总要来的，冰雪又开始消融，但之后却没有了冰冻。堡垒和城墙都融化掉了，而阿达拉又开始默数着日子，直到下一个生日的到来。

她的冬季城堡极少有空着的时候。每年初次霜冻时，冰蜥蜴们都蠕动着从洞穴中爬出来，田野里满是它们小小的蓝色身躯。小东西们四处飞蹿，在雪地上疾掠而过时很难发觉它们的身体与地面有任何接触。大多数孩子都爱和冰蜥蜴一起玩，但还有些孩子既笨拙又狠心，他们总要把那些轻脆易碎的小身体一折两段，就像玩弄从房顶上垂下的冰挂那样将冰蜥蜴夹在手指中折断。即便是乔夫，这个在做这类事情时总是充满关爱的孩子，有时出于好奇，将冰蜥蜴握在手中仔细审视的时间太长，小生物也会被手掌的热量灼伤、融化，最终死掉。

阿达拉的两只手冰冷而又轻柔，这样她就能够把冰蜥蜴捧在手中而不伤害到它们，无论多长时间都行。这可让乔夫气得噘起了嘴巴，还招来了他一连串恼怒的问题。有时，她会躺在冰冷潮湿的雪地上，让冰蜥蜴爬遍全身，每当它们从脸上飞快地跑过，那些小脚轻轻地触碰会让她快乐无比。有时，她会把冰蜥蜴藏在头发里，带着它们去忙自己手头的活计，即使那样，她也会倍加小心不把它们带进屋里，不然炉火的热量会要了它们的命。每次家里吃过饭，她都要收起剩饭，带到建造中的城堡所在的秘密空地上，将食物撒喂给它们吃。所以，她筑立起的座座城堡每个冬天都会挤满"国王"和"大臣"：有从树林里溜出来的长着毛皮的小兽,有覆盖着白色羽衣的冬鸟,还有成千上万只冰蜥蜴,扭来扭去,奋力争斗,一个个都浑身冰冷,行动敏捷,吃得肥肥胖胖。与这些年家里豢养的任何宠物相比,阿达拉还是更喜欢冰蜥蜴。

但冰龙才是她的最爱。

她不记得自己第一次看到冰龙是什么时候了。看来那个时刻已经永远成为了她生命中的一部分。那仿佛是深冬里惊鸿一瞥似的幻影,冰龙沉静的蓝色双翼在寒冷的天宇中横掠而过。冰龙非常罕见,即便在那些日子里也是这样。每当发现它时,小孩子们都会伸手指点,充满好奇,老年人则低声咕哝着摇摇头罢了。冰龙光临,预示着这年冬天会极为漫长和酷寒。人们说,阿达拉降生的那个夜晚,就有一只冰龙从月面上飞过。而且自那之后,每一年冬天,它都会出现,冰龙来临后的冬天变得非常糟糕,春季也来得更晚一些。因此人们燃起大火,纷纷祈祷,希望冰龙不再出现。阿达拉对此十分担心。

但人们的祈祷并不起作用,每年冰龙照常会回来。阿达拉知道,冰龙是为她而来。

冰龙身躯巨大,比哈尔和战友们骑乘的绿色战龙还要大上一半。阿达拉曾听过一些传说,讲到野生的龙比高山还要大,但她从未亲眼目睹。毫无疑问,哈尔的飞龙已经够大了,是一匹马的五倍大小,但和冰龙相比,就显得渺小,而且相貌丑陋。

冰龙如水晶般晶莹剔透,那绝白的光影既硬且冷,近乎蓝色。它那覆盖着一层白霜的皮肤,会随每次身体的摆动,皲裂而嘎吱作响,就像冰雪的硬壳在人的靴子下面发出的声音,这时钻石般的冰霜碎片便从它的身体上纷纷落下。

它的眼睛清澈幽深,但冰冷至极。

它的翅膀宽阔巨大,形如蝙蝠的双翼,呈半透明的淡蓝色。当这只巨兽在空中盘旋,兜着圈子飞行,播散寒冰时,阿达拉能够透过它的巨翅看到天上的云朵,时而还能看到月亮和星辰。

它的牙齿是根根冰柱,在它深蓝色的大嘴里白森森地排成三列,有如一支支参差不齐的长矛。

每当冰龙扇动双翼,便鼓起阵阵冷风,直搅得雪花飞旋,周天寒彻,整个世界都要瑟缩着打起寒战。严寒中,半掩的房门会被一阵凛冽的疾风吹开,房主人便匆匆跑过去闩上,一面嘟哝道:"肯定有一条冰龙刚飞过去。"

还有,当冰龙张开它那张巨口呼气的时候,可不会像那些小飞龙般喷出燃烧着硫黄恶臭的火焰。

冰龙呼出的是——寒冷。

它的呼吸带来冰冻,令温暖全都逃之夭夭,火焰也会摇曳闪烁,向寒冷做出临终忏悔后便悄然熄灭。树木被全身冻住,酷寒一直深入到它们缓缓生长的心髓深处,肢体则变得酥脆易碎,直至承受不住自身的重量而断裂跌落。动物们的身体变得青紫,悲嗥着死去,眼睛暴突出来,皮肤上结成一层白霜。

冰龙向世界呼出的是死亡:死亡、寂静和——寒冷。但阿达拉不怕。她是个属于冬天的孩子,冰龙是她的秘密。

她上千次地看到冰龙在空中飞翔。三岁时,她在地面上见到了冰龙。

当时,她正在外面建造自己的雪城堡,冰龙忽至,并降落在了这片白雪覆盖的原野上,就在她的身旁。所有的冰蜥蜴都四散奔逃,但阿达拉只是静静地站着。冰龙看着她,她听到它悠长的心跳声,一共十下,然后又向天空飞去。冰龙扇动翅膀腾身而起时,寒风在她身旁尖啸,浸透她的身体,但阿达拉却感到一种莫名的狂喜。

第二年冬天,冰龙回来了,阿达拉摸到了它的身体。它的皮肤异常冰冷,尽管如此,她还是摘掉了手套。阿达拉真有些害怕自己的触摸会灼伤冰龙,使它融化。但冰龙毫发无损。不知为什么阿达拉明白,与冰蜥蜴相比,冰龙对热量要敏感得多。可她是不同寻常的,她是冬孩子,本身就是冷的。她抚摸着冰龙,最后在它的翅膀上轻轻一吻,结果伤着了嘴唇。那个冬天她过了第四个生日,那年她摸到了冰龙。

又一年,第五个生日所在的冬季来临了,那年她骑上了冰龙。

冰龙找到了她,当时她正在田地中另一块空地上建造着城堡,像往常一样,仍是独自一人。冰龙飞来时她一直在注目观看,一落地她便奔上前去,将身体紧贴在冰龙身上。就是那年的夏天,她听到了爸爸和哈尔的谈话。

她和它站在一起,站了好久,直到阿达拉想起了哈尔,便伸出一只小手去拖动冰龙的翅膀。冰龙扇了一下翅膀,然后将双翼平平地伸展在雪地上,阿达拉爬了上去,用双臂紧紧抱住它洁白而又冰冷的脖子。

这是第一次,他们飞起来了。

与国王的龙骑士不同,她既没有挽具也没有长鞭。好几次,巨翅上下的扇动都快将她从攀附的地方震得松脱下来,同时巨龙体内传来的寒意钻过她的衣服,噬咬着她年幼的肉体,使她周身麻木。但是,阿达拉不怕。

他们飞过爸爸的农场,乔夫在下面,看起来很小很小。她吓了一跳,担心被发现,但随即明白他并不能看到她。这让她发出一声欢笑,如冰晶般清脆,如同冬季的天空一样清灵。他们飞过十字路口的旅店,人们成群结队地涌出来仰头看着他们经过。

他们飞过森林上空,下面是一片银白和翠绿,还有寂静。

然后他们向更高的地方飞去,高得让阿达拉看不到下面的大地。她仿佛瞥见了另一条冰龙,在远方向别处飞去,但那一条远不如她的冰龙这么棒,连一半也赶不上——她的冰龙。

他们几乎飞了一整天,最后画了一个大大的圈子,盘旋落下,凭借着它刚硬又绚丽的双翼在空中滑翔。刚过黄昏时,它便将她放回当初

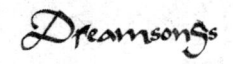

找到她的那块田野上。

爸爸在那儿找到了她,泪流满面地看着她,将她粗暴地紧搂在怀中。阿达拉不明白这是为什么,也搞不懂为什么爸爸在把她带回家后还要揍她。但是,在她和乔夫上床睡觉之后,她听到爸爸轻轻走下自己的床,来为她塞好被子。"你今天没赶上,"他说,"来了一条冰龙,每个人都被吓坏了。爸爸害怕它会吃掉你。"

阿达拉在黑暗中暗自发笑,但什么也没说。

那个冬天,她又骑上冰龙飞过好几次,以后的冬天也是这样。而且一年比一年飞得远,次数也更多,冰龙在他们农场上空出现得更频繁了。

而冬天,逐渐变得更冷更漫长。

每年的解冻也来得更迟。

有时候,在某些地块——冰龙停下来休息的地方,看起来好像从来没有正常地解冻过。

阿达拉六岁这年,村子里议论纷纷,人们还向国王报告了一条消息。但没有得到回复。

"太糟糕了,都是这些冰龙,"那年夏天哈尔来农场时说道,"要知道,它们根本不像真正的飞龙。它们既不能驯服也无法训练。我们那里有很多故事,讲的都是那些试图驯化它们的人,结果鞭子和挽具都给冻在手里。我还听说,一些人只是摸了一下冰龙,手掌或是指头就全掉了——因为冻伤。老天,太糟糕了。"

"那为什么不请国王采取什么措施呢?"爸爸问道,"我们上报过一次。要是不把这只怪兽杀掉或是赶走,一两年里我们根本就不会有任何种植季节了。"

哈尔冷笑一声:"国王还有别的事情要顾及。你知道,战争的进程不妙。每年夏天敌人都在向前推进，而且他们的龙骑士数目是我们的两倍。听我说，约翰，那边简直就是个地狱。说不定哪年我就回不来了。现在国王可没法分出人手去追杀一头冰龙。"他笑了起来，"另外，我想也没有什么人能杀死这玩意。或许我们该干脆让敌人把这个省全都占去，那么这头冰龙就属于他们了。"不会那样的，阿达拉一边听着一边想到。无论是哪个国王统治这片土地，冰龙永远都是属于她的。

哈尔出发了，夏日渐渐由长变短，阿达拉计算着生日临近的天数。在初次霜冻之前哈尔又一次路过，这回他是要带着他丑陋的飞龙到南方去躲避冬天。他的飞骑兵掠过秋日的森林上空时看上去数目变少了。这次哈尔的来访要比往常短暂得多，而且兄弟二人的会面以一场激烈的争吵告终。

"敌人不会在冬天进攻，"哈尔说，"冬天的地形太不可靠了，另外他们也不会在没有龙骑士从空中掩护的情况下就冒险推进。但是春天一到，我们就没法顶住他们了。国王甚至连试都不肯试一下。现在就把农场卖掉吧，这时你还能卖个好价钱。在南方你能买到另外一块土地。"

"这是我的土地，"爸爸说道，"我在这儿出生，你也是的。不过你好像已经忘了，咱们的爹妈都埋在这儿。贝丝也埋在这儿。当我死去时，我要埋在她身边。"

"若是不听我的话，你会比自己料想的死得快得多，"哈尔怒气冲冲地说，"别傻了，约翰。我知道这块土地对你意味着什么，但是它不值得你为之付出生命。"他一再催促，但爸爸毫不让步。到了晚上，二人的会谈结束时他们都互相诅咒起来。而后哈尔在黎明时分离开，走出去时"砰"的一声将门甩在身后。

阿达拉在一旁听着，心中暗暗做出决定——跟爸爸走与不走毫无关系。她要留下。如果她走了,冬天到来时冰龙就不知道在哪里能够找到她,而且如果她向南方走得太远,冰龙就根本不能来见她了。

冰龙确实又来找她了,那时她刚刚过了七岁的生日。那是所有冬天里最冷的一个冬天。在那一年,她飞行次数又多,路程又远,以至于没有时间去建造自己的冰城堡。

哈尔在春天又来了。这次他的飞行战队里只有十二只飞龙,这一年他也没有带礼物来。他和爸爸又一次争吵起来。但无论哈尔如何发怒、恳求或是威胁,爸爸仍旧像是石头一块。最后哈尔离开了,赶去奔赴战场。

在这一年,国王的阵线被击溃了,打败仗的地方就在北面不远处的某个城市,那个地方名字太长,阿达拉念不出来。泰芮第一个听到了这个消息。一天晚上她从旅店回来时满脸通红,异常激动。"有个信使刚刚经过,正要去见国王,"她对大家说,"敌人打赢了这场大战役,那信使正去要求增援。他说我们的军队正在撤退。"

爸爸皱起眉头,额头上现出忧虑的皱纹。"他提起过有关国王的龙骑士的什么事情吗?"不管是否发生过争吵,哈尔总归是家里人。

"我问过了。"泰芮答道,"他说龙骑士是殿后的掩护部队,他们要进行突袭和火焚,拖延敌人以保证我们的军队能安全撤退。噢,我真盼着哈尔叔叔能够平安!"

"哈尔会给他们点颜色看看,"乔夫说,"他和他的布里斯通会把他们烧个精光。"

爸爸笑了:"哈尔总是能够照顾自己的,无论怎样我们都无能为力。泰芮,如果再有信使经过,你要仔细问问他们情况。"

泰芮点点头,她的担心并不能完全掩盖兴奋的心情。这一切都太令人惊心动魄了。

接下来的几个星期里,随着本地的人们真正明白了这场灾难的危害性,惊心动魄的感觉反而渐渐消退了。国王的大道变得越来越繁忙,

梦歌

所有的行人车辆全是由北向南一个方向,而且路上所有的旅客都穿着绿金两色的军装。一开始,士兵们在戴着金色头盔的军官带领下严守纪律地排成纵队,尽管如此,他们的士气可绝对算不上是振奋。部队在疲惫不堪地行进,军服既肮脏又破烂,士兵们携带的刀剑矛斧上布满缺口,大都污迹斑斑。一些人早已丢掉了武器,两手空空,目光呆滞地沿着大道蹒跚而行。伤员的队伍跟在士兵后面,队形要比战斗部队长得多。

阿达拉站在路旁的草地上,看着他们经过。有两个人走在一起,其中一个瞎掉了眼睛,还搀扶着身边那只有一条腿的人。她看到人们有的断了腿,有的掉了胳膊,有的胳膊和腿全没了。她还看到有个人的头被战斧劈得裂开,好多人浑身上下全是凝结的血块和污垢,一些人边走边发出低低的呻吟。她还能闻到那些人的气味,他们身体肿胀,泛着骇人的青绿色。其中一个死掉了,便被丢在路边。阿达拉告诉了爸爸,于是他和村子里的一些人出来埋葬了那个死人。

最可怕的是那些被烧伤的人。路过的每一列纵队里都有好几十个这样的人,他们被飞龙灼热的气息烧得皮肤焦黑脱落,有的丢掉一只胳膊,有的失去一条腿,有的半边脸都被烧掉了。当他们在旅店停下喝些东西或是歇歇脚时,泰芮听到军官说,敌人有好多好多飞龙。

几乎有一个月的时间,军队从这里川流而过,一天比一天多。就连老劳拉都承认她从来没见过路上有这么多的人。人们一次次地看到,信使独自一人骑在马上逆着人流向北方飞驰而去,但总是他一个人。一段时间之后,人们明白再不会有援军了。

最后经过的部队里有一名军官建议,让这个地区的居民收拾好家当迁到南方去。"他们来了。"他向大家发出警告。只有少数几个人听从了他的劝告。然而在接下来的一个星期时间里,大路上挤满了来自北方城市的难民,他们中一些人讲述着可怕的故事。当他们离开时,更多的本地人随他们一起逃离。

但大多数人都留了下来。他们都是些像爸爸这样的人,土地早已深深地融入他们的血液。

从大路上撤下来的最后一支有组织的部队是一队衣衫褴褛的骑兵,战士们个个瘦削憔悴,好像一群骑在马上的骷髅,而战马同样骨瘦如柴,马皮紧紧地包在肋骨上。马蹄声如雷鸣划破夜空,坐骑在急促地喘息,嘴角泛着泡沫。其中只有一位脸色煞白的年青军官略停了一下,他勒住缰绳大叫道:"快跑,跑!他们什么都烧!"然后便去追赶自己人了。

此后经过的士兵都是独自一人或是结成小队。他们并不总是走大路,而且拿走东西根本不付钱。有一个剑士杀死了住在镇子另一头的一位农夫,糟蹋了他的妻子,抢走钱后跑掉了。那人穿的也是破破烂烂的绿金相间的军服。

之后再没人来了。大路上杳无人迹。

旅店老板说当北风吹来时他闻到了灰烬的味道,而后也打点行李带着全家逃向南方。泰芮心烦意乱。乔夫大睁着眼睛焦虑不安,但只是受了一点惊吓。他问了一千个关于敌人的问题,还训练自己要成为一名武士。爸爸却照旧干着农活,像往常一样忙碌。不管有没有战争,他的地里总归还种着庄稼。他的笑容比平日少了许多,然而,他开始喝酒了,阿达拉经常看到爸爸边干活边不时地仰头向空中扫上一眼。

阿达拉一个人在田野里闲逛,在湿热的暑气中独自玩耍,她在考虑如果爸爸决定带他们离开时自己应当藏在什么地方。

最后,国王的龙骑士们回来了,哈尔同他们在一起。

他们只剩四个人。阿达拉看到了第一个,然后便跑去告诉爸爸。爸爸把手放在女儿的肩膀上一同看着战龙飞过,形只影单的绿色飞龙上衣着破烂不堪的骑士只投来含糊的一瞥,并没有为他们停留。

梦歌

两天后,三只飞在一起的战龙进入了视线,其中一只离开伙伴盘旋着飞落到他们的农场,另外两头巨兽继续向南飞去。

哈尔叔叔瘦削阴郁,面露菜色。他的飞龙看上去在生病,它的目光迷离不定,一只翅膀被烧焦了一大块,飞行时显得笨拙又沉重,要费好大的劲才行。"现在你想走了吗?"哈尔当着所有孩子的面向哥哥问道。

"不,我不会改变主意的。"

哈尔咒骂了一句,然后说道:"敌人三天之内就会抵达这儿,他们的龙骑士可能会来得更快。"

"爸爸,我害怕。"泰芮说。

爸爸看着她,看到了她的恐惧,不由得犹豫起来,最后他转向自己的兄弟,"我要留下。但如果你愿意,我想让你把孩子们带走。"

现在轮到哈尔迟疑起来。他考虑了一会儿,最终摇摇头。"我不能,约翰。如果可能的话,我当然愿意,而且很高兴。但布里斯通受了伤,它只能驮我一个人。如果我再加上半点重量,就根本飞不起来了。"

泰芮哭了。

"对不起,亲爱的,"哈尔对她说,"真的对不起。"他无能为力地攥紧了拳头。

"泰芮差不多已经长大了,"爸爸说,"如果她太重,把别的孩子带走一个吧。"

兄弟两个面面相觑,眼神里全是绝望,哈尔不禁发出颤抖。"阿达拉,"最后他说,"她又小又轻。"说着勉强一笑,"她几乎就没有什么分量。我带阿达拉走,剩下的孩子你用马或马车带走,不然就步行。但一定要走,该死,你必须走。"

"我们要看看情况再定,"爸爸含糊地应道,"你带着阿达拉,一定要为我们保住她的安全。"

"好的。"哈尔答应,他转过脸对阿达拉微笑着说,"来吧,孩子,哈尔叔叔带你骑上布里斯通去兜兜风。"

阿达拉万分认真地看着他。"不。"她说道，然后转身钻出门便开始狂奔。

当然，哈尔和爸爸，甚至还有乔夫，大家都来追她。可爸爸浪费了时间，他站在门口大喊着要她回来。他跑起来时步子又笨又重，而阿达拉则确实是又小又轻，脚下敏捷。哈尔和乔夫紧跟她追来，但哈尔很虚弱，而乔夫不久就气喘吁吁，即便这样他还是尽力疾跑，有一小会儿都快要够到阿达拉的脚后跟了。当阿达拉跑到最近的麦田时，三个人还追在他身后，但她一转眼就在庄稼丛中不见了踪影。大家徒劳地找了她好几个小时，这时她早已小心地向树林走去。

黄昏降临，他们拿出提灯和火把继续搜寻。一次次地，她听到爸爸在咒骂，或是哈尔在喊她的名字。她爬上一颗橡树，藏在高高的树枝上，笑着看他们的灯光在下面移动——那是他们在田地里来回搜索。最后，她慢慢睡着了，在梦想着冬天的来临并且疑惑自己如何才能够活到下一个生日。时间还长得很呀。

黎明的曙光唤醒了她——不只是曙光，天空中还传来一种声音。

阿达拉打个哈欠，眨着眼睛，仔细倾听。她爬到了大树最高的枝干上，这已经是能承受她重量的最高点了，而后她拨开树叶。

天空中是三条敌人的飞龙。

她从来没见过这种样子的巨兽：它们的鳞片幽暗，好似烟熏火燎一般，全不像哈尔骑的飞龙那样遍身绿色。一条龙的颜色如同铁锈，另一条像干结的血块，第三条则是漆黑似炭。它们的眼睛像通红的煤块一样闪闪发光，鼻孔中冒着蒸汽。当它们在空中扇动乌黑的皮革般坚韧的双翼时，尾巴前后摆个不停。铁锈色的飞龙张开嘴巴大声怒吼，这挑战般的声音激震得森林发出战抖，就连驮着阿达拉的树枝都在轻颤。黑色的飞龙也发出嗥叫，它的嘴巴一张开，便有一缕火舌如长矛一般刺出，橙色与蓝色的火焰夹杂在一起。舔到了地上的树木，树叶立刻干枯焦萎变成黑色。巨龙的气息所到之处腾起滚滚浓烟。血色的飞龙从阿达拉的头顶低掠而过,嘴巴半张,绷紧的双翼在嘎吱作响。阿达拉能够看到在它焦黄的齿缝中尽是烟炱和灰烬,巨龙经过时搅起的狂风如烈火般炽热,又像砂纸一样粗糙,将她的皮肤蹭得生疼。阿达拉瑟缩起来。

手执长鞭和长矛的武士骑在飞龙的背上,身穿黑、橙两色的军装,他们的脸都藏在黑色的头盔中。铁锈色飞龙上面的骑士用长矛做了个手势,指向田野对面的农庄。阿达拉也向那里看去。

哈尔飞上前来迎击敌人。

他的绿色战龙同敌人的龙一般大,但当它从农庄腾空而起时,不知为什么,在阿达拉看来它显得个头很小。现在它的双翼完全展开,可以很清楚地看到它受的伤有多么严重:右侧的翼尖已经烧焦,飞行时费力地向一侧倾斜着身体。飞龙背上,哈尔看起来就像一个小小的玩具士兵,几年前哈尔曾将这样的玩具兵送给孩子们做礼物。

敌方的龙骑士分散开来,从三面向他逼近。哈尔看出了他们的企图。他试图转弯,向黑色的飞龙迎面冲去,同时避开另外两个敌人。他的长鞭愤怒而绝望地击打着坐骑。绿色飞龙张开了嘴巴,发出一阵虚弱的挑战声,但它的火焰既黯淡又短小,根本够不到逼近的敌人。

敌人则隐而不发。而后,随着一个信号,几条飞龙同时喷出火舌,哈尔被裹在一团烈焰当中。他的战龙发出一声尖厉的悲嘶。阿达拉看到龙在燃烧,哈尔也在燃烧,他们两个,巨兽和主人全都烧着了。接着他们重重地跌落在地,躺在爸爸的麦田里冒着浓烟。

空中弥漫着灰烬。

阿达拉伸长脖子环顾四周。在另外一个方向,她发现隔着森林和河流的远方腾起一道烟柱。那是老劳拉的农场,她和自己的孙辈还有曾孙们都住在那里。

当她回过头来时,那三只深色的飞龙正在她自己家的农场上空盘旋,越来越低。它们一个接一个地降落。她看到为首的骑士下了飞龙向她家慢悠悠地走去。

她吓得要命又迷惑不解,毕竟她只有七岁。夏日厚重的空气压迫着她,在使她满怀无助的同时又加重了恐惧,所以阿达拉不假思索便做了自己唯一懂得的事情:爬下栖身的大树,逃跑。她跑过田野,穿过树林,远离农庄,远离自己的家,远离那些飞龙,离那一切都远远的。她一直朝河流的方向跑,直到双腿疼痛得抽搐起来。她奔向她所知道的最冷的地方,奔向河边陡岸下深深的洞穴,那儿是她寒冷的庇护所,黑暗而又安全。

她终于到了那里,置身于寒冷之中。阿达拉是个冬孩子,寒冷并不会让她难受。可她即使躲藏起来,还是在发抖。

白天变成了夜晚。阿达拉没有离开她的洞穴。

她试着想睡觉,但梦里全都是燃烧着的飞龙。

她躺在黑暗中,将自己缩成小小的一团,试着数数离自己的生日还有多少天。洞穴里的凉爽让她感到惬意——阿达拉几乎可以想象,现在根本不是夏天,而是冬天了,或是快到冬天了。过不了多久,她的冰龙就要来找她,她会骑上冰龙的脊背前往永远是冬天的国度。在那儿,无垠的白色原野上永远都耸立着宏伟的冰城堡,还有雪做的大教堂,那里一片寂静,悄无声息。

她躺在那儿,感觉似乎确实到了冬天。洞穴变得越来越冷,好像是这样。这让她感到安全。她打了个盹儿。当她醒来时,觉得更冷了。洞壁盖上了一层白霜,她正坐在一张冰床上。阿达拉跳起身来向洞口看去,那里闪耀着一片淡淡的曙光。一阵冷风爱抚着她,但这风来自外面那个夏天的世界,而绝不是来自洞穴深处。

她发出一声短促的欢叫,在寒冰覆盖的石头上挣扎着向外爬去。

梦歌

外面,冰龙在等着她。冰龙肯定向水面呼气了,因为现在河水已结成冰,至少一部分河面是这样,但随着夏日太阳的升起,冰在快速地融化。它肯定向岸边的青草呼气了,那些和阿达拉一般高的草叶现在变得莹白而又松脆,冰龙一挪动翅膀,草叶便折成两半,纷纷落地,草叶的断面干净整齐,就像被长柄草镰割下的一样。

冰龙寒冰般的双眼与阿达拉对视着,她跑上前去,攀上冰龙的翅膀,伸开双臂猛地抱住它。她知道自己必须抓紧时间。冰龙看上去要比过去每次见到时都要小,她明白是夏天的高温让它变成这样。

"快,冰龙,"她轻声唤道,"带我走,带我去永远是冬天的国度吧。我们再也不回来了,永远不回来。我要为你建造最棒的城堡,还要照顾你,每天都在你背上飞。现在带我走吧,冰龙,带我去你的家,和你在一起。"

冰龙听到了,它听懂了。它展开宽大的半透明的双翼扇动着空气,来自极地的寒风瞬间便在夏日的田野上呼啸起来。他们起飞,离开洞穴,离开河流,飞过森林,上升,再上升。冰龙转个弯向北方飞去。阿达拉瞥了一眼爸爸的农场,但它太小了,而且越来越小。现在他们已经背对着农场,向高空飞升。

这时一个声音传进阿达拉的耳朵,但好像不太可能,这声音既微弱又遥远,她根本不可能听到啊,特别是现在——它不可能盖过冰龙双翼的鼓动声。但尽管如此她还是听到了。她听到了爸爸的尖叫声。

滚烫的泪滴划过她的脸颊,落到冰龙背上,在霜层上灼出了几点小小的麻坑。突然,她手掌下面的寒冷让她感到一阵刺痛,当她拿开一只手,发现冰龙的脖子上留下了她的手印。她吓了一跳,但仍旧紧抱住冰龙不放。"回去,"她低声说道,"噢,求求你,冰龙。把我送回去吧。"

她看不到冰龙的眼睛,但她知道那双眼睛会是什么样子。冰龙张开嘴巴,冒出一缕蓝白色的寒烟,形成了一条长长的冰冷的光带悬在空中。它没有发出任何声音:冰龙是默不作声的动物。但阿达拉在内心深处听到了它狂野的悲鸣。

"求你了,"她再次轻声呼唤,"帮帮我。"她的声音又细又小。

冰龙转身往回飞去。

当他们飞回农庄上空时,那三条暗色的飞龙正在谷仓外面,大嚼着爸爸饲养的家畜那被烧焦的黑色尸体。一名龙骑士站在旁边,斜倚着他的长矛,一次次地戳刺着自己的那头龙。

当凛冽的疾风从田野上呼啸而过时,这人仰头观看,随即喊了一句什么,便向黑色飞龙飞奔过去。那畜生最后又从爸爸的马身上撕下一块肉,吞下去之后才不情愿地飞到空中。背上的骑士用鞭子抽打着它。

阿达拉从空中看到农舍的门猛地打开,另外两个骑士冲了出来。其中一个一面跑一面费力地穿上裤子,上身还赤裸着。

黑色的飞龙发出嗥叫,炽热的火焰朝他们喷涌而来。烫人的热气扑向阿达拉,而且当那团火焰扫过冰龙的腹部时,她能感到一阵战栗传遍了它的全身。冰龙伸直它长长的脖颈,用充满恶意而又不祥的目光锁住敌人,随即张开了挂满冰霜的大嘴。一口寒气从它冰冷的牙齿中间奔流而出,颜色淡白,奇寒无比。

炭黑色飞龙处于他们下方,那股寒流击中了它的左翼,疼痛让这头黑色的野兽发出一阵尖厉的惨叫,当它再次扇动双翼时,覆满严霜的翅膀一下子断为两截。飞龙和龙骑士开始坠落。

冰龙再次喷出寒流。

那一人一兽全被冻住,在撞到地面之前便已死去。

铁锈色的飞龙迎着他们飞来,后面是那条血色的飞龙,上面坐着赤膊的骑士。阿达拉的双耳中充满了对方愤怒的吼叫声,同时她还感觉到它们灼热的气息包裹住自己,空气在热力的催烤下闪闪发光,四周弥漫着硫黄的恶臭。

梦歌

两道烈火长剑在半空中交叉划过,但都没有击中冰龙,然而它在热气中皱缩起来,振动双翼时身体上的水滴如雨点般飞落。

血色飞龙飞得太近了,冰龙致命的寒流射中了骑手。他赤裸的胸膛在阿达拉眼前变成青紫色,一瞬间水汽便凝结在他身上,将他裹上了一层霜衣。那人尖叫着死去,从坐骑上跌落下来,但是他的挽具仍留在身后,早已牢牢地冻结在飞龙的脖子上。冰龙逼近那条飞龙,双翼扇动出神秘的冬之歌在天宇中飘扬,随后一道火焰与一股寒流在空中激撞。冰龙再次发出颤抖,扭动着飞到一旁,身体上的水滴淋漓而下。而对方早已死于非命。

但现在最后一名龙骑士出现在他们身后,他顶盔掼甲全副武装,端坐在长满铁锈般棕色鳞片的飞龙上。阿达拉尖叫起来,可正当她尖叫时,敌人的烈焰已经包住了冰龙的一只翅膀。转瞬间这团火焰便化为乌有,而那只翅膀也随之融化,毁掉了。

冰龙猛烈地拍动着仅存的那只翅膀,想要减缓下坠的速度,但还是猛地撞击在地上。它的双腿在身下摔得粉碎,翅膀也断为两截,着地时的冲击将阿达拉从它背上抛了开去。她跌落到田野中柔软的土地上,打着滚,随后挣扎着站起身,虽然擦伤了身体,但基本上完好无损。

冰龙的身体现在看起来非常小,而且伤得十分严重。它长长的脖子无力地垂在地上,头搭在麦丛中一动不动。

敌人的龙骑士飞扑而下,发出胜利的号叫。那条飞龙双目燃烧着光芒,骑手挥舞着长矛,大声呼喊。

冰龙再次痛苦地抬起头,发出一声可怕却细弱的叫声——阿达拉从未听过它发出声音,这是唯一的一次。冰龙的呻唤充满了哀伤,让人想起在那永远都是冬天的国度——雪野上伫立着空无一人的白色城堡,当北风掠过尖塔和城垛时,发出的就是这种声音。

当叫声渐渐止息,冰龙最后一次向这个世界喷射出寒冷:那是一道长长的蓝白色寒流,带着飞腾的烟气,蕴含了冰雪、宁静和所有生命的

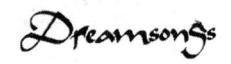

终结。那龙骑士直直地飞进冰流中,仍旧挥舞着鞭子和长矛。阿达拉看着他飞撞在地上。

她跑起来,离开田野,向家中奔去,那里有她的家人,她竭尽全力地飞奔,一边跑一边急促地喘息,不停地哭喊,已完全是七岁孩子的样子。

爸爸手脚被钉在卧室的墙上。那些恶徒原想让他眼睁睁看着他们轮暴泰芮。看着爸爸,阿达拉不知该做什么,但她先解开捆绑泰芮的绳子,姐姐的眼泪早已哭干了。之后她们一起救出乔夫,最后大家合力把爸爸从墙上放了下来。泰芮照料着爸爸,擦干净他的伤口。当爸爸一睁开眼看到阿达拉,他笑了。阿达拉用力抱住爸爸,对着他号啕大哭。

到了晚上,爸爸说自己好多了,已经能够出发。他们在夜幕掩盖下悄悄离开,沿着国王的大道向南方走去。

一路上充满黑暗和恐惧,家里人没有问她任何问题。但后来,等他们安全地到达南方,没完没了的问题便接踵而来。阿达拉尽自己所能给予了回答。但除了乔夫之外没有一个人相信她,而乔夫长大一点之后也对她的话表示怀疑。毕竟她只有七岁,她不明白冰龙不可能在夏天出现,而且既不能驯服也不会让人骑乘。

还有,那天晚上他们离开家时,冰龙已消失不见。能看到的只有三只战龙庞大的躯体,还有三具小一些的尸骸:那三个身穿黑橙两色军装的龙骑士。此外,就是一个以前从未有过的池塘,那是个小小的池塘,宁静的池水寒冷无比。那个夜晚,在去往大道的路上,他们刚好从它旁边小心翼翼地经过。

在南方,爸爸为另一个农场主工作了三年。他的双手被钉子穿透之后已不再像过去那样强壮有力,但凭着脊梁和双臂的力气还有他的决心,爸爸弥补了这点不足。他尽其所能地省吃俭用,但看上去非常快活。"哈尔已经不在了,还有我的土地,"他对阿达拉说,"我很难过。但万幸的是,我的女儿回来了。"爸爸这样说是因为冬天已经离她而去,现在她像别的小女孩一样微笑、大笑甚至哭泣。

梦歌

他们逃离家园三年之后,国王的军队在一场伟大的战役中彻底击败了敌人,随后国王的飞龙部队将敌国的禁城付之一炬。

不久,和平到来,北方的省份再次易主,重归国王统治之下。泰芮早已恢复了往日的活力,她同一位年轻的商人成亲后留在南方。乔夫和阿达拉跟着爸爸一起回到了他们的农场。

当第一场霜冻到来时,所有的冰蜥蜴都出来了,就像过去一样。阿达拉看着它们,脸上挂着一缕微笑,往日的情景浮现在心头。但是,她再也不会去抚摸它们了。那是些冰冷脆弱的小东西,她温暖的双手会伤到它们。

郭泽 译

Dreamsongs

迷失大陆

格雷·艾莉丝。

在她那里,可以买到所有梦寐以求的东西。不过,你最好别这么做。

格雷·艾莉丝。传闻中,这个年轻女子冰雪聪明,美貌无双。但要和她做交易,就得承担风险与后果。她一向来者不拒,并一一满足对方的愿望。然而,当那些人从格雷那里获得了期盼已久的东西后,却再也没有快乐过。梅兰锡夫人住在山上的高堡,统治着附近的领地。她听过所有关于格雷·艾莉丝的传说,深知其中的危险。也许正因如此,她不打算亲自前往。

身为梅兰锡夫人的首席骑士,嘉瑞斯责无旁贷,请缨代她去见艾莉丝。蓝骑士嘉瑞斯乃是高堡的骄傲,负责捍卫疆土,领导军队,并统率彩虹护卫。他在深蓝色瓷釉板甲下穿了淡蓝色丝绸内衣,盾牌上的纹章也是由百朵蓝色花瓣组成的旋涡,鹰眼般大小的蓝宝石则镶嵌在他的剑柄上。他进门后摘下头盔,虽然一头红发与剑上的蓝宝石不太相称,但眼睛却是清澈的湛蓝。

格雷·艾莉丝老旧的小石屋坐落于山下阴暗的市镇中心。在其中一间布满铁锈、臭气弥漫的封闭房间内,她坐在古旧的高背椅上等他,那椅子使她瘦弱的身躯看起来愈加矮小。一只幼犬大小的灰鼠伏在她膝上,她慵懒地抚摸着它。嘉瑞斯好不容易才让自己明亮的蓝色双眸适应了这混浊的光线。

"有何贵干?"半晌,格雷·艾莉丝开口。

"你就是大名鼎鼎的格雷·艾莉丝?"嘉瑞斯说。

"正是。"

"在下嘉瑞斯。受梅兰锡夫人差遣前来。"

"原来是那位聪颖美丽的梅兰锡夫人。"格雷·艾莉丝道,她修长而苍白的手指在软如天鹅绒的鼠皮上来回抚摸,"夫人何以会派她的爱将光临鄙人的寒舍呢?"

"因为你的事迹一直传到了高堡。"嘉瑞斯回答。

"嗯。"

"据说,只要付钱,就能从你这里买到稀世珍宝。"

"梅兰锡夫人也有想买的东西?"

"尊敬的格雷·艾莉丝,传闻你还拥有超能力。坐在我面前的你,不过是个全身灰衣、年龄难辨的女子,但据说你不会始终保持这个模样。你可以随心所欲地变年轻或变老;你不时变成男人、老太婆或小孩;你懂得易形秘技,能化身为猫、熊或小鸟四处游荡,任由所好。你不像迷失大陆上的那些狼人,他们是月亮的奴隶,身不由己。"

"这都是传闻。"格雷·艾莉丝不置可否。

嘉瑞斯从腰带上解下一个小皮包,朝格雷·艾莉丝走去,然后松开封口的细绳,将包内物品倒在她旁边的桌子上。是宝石,一打瑰丽多彩的宝石。格雷·艾莉丝举起一枚放到眼前,就着烛火仔细端详,随后把宝石放回原处,朝嘉瑞斯点点头。"说说看,梅兰锡夫人要买我的什么?"

"你的秘技,"嘉瑞斯说,"梅兰锡夫人希望拥有易形术。"

"据说她花容月貌,天下无双。"格雷·艾莉丝说,"尽管高堡高高在上,我也听过许多赞美。传闻她没有配偶,但有许多情人,所有的彩虹护卫都爱着她,其中也包括你。她还要易形来做什么呢?"

"我想你是误会了。梅兰锡夫人买的不是年轻或美貌,因为无须做任何改变,她已是最美的女人。她想要获得的是超能力,变成野兽——变成一匹狼。"

"为什么?"格雷·艾莉丝问。

"与你无关。我只想知道,你是否愿意卖给她?"

"我来者不拒。"格雷·艾莉丝回答,"留下宝石,一个月之后回来,我自然会给你梅兰锡夫人想要的东西。"

嘉瑞斯点点头,脸上露出一丝若有所思的神色。"你来者不拒?"

"来者不拒。"

他咧嘴笑笑,把手伸进腰带,掏出另一个东西递到她面前。在他柔软暖和的蓝天鹅绒手套里,搁着另一颗宝石,比他剑柄上的蓝宝石还大。"你愿意的话,请收下这个作为酬金。我想为自己买一个愿望。"

格雷·艾莉丝从他掌心接过蓝宝石,握在拇指与食指之间,对着烛火瞅了瞅,点点头,把它放进其他宝石之中。"你的愿望是什么,嘉瑞斯?"

他的笑容舒展开来。"我不要你实现刚才的承诺,"他说,"你不能让梅兰锡夫人得到她要买的东西。"

格雷·艾莉丝直视着他,灰眼睛眨也不眨地对上他的蓝眸。"你对不起你的颜色,嘉瑞斯。"最后她说,"蓝色代表忠诚,然而你背叛了你的夫人,违抗她的委托。"

"我赤胆忠心,"嘉瑞斯反驳,"我甚至比她自己更了解什么才是最好的。梅兰锡年轻气盛,不够睿智。她以为能把超能力当作秘密玩具。太天真了。指不定什么时候被人发现,她就毁了。她不可能白天统治这批人,晚上又拿同一批人当餐点。"

格雷·艾莉丝轻抚躺在膝上的大老鼠,静静地思索了一会儿。"嘉瑞斯,你撒谎。"她再次开口,"这并非你真正的动机。"

嘉瑞斯不禁脸色一沉,戴手套的手几乎是不经意地移到剑柄上,大拇指抚摸着那颗蓝宝石。"我没空跟你争辩。"他粗暴地说,"该死的婆娘,不想卖,就把宝石还来!"

"我来者不拒。"格雷·艾莉丝缓缓回答。

梦歌

嘉瑞斯板着脸,显然是被搞糊涂了。"那我的愿望……?"

"你一定会得到。"

"好极了!"笑容再度在他脸上绽放,"一个月?!"

"一个月。"格雷·艾莉丝确认。

于是,格雷·艾莉丝通过只有她知道的方法,放出消息。消息经过万众之口,传遍了镇上每个隐蔽角落,传遍了大街小巷和静谧的下水道,甚至传到了达官显贵们居住的红木高楼和彩色玻璃房里;长着小手的软毛灰鼠在孩子们熟睡时悄悄说给他们听,接着孩子们互相转告,又在跳绳时编了一首新歌来唱;消息席卷东部的边境哨所,再经由西行的商队带到古老帝国的中心——山下这个小镇仅仅是它最微不足道的一部分;长着狡猾猴脸的巨型皮鸟盘旋飞过森林与河流,把消息散播到南边的十几个王国,那里的男女住在一个个孤僻的塔楼里,模样就跟格雷·艾莉丝听说的那样苍白可怕;不仅如此,这消息还翻越北部山脉,深入了迷失大陆。

这样没过多久,还不到两周,他出现了。"我知道你要的东西,"他说,"我能帮你找到狼人。"

站在格雷·艾莉丝眼前的是一个瘦弱的青年,身着浪客的旧皮衣,那是在山脉之外狂风肆虐的荒凉之地狩猎求生的人群的必备着装。他的皮肤是经年日晒的褐色,一头如山顶积雪般的白发垂落于肩,凌乱蓬松;他没穿盔甲,以刀代剑,一举一动优雅而机警。在缕缕白发下,他的双眼暗淡困乏,笑容却显得坦率亲切,全身上下散发一种独特的慵懒气息,没人注意时,他的嘴唇还会抿出一个奇特的笑容。他自称博伊斯。

格雷·艾莉丝一边听他说,一边上下打量着他,最后才问道:"在哪里?"

"大约北行一周,"博伊斯回答,"在迷失大陆。"

"你住在迷失大陆吗?"格雷·艾莉丝问他。

"当然不是,那片不毛之地根本不适人居。我在镇上有栖身之所,但我常常上山。尊敬的格雷·艾莉丝,我是猎人,对迷失大陆了如指掌,我很清楚在那里生活着什么玩意儿。你要找能化身为狼的人,我可以帮你。但我们得立刻动身,方能赶在满月之前抵达。"

格雷·艾莉丝起身。"我的马车整装待发,马儿也吃饱喝足,随时候命。我们马上出发吧。"

博伊斯撩开挡在眼前的那簇白发,慵懒地笑笑。

山间隘口极为险恶,多石崎岖,宽度几乎只够格雷·艾莉丝的马车经过。笨重的马车拖着全封闭的长车厢,车厢上曾经光鲜的彩漆被岁月抹去,露出灰扑扑的木厢板,车身下六个大铁轮咔嗒作响,拉车的两匹马比同类要大出一半。尽管如此,速度还是很缓慢。博伊斯没有骑马,他步行走在马车前方或旁边,时不时又登上车去,靠在格雷·艾莉丝身后,这时整个车子就会发出嘎吱嘎吱的响声。他们花了整整三天,才终于登上山顶,透过隘口,隐约看到一望无垠、荒芜冷清的迷失大陆。接着,他们又用了三天时间下山。

"快了,"抵达迷失大陆后,博伊斯信誓旦旦地保证,"这里地势平坦,四野空旷,前进起来很轻松。估计只需一两天,我们就能搜索到目标。"

"好。"格雷·艾莉丝说。

在此之前,他们先灌满几个水桶,博伊斯又去山丘上打猎,带回三只黑兔和一只小鹿的尸体——应该说,是鹿尸的一部分。格雷·艾莉丝问他如何用刀干掉这么多动物,博伊斯微微一笑,取出一把弹弓,几枚小石子伴着口哨破空而过。格雷·艾莉丝点点头。他们生起一小堆火,将两只兔子架在火上熏烤。翌日黎明,天微微亮,他们终于踏入了迷失大陆。

果不其然,速度明显加快。迷失大陆有着名副其实的寒冷与空旷,地表坚硬、伤痕累累,犹如山脉之内年久失修的帝国大道。马车嘎吱嘎吱地奔驰,微微摇晃。行驶在迷失大陆,无须穿越丛林,无须横渡河流,

梦歌

四周空空如也,无边无际。他们偶尔路过小树林,多瘤而弯曲的树干交错缠绕,枝干上沉沉地挂着熟透的水果,靛青色果皮闪闪发亮;他们偶尔也颠过浅浅的碎石溪流,水还不及脚踝;还有的时候,灰色的土地被一大片白蘑菇覆盖。然而,这些景象总归是很少的,绝大部分是荒芜,极目四望,是令人不寒而栗的死寂平原,还有呼啸而过的阵阵阴风。这风犹如席卷迷失大陆的浪涛,一刻不停地肆虐,冰冷又扎人,其中更掺杂了灰烬的味道,他们甚至觉得永无止境的狂风中有无数惨死的冤魂在咆哮与尖叫。

终于,格雷·艾莉丝看到了这片大陆的尽头:极北远处,另一道山脉映入眼帘,模糊的蓝白轮廓横过灰暗的地平线。格雷·艾莉丝知道,即便这样马不停蹄地赶路,不花上几周也是到不了山脚下的,迷失大陆如此平坦空旷,即便到了远山所在,他们对整块陆地仍然不会有任何方位概念。

夕阳西下,格雷·艾莉丝与博伊斯开始布置营地,这是他们在北行途中发现的一片长满怪异树木的小树林。这片小树林虽然让他们暂时躲避了狂风的袭击,但咆哮声仍不绝于耳,似乎连营火也变得狂野起来。

"这的确是迷失大陆。"吃饭的时候,格雷·艾莉丝感叹。

"它们有着独一无二的美。"博伊斯道。他用长刀刺住一片肉,伸到火上,"今晚,等乌云散开,你能看到北山之上粼粼的彩光,紫色、灰色和栗色的光芒交织重叠,如同一道巨幕在无尽的风中摇曳。"

"我以前看过。"格雷·艾莉丝说。

"我看过无数次。"博伊斯咬下一片肉,放在齿间咀嚼,油脂从他嘴角流下,画出一条细线。他满足地笑了。

"你经常来这里?"格雷·艾莉丝说。

博伊斯耸耸肩:"我是猎人。"

"这里有活物么?"格雷·艾莉丝问,"谁会生活在这荒凉之地?"

"唔,当然有。"博伊斯回答,"你得把眼睛放尖点,才能了解这片不可思议的土地。这里有山内看不到的异怪奇兽,这里有传说和梦魇中都没记录的生物,它们中有的被祝福,有的被诅咒,它们的血肉珍稀罕有,滋味绝世无双。这里既有人类,也有能化身为人的野兽。狼人、妖精和灰色魔怪出没于黄昏之后,它们鬼鬼祟祟,不属于人间。"他的笑容温和,带着一点轻蔑,"但你不是别人,你是格雷·艾莉丝,这一切你肯定都知道。据说很久以前,你曾只身一人来到这片土地。"

"这都是传闻。"格雷·艾莉丝不置可否。

"我们是如此相像,"博伊斯道,"我深爱着我们的镇子,还有镇上的居民、镇上流传的每一首歌曲、人们的每一声欢笑和每一次闲谈。家里美食和美酒的香气让我沉醉,我会尽情享受。我还特别喜欢入秋时节,能看见上山去为梅兰锡夫人表演的戏子。我爱华服、珠宝和皮肤嫩滑的美女。然而,我的一部分却属于眼前这个家,属于迷失大陆,属于那肆虐的狂风。我在黄昏之后望着阴霾出现,梦想着普通人不敢奢望的东西。"天色渐暗,夜空笼罩大地。博伊斯扬起长刀指向北方,暗淡的光线倚着山脉,逐渐退去。"格雷·艾莉丝,看那里,看光线如何变幻,只要你看得够久,一定能发现那些形影。它们非男非女,也不是任何东西,它们在黑暗中移动,呼喊,随风飘荡。听啊,看啊,它们在微光下活动,比梅兰锡夫人的舞台上那些表演更为奇妙壮观。你听见它们了吗?你看见它们了吗?"

格雷·艾莉丝盘着双腿,坐在硬土地上,一双灰眼里的神情不可捉摸。她什么也没说,直到很久以后才回答:"是。"

随后,又是沉默。

博伊斯收起长刀,回到营火旁,靠着她坐下。火堆燃尽,只剩一团微红余烬。"我就知道你会看见,"他说,"你和我是如此相像,我们披着城市的肉体,但流淌的血液里,迷失大陆的狂风却在一直吹拂。我能从你眼里读到这一点,亲爱的格雷·艾莉丝。"

梦歌

她沉默不语,目不转睛望着那光线,感觉到旁边博伊斯的体温。过了一会儿,他用胳膊搂住她肩膀,格雷·艾莉丝没有抗拒。火焰完全熄灭,夜晚越来越冷。博伊斯伸出手,托起她的下巴,把她转向自己,接着他温柔地覆上她薄薄的双唇。那是他第一次吻她。

格雷·艾莉丝缓缓睁开双眼,仿佛从梦境中醒来。她将他轻轻推倒在地,用熟练灵巧的双手除去他的衣衫,当场将他占有。博伊斯享受着她做的一切,他躺在冷硬的土地上,双手抱头,两眼如梦似幻,嘴唇则慵懒地微卷,满足地笑了。格雷·艾莉丝骑在他身上,刚开始很慢,接着越来越快,达到高潮。她的身躯变得僵硬,头高高仰起,嘴巴张开,仿佛在大声呼喊,但声音始终卡在喉头。这里,只有狂风呼啸,寒冷与空旷,和那种伤心的咆哮。

次日黎明,寒气逼人,天色阴沉。天空中挂满扭曲的灰色薄云,它们以异乎寻常的速度流转,滤过云层的光线十分灰暗。格雷·艾莉丝驾着马车缓缓前进,博伊斯走在她旁边。"很近了,"他告诉她,"很快就到。"

"是。"

博伊斯微笑着仰望她。成为她的情人之后,他的笑容就变了,不仅有爱慕和神秘的气息,还有更多的纵容。那是一丝不可捉摸的微笑。"今晚就能赶到。"他说。

"今晚的月亮一定很圆。"格雷·艾莉丝说。

博伊斯笑着拨开眼前的头发,一语不发。

早在太阳落山之前,他们便在一片废墟中驻足,这是一座被遗忘若干世代的无名市镇,甚至连生活在迷失大陆的人们也不记得它的名字。这里一片空寂,只有几堆坍塌的乱糟糟的垃圾孤零零地堆积在那里,城墙的模糊轮廓依稀可见,还有一两个锯齿状的残破烟囱,活像咬住地平线的腐烂黑牙齿。这里一览无遗,更无半点生机。格雷·艾莉丝一边喂马,一边在废墟中踱步。她一无所获,陶器、锈刀片、书本、骨骸……

啥都没有。没有任何人类居住于此的迹象,如果他们确实在这里生活过的话。

迷失大陆吸光了所有生命,甚至连鬼魂都一并驱散,不曾留下历史的痕迹。太阳沿着地平线下落,渐渐消失在层叠的云层中。风声解说着眼前的景象,那是深深的孤独和绝望的恸哭。格雷·艾莉丝独自站了一会儿,看着太阳慢慢消失,薄薄的旧斗篷在她身后翻飞,寒风一点点渗入她的灵魂。最终,她转身走向背后的马车。

博伊斯已生好火,他坐在火堆前,将酒倒入铜锅里煨煮,时不时加入一些香料。当他发现她看着自己,便回以格雷·艾莉丝甜蜜的微笑。"风很冷,"他说,"一壶热葡萄酒会给我们的晚餐带来快乐。"

格雷·艾莉丝将视线移向落山的夕阳,又回头看看博伊斯。"不用了。此时此地不会有什么快乐,博伊斯。天将黑尽,过不多久,满月即将升起。"

"没错。"博伊斯为自己斟上一杯热葡萄酒,一饮而尽,"但没必要着急,"他带着慵懒的微笑说,"狼人自然会来找我们。在这片空旷之地,我们的气味会被风带到远处,鲜肉的味道正令它蠢蠢欲动。"

格雷·艾莉丝一言不发,转身爬上三层木梯,进入车厢内部。她在车里小心翼翼地点上火盆,注视着火苗在褪成灰色的墙板和睡觉用的兽皮上摇曳。待火焰稳定下来,她滑开一块墙板,凝视着悬挂在狭窄衣橱里的一长列破旧衣衫:各式各样的斗篷、帽子、松垮衬衫、剪裁奇怪的长袍,还有由皮革、兽皮和羽毛做成,从头到脚犹如第二层皮肤的紧身衣。她迟疑片刻,挑出一件由上千根银色长羽毛缝制成的大斗篷,每一根羽毛的顶端都被涂成了神秘而优雅的黑色。解下身上朴素的布斗篷,格雷·艾莉丝把羽衣紧扣在脖子上,再翻过来盖住身体,车厢里死气沉沉的空气随着她的动作仿佛突然有了生气。格雷·艾莉丝又弯下腰,打开一个用皮革和钢铁包装的大橡木箱,从里面拿出一个小盒子。十枚戒指放在盒内的旧灰毡毯上,每一枚上面都装有一只弯曲的银色长爪。她依次戴在手指上,最后握手成拳。银爪在火光中闪烁,射出几道凶光。

打开车门,已是漆黑。博伊斯没有准备食物,格雷·艾莉丝靠在火堆旁坐下,灰发浪客在对面痛饮热葡萄酒。

"这斗篷真美。"博伊斯温和地说。

"是。"格雷·艾莉丝随声附和,"但当狼人到来时,任何斗篷都无济于事。"她举起一只拳头,银爪在火光映衬下闪闪发亮。

"噢。"博伊斯叹了一声,"是银器。"

"没错。"格雷·艾莉丝边说边把手放下。

博伊斯接着说:"其他人也曾用银器跟它对抗,比如银剑、银匕首、银箭等等。但所有这些佩银战士们,现在全化成了灰。他们成了它的腹中餐。"

格雷·艾莉丝耸耸肩。

博伊斯若有所思地细看了她一会儿,又笑着继续喝他的葡萄酒。格雷·艾莉丝把斗篷拢了拢,以抵御寒冷的阴风。不久后,许多光影开始在远山上移动。她回想起这里的传说,那些被博伊斯轻描淡写的故事。传说是如此骇人,迷失大陆已被狼人占据。

另一道光穿过她的眼帘,划破昏暗的东方天幕,暗淡而充满噩兆。月亮升起来了。

越过奄奄一息的营火,格雷·艾莉丝镇定地凝视着博伊斯。他开始变化。

她目睹着这一切。随着骨头和肌肉的膨胀,他全身扭曲变形,一头白发越来越长,慵懒的笑容成了血盆大口,划破脸庞。他的犬齿变长,舌头下垂,双手化成了利爪,酒杯也随之跌落。他试图说话,却一个字也说不出来,只听见一阵低沉嘶哑、半人半兽的笑声。接着,他甩头咆哮,撕裂身上的衣服,直到它们统统变成碎片。他不再是博伊斯。透过火光,格雷·艾莉丝看到狼人站了起来,那是一头毛茸茸的白色巨兽,比一般的狼要大上一倍,有锋利的牙齿和发光的猩红色眼睛。格雷·艾莉丝掸掉羽毛斗篷上的灰尘,和它四目相对。那双眼睛精明无比,狡猾而聪明。还有一丝微笑,一丝不可捉摸的微笑。

一丝不可捉摸的微笑。

狼人再次咆哮,尖啸声与狂风融为一体,然后它纵身一跃,穿过那团曾由他生起的火堆。

格雷·艾莉丝张开手臂,斗篷随之伸展。她也变了。

她变身的速度远比他快,几乎刚开始就告结束,但对格雷·艾莉丝而言,这一刻似乎是永恒。斗篷紧黏在她皮肤上,令人窒息。她头晕目眩,肌肉仿佛化成了某种奇怪的液体,从微弱颤抖到迅速流动,最后完成重新组合。兴奋的能量突然注入身体,流过静脉,那是愉悦,那是狂喜,那是比可怜的废物博伊斯用来壮胆的热酒更猛烈、更滚烫、更野性的东西。

她张开边沿乌黑的巨大银翼,朝月光飞去,卷起漫天尘埃。她越飞越高,高到不见白狼,高到废墟慢慢变小,缥缈不见踪影。寒风将她包围,用冰冷颤抖的手抚摸她,而她任由风云缠绕,潇洒翱翔。巨翼演奏出迷失大陆恐怖的旋律,将她越送越高。她扭曲的巨喙张张合合,却没发出任何声音。她在天空中盘旋,犹如醉酒的骑士。锐利的双眼胜过任何人类,能穿越无穷的距离,能侦察阴影中的秘密,能瞥见荒芜的迷失大陆上慢慢苏醒、蹒跚前进的所有魔怪。北面如帘幕般的光线在她面前翩翩起舞,比起从下观之要明亮和壮丽一千倍,因为那时,她只是一个视力衰退、名叫格雷·艾莉丝的小东西。她渴望飞向它们,向北,向北,一路向北,在极北的冰火中翱翔,就着极光腾跃,用锋利的尖爪将它们统统撕碎。

她挑衅般地高举尖爪,爪子又长又弯,犀利无比,被反射的月光,围绕于银爪之上。然而使命在召唤她,她勉强兜了一大圈,依依不舍地看了诱人的北极光最后一眼,才扑打着翅膀,朝陆地飞去。她穿过夜空,厉声下降,扑向在劫难逃的猎物。

身下很远很远的地方,她看到了它。一个白影从马车旁飞蹿而去,逃离火焰,寻找黑暗处隐蔽的藏身之地。然而,迷失大陆上并没有这样的地方。它壮硕无比且不知疲倦,长而有力的双腿支撑着身躯,用稳健的速度大步奔跑,仿佛要穷尽所及,奔向无尽。它离营地已非常远了,可它的速度和她相比,只是小巫见大巫。

毕竟,它是狼,她却是迷失大陆的风。

在一片死寂中,她伸出银爪,犹如尖刀刺穿棉絮。但是,它肯定已经发现了月光中蚀刻的飞影。它越跑越快,在极度的恐惧中,疯狂逃命。

一切都是徒劳。

拼尽全力,它还是摆脱不了宿命。她掠过它的身躯,十把闪光的银剑刺穿狼皮,搅动肉体。它拖着受伤的步伐,蹒跚无力,不支倒地。

她挥动双翼,继续盘旋,寻求下一次冲击。狼人挣扎着站起来,痴痴地仰望月光中可怕的黑暗轮廓,它明亮的双眼中净是沸腾的惧意。它向后甩头,用残存的骄傲发出血淋淋的咆哮,但这次是乞求,是投降。

但她毫无怜悯之意。她降落,俯冲,扑击,爪子沾满血迹,巨喙大张似乎要将它撕碎。狼人等待着,等待着,直到最后关头才发出疯狂的怒吼一跃而上,准备与她正面交锋。但它没有得逞。

她轻巧地晃开它,顺势一爪,五道深长的伤口霎时之间涌出鲜血。

等她盘旋回来,它已完全虚脱,毫无反抗之力。它眼睁睁看着她转向俯冲,伤痕累累的巨大身躯在惊恐中颤抖。

他醒来,两眼迷蒙,一边发出痛苦的呻吟,一边艰难地移动。已是黎明时分,他重新回到了营地,躺在火堆旁。见他翻起身,跪在地上抬起头,格雷·艾莉丝走过来,把一杯酒送到他唇边,让他喝完。

博伊斯重新躺下,她读到他眼里的疑惑,疑惑自己竟然还活着。

"你知道,"他嘶哑地说,"你知道……我的身份。"

"是。"格雷·艾莉丝回答。她变回了原样:那个又瘦又小、长着一双大大的灰眼睛、穿着褪色衣衫、说不出年龄的谜一样的女人。那件羽毛斗篷悬挂在一旁,银爪也从手指上摘下。

博伊斯试图坐起来,身躯却在剧痛中畏缩,无奈又躺回她为他准备的毯子上,"我以为……我以为我死定了。"他说。

"你差点断气。"格雷·艾莉丝回答。

"银器,"他突然愤恨地喊道,"你用银器伤了我。"

"是。"

"你又救了我。"他困惑地说。

"我先变回自己,再让你变回去,然后照顾你。"

博伊斯笑了,但他惯有的微笑已变得苍白而虚伪。"你能随心所欲地易形,"他惊叹道,"噢,我愿意用性命来交换这种能力,格雷·艾莉丝!"

她什么也没说。

"这里太过空旷,"他接着说,"我应该引你去别的地方。如果有掩护……有建筑,有森林或者别的什么……你就没那么容易对付我。"

"我有其他的皮肤,"格雷·艾莉丝回答,"我可以变成熊,变成虎。对我来说轻而易举。"

"噢,"博伊斯合上双眼,然后又像记起了什么似的睁开,勉强露出一个扭曲的微笑,"你真美,格雷·艾莉丝,当你飞向天空时,我傻傻地看了你好久,最后才意识到危险……我差点忘记逃命。我的双眼离不开你,难以自拔,我知道你是我的克星,是我的宿命,即便如此,我的视线仍然不舍得从你身上移开。你真的太美了,如同一片银色的烟雾,眼中有火焰的倒影。我看着你俯冲,心中几乎充满了喜悦。我宁愿死在如此俊美而凌厉的爪子下,也不愿被那些肮脏渺小的剑客拿尖利的银棍子折磨。"

"我很抱歉。"格雷·艾莉丝说。

梦歌

"不,"博伊斯忙道,"你救了我。放心,我很快就能康复,即便被银器刺出的伤口也只能短暂地伤害我。等我复元,我们可以永远在一起。"

"你仍很虚弱,"格雷·艾莉丝轻轻说道,"睡吧。"

"遵命。"博伊斯微笑地看着她,合上双目。等博伊斯再次醒转,时间已过了几个钟头。他的气色好多了,伤口全部愈合。但当他想站起来,却发现自己被绑成"大"字形,手脚都死死地系在打入硬地中的树桩上。格雷·艾莉丝留心着他的一举一动,听到他惊恐的呼喊,她走过去,托起他的头,又多给他喂了些葡萄酒。

她离开时,他发狂似的甩头,恨恨地盯着铁镣,然后盯着她。"你对我做了什么?"他狂吼道。

格雷·艾莉丝什么也没说。

"为什么要这样对我?"他追问,"我不明白!格雷·艾莉丝,为什么?你救了我,照顾我,为何现在又把我禁锢起来?"

"你是不会喜欢那个理由的,博伊斯。"

"月亮!"他忽然咆哮,"你怕我今晚变身!"他笑了,为自己的推断而得意万分,"你真傻。我不会伤害你,你瞧,我们之间经历了这么多事情,我已经知道了真相,我不会再害你了。你和我,格雷·艾莉丝,我们是如此相像,我们属于彼此。我们并肩欣赏过极光,你看过我的奔跑,我见过你的飞翔!我们应该信任彼此!来,松开我吧。"

格雷·艾莉丝皱着眉头叹了口气,仍然什么也没说。

博伊斯不可理喻地盯着她。"为什么?"他再次问道,"放开我,艾莉丝,让我证明给你看,我说的一切都是真的。你不需要害怕我。"

"我不怕你,博伊斯。"她低声叹道。

"这就对了,"他很急切,"放开我,和我一起易形。今晚你就变成一只虎,在我身边奔跑,随我一同去打猎吧。我带你去寻找那些你做梦都没见过的猎物,让我们尽情分享。你明白怎么易形,你应该欣赏那种

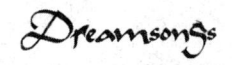

力量,那是权力、自由与高贵的融合。野兽眼中的凶光,血肉的气息,屠杀的荣耀。你知道……那才叫自由……那才是激情……那才是……你知道的……"

"我都知道。"格雷·艾莉丝坦白。

"那么放开我!你和我,是为了彼此才存在。让我们一起生活,相亲相爱,共同狩猎。"

格雷·艾莉丝摇摇头。

"我实在搞不懂。"博伊斯粗暴地拉扯铁镣,不停咒骂,但统统无济于事,"莫非我那么可怕?你觉得我是个恶棍?觉得我惹人厌?"

"并非如此。"

"那是为什么?"他痛苦地问,"有很多女人爱着我,贪恋我的容貌。那些都是最富有、最漂亮的女子,是最上流的贵族,而她们全都想占有我,甚至知道了我的身份之后,还是一样狂热。"

"而你从未回报她们的爱,博伊斯。"她说。

"没错,"他承认,"但我以自己的方式爱过她们。和你想的不同,我从没伤害她们,我只在迷失大陆寻觅猎物,从不吞噬关心过我的人。"博伊斯察觉到格雷·艾莉丝的眼神,连忙继续道:"难道这不算是爱吗?"他动情地说:"她们只了解我的一半,只知道我住在镇上,嗜好饮酒高歌,偏爱熏香的床单,而另一半的我生活在城市以外,生活在这迷失大陆上,这些柔弱的东西,她们对此一无所知。当我说给她们听,她们会紧紧抱住我,然后哭泣。可是,要想占有我,就必须同我一起奔跑,同我一起狩猎。就像我和你一样。放开我,格雷·艾莉丝。为我翱翔,看我奔驰。让我们一起狩猎。"

格雷·艾莉丝站起来,轻叹一声。"抱歉,博伊斯,如果可以的话,我也想放开你,但该发生的事必须发生,这是你的命。如果昨晚你死掉,那我就白费心机了。死去的东西没有力量,正如日和夜,黑与白,两个最脆弱的极端。你明白吗,能量源于跨越,来自于黄昏,来自于晨曦,来自于生死边缘的徘徊和挣扎。来自于灰色地带,博伊斯,来自于灰色地带。"

　　他开始发疯地扭动铁镣,犹如暴怒的火山,接着又咬牙切齿地哀号咒骂,最终哭泣起来。格雷·艾莉丝不再看他,转身走进马车,想一个人静一静。她在黑暗中独坐了很久,一直听着车外博伊斯惊恐的哭号,他一会儿发出威胁,一会儿又向她求饶,向她表明他的真心。而格雷·艾莉丝就这么待在车内,直到月亮升起。她不想再看到那一幕,不想看见他人性泯灭的过程。直到他的哭喊变成野性的咆哮,充满孤独与痛苦的咆哮,格雷·艾莉丝方才走出车厢。满月的光辉洒满大地。巨大的白狼被紧缚于地,不停翻滚,死命挣扎,用饥渴的猩红色眼睛绝望地瞪着她。

　　格雷·艾莉丝平静地走向它,手上握着一把雕刻有精美符文的银制长刀。

　　这是一个漫长而血腥的夜晚,直到它停止挣扎,事情才变得容易起来。结束的那一刻,她立即一刀结果它,以免黎明的晨光让他恢复人形,用人类的声音发出非人的惨叫。格雷·艾莉丝将毛皮挂起来,然后取出工具,在严寒笼罩的地表掘出一个深坑,再堆上石块和碎裂的砖瓦,为他免除迷失大陆上游荡的食尸鬼、大乌鸦和其他怪物的威胁。这里的土地确实坚硬无比,尽管她早有心理准备,还是花了将近一天时间。

　　完成时,又是黄昏。她再度钻进马车,披上那件由上千根银羽毛制成的大斗篷。她快速变身,立即起飞,毫无倦意地追云逐月,与黑夜融为一体。她高飞在满月之上,月亮在身后嘲弄她,直到它被太阳所取代,她才发出第一声悲鸣,那一声悲鸣诉说着无边的绝望与苦闷,超越了风的极限,从此化为迷失大陆的一部分。

　　或许嘉瑞斯是害怕那些关于格雷·艾莉丝的传闻,回访时,他带上另外两位骑士,一位是全身白甲的高个子,盾牌上画有一个冰雕头骨;

另一位着深红服装,纹章是浴火的男人。他们戴着头盔,静候在门口,嘉瑞斯独自小心翼翼地走近格雷·艾莉丝。"办妥了?"他发问。

一张狼皮横卧在她膝上,一张白如山顶陈雪的巨型狼皮。格雷·艾莉丝起身,把它交给蓝骑士嘉瑞斯,放在他伸出的手臂上。"转告梅兰锡夫人,叫她于满月时分割伤自己,把血滴在狼皮上,便会被赋予易形的能力。无论黑夜白昼,月圆月亏,她只需把这件皮衣当作斗篷穿上,就可以轻易变身。"

嘉瑞斯愣愣地看着这张厚重的白皮,笑得有些勉强:"呃,一张狼皮?真是出乎意料。我以为会是一瓶药水,或咒符什么的。"

"不,"格雷·艾莉丝说,"这不是普通的狼皮,是从狼人身上剥下来的。"

"你找到了狼人?"嘉瑞斯惊得合不拢嘴,接着,他深蓝的眼珠里闪出一道火花,"好吧,格雷·艾莉丝,你达成了梅兰锡夫人的愿望,却失信于我。既然这样,我不能付钱,把宝石还给我。"

"你错了,"格雷·艾莉丝答道,"我已经达成了你的愿望,嘉瑞斯。"

"可我说的话你并没有做到。"

"我达成了你心中的愿望。"她的灰色双瞳刺穿他的内心,"你以为,我的失败有助于你经营感情,而我的成功意味着你再也见不到心上人。你错了。"

嘉瑞斯有点兴奋:"你知道我真正渴望的是什么?"

"梅兰锡夫人,"格雷·艾莉丝说,"虽然你已做了夫人众多情人中的一个,但你并不满足于此。你想完全占有她。你知道自己在她心目中的地位并非最重,但我改变了一切。照我说的做,回到她身边,把她要的东西献给她。"

嘉瑞斯跪在梅兰锡夫人前面,双手奉上雪白狼皮的那天,是高堡最黑暗的日子。她展开巨大的斗篷,无视汹涌而出的尖叫、号啕与恸哭,

梦歌

把自己的血滴了上去,学会了易形变身的奥秘。这并非她想象中的模式,却成为她永远摆脱不了的束缚。每到夜里,她会游荡在城墙和山腰上,据镇上的居民说,她狂野的咆哮声中蕴含了说不尽的悲哀。

至于蓝骑士嘉瑞斯,他在格雷·艾莉丝从迷失大陆返回的一个月后,娶了梅兰锡。白天,他和这个疯女人一起坐在宫殿里;夜里,他死死地锁上门,生怕看到妻子那双火红的眼睛。

他不再打猎,不再有笑容,不再有性欲。

格雷·艾莉丝。

在她那里,可以买到所有梦寐以求的东西。

不过,你最好别这么做。

张黎　译

当代奇幻文学里程碑式作品

冰与火之歌

A Song of Ice and Fire

【美】乔治·R.R.马丁/著

谭光磊 屈畅 赵琳 胡绍晏 等/译

《**权力的游戏**》 《**列王的纷争**》 《**冰雨的风暴**》 《**群鸦的盛宴**》 《**魔龙的狂舞**》

美国国宝级幻想文学作品，著名科幻奇幻小说家乔治·R.R.马丁代表作

荣获"世界奇幻奖"、"轨迹奖年度小说"、

"雨果奖最佳长篇"提名、"星云奖最佳长篇"提名

被译为数十种语言发行全球，长期雄踞《纽约时报》畅销书排行榜前十位

HBO同名电视剧现正热播！

幻想世界九大家族的权力斗争史诗，文学巨匠马丁赐予的重磅成人奇幻

九大权力家族、数十代抢夺争斗、一百个人生视角、三千个鲜活人物……
在这个四季时序错乱，长时酷暑或又寒冬十年的世界，
残酷、黑暗的一系列宫廷斗争，相互厮杀，不会停歇。
美好才一开始，黑暗就铺天盖地袭来……愈是接近死亡，一切就愈真实。
灰暗天空，苍白雪地，血红火焰，蓝黑海洋，
这不是五彩斑斓童话故事的色彩，而是属于现实的颜色，
冰冷、血腥、残酷的冰与火之歌！